澡雪 中国文学研究书系

《诗经》补论

夏德靠 著

知识产权出版社
全国百佳图书出版单位
—北京—

图书在版编目（CIP）数据

《诗经》补论/夏德靠著. —北京：知识产权出版社，2022.9
ISBN 978–7–5130–8324–9

Ⅰ.①诗⋯　Ⅱ.①夏⋯　Ⅲ.①《诗经》—诗歌研究　Ⅳ.①I207.222

中国版本图书馆 CIP 数据核字（2022）第 154641 号

责任编辑：罗　慧　　　　　　　　责任校对：谷　洋
封面设计：乾达文化　　　　　　　责任印制：刘译文

《诗经》补论

夏德靠　著

出版发行：知识产权出版社有限责任公司	网　　址：http://www.ipph.cn
社　　址：北京市海淀区气象路 50 号院	邮　　编：100081
责编电话：010–82000860 转 8343	责编邮箱：luohui@cnipr.com
发行电话：010–82000860 转 8101/8102	发行传真：010–82000893/82005070/82000270
印　　刷：三河市国英印务有限公司	经　　销：新华书店、各大网上书店及相关专业书店
开　　本：720mm×1000mm　1/16	印　　张：18
版　　次：2022 年 9 月第 1 版	印　　次：2022 年 9 月第 1 次印刷
字　　数：290 千字	定　　价：78.00 元
ISBN 978–7–5130–8324–9	

出版权专有　侵权必究
如有印装质量问题，本社负责调换。

目 录

绪 论 ………………………………………………………… 1

第一章 "诗言志"辨正 ………………………………… 6
一、"诗"之意义及其文体生成 ………………………… 6
二、"诗言志"说之提出及衍变 ………………………… 19
三、与"诗言志"相关的表述及其意义 ………………… 47

第二章 "采诗"与"献诗" ………………………………… 53
一、"采诗"说渊源及其内涵 …………………………… 53
二、规谏与"献诗" ……………………………………… 74

第三章 "删诗"考 ………………………………………… 82
一、孔子"删诗"说源流及相关争论 …………………… 83
二、季札观乐与早期《诗》本的传布 …………………… 88
三、孔子"正乐"与"删诗" …………………………… 100
四、儒家《诗》文本生成及"经典化" ………………… 106

第四章 "大雅""小雅"的生成及分类（上）………… 110
一、"二雅"划分标准的考察 …………………………… 110

· 1 ·

二、"二雅"分类标准讨论的启示 ………………………… 145

第五章　"大雅""小雅"的生成及分类（中） …………… 148
　　一、"雅"字义考 ………………………………………………… 148
　　二、"雅"与"疋""夏" ………………………………………… 156
　　三、"夏"字义与《大夏》《九夏》考 ………………………… 167

第六章　"大雅""小雅"的生成及分类（下） …………… 206
　　一、《诗经》"雅诗"生成的思考 …………………………… 206
　　二、《诗经》"雅诗"的生成方式 …………………………… 220

第七章　豳诗考 ……………………………………………… 228
　　一、从《周礼·春官·籥章》说起 …………………………… 229
　　二、藉礼仪式与《豳雅》 ……………………………………… 236
　　三、蜡祭与《豳颂》 …………………………………………… 251

结　语 ………………………………………………………… 266

主要参考文献 ………………………………………………… 268

绪　　论

有人说，《诗经》305 首诗就像 305 座迷宫，随着对《诗经》认识的不断深入，才发现此话似乎并不是玩笑，而是有些道理的。

《诗经》作为一部先秦时期流传下来的经典文献，历来深受人们的关注，由此相关研究也累积了十分丰厚的研究成果。然而有关《诗经》的研究似乎出现了一个很有意思的现象：一方面，学人竭力去思考、解决《诗经》中所存在的问题；另一方面，学人在试图解决问题的过程中又不断衍生出新的问题。回顾《诗经》研究的历程，学术界确实产生了数量惊人的成果，也确实解决了不少问题，但是，人们也难以否认，这些阐释成果的背后也积淀了不少的争议和问题。这一点可以从冯浩菲《历代诗经论说述评》一书中得到较好的说明。冯先生从九个方面评述《诗经》研究过程中所产生的争议，具体表现为：（1）关于诗的一般性问题；（2）关于诗乐问题；（3）关于六义；（4）关于四始；（5）关于《诗》史；（6）关于《诗序》；（7）关于《国风》；（8）关于二《雅》；（9）关于三《颂》。在九个方面的内部，其实又衍生出一些新的争议：其中"关于诗的一般性问题"，包含"关于诗的概念""关于诗的产生""关于诗与性情"三个方面的讨论；在"关于诗乐问题"中，包含"诗乐关系""三百篇入乐问题""诗乐功用"三个方面的讨论；在"关于六义"中，包含"六义与六诗相同论""赋比兴诗存亡论""六义两分论""风雅颂总论""赋比兴总论""正变说（含美刺说）"五个方面的讨论；在"关于《诗》史"中，包含"孔子删诗正乐论""六笙诗问题""诗亡说"三个方面的讨论；在"关于《诗序》"中，包含"《诗序》的形成及作者""《诗序》的作用"两个方面的讨论；在"关于《国风》"中，包含"《国风》总论""《国风》分论"两个方面的讨论；在"关于二《雅》"中，包含"以政事大小分""以道德与政事分""以用处分""以音律分""以体制分""综合区分"六个方面的争论；在"关于三《颂》"中，包含"三《颂》总论""三《颂》分论"两个方面的讨论。① 归纳起来，《历代诗经论说述评》中所论及《诗经》的一级争议涉及九个方面，二级争议涉及二十七个方面。其实，有的二级争议条目下又存在若干争议条目，这样，其争议的数量就更多了。还应看到，《历代诗经论说述评》涉及的九个方面很难说穷尽了《诗经》研究的全部问题，并且，这些争议还根本未涉及《诗经》具体篇目的研究。可以说，有关《诗经》的研究、阐释，确实还存在不少问题需要澄清。

本书并没有对《诗经》进行全面、综合的考察，而是选择其中的几个问题进行分析，具体为"诗言志"、"采诗"与"献诗"、孔子"删诗"、"二雅"生成及分类、豳诗五个方面，这些都是很有争议性的研究话题。

"诗言志"是古典诗学中有十分重要意义的诗学命题，它在很大程度上影响了古典诗歌的创作、接受和阐释。在漫长的发展过程中，"诗言志"观念也经历了不断演化，我们关注的是先秦时期的"诗言志"观念，重在对此时期的"诗言志"进行溯源探究。

"诗言志"的观念在先秦时期的发展，实际上经历了不同的阶段。我们梳理先秦时期的"诗言志"观念的发生、发展及其观念内涵的演变，考察"诗言志"观念在《诗经》中的显化。单纯从文字的角度来看，"诗"字的出现较晚，但"诗言志"的观念与"诗"字之间并不必然存在严格的对应关系，也就是说，"诗言志"观念未必一定发生在"诗"字出现之后。尽管目前学界对于早期的歌与诗的关系还存在不同的认识，但有一点应该是比较清楚的，即在"诗"字出现之前，"诗"这种文体已经存在了，所以，"诗言志"观念既是针对普遍意义的"诗"而言，也是针对《诗经》这一特定文献而言。且《诗经》诗篇的来源颇为复杂，这也就意味着"诗言志"的观念内涵也并不纯粹。就先

---

① 冯浩菲：《历代诗经论说述评》，中华书局，2003年版。

秦时期"诗言志"观念和《诗经》的关联而言，需要考虑的主要是作诗言志和赋诗言志。一个普遍的看法是，《尚书·尧典》中的"诗言志"主要是春秋时期赋诗言志这一现象的反映。这一看法虽有道理，但它并没有澄清"诗言志"观念在先秦时期发展的全部事实，特别是"诗言志"和《诗经》的关联。《诗经》中的很多诗篇源于"采诗"与"献诗"，但不能否认其中若干诗篇来自"作诗"，所以，在《诗经》中，既存在献诗言志、赋诗言志乃至教诗言志，也同样存在"作诗言志"。这是首先需要弄清楚的一个问题。此外，《诗经》的诗篇所反映的"志"也是复杂的，既有献诗之志、采诗之志、赋诗之志，也有作诗之志；既有群体之志，也有个体之志。所以，就先秦时期的"诗言志"而言，它不仅是一个观念的发生、发展问题，而且关涉《诗经》这部文献的生成和阐释问题。

《诗经》诗篇的来源是一个复杂而有争议的话题，相关文献记载的"陈诗""采诗"与"献诗"为思考这个问题提供了一些线索。"陈诗"之说见于先秦、两汉文献，而"采诗"之说则始见于汉代文献。"陈诗"行为缘于巡狩制度，其目的在于观察民风；而"采诗"行为则缘于讽谏传统，其目的是规谏。先秦时期的"陈诗"与"采诗"是两种不同的行为，"陈诗"并不等于"采诗"；汉人开始对这两种说法进行整合，将"陈诗"观民风并入"采诗"行为，以"采诗"行为观民风。采诗者在身份上分为两个层次：其中"大师""史官""行人"属于兼职采诗者，而"贱民"属于专职采诗者，他们执行"采诗"任务的具体时间并不一致。"采诗"的方式除了采集现成诗篇之外，还包括收集民间流传的言辞、旋律等。"献诗"植根于规谏传统，公卿列士承担用"诗"来讽谏君主的责任。"规谏"的内容多为批评，但有时也不排除"以美为谏"的方式。一般而言，通过"采诗"方式而来的诗篇主要集中在风诗，而公卿列士所献之"诗"则集中在雅诗。可见，"采诗"与"献诗"的存在，为《诗经》风、雅文本的生成奠定了坚实的基础。

"采诗"与"献诗"的说法在很大程度上阐明《诗经》诗篇的来源，而"删诗"说并不讨论这个问题，它关心的是《诗经》文本的流传问题。相关记载及研究表明，西周康王时代出现以《雅》《颂》命名的诗文本，此后不断出现诗文本的编集，季札观乐时已经存在成熟的《诗》文本。到了孔子时代，礼崩乐坏局面造成《诗》文本的混乱，孔子于是收集各种《诗》文本，重新进行编集，这就是《史记》所言的"删诗"。孔子编集的《诗》文本虽然出现新的因素，但主要还是以古本为依据，可以说经过孔子整理的《诗》文本基本上延续季札观乐时的文本格局。孔子"删诗"的目的在于复兴礼乐，但就其所处时代及自身处境而言，这是一种很难实现的愿望。孔子编集的《诗》文本主要用于教学，并在很长一段时间内是作为儒家经典而存在的。经历秦朝之后，汉代四家诗主要沿承孔编《诗》文本的传统，并逐步将其由学派经典发展为官方经典文本。

在《诗经》风、雅、颂中，相对来说，关于雅诗的问题较多，讨论也比较激烈。《诗经》雅诗内部有"大雅"和"小雅"之分，"二雅"的这种划分到底是基于何种标准，长期以来争论不休，观点纷呈。《诗经》的编纂者当时有没有对此作出明确的说明，鉴于资料的匮乏，现在已无法详知。此种局面虽然给研究者带来不少的麻烦，但也并不妨碍他们对此进行推测。首先，《诗经》的编纂，在很大程度上是服务于各种礼仪活动，而这种需求自然会影响"二雅"的划分。根据《国语》《左传》等文献的记载，天子招待诸侯，或者诸侯之间会见，以及招待使臣，都会使用《诗经》中的诗篇，且这些篇目主要集中于颂诗和雅诗。一般而言，天子招待诸侯通常使用颂诗，诸侯之间会见使用《大雅》诗篇，而招待使臣则使用《小雅》诗篇。由此可见，《大雅》《小雅》在仪式展演方面是存在差异的。这一点反过来可表明，《大雅》《小雅》在内容方面是有区别的，其划分应该是考虑了不同仪式的需要。其次，就"二雅"的创制方式来看，二者也是有所区别的。《大雅》的一些诗篇与颂诗关系比较紧密，而《小雅》一些诗篇则与风诗比较紧密。前者往往借助乐语的方式，也就是说，《大雅》一些诗篇的生成与乐语有关；《小雅》一些诗篇的形成，则与"采诗"方式有关。当然，《大雅》《小雅》中有些诗篇的制作也使用了比较一致的方式，都保留着"献诗"的痕迹，但二者的用诗存在一些差异，比较而言，《大雅》中的所献诗篇针对的是周王，而《小雅》中的所献诗篇针对的是诸侯臣僚。

在十五《国风》中，《豳风》应该属于比较独特的类型。《周礼·春官·籥章》篇有"豳诗""豳雅"及"豳颂"的记载，二者之间是否存在联系呢？《籥章》篇虽然明确提到"豳诗""豳雅""豳颂"，但它们的具体所指没有说明，于是很多学者将它们与《豳风》联系起来。但是，"豳诗""豳雅""豳颂"是不是如人们所认为的那样，都是指《豳风》中的《七月》一诗，值得讨论。《籥章》篇尽管没有具体说明"豳诗""豳雅""豳颂"各自的诗篇，但是，它仍然有所提示，比如《豳诗》用于逆暑、迎寒，《豳雅》用于祈年，《豳颂》用于祭蜡等。由于这些提示的存在，那种用《七月》指代"豳诗""豳雅""豳颂"的做法就很难说得通。事实上，倘若不局限于《豳风》，而是将"豳诗""豳雅""豳颂"与整个《诗经》联系起来，一种新的可能性就展示在人们的面前，即"豳诗""豳雅"与"豳颂"各自所属诗篇很可能仍保留在《诗经》中。假如这一推测成立，不仅可以恢复"豳诗""豳雅"与"豳颂"各自所属的诗篇，而且能建构"豳诗""豳雅""豳颂"与《诗经》之间的联系，也在一定程度上还原了《诗经》的编纂过程。

上面这些问题的讨论，似乎比较零散，它们之间也没有明显的联系，但只要深入这些问题的背后，不难发现，它们均与《诗经》文本的生成有着某种联系。按照前面的分析，《诗经》研究方面尽管已取得不俗的实绩，但仍然有很多问题需要进一步澄清。本书遴选的内容，都还存在不同程度的疑问，需要继续探讨。

最后，须说明的是，本书所谓"补论"，主要是基于以下考虑：本书涉及的问题，人们已经进行了富有成效的讨论，也积累了丰富的成果，本书充分借鉴这些研究成果，力图对它们进行全面的梳理，对相关问题进行一些补正工作；同时期望通过对它们的讨论，为进一步思考《诗经》文本的形成提供参考线索。

第一章 "诗言志"辨正

《今文尚书·尧典》载录舜与夔谈话时明确提到"诗言志",这个说法后来被朱自清称为古代诗论"开山的纲领"。① 这个纲领表面上看来比较简单,似乎不必深论,但事实上,自朱先生将其视为"开山的纲领"之后,人们围绕"诗言志"进行了大量的考证工作,由此积累了颇为丰厚的成果。一方面,人们从不同角度揭示"诗言志"的内涵,从而丰富对"诗言志"的认知;另一方面,这些研究总有不能完全弥合历史现象的情况。这也就意味着,有关"诗言志"的分析还有待继续深入。

一、"诗"之意义及其文体生成

对于"诗言志",人们首先注意到并予以考证的是"诗"字。何谓"诗",许慎在《说文解字》中说:"䛐,志也。从言寺声。㗼,古文诗省。"② 许慎以"志"释"诗",于是有的学者提出"诗"与"志"原本就是一个字。比如杨树达就认为"古诗志二文同用,故许径以志释诗"③,他分析说:

> 《说文》三篇上《言部》云:"诗,志也,志发于言。(《韵会》引《说文》有此字,是也,今本脱。)从言,寺声。"古文作䛐,从

---

① 朱自清:《诗言志辨·序》,华东师范大学出版社,1996年版,第4页。
② 段玉裁:《说文解字注》,上海古籍出版社,1988年版,第90页。
③ 杨树达:《积微居小学金石论丛》,上海古籍出版社,2013年版,第29页。

· 6 ·

言，㞢声。按志字从心㞢声，（志字今本《说文》捝去，徐锴补之，是也。）寺字亦从㞢声，㞢、志、寺古音无二。古文从言㞢，言㞢即言志也。（《墨子》天之即天志。）篆文从言寺，言寺亦言志也。《书·舜典》曰："诗言志。"《礼记·乐记》曰："诗言其志也。"《左传·襄公二十七年》记赵文子之言曰："诗以言志。"其请郑七子赋《诗》之言曰："请皆赋以卒君贶，武亦以观七子之志。"又《昭公十六年》记韩宣子请郑六卿赋《诗》之言曰："二三君子请皆赋，起亦以知郑志。"《礼记·孔子闲居》记孔子之言曰："志之所至，诗亦至焉。"《荀子·儒效篇》曰："诗言是其志也。"盖《诗》以言志为古人通义，故造文者之制字也，即以言志为文。其以㞢为志，或以寺为志，音同假借耳。……《左传·昭公十六年》记郑六卿为韩宣子赋《诗》，而六卿所赋皆《郑风》，宣子曰："二三君子以君命贶起，赋不出郑志。"郑志即郑诗也，此经传以志为诗也。《吕氏春秋·慎大览》记汤谓伊尹曰："若告我旷夏尽如诗。"高诱训诗为志。此以诗为志者也。古诗志二文同用，故许径以志释诗。然《毛诗序》曰："诗者，志之所之也。在心为志，发言为诗。"诗与志虽无二，究有内外之分，故许复以志发于言为说。既以说义，又以说形，训诂之精，令人惊绝。[1]

杨先生指出，古文"訨（诗）"与"志"均从㞢声，并且"寺"也从㞢声，这就表明"㞢""志""寺"古音一致。同时，古文"诗"从言㞢，言㞢即言志；篆文从言寺，言寺亦即言志，因此"诗""志"是同一的。稍后闻一多分析说：

"诗"字最初在古人的观念中，却离现在的意义太远了。汉朝每训诗为志：……从下文种种方面，我们可以证明志与诗原来是一个字。

---

[1] 杨树达：《积微居小学金石论丛》，上海古籍出版社，2013年版，第29页。

志有三个意义：一记忆，二记录，三怀抱，这三个意义正代表诗的发展途径上三个主要阶级。志字从㞢。卜辞㞢作㞢从止下一，象人足停止在地上，所以㞢本训停止。卜辞"其雨庚㞢"犹言"将雨，至庚日而止。"志从㞢从心，本义是停止在心上。停在心上亦可说是藏在心里，故《荀子·解蔽》篇曰"志也者臧（藏）也"，《注》曰"在心为志"，正谓藏在心，《诗序·疏》曰"蕴藏在心谓之为志"，最为确诂。藏在心即记忆，故志又训记。《礼记·哀公问》篇"子志之心也"，犹言记在心上，《国语·楚语上》"闻一二之言，必通志而纳之，以训导我"，谓背诵之记忆之以纳于我也。《楚语》以"诵志"二字连言尤可注意，因为诗字训志最初正指记诵而言。诗之产生本在有文字以前，当时专凭记忆以口耳相传。诗之有韵及整齐的句法，不都是为着便于记诵吗？所以诗有时又称诵。这样说来，最古的诗实相当于后世的歌诀，如《百家姓》、《四言杂字》之类。就三百篇论，《七月》（一篇韵语的《夏小正》或《月令》）大致还可以代表这阶段，虽则它的产生决不能早到一个太辽远的时期。无文字时专凭记忆，文字产生以后，则用文字记载以代记忆，故记忆之记又孳乳为记载之记。记忆谓之志，记载亦谓之志。古时几乎一切文字记载皆曰志。……一切记载既皆谓之志，而韵文产生又必早于散文，那么最初的志（记载）就没有不是诗（韵语）的了。①

闻一多从分析"志"之字形出发，说明"志"字的具体意义，进而依据诗训为志，揭示"志与诗原来是一个字"。王一川说：

"志"从"心"，"㞢"声，"寺"也从"㞢"声。"㞢"、"志"、"寺"古音相同，音近可以假借。于是"诗"、"寺"同义，"诗"与

---

① 闻一多：《神话与诗》，上海人民出版社，2005 年版，第 151－152 页。

"志"本来是一个字。而"志"从"心"从"㞢",本义为停止在心上或藏于心里,即记忆或回忆。因此,"诗言志"本义是说诗传达那保存在人心中的东西,即诗言回忆。①

据上所述,他们均从分析"诗""志"的字形入手,得出"诗""志"为一字的结论。

然而,对于他们的论证过程,也有学者提出异议。高华平指出:"杨树达、闻一多先生的以'诗'与'志'为同一个字的文字学上的论证,不过是说'志'、'诗'、'寺'的声符都是'㞢',这几个字古音无二,可以互相假借。但可以互相假借,并不等于事实上这几个字的等同,这是显而易见的。"② 在他看来,对于"志"和"诗"来说,只要求证明"志"与"寺"相同或原来是一个字,它们加上"言"之后,就变成了"诗",而不必证明"'诗'和'志'原来是一个字"。而要证明"志"与"寺"完全等同,则只需证明它们后来字形上的差异,乃属于后世对上古同一个文字的不同隶定。因此,关键之点在于说明"志"下面的"心"与"寺"下面的"寸"是相同的,并且"志"与"寺"在文献中有等同的例证。这些问题完全可以利用新出土的文献资料与传世文献互证加以解决。"志"与"寺"在《说文解字》中都有解释,《说文解字》释"志"为"意也,从心㞢,㞢亦声",解"寺"为"廷也,有法度者也,从寸",这两个字的字义似乎是风马牛不相及。但从楚简来看,"寺"实际应从"㞢"从"寸",郭店简《缁衣》"寺(诗)云"写作"𭥇員",上博简《民之父母》作"𧧺曰",甚至有时直接作"𭥇曰",可见,"寺"字从"㞢"才是最主要的,从"寸"是次要的,甚至是可有可无的。其实"寺"字本应是"志"字,"寺"下面的"寸"在字义上与"心"是相同的,并且在字形的写法上,"心""寸"二字在上古时有时是相同或相近的。由于下面"心"的写法

---

① 王一川:《中国"诗言志"论与西方"诗言回忆"论》,《文化:中国与世界》第 2 期,生活·读书·新知三联书店,1986 年版,第 179 页。
② 高华平:《诗言志继辨——结合新近出生楚简的探讨》,《文学评论》,2008 年第 1 期。

产生讹误，人们在隶定时别立一个"寺"字，这才有了"寺"与"志"二字的不同。但从本源上来说，二者当初应是同一个字。进一步来看，"诗"字本应该是"誌"字，是"言"和人心中的"志"的结合体，只因为"志"和"寺"原本是一个字，故而被误写成了"诗"字。① 可见，高华平不是直接论证"诗"与"志"是同一字，而是说明"寺"与"志"原初是同一个字，而"诗"不过是"誌"的误写，从而在论证方式上更加精致化。

整体观之，上述各家在具体论证方面虽然存在差异，但均是从"志"的层面去把握"诗"。这些分析无疑丰富了人们对"诗"的认知。然而，根据上述论证的结果，有一个非常直接的后果就是"诗言志"的表述成为"诗言诗"，或者"志言志"，此诚如有的学者所言："近人根据文字学的考证，认为早期诗即志，然而这在逻辑上是说不通的。如果志就是诗的同义词，'诗言志'这句话就成为没有意义的了。"②

鉴于直接以"志"释"诗"所带来的"诗言志"表述上的困境，有的学者改变思路，主要从"寺"的角度讨论"诗"之内涵。许慎在《说文解字》中指出诗"从言寺声"，即将"诗"领会为形声字，叶舒宪在引述杨树达相关论述之后评析说：

> 杨先生的这一训释可以归结为以下几个要点。其一，"诗"字由"言"与"寺"两部分构成。其二，"寺"与"志"、"㞢"古音相同，这三个字可以相互替换、假借为用。其三，"诗"字有两种古写法，古文作"訨"，篆文作"诗"。前者意为"诗言㞢"，后者意为"诗言寺"。其四，"诗言㞢"或"诗言寺"皆为"言志"之假借。"诗"字的造字本义正反映了后人"诗言志"的观点。按照上述解说，《说文》把"诗"字看成形声字（寺声）就值得商榷了，造字者分明利用了"言"与"寺"（志）这两独立部分原有的意义，把它们并列组合为一

---

① 高华平：《诗言志续辨——结合新近出土楚简的探讨》，《文学评论》，2008 年第 1 期。
② 钱志熙：《先秦"诗言志"说的绵延及其不同层面的含义》，《文艺理论研究》，2017 年第 5 期。

新字，表达"诗言志"的概念。①

也就是说，"诗"并非形声字，而是一个会意字。在此基础上，叶先生指出："值得商榷的是，杨先生根据后出典籍中的'诗言志'之说，反推古文从'㞢'之诗字和篆文从'寺'之诗字皆为从'志'之假借，倒不如把'诗言志'之说看成从㞢或从寺之诗字的衍生物。换句话说，'志'当是'㞢'与'寺'之同音假借，'㞢'和'寺'才是构成'诗'概念的核心和主体。或者说'寺'是'诗'概念形成之前最接近它的概念。"② 这样，"寺"就成为领会"诗"之含义的关键。金文"寺"从㞢从彐，由于㞢为祭祀之名，因此，"寺"的本义指主持祭祀的祭司或巫师。这样，依据诗为"寺之言"的说法，不难推断"诗"其实是指"具有祭政合一性质的礼仪圣辞"。③ 这样，"诗"由此获得文体的功能。也正是在这个意义上，叶舒宪在"诗"的名义下对《诗经》"风""雅""颂"三体进行如下说明：

> "寺"的破解告诉我们，"诗"原本是具有祭政合一性质的礼仪圣辞，这样看来，《诗经》中"寺人作诗"之说与汉语中"诗"概念的发生，似乎可以互相发明，为考察中国诗歌起源过程中由圣变俗的蛛丝马迹提供双重线索。简言之，汉语中"诗"概念与"谣"、"歌"等有不同来源。它最初并非泛指有韵之文体，而是专指祭政合一时代主祭者所歌所诵之"言"，即用于礼仪的颂祷之词也！虽然《诗经》中的风、雅、颂已均被视为诗，但就其发生学意义而言，只有颂才最切近"诗"概念的本义。雅有"正"义，亦可勉强称"诗"；而风则源于民间歌谣，本与"诗"无关。只是到了"诗"从寺人祭司们的专利推广为世人的普遍精神财富之际，也就是谣、歌等民俗性的韵文概念

---

① 叶舒宪：《诗经的文化阐释》，陕西人民出版社，2005年版，第136页。
② 叶舒宪：《诗经的文化阐释》，陕西人民出版社，2005年版，第136页。
③ 叶舒宪：《诗经的文化阐释》，陕西人民出版社，2005年版，第137-157页。

与官方正宗性的诗概念之间的原始界限（即圣与俗的界限）被打破和贯通以后，"风"才得与"颂"、"雅"并列，共同称之为"诗"。而这时的"诗"——礼崩乐坏之后的"诗"，已经不是昔日作为圣王专利的圣诗了。①

就《诗经》三体而言，"诗"最初只是指"颂"，稍后"雅"也勉强被纳入，它们属于"圣诗"，至于来自民间歌谣的"风"，只有在圣与俗的界限被打破之后，才升格为"诗"。可见，在圣与俗分野之下，"诗"最初与歌谣是两种不同的事物。其实，闻一多也注意到"诗"与"歌"的区别，但他不是从"圣"与"俗"的角度，而是从抒情与记事的角度进行区分的。他指出"歌"的本质是抒情的，而"诗"的本质是记事的，"诗与歌根本不同之点，这来就完全明白了。……我们还可以这样说：古代歌所据有的是后世所谓诗的范围，而古代诗所管领的乃是后世史的疆域"。② 很清楚，闻一多认为，关于"诗"的这种观点主要缘于对"志"字含义的认识。由此，闻一多认为《诗》是记事的，原本就是一种史。他通过对《诗大序》的考察，指出"诗即史，当然史官也就是'诗人'。但序意以为《风》、《雅》是史官所作，则不尽然。初期的雅，尤其是《大雅》中如《绵》，《皇矣》，《生民》，《公刘》等是史官的手笔，是无疑问的，《风》则仍当出自民间。不过《序》指出了诗与国史这层关系，不能不说是很重要的一段文献。如今再回去看《诗序》好牵合《春秋》时的史迹来解释《国风》，其说虽什九不可信，但那种以史读诗的观点，确乎是有着一段历史背景的。最后，从史字的一分较冷僻的训诂中，也可以窥出诗与史的渊源来"。③ 闻一多认为《雅诗》很多篇目出自史官，属于史；至于《国风》，虽然不能等同于史，但采取"以史读诗"的方法也是可取的。

刘士林肯定叶舒宪有关"诗从寺"的探讨"是一种非常有见地的研究成

---

① 叶舒宪：《诗经的文化阐释》，陕西人民出版社，2005 年版，第 157–158 页。
② 闻一多：《神话与诗》，上海人民出版社，2005 年版，第 153 页。
③ 闻一多：《神话与诗》，上海人民出版社，2005 年版，第 154 页。

果"，但对其中的一些说法表示怀疑。比如净身祭祀制的确切时间及分布问题，刘士林认为"叶氏于此处明显是一种推测，又有比附于后代宦官文化之嫌"，这是因为：第一，远古政教合一，最初的主祭者本身又是氏族首领，把他们都说成净身祭司显然与理、与史不合；第二，与中国上古异常发达的生殖崇拜文化不符；第三，文明时代以后以个人身份出现的寺宦阶层，其时间当比较晚，巫政合一时代作为寺人（祭司）的酋王，可以肯定不是所谓的净身祭司。这就表明，"诗从寺"与净身祭司关系并不大。① 于是，刘士林从初民"实体量度"出发，对"寺"重新进行解读，强调"寺"的本源功能与中国先民的生产与分配活动相关，"事实表明，不仅寺的下半部'手'与原始人的度量衡相关，是远古人类用来进行分配或交换的标准工具，其上部的'土'也与原始农业生产有着极为密切的关系"。具体言之，氏族首领的手足在原始社会的实体度量活动中具有极大的权威性，在原始农业生产与分配活动中，氏族首领经常手足并用，所以它们被整合成一个符号，这就是"寺"的字形的根源。其含义表现为，寺从手即是原始社会的食物分配制度，寺从足则体现为土地分配制度。厘清了"寺"的字形本源，也就不难察知诗礼同源的真相，"由于对分配生产资料和食物分配的控制，'寺'（或'寺人'）也就形成了其权威性，并垄断了上古社会中一切权力，这就是最原始的礼"。② 然而，随着"寺"向"诗"的转变，这一过程也伴随诗礼分家。诗礼分家大约发生在殷周之际，表现为"寺"文化与原始巫教的告别，这就导致"诗性智慧在内容上由宗教歌舞转化为原始歌舞，由'巫风'转变为'国风'"。③ 在这样的背景下，"根据马克思的基本观点，人类生产包括物质资料生产与人自身生产两方面，质而言之即人的食本能与性本能两方面的满足。由此则可以把原始歌舞划分为两大主题，即以物质生产为中心的劳动歌舞与以人类自身生产为中心的生殖歌舞"。④ 就《诗经》而言，"风诗"与原始性爱、生殖歌舞密切相关，而"雅诗"与"颂诗"作为宫廷歌

---

① 刘士林：《中国诗性文化》，江苏人民出版社，1999年版，第187–188页。
② 刘士林：《中国诗性文化》，江苏人民出版社，1999年版，第189–195页。
③ 刘士林：《中国诗性文化》，江苏人民出版社，1999年版，第203–205页。
④ 刘士林：《中国诗性文化》，江苏人民出版社，1999年版，第218页。

舞则表征新的分配关系,"如果雅诗作为诗性政治,其功能主要是协调天子与异姓诸侯、周朝与其同盟邦国之利益冲突,那么在周王朝宗族内部,即以血缘关系为基础所组成的周朝利益集团内部,协调其个体与个体不同宗支之间的利益冲突的诗性智慧,就是所谓的颂诗"。① 刘士林在分析风、雅、颂时,将它们的生成与歌舞密切联系在一起,这与闻一多、叶舒宪将"诗"与"歌"分离不一样。

对于早期"诗"与"歌"之间关系的思考,人们的认识并不一致,这又不同程度地影响到对"诗言志"的认识。闻一多强调"歌"的本质是抒情,而"诗"的本质是记事,这意味着"诗"与"歌"处于分离阶段。由于此时的"诗"属于记事,它就与"志"的"记忆""记录"之义相吻合,然而,随着社会的发展,"诗"与"志"由原来的同一走向分家。闻一多说:"社会日趋复杂,为配合新的环境,人们在许多使用文字的途径上,不得不舍弃以往那'繁于文采'的诗的形式而力求经济,于是散文应运而生。史的记载不见得是首先放弃那旧日的奢侈固习的,但它终于放弃了。大概就在这时,志诗二字的用途才分家。一方面有旧式的韵文史,另一方面又有新兴的散文史,名称随形式的蕃衍而分化,习惯便派定韵文史为'诗',散文史为'志'了。"② 一方面是"诗"与"志"的分离,另一方面则是"诗"与"歌"的合流。伴随"诗"与"歌"的合流,"诗"在原来记事的基础上也逐渐染上抒情的特质。闻一多指出:

  诗与歌合流真是一件大事。它的结果乃是三百篇的诞生。一部最脍炙人口的《国风》与《小雅》,也是《三百篇》的最精彩部分。便是诗歌合作中最美满的成绩。一种如《氓》、《谷风》等,以一个故事

---

① 刘士林:《中国诗性文化》,江苏人民出版社,1999年版,第222-284页。按刘氏在食本能与性本能视野下,具体讨论《周礼》"六诗",认为风诗、比诗与原始性爱歌舞相关,体现性本能范畴;而兴诗、赋诗体现食本能范畴,兴诗是生产环节的诗化形式,赋诗则是分配环节的诗化形式。此处只讨论风诗、雅诗与赋诗,其他则略。

② 闻一多:《神话与诗》,上海人民出版社,2005年版,第155页。

为蓝本，叙述方法也多少保存着故事的时间连续性，可说是史传的手法，一种如《斯干》、《小戎》、《大田》、《无羊》等，平面式的纪物，与《顾命》、《考工记》、《内则》等性质相近，这些都是"诗"从它老家（史）带来的贡献。然而很明显的上述各诗并非史传或史志，因为其中的"事"是经过"情"的泡制然后再写下来的。这情的部分便是"歌"的贡献。由《击鼓》、《绿衣》以至《蒹葭》、《月出》，是"事"的色彩由显而隐，"情"的韵味由短而长，那正象征着歌的成分在比例上的递增。再进一步，"情"的成分愈加膨胀，而"事"则暗淡到不合再称为"事"，只可称为"境"，那便到达《十九首》以后的阶段，而不足以代表《三百篇》了。……总之，歌诗的平等合作，"情""事"的平均发展是诗第三阶段的进展，也正是《三百篇》的特质。①

这是闻一多对早期"诗"与"歌"发展的认识。在这种认识中，《诗经》是"诗"与"歌"合流的产物。叶舒宪也认为"诗"与"歌"最初是不同的，它们有着不同的来源。只有随着圣与俗界限的消失，二者才得以贯通。这种贯通体现在《诗经》中，就是风诗与雅诗、颂诗的并列。由此观之，他们均认为"诗"与"歌"最初是分离的，二者融合是后来的事。

对于这个问题，马银琴也认为早期的"诗"与"歌"之间经历由别类分立到合流的过程。不过，不同于上述基于"诗从志""诗从寺"的认识，马银琴对于这一过程的分析是根据"诗从持"进行的。她指出《诗经》作品的内容大致可区分为六种类型：纪祖颂功之歌，郊庙祭祀之歌，朝会、燕享之歌，劝戒时王、讽谏朝政之辞，感时伤世、抒发悲怨之辞，各诸侯国风诗。这六类作品其实又可归并成两大类别：前三类作品时代较早，多颂赞之言，为仪式颂赞之歌；后三类作品时代较晚，多讽刺、怨悲之辞，为讽刺诗。② 显然，就《诗经》

---

① 闻一多：《神话与诗》，上海人民出版社，2005年版，第155页。
② 马银琴：《西周诗史》，2000年扬州大学博士学位论文。

而言,"诗"之生成显然是后于"歌"的。① 并且,"歌"的本质为仪式颂赞,而"诗"的本质为讽刺。马银琴分析说:

> 诗文本是为仪式的目的编辑而成的。因此,仪式乐歌无疑构成了诗文本的最早内容。这一类作品虽因其具体内容、用途的不同分属于《颂》和《大雅》,《颂》为郊庙祭祀之歌,而《大雅》则为纪祖颂功之辞,但它们作仪式颂赞之歌的性质则是相同的。而且,大部分《颂》诗与《大雅》在具体内容上存在着对应关系,如《周颂·清庙》、《维天之命》、《维清》祭祀文王,《大雅·文王》歌颂文王受命称王之事;《周颂·思文》祭祀后稷,《大雅·生民》记述其诞生之种种奇异及肇祀之事;《周颂·天作》祀太王、文王,《大雅·绵》记述太王迁岐、文王伐崇之事;《周颂·武》、《桓》、《酌》等为武王克商后祭祖告功之歌,《大雅·大明》述其伐商经过;《周颂·振鹭》、《有客》为二王之后助祭之辞,《大雅·文王》则述文王受天命代殷作周,命殷士"无念尔祖,聿修厥德";《周颂·丰年》祭祀祖妣,《大雅·思齐》则述及周室三母及文王之圣。这种情况说明,《大雅》与《颂》应是配合使用于相应的祭祀仪式的。上述乐歌的创作时代大多可判定在西周中期以前,是《诗经》中时代最早的作品,其中的大部分,在周公制礼作乐活动中已被用为仪式乐歌。随着周礼各种祭享、祈报、朝会、燕射等礼仪的逐渐成熟,适用于各种礼典仪式的乐歌也陆续产生。如告功祀天地的《周颂·昊天有成命》、用于祈谷之祭的《噫嘻》、用于籍田礼的《臣工》、描述射礼的《大雅·行苇》、记述燕乐的《既醉》、《凫鹥》等诗,均产生于康王至穆王这段"制礼作乐"的历史时期中。随着礼仪的成熟与仪式乐歌的创作,对它们的整理与编

---

① 根据相关文献的记载,用作讽谏意义的"诗"之起源并不晚,至少似乎可溯至周初。此点马银琴《西周诗史》已经注意到。

辑也在一并进行。①

《颂》和《大雅》多用于仪式，不仅制作较早，而且属于颂赞式乐歌。比较而言，《诗经》中属于"诗"部分的诗篇，它们出现在西周中后期社会矛盾日益激化之际，并逐渐成为西周后期诗歌创作的主流。"诗"之所以会出现在这个时期，这与"诗"的性质有关。马银琴指出，"诗"从言从寺，"寺"为"持"之本字，故"寺"字有"规正""法度"等义。按照汉字形声字的造字规律，从"寺"之字，多与"规正""法度"等义相关。因此，"诗"字的造字之义应为规正人行、使之有法度的言辞，这就意味着"诗"字是在讽谏之辞的意义上产生的。明确这一点，"我们可以推导出这样一个结论：'诗'原本只是讽谏怨刺之辞的专名，在它产生之初，并不包括用于仪式、纪功颂德的《雅》、《颂》之歌在内。也就是说，曾在一段历史时期内，'歌'与'诗'别类分立，彼此之间并无关联"。这种分离的局面在后来发生改变。《雅》《颂》之歌是为仪式配乐而作，一开始就是入正乐的；讽刺之诗是本来不入正乐的徒诗、徒歌或地方风土之乐，后来才被之弦管，成为仪式用乐中"无算乐"、散乐的组成部分。随着讽谏之诗配乐而进入仪式，"诗"与"歌"的界限逐渐模糊并开始交替使用。不过，"诗"与"歌"虽已交替使用，但它们的意义仍各有侧重。"诗"侧重于诗歌的内容、文辞，"歌"则侧重于形式、音调。至晚从西周厉王时代起，人们的诗歌观念已经开始发生转变，诗歌创作由"歌""诗"别类阶段进入歌与诗合流的时代。②

从"诗"指怨刺之辞与"歌"指颂赞之辞的角度出发，王小盾分析说，"'诗'和'歌'的区别，在西周初年，乃相当于国子之辞和乐工之辞的区别"。也就是说，"诗"本质上是一种朗诵的言辞。他并进一步指出，"'诗'和朗诵的相关，缘于一个历史悠久的巫祝的传统。《周礼·春官》说以乐语教国子、以'六诗'教瞽矇，事实上便讲到了这一传统及其赖以建立的某种古老的分

---

① 马银琴：《西周诗史》，2000年扬州大学博士学位论文。
② 马银琴：《西周诗史》，2000年扬州大学博士学位论文。

工。此即在各种远古仪式上,巫师掌祝诵、瞽蒙掌歌舞的分工。这一分工,也可以理解为知识分子与乐工艺人的分工。《诗经》作品中的'正''变'二分,隐藏了仪式乐歌与讽谏之辞的二分。这意味着,'诗'与'歌'的分别,乃反映了国子之辞与乐工之辞的分别。如果说仪式乐歌是属于瞽蒙的表述方式,那么,仪式朗诵便是属于巫师、国子及其它知识分子的表述方式"。作为文体的"诗",就是在这一对立过程中形成的。它最初表现为巫师的仪式诵辞,亦即表现为对日常语言的美化("诗言志"),后来,它表现为士大夫所熟悉的一种语言艺术,所以在周代常被用于讽谏。当乐工把讽谏之诗采入仪式,配为音乐的时候,也就有了被称作"变风""变雅"的仪式乐歌。这就意味着,"当'诗'和'歌'完成了它们的分立与合流的过程之时,'诗'这一文体也就产生出来了"。① 值得提及的是,有关"诗"与《诗经》风、雅、颂之关系,张中宇指出,西周没有综合"颂""雅""风"的诗集编定,"风"尚未进入文献,但当时极可能已经存在"颂"文本及"大雅"文本,不过"大雅"没有与"颂"文本合并为一。萌芽于周初的"诗"观念首先指大、小雅,"颂"与"诗"合流是春秋中后期才发生的事情。公元前640年前后,诸侯国"风"已逐渐获得"诗"的地位,"风"融入"诗"是伴随其地位的上升、逐渐脱离区别性的地方名称以与王朝大、小雅并称的过程,这个过程始于春秋中期。"颂"大概是最后整编入"诗"的。这样,以早期数量较多的"雅"为先导,加上不断增多的地方之"风"地位的上升,及"颂"走下庄严神坛,雅、风、颂逐渐合流,合并雅、风、颂以编订综合性"诗"集的社会心理逐渐形成,而孔子极可能是中国第一部整理成型的"诗"的文学文本的最后整合及编定者。②

综上所述,人们有关"诗"字的认识大体秉持三种思路:一是"诗从志",

---

① 王小盾:《论汉文化的"诗言志,歌永言"传统》,《文学评论》,2009年第2期。
② 张中宇:《〈国语〉、〈左传〉的引"诗"和〈诗〉的编订》,《文学评论》,2008年第4期。按:张中宇分析说,"诗"字今不见于甲骨文与商周铭文。《尚书》"诗"两见,一见于《尧典》,一见于《金縢》。前者并不可信,而后者是可以相信的。同时《国语》提到周厉王时"列士献诗",这与《金縢》是目前典籍中看到的最早出现的两处"诗"。它们"均与周王朝中心密切相关。由此推断,萌芽于周初且出现于周地,至迟到公元前9世纪,关于'诗'的概念应逐渐形成"。

二是"诗从寺",三是"诗从持",由此展开的分析,其间虽然存在交叉、一致之处,但分歧大于一致。并且,在分析"诗"的意义时,又延伸出两个问题:一是"诗"与"歌"的关系问题,二是"诗"与风、雅、颂的关系问题。在"诗"与"歌"的关系问题上,无论是闻一多、叶舒宪,还是马银琴、王小盾、张中宇,他们均主张"诗"与"歌"之间存在由分离到融合的发展过程,唯独刘士林例外。更进一步,在"诗"与"歌"由分离到融合的具体演进路径上,前五人的意见显然并不统一,闻一多从"歌"的本质是抒情、"诗"的本质是记事的认识出发,指出《诗经》是"诗"与"歌"合流的结果,并着重分析《国风》与《小雅》。叶舒宪从圣、俗的角度指出"诗"原本是具有祭政合一性质的礼仪圣辞,与"歌"等有不同来源;《诗经》中的颂最切近"诗"的本义,雅勉强可称"诗",而风则源于民间歌谣,与"诗"无关。随着圣、俗界限的消失,风才与雅、颂一样被视为诗。与此有异的是,马银琴则认为《雅》《颂》属于"歌",而《风》则称为"诗"。王小盾以"诗"与"歌"的区别反映了国子之辞与乐工之辞的分别。张中宇认为"诗"首先指大、小雅,"风"融入"诗"始于春秋中期,而"颂"与"诗"合流是春秋中后期发生的事情。可见,人们对"诗"内涵理解的差异,制约了他们对《诗经》风、雅、颂性质的认识及分类。

不过,大家都认同《诗经》风、雅、颂归于"诗"名义之下发生在"诗"与"歌"合流之后。所以,对于上述三个关键问题,众人大致达成共识的有两点:一是"诗"与"歌"之间大致存在由分离到融合的过程;二是只有在"诗"与"歌"合流之后,风、雅、颂才完全归于"诗"名义之下。

应该说,人们对"诗"字义的分析,以及相关问题的讨论,丰富了人们对诗歌发生的认知,但要澄清"诗"的内涵,就必须对"诗言志"说重新进行把握。

二、"诗言志"说之提出及衍变

一方面,由于"诗言志"出自《今文尚书·尧典》,于是人们通常依据

《尧典》文本生成的时间去思考"诗言志"说的起源;另一方面,由于人们对《尧典》的成书过程存在疑虑,他们对"诗言志"说生成的判断也存有疑问。

有关《尧典》的成书,大体存在这些看法。其一,虞史所作,孔颖达指出:"然《书》者理由舜史,勒成一家,可以为法,上取尧事,下终禅禹,以至舜终,皆为舜史所录。"又说:"《尧典》虽曰唐事,本以虞史所录,末言舜登庸由尧,故追尧作典,非唐史所录,故谓之《虞书》也。"[①] 其二,夏史所作,顾炎武说:"窃疑古时有《尧典》无《舜典》,有《夏书》无《虞书》,而《尧典》亦《夏书》也。……记此书者必出于夏之史臣,虽传之自唐,而润色成文不无待于后人者,故篇首言'曰若稽古',以古为言,明非当日之记也。世更三圣,事同一家。以夏之臣追记二帝之事,不谓之《夏书》而何?夫惟以夏之臣而追记二帝之事,则言尧可以见舜。"[②] 其三,成于周初,王国维说:"《虞夏书》中如《尧典》《皋陶谟》……文字稍平易简洁,或系后世重编,然至少亦必为周初人所作。"[③] 其四,成于西周中期,金德建以为《尧典》"应该是写作于西周中期以前的作品"[④],李山也认为《尧典》是西周中期的文献[⑤]。其五,成于春秋时期,王充在《论衡·须颂篇》中以为孔子所编:"问说《书》者'钦明文思'以下,谁所言也?曰:'篇家也。'篇家谁也?'孔子也。'然则孔子鸿笔之人也。"[⑥] 金景芳、吕绍纲认为《尧典》成书于平王东迁之后孔子之前。[⑦] 其六,成于战国时期,钱玄同主张《尧典》"一定是晚周人伪造的"[⑧]。其七,今本定型于秦朝,陈梦家指出"《尧典》为秦代齐鲁儒者所更定,立于官学"[⑨]。其八,今本成于汉武帝时期,此为顾颉刚所主张[⑩]。此外,蔡沈认为:

---

① 孔颖达:《尚书正义》,北京大学出版社,1999年版,第19-20页。
② 黄汝成:《日知录集释》,岳麓书社,1996年版,第73-74页。
③ 王国维:《古史新证》,清华大学出版社,1994年版,第3页。
④ 金德建:《〈尧典〉述作小议》,《史学史研究》,1982年第4期。
⑤ 李山:《〈尧典〉的写制年代》,《文学遗产》,2014年第4期。
⑥ 王充:《论衡》,上海书店,1986年版,第196页。
⑦ 金景芳、吕绍纲:《〈尧典〉新解(节选)》,《孔子研究》,1992年第4期。
⑧ 顾颉刚:《古史辨》(第一册),海南出版社,2005年版,第86页。
⑨ 陈梦家:《尚书通论》,河北教育出版社,2000年版,第162页。
⑩ 顾颉刚:《〈尧典〉著作时代考》,《文史》第24辑。

"《尧典》虽纪唐尧之事,然本虞史所作。故曰《虞书》。其《舜典》以下,夏史所作,当曰《夏书》,《春秋传》亦多引为《夏书》。此云《虞书》,或以为孔子所定也。"①

在这种情形下,关于"诗言志"的生成就出现异议。比如朱自清根据顾颉刚等人的考证,认为《尧典》是战国时才出现的,同时又相信《左传》是晚周人的作品,于是推测"诗言志"也许是从"诗以言志"来的。但他对这一结论并不坚信,又补充说,二者也许"彼此是独立的"。② 这是较早依据《尧典》成书来推测"诗言志"的生成时间,此后,人们沿着同样的思路相继提出不同的认识。(1) 主张尧舜时代的。纪准指出:"从地下考古的成绩来看,《尧典》所载尧舜禹的时代是基本可信的;其文明程度也并非我们想象的那么低下。反映诗歌舞合一的'诗言志'由一个熟练掌握这种高度文明的史前历史人物说出来,完全是可能的。"③ 王齐洲说:"至于《尧典》何时成书,则有春秋中期及后期、战国、秦汉等多种意见。既然《尧典》已是伪造,其所谓'诗言志'云云当然就不会是很早的观念。……然而,如果接受《尚书》研究专家刘起釪的意见,承认《尧典》中尚有'远古的素材',而'诗言志'属于这种材料,那么赵孟、师亥就可能是受了传统观念的影响。反之,则'诗言志'就是春秋、战国时期的伪造者'拟作'的。如为前者,说它是'千古诗教之源'或中国诗论'开山的纲领'自然可以成立;如系后者,以上的说法就难以成立了。笔者赞成'诗言志'观念发生甚早,它可以作为'千古诗教之源'或中国诗论'开山的纲领'。"④ (2) 主张殷商时期的。尹荣方说:"很多人认为《尚书》成书于春秋战国时代,所以'诗言志'的观念的出现不会太早。但《左传·襄公二十七年》载赵文子对叔向说'诗以言志',可见'诗言志'说必有其较早的渊源。有迹象表明,《尧典》所载,是殷人的神话、传说……可见《尧典》叙事

---

① 蔡沈:《书经集传》,中国书店,1994年版,第1页。
② 朱自清:《诗言志辨》,华东师范大学出版社,1996年版,第1-2页。
③ 纪准:《〈尧典〉与"诗言志"的关系:从一个侧面探索上古辨伪的新思路》,《太原师范学院学报》,2006年第5期。
④ 王齐洲:《"诗言志":中国古代文学观念发生的一个标本》,《清华大学学报》,2010年第1期。

与殷人的关连。"① （3）主张西周时期的。王筑民说："《尧典》当然不可能是尧舜时期的原始文献，现当代学者一般认为是战国时代写成的。然而，这一命题所反映的观念，不应认为是到战国时期才出现的'晚进的'观念。……《国语》、《左传》等古代史籍的记载，也足以说明：'诗言志'的观念，至晚应当出现在西周—春秋以前。"② 韩国良分析说："'诗言志'是中国古典文论的开山纲领，目前有关其产生年限的看法主要有三类：（1）西周春秋之际，'可以视为西周春秋之际人们对于诗歌性质功能的认识的一种概括性表述'；（2）'产生在春秋战国时期，说明那时的人对于文学艺术的性质已有比较清楚的认识'；（3）'这一重要诗学观念的逻辑起点，是春秋时代的《诗》以言志'，'这一观念的出现当在秦汉之际，在"本于心"的文体诗创作发轫之后'。显而易见，对于'诗言志'观念产生的年限我们至今也没有统一的认识……我们认为'诗言志'观念的产生至迟也在西周之初。"③ 陈桐生指出："'诗言志'究竟是不是帝舜思想？对此已无法确考。《尚书·尧典》决不可能是尧舜时期的作品，而是出于后代史官的追记，据古史辨学派的考证，它的最后写定可能已到战国时代。根据现有的文献资料判断，'诗言志'命题的出现不会晚于西周，因为到春秋时期，'诗言志'已经作为一个经典性文化常识在上流社会传播。"④ （4）主张春秋时期的。徐正英说："我们认为，《尚书》及其《尧典》篇不宜轻易否定。这无需作烦琐考证，仅从战国前的文献征引《尚书》的情况略作统计即可说明问题。……所以，我们虽不敢说《尧典》中那段话真的出自舜之口，但说其最迟出于春秋时期、《左传》之前大抵是不会错的。"⑤ 王妍、胡春玲指出："如果像疑古派钱玄同、顾颉刚等人认为的那样，'诗言志'之说不可能产生于尧舜时代，那么至少在春秋中叶，随着《诗经》的结集，'诗言志'的观念已

---

① 尹荣方：《〈尚书·尧典〉"诗言志"与"诗歌（乐舞）演绎天道"考论》，《中原文化研究》，2017年第1期。
② 王筑民：《"诗言志"与"诗缘情"——古文论笔札之三》，《贵阳金筑大学学报》，2003年第3期。
③ 韩国良：《论"诗言志"观念产生于西周之初》，《湖南行政学院学报》，2006年第5期。
④ 陈桐生：《从出土竹书看"诗言志"命题在先秦两汉的发展》，《文艺理论研究》，2007年第5期。
⑤ 徐正英：《"诗言志"复议》，《中州学刊》，1999年第6期。

经逐步确立起来了。"① 戴伟华以为："'诗言志'的出现至迟应在'春秋'晚期，它是对'以诗言志'的总结，这和春秋战国时代'以诗见志'的风习相对应。"② 周朔分析说："由于《尚书》的真伪聚散极其复杂曲折，致使许多学者对它的早出提出了种种质疑。但我们认为，《尚书》及其《尧典》不宜轻易地否定。仅从战国前的文献征引《尚书》的情况略作统计即可说明问题。……所以，我们虽不能说《尧典》反映的一定就是尧时的思想，但它至少反映了春秋时期，甚至春秋以远的思想。"③ 王少良指出："我国春秋时期，出现了两个对后世产生重要影响的诗学命题。'诗言志'首先是在'赋《诗》言志'的背景下提出的，它涵盖《诗经》作品表达情志、观照现实的价值。"④（5）主张战国时期的。王树芳说："'诗言志'命题的提出，应在《尚书·尧典》成书之时。《尚书》相传为孔子及其门徒所编，而其中的《尧典》则一般认为是战国时代的一些后儒所补。所以，从《尚书·尧典》的成书年代来看，'诗言志'说的提出，应在战国时期。但它的酝酿却早在春秋时期。"⑤ 晁福林谓："其实，《尚书·尧典》的成书年代历经专家研究，已经可以肯定是在战国中后期，由此我们可以推测，'诗言志'之说既不是出自遥远的虞舜，也不是出自春秋末年的孔子，而是战国中后期儒家整编古史时所提出的看法。"⑥ 上述这些说法主要依据《尧典》成书年代来判定"诗言志"出现的时间。

须注意的是，有关"诗言志"出现时间的考察，也存在避开《尧典》来讨论的情况，或者说，将《尧典》成书与"诗言志"的提出视为两个不同问题。比如古风指出："《尚书》成书的时间，并非是《尧典》产生的时间；而《尧典》产生的时间，也并非是'诗言志'说的提出时间。因为，这些是不同历史层面的问题。……如果按照人类文化史发展的历史逻辑来看，作为口传文化中

---

① 王妍、胡春玲：《"诗言志"简论》，《学术交流》，2002年第3期。
② 戴伟华：《论五言诗的起源——从"诗言志"、"诗缘情"的差异说起》，《中国社会科学》，2005年第6期。
③ 周朔：《诗言志在先秦两汉的演变》，《求索》，2008年第1期。
④ 王少良：《说"思无邪"与"诗言志"》，《社会科学论坛》，2010年第3期。
⑤ 王树芳：《"诗言志"说探踪》，《湖州师专学报》，1989年第4期。
⑥ 晁福林：《先秦儒家"诗言志"理论的再探讨》，《江汉论坛》，2008年第1期。

的'舜时乐官文化'现象,它的产生肯定要比记载它的《尧典》成篇的时间要早得多。但是,问题并非如此简单。我认为,《尧典》关于'诗言志'的这段记载,可以分为两个层面来看:一是从先商文化(不一定是虞文化,也可能是夏文化)流传下来的信息,诸如诗(准确地说是'歌')、乐、舞浑然一体,尤其是'击石拊石,百兽率舞','神人以和'等,反映了石器时代的文化面貌;二是《尧典》成篇时代的文化信息,诸如'诗言志'等。很显然,'诗言志'并非是远古遗俗,而是从殷商时期萌芽的一种文化现象。……这些都表明:'诗言志'产生的大致年代是殷商时期。"①古风不再纠缠《尧典》产生与"诗言志"提出之间关系的考证,而是将二者割裂开来;并且选择从人类文化史的角度去思考"诗言志"产生的时间,认为"诗言志"产生在殷商时期。正是在这种视野下,《尧典》的产生对于"诗言志"的提出就不再起着决定性作用。王文生分析说:

> 首先,我认为,"诗言志"虽包含在《尧典》之中,却不能以对《尧典》的考证来概括对"诗言志"这部分材料的考证。前辈学者对《尧典》乃至对整个《尚书》的考证,大都是从古代语言之差异,地名出现之先后,叙述语气之矛盾,或其他典籍述说同一问题之异同来着手的。这些情况,不容赘述。我在这里仅指出一个基本事实:《尚书》中的虞、夏、商、周书中,除了《商书》中的《盘庚》及《周书》被大家公认为传承下来的原始资料外,其余部分是由后人或根据原始材料或根据口头传说加以整理而写成文字材料的。后人在整理这些材料时,难免渗入他自己那个时代的语言、语气、地名甚至对材料的理解等等。仅仅根据上述一个方面或几个方面去推断整篇材料产生的时代和它的真实可信程度是很不够的。尤有甚者,即使某篇材料出现某个地名为后代所有,或某种语气为前代所无,或书面文字较上古文字通顺可读,那充其量也只能作为其直接论述的那部分材料的一个

---

① 古风:《从"诗言志"的经典化过程看古代文论经典的形成》,《复旦学报》,2006年第6期。

论据，而不能据此推断整篇所有材料的时代性和真实性。其次，我还认为，"诗言志"这段材料托名舜、夔那个时代既无足够文献也无出土文物可以证明，自然很难使人相信它真是虞舜时期的产品，当是古代原始口头材料由后人整理而成。仅仅根据语气、文字去考证它是不会有什么结果的。我们只有把它提到一个较广阔的历史范围内，根据它的内容所反映的社会历史情况，以及各种思想形式、文学实践对文学思想的影响，才能发现时代在它身上刻下的印记，从而较正确地回答"诗言志"究竟产生在什么时代的问题。①

王文生也反对以对《尧典》的考证来代替对"诗言志"本身的考证，并反思了辨伪所使用的一些方法，指出早期一些文献是后人根据原始材料或口头传说整理而成，其中虽然难免渗入整理者所处时代的语言、语气、地名甚至对材料的理解，但不能仅仅据此就推断整篇材料的时代性和真实性。在他看来，应该在较广阔的历史范围内来审视"诗言志"说，《尧典》有关"诗言志"的记载，"包括舜命夔掌管音乐以教育子弟，同时说明音乐、诗歌、舞蹈之间的关系和作用，以及夔命时的回答。整个材料的内容，都打上了以乐为教育中心的时代的烙印，而不涉及礼教的问题"。依据《礼记·仲尼燕居》"夔不达于礼"的说法，可证"诗言志"文学思想纲领产生在以乐教为中心的时代。具体言之，"诗言志"产生的时代上限不会早于西周之初，下限不会迟至春秋之后，初步推测"诗言志"纲领产生在公元前11世纪至公元前5世纪这个时代范围之内。② 钱志熙分析指出："古代学者普遍相信是舜帝的言论，称之为'虞廷言乐'。他所包含的诗乐舞三位一体的综合艺术理论的性质，也被古今学者所普遍认知。近现代学者，一般认为是周代乐官的思想，至其记载，或者在更后的时代。但也有认为属尧舜时代的思想。我想，应该将这段文字所依藉的文本与其中的思想分别开来，文本的产生年代是一回事，思想的产生年代是另一回事。

---

① 王文生：《"诗言志"文学思想纲领产生的时代考》，《文艺理论研究》，2010年第2期。
② 王文生：《"诗言志"文学思想纲领产生的时代考》，《文艺理论研究》，2010年第2期。

后者不能完全凭文献考证的方法得到，而是要放在思想的发展史中来讨论。《尧典》中展示了这个著名的'虞廷言乐'的基本背景，即舜继尧即位，设官分职，向包括夔在内的'十二牧'分配各人掌管的政治职责。其中命伯益'典朕三礼'，命夔典乐，可以说是中国古代礼乐之治的开端，也很可能是中国古代王朝设官分职的开始。所以在上古文书中得到郑重的记载，或者说作为重要的事件被不断地追溯。由此可见，中国古代第一个关于诗与乐的理论体系的出现，是古代国家政治形态成熟的成果之一。……究竟这个'虞廷言乐'文本产生于何时，我们现在还无法明确地回答。但是根据我们上面分析，可以知道，古代国家设官分职的政教体系的确立及礼乐之治观念的明确化、伦理观念的成熟，以及诗乐舞三位一体的综合艺术系统中'诗'主导功能的明确化，这些都是中国古代第一个诗歌理论体系产生的条件。从逻辑上说，只要具备上述各种历史文化条件，这个诗歌理论体系就必定产生。所以，我们没有必要纠结于这个文本的具体产生时间，何况这里还存在着思想本身的产生、传述、文本的记录等好几个层面。与其刻意地纠结于《尧典》文本的产生时间，不如将探讨的重点转向能够造成中国古代第一个诗歌理论表述、最早的诗歌本体论产生的具体条件在何时具备，即最早的具有政教功能的国家政治在何时形成。"①

以上主要从两个层面梳理"诗言志"说的生成：一是依据《尧典》文本的生成时间，判断"诗言志"说出现于或尧舜时代、或殷商时期、或西周时期、或春秋时期、或战国时期；二是避开《尧典》文本生成时间来讨论，判断"诗言志"说出现于或尧舜时代、或殷商时期、或西周至春秋时期。这些分歧的存在，无疑显示"诗言志"说的生成是一种复杂的过程，不过，这也促使人们进一步去思考这个问题。

从文献的角度来看，《尧典》首次明确提出"诗言志"。一般而言，我们可以将文本生成时间视为命题出现的时间，但"诗言志"说的情况显然超出人们的预估，之所以如此，关键在于《尧典》文本生成时间的未定性与"诗言志"

---

① 钱志熙：《先秦"诗言志"说的绵延及其不同层面的含义》，《文艺理论研究》，2017年第5期。

内涵的未定性，致使原本能够用文献学轻易解决的问题变得异常复杂起来。面对这种困境，研究者认识到，考察"诗言志"生成问题，《尧典》文本仍然是一个非常重要的支点，抛开它是不现实的；同时，也认识到"诗言志"的复杂内涵对分析"诗言志"生成所带来的影响，只有将这两个方面有机结合起来，才能比较好地澄清这个问题。

有关"诗言志"的内涵，前面已经作了若干分析，其实，先秦时期的"诗言志"的内涵并非稳固不变，而是衍变的。人们注意到"诗"字的后起，但"诗"字的后起并不代表"诗"这种文体的后起。也就是说，在"诗"字出现之前，已经存在"诗"的现象。郑玄《诗谱序》云：

> 诗之兴也，谅不于上皇之世。大庭、轩辕逮于高辛，其时有亡载籍，亦蔑云焉。《虞书》曰："诗言志，歌永言，声依永，律和声。"然则《诗》之道放于此乎！有夏承之，篇章泯弃，靡有孑遗。迩及商王，不风不雅。何者？论功颂德所以将顺其美，刺过讥失所以匡救其恶，各于其党，则为法者彰显，为戒者著明。①

对此，孔颖达《疏》解释说：

> 上皇谓伏牺，三皇之最先者，故谓之上皇。郑知于时信无诗者，上皇之时，举代淳朴，田渔而食，与物未殊。居上者设言而莫违，在下者群居而不乱，未有礼义之教，刑罚之威，为善则莫知其善，为恶则莫知其恶，其心既无所感，其志有何可言，故知尔时未有诗咏。郑注《中候·敕省图》，以伏牺、女娲、神农三代为三皇，以轩辕、少昊、高阳、高辛、陶唐、有虞六代为五帝。……大庭、轩辕疑其有诗者，大庭以还，渐有乐器，乐器之音，逐人为辞，则是为诗之渐，故疑有之也。《礼记·明堂位》曰："土鼓、蒉桴、苇籥，伊耆氏之乐

---

① 孔颖达：《毛诗正义》，北京大学出版社，1999年版，第4页。

也。"注云："伊耆氏，古天子号。"《礼运》云："夫礼之初，始诸饮食。蕢桴而土鼓。"注云："中古未有釜甑。"而中古谓神农时也。《郊特牲》云："伊耆氏始为蜡。"蜡者，为田报祭。案《易·系辞》称农始作耒耜以教天下，则田起神农矣。二者相推，则伊耆、神农并与大庭为一。大庭有鼓籥之器，黄帝有《云门》之乐，至周尚有《云门》，明其音声和集。既能和集，必不空弦，弦之所歌，即是诗也。但事不经见，故总为疑辞。案《古史考》云"伏牺作瑟"，《明堂位》云"女娲之笙簧"，则伏牺、女娲已有乐矣。郑既信伏牺无诗，又不疑女娲有诗，而以大庭为首者，原夫乐之所起，发于人之性情，性情之生，斯乃自然而有，故婴儿孩子则怀嬉戏抃跃之心，玄鹤苍鸾亦合歌舞节奏之应，岂由有诗而乃成乐，乐作而必由诗？然则上古之时，徒有讴歌吟呼，纵令土鼓、苇籥，必无文字雅颂之声。故伏牺作瑟，女娲笙簧，及蕢桴、土鼓，必不因诗咏。如此则时虽有乐，容或无诗。郑疑大庭有诗者，正据后世渐文，故疑有尔，未必以土鼓、苇籥遂为有诗。若然，《诗序》云"情动于中而形于言，言之不足乃永歌嗟叹。声成文谓之音"，是由诗乃为乐者。此据后代之诗因诗为乐，其上古之乐必不如此。郑说既疑大庭有诗，则书契之前已有诗矣。而《六艺论·论诗》云："诗者，弦歌讽谕之声也。自书契之兴，朴略尚质，面称不为谄，目谏不为谤，君臣之接如朋友然，在于恳诚而已。斯道稍衰，奸伪以生，上下相犯。及其制礼，尊君卑臣，君道刚严，臣道柔顺，于是箴谏者希，情志不通，故作诗者以诵其美而讥其过。"彼书契之兴既未有诗，制礼之后始有诗者，《艺论》所云今诗所用诵美讥过，故以制礼为限。此言有诗之渐，述情歌咏，未有箴谏，故疑大庭以还。由主意有异，故所称不同。礼之初与天地并矣，而《艺论·论礼》云"礼其初起，盖与诗同时"，亦谓今时所用之礼，不言礼起之初也。《虞书》者，《舜典》也。郑不见《古文尚书》，伏生以《舜典》合于《尧典》，故郑注在《尧典》之末。彼注云："诗所以言人之志意也。

永,长也,歌又所以长言诗之意。声之曲折,又长言而为之。声中律乃为和。"彼《舜典》命乐,已道歌诗,经典言诗,无先此者,故言《诗》之道也。"放于此乎",犹言适于此也。"放于此乎",隐二年《公羊传》文。言放于此者,谓今诵美讥过之诗,其道始于此,非初作讴歌始于此也。《益稷》称舜云:"工以纳言,时而扬之,格则承之庸之,否则威之。"彼说舜诚群臣,使之用诗。是用诗规谏,舜时已然。大舜之圣,任贤使能,目谏面称,似无所忌。而云"情志不通,始作诗"者,《六艺论》云情志不通者,据今诗而论,故云"以诵其美而讥其过"。其唐虞之诗,非由情志不通,直对面歌诗以相诚勖,且为滥觞之渐,与今诗不一,故《皋陶谟》说皋陶与舜相答为歌,即是诗也。《虞书》所言,虽是舜之命夔,而舜承于尧,明尧已用诗矣,故《六艺论》云唐、虞始造其初,至周分为六诗,亦指《尧典》之文。谓之造初,谓造今诗之初,非讴歌之初。讴歌之初,则疑其起自大庭时矣。然讴歌自当久远,其名曰诗,未知何代。虽于舜世始见诗名,其名必不初起舜时也。名为诗者,《内则》说负子之礼云"诗负之",注云:"诗之言承也。"《春秋说题辞》云:"在事为诗,未发为谋,恬澹为心,思虑为志。诗之为言,志也。"《诗纬·含神务》云:"诗者,持也。"然则诗有三训,承也、志也、持也。作者承君政之善恶,述己志而作诗,为诗所以持人之行,使不失队,故一名而三训也。夏承虞后,必有诗矣。但篇章绝灭,无有孑然而得遗余。此夏之篇章不知何时灭也。有《商颂》而无夏颂,盖周室之初世记录不得。汤以诸侯行化,卒为天子。《商颂》成汤"命于下国,封建厥福",明其政教渐兴,亦有风、雅。商、周相接,年月未多,今无商风、雅,唯有其颂,是周世弃而不录,故云"近及商王,不风不雅",言有而不取之。此论周室不存商之风、雅之意。风、雅之诗,止有论功颂德、刺过讥失之二事耳。党谓族亲。此二事各于己之族亲,周人自录周之风、雅,则法足彰显,戒足著明,不假复录先代之风、雅也。颂则前代至美之诗，敬先代，故录之。①

据上可知，郑《诗谱序》和孔《疏》在描述"诗"之起源时结合诗与歌、诗与礼乐以及"诗"义三个层面进行，也就是说，他们主要是结合歌、礼乐来思考"诗"的起源。首先，他们从否定、怀疑、肯定三个方面说明"诗"的起源。他们认为伏羲时期没有"诗"，但是已经出现讴歌，神农、轩辕时期可能有"诗"，尧舜时期已确切有"诗"。显然，在他们看来，"歌"的发生要先于"诗"，而"诗"是"歌"的发展。这是他们讨论"诗"的起源时所得出的一个重要结论。其次，他们从"礼""乐"的角度思考"诗"的起源问题。一再强调"大庭以还，渐有乐器，乐器之音，逐人为辞，则是为诗之渐"，"大庭有鼓籥之器，黄帝有《云门》之乐，至周尚有《云门》，明其音声和集。既能和集，必不空弦，弦之所歌，即是诗也"。关于"礼"与"诗"，他们说"上皇之时……未有礼义之教，刑罚之威，为善则莫知其善，为恶则莫知其恶，其心既无所感，其志有何可言，故知尔时未有诗咏"，又说"礼其初起，盖与诗同时"。因此，在"礼""乐"与"诗"的关系方面，他们往往将"礼""乐"的发生视为"诗"之发生。他们将"诗"与"歌"分离，并且将"诗"之发生与"礼"联系起来，这与他们对"诗"本质的理解密切相关。他们主张"诗"的功用在于"诵美讥过"，亦即发挥规谏的作用。这样，"诗"就与单纯抒发情感的"歌"存在区别。伏羲时代"举代淳朴，田渔而食"，不存在也不需要礼义之教，所以这个时候只有"歌"，未有"诗"。随着朴略尚质的衰落，"奸伪以生，上下相犯"，此时需要通过礼的制作来"尊君卑臣"，但后来"君道刚严，臣道柔顺，于是箴谏者希，情志不通，故作诗者以诵其美而讥其过"，"诗"就出现了。这表明，"诗"是伴随"礼"的产生而出现的。所以，孔《疏》说"诗有三训，承也、志也、持也。作者承君政之善恶，述己志而作诗，为诗所以持人之行，使不失队"。

然而，郑《诗谱序》和孔《疏》的一些论述是存在矛盾的。首先，在

---

① 孔颖达：《毛诗正义》，北京大学出版社，1999年版，第4—6页。

"乐"与"诗"的关系方面,孔《疏》指出,自大庭(神农)以来,伴随乐器的出现,"诗"也逐渐出现。这表明,孔《疏》其实暗示乐(乐器)与"诗"是同步产生的。但是,这个看法显然与他所说的"诗"之起源观念是相冲突的,于是在论述中不免出现矛盾。比如,孔《疏》承认"诗"是伴随乐器而出现的,但在大庭(神农)之前的伏羲、女娲时期已经出现瑟、笙簧这样的乐器,倘若按照孔《疏》,岂不是伏羲、女娲时期已经出现"诗"了?然而郑玄《诗谱序》又明确否定伏羲时代存在"诗",对此,孔《疏》说:"然则上古之时,徒有讴歌吟呼,纵令土鼓、苇籥,必无文字雅颂之声。故伏牺作瑟,女娲笙簧,及蒉桴、土鼓,必不因诗咏。如此则时虽有乐,容或无诗。郑疑大庭有诗者,正据后世渐文,故疑有尔,未必以土鼓、苇籥遂为有诗。"为了避免与《诗谱序》的看法冲突,孔《疏》只好说伏羲、女娲与"乐"相对应的是"讴歌吟呼",是"歌"而不是"诗"。应该说,这个解释是经不起推敲而令人难以信服的。

其次,在"诗"与"礼"的关系上,孔《疏》坚持"诗"与"礼"同步生成的观点,但是,一方面,孔《疏》认为伏羲时代"未有礼义之教",自然也就没有"诗";另一方面,孔《疏》又说"礼之初与天地并矣",既然这样,可以肯定伏羲时代早已存在"礼",自然也就存在"诗"。面对这个矛盾,孔《疏》说"礼之初与天地并矣,而《艺论·论礼》云'礼其初起,盖与诗同时',亦谓今时所用之礼,不言礼起之初也",通过更换"礼"之所指来弥缝其间的漏洞,尽管用心良苦,但其论述的脆弱是难以掩盖的,自然也就难以说服众人。孔《疏》的解释之所以难以左右逢源,其根本原因在于他秉持"诵美讥过"之"诗"观念。

其实,对于"诗"的起源来说,"歌""乐"的作用厥功甚伟,而"礼"于"诗"尽管也非常重要,甚至超过"乐",但这一切均是后来发生的。这就是说,对于"诗"之起源,我们首先要阐明的是"诗"与"歌"、与"乐"之间的关系。这其中,尽管"诗"这个字的制作年代晚起,但这并不影响"诗"文体先于"诗"字出现的事实。事物先于观念出现,乃是常例,明确这一点,

在"诗"与"歌"的关系上,可能就会有新的理解。陈伯海指出:

> 闻先生立说的前提是认上古歌诗为分途,歌的作用在于以声调抒情,诗的职能则在用韵语记事。最早的记事要靠口耳相传,所以"诗"或者"志"的早期功能便在保存记忆。自文字诞生后,记事可以凭借书写,于是"诗""志"的涵义遂由记忆转为记录。再往后,诗与歌产生合流,诗吸取了歌的抒情内容,歌也采纳了诗的韵语形式,这样一来,诗用韵语所表达的便不限于记事,而主要成了情意,这就是"诗言志"一语中的"志"解作"怀抱"的由来了(参见《歌与诗》)。应该说,闻先生对于"志"的涵义的演进分疏得相当明白,且有一定的合理性,但以上古歌诗由分途趋向合流的假设却是不能成立的。歌乃诗之母,人类早期的诗并非独立存在,它孕育于歌谣之中,并经常与音乐、舞蹈合为一体,这种诗、乐、舞同源的现象已为中外各原始民族的经验所证实。据此而言,则歌诗的发展自不会由分途趋于合流,反倒是由一体走向分化,也就是说,诗的因子曾长期隐伏于歌谣之中,而后才分离出来,最终取得自身独立的形态。这也正可用来解释"诗"之一词在我国历史上出现较晚的原因。[①]

"诗的因子曾长期隐伏于歌谣之中",揭示了早期"诗"与"歌"同体的事实,也就是说,"诗"最初是包蕴在"歌"之中的。讨论"诗"之起源,应该从这个事实出发。

由"诗"与"歌"同体,我们可以进一步讨论《尧典》的这段话:

> 帝曰:"夔!命汝典乐,教胄子,直而温,宽而栗,刚而无虐,简而无傲。诗言志,歌永言,声依永,律和声。八音克谐,无相夺伦,

---

① 陈伯海:《释"诗言志"——兼论中国诗学"开山的纲领"》,《文学遗产》,2005年第3期。

神人以和。"夔曰:"於!予击石拊石,百兽率舞。"①

帝舜任命夔担任乐官,负责教导国子。在二人的对话中,透露出的一些信息值得注意:首先,帝舜提到教育国子的内容只涉及"乐",清人俞正燮曾言:"虞命教胄子,止属典乐。周成均之教,大司成、小司成、乐胥皆主乐。《周官》大司乐、乐师、大胥、小胥主学。……通检三代以上书,乐之外无所谓学。"② 俞氏从乐官的角度揭示了乐在早期社会的重要作用。应特别注意,此处有关教育的内容,帝舜只提到乐,这意味着什么呢?《周礼·春官》载:"大司乐掌成均之法,以治建国之学政,而合国之子弟焉。凡有道者有德者,使教焉,死则以为乐祖,祭于瞽宗。以乐德教国子:中、和、祇、庸、孝、友。以乐语教国子:兴、道、讽、诵、言、语。以乐舞教国子:舞《云门》、《大卷》、《大咸》、《大磬》、《大夏》、《大濩》、《大武》。以六律、六同、五声、八音、六舞大合乐,以致鬼神示,以和邦国,以谐万民,以安宾客,以说远人,以作动物。"③ 此处记载的内容较《尧典》文本要复杂,但其核心内容非常一致,即突出"乐"之教育。可以说,《周礼》的这个记载延续了《尧典》的相关思路。不过,《礼记·王制》的记载有了新的变化,"乐正崇四术,立四教。顺先王《诗》、《书》、《礼》、《乐》以造士。春秋教以《礼》、《乐》,冬夏教以《诗》、《书》。王大子,王子,群后之大子,卿大夫、元士之适子,国之俊选,皆造焉。凡入学以齿"。④ 此处的"乐正"相当于《周礼》的大司乐,乐正主管《诗》《乐》教学,这是与大司乐一致的,不过,在这里,乐正还负责《书》《礼》的教学,这是新出现的事物。又《国语·楚语上》有这样一段记载:"教之春秋,而为之耸善而抑恶焉,以戒劝其心;教之世,而为之昭明德而废幽昏焉,以休惧其动;教之诗,而为之导广显德,以耀明其志;教之礼,使知上下之则;教之乐,以疏其秽而镇其浮;教之令,使访物官;教之语,使明其德,

---

① 孔颖达:《尚书正义》,北京大学出版社,1999年版,第78—79页。
② 俞正燮:《癸巳存稿》,辽宁教育出版社,2003年版,第65页。
③ 贾公彦:《周礼注疏》,北京大学出版社,1999年版,第573—578页。
④ 孔颖达:《礼记正义》,北京大学出版社,1999年版,第404页。

而知先王之务用明德于民也；教之故志，使知废兴者而戒惧焉；教之训典，使知族类，行比义焉。"① 这段话的背景是，楚庄王派士亹担任太子箴的老师，士亹向当时楚国非常博学的申叔时咨询教育太子的教材，申叔时于是推荐上述九类教材。申叔时推荐的教材中，"诗""乐"虽然列入其中，但与其并列的还有其他七种。由此可知，在这个时期，教育国子的内容远远不限于"乐"。也就是说，《礼记》《国语》记载的是不同于《尚书》《周礼》的一种新的教育体制。根据这一点，《尧典》显示的教育内容反映的只能是早期教育之特色。

其次，根据帝舜与夔的对话，可发现此时的"乐"是涵括诗（歌）、乐、舞的，即诗（歌）与舞并没从"乐"的范畴中独立出来，这种观念无疑呈现了早期"乐"的特征。此外，帝舜和夔在谈论"乐"时并没有涉及"礼"。依此可知，《尧典》文本中所承载的一些内容确实来自久远的传统。根据帝舜的描述，此时的"乐"不仅承担着教育的作用，更为重要的是，它还担负着"神人以和"的重任，由此可见"乐"的原始宗教背景。既然早期的诗（歌）混融在"乐"之中，那么，它染上原始宗教色彩也是必然的。叶舒宪从"圣"的角度将"诗"理解为具有祭政合一性质的礼仪圣辞，显然是看到了这一点。不仅如此，叶舒宪还特别讨论"诗言祝"的问题，以此分析《诗经》风、雅、颂与早期祝歌的关联。② 尽管将风诗纳入祝歌体系加以论述似乎有违其"圣"与"俗"二分的思路，但将《诗经》生成与祝歌联系在一起的做法无疑值得重视。饶宗颐指出："占卜有繇词，亦是诗的性质。殷代《归藏》的繇辞已在湖北王家台的秦简中发现。繇是诗的一种，是占卜的副产品，诗言志指向神明昭告。"③ 饶先生将占卜的繇词视为诗，表明诗的原始宗教色彩。同样，李泽厚、刘纲纪在《中国美学史》中指出：

> 对于"诗言志"的含义，历来有种种不同的看法。历史地考察起

---

① 上海师范大学古籍整理研究所校点：《国语》，上海古籍出版社，1998年版，第528页。
② 具体可看叶舒宪《诗经的文化阐释》第二章《诗言祝》，陕西人民出版社，2005年版，第40—133页。
③ 饶宗颐：《文化的馈赠·哲学卷》，北京大学出版社，2000年版，第47页。

来，我们认为在远古的氏族社会中，还不可能产生后世那种抒发个人情感、被作为文艺作品来看待的"诗"。当时所谓的"诗"，是在宗教性、政治性的祭祀和庆功的仪式中祷告上天、颂扬祖先、记叙重大历史事件和功绩的唱词。它的作者是巫祝之官，而不是后世所谓的"诗人"。这些唱词，虽已含有文艺的因素（如注意节奏、押韵和词句的力量），但并非后世所谓的文艺作品，而是一种宗教性、政治性的历史文献。对于这种情况，过去已有人指出。刘师培就认为"文学出于巫祝之官"，同祭祀分不开。他说："盖古代文词，恒施祈祀，故巫祝之职，文词特工。今即《周礼》祝官职掌考之，若六祝六词之属，文章各体，多出于斯。又颂以成功告神明，铭以功烈扬先祖，亦与祠祀相联。是则韵语之文，虽匪一体，综其大要，恒由祀礼而生。"这种"由祀礼而生"的"诗"，在《诗经》的《颂》和《大雅》中还可见到它的遗迹。《颂》之中有不少是所谓"以其成功告于神明"的祭祀之词，《大雅》则多"言王政之所由废兴"的记事之词。所以，向神明昭告功德和记述政治历史的大事，是所谓"诗言志"最早的实际含义。①

此处阐明"诗"是在宗教性、政治性的祭祀和庆功的仪式中祷告上天、颂扬祖先、记叙重大历史事件和功绩的唱词，这与《尧典》强调"诗"扮演沟通神人并使之和谐的看法是相通的。从这些地方，可以看出《尧典》文本中的"诗言志"，它所描述的是上古时期诗、乐、舞三位一体时期的情形，此时的"诗"明显呈现原始宗教色彩。与此相应的，这个时候的"志"，不仅具备记忆、记录的特征，同时也具有怀抱的意义，不过，这种怀抱主要是群体性的。正如此时的"诗"混融于"乐"一样，这时的"志"也是记忆、记录与怀抱混融的。这是"诗言志"最初的状况。

但是，"诗言志"的内涵是不断发展、演变的，这种演变，不仅体现在

---

① 李泽厚、刘纲纪：《中国美学史》，安徽文艺出版社，1999年版，第105页。

"诗"之观念上,也体现在"志"之观念上。不同的"诗"之观念对应着相应的"志"之观念,二者的交互演变,造成"诗言志"的复杂内涵。

前面已经提及,"诗"字的出现虽然较晚,但"诗"之文体早已存在,由"诗"之文体到"诗"字的出现并用以指称"诗"之文体,经历了颇为漫长的时段。由此,对于"诗"字的把握,大体应分为两个层面,一是"诗"字出现之前的"诗"文体的存在状况,为论述方便,姑且称之为"诗Ⅰ";二是"诗"字出现并用以指称"诗"之文体的状况,暂且称之为"诗Ⅱ"。也就是说,对"诗言志"的把握,也应当从上述两个层面出发。在这样的前提之下,我们首先回顾前面有关"诗"字的探讨。

许慎将"诗"理解为"从言寺声",这是就"诗"这一字形所作的分析,是基于"诗"字出现之后对"诗"字形的分析。根据前面的梳理,人们对"诗"这一字形本身似乎措意不多,而更多关注的是"诗"之一部"寺"的意义。由于"寺"先于"诗"出现,于是人们将"寺"领会为"诗"之本字,以此为基点去追寻"诗"之意义。这种思路,按照我们的看法,其实属于第一层面,即探究"诗"字出现之前的"诗"文体的存在状况。不过,在具体论述时,学者又往往将诗Ⅰ与诗Ⅱ混合在一起。比如杨树达认为志、寺古音无二,诗与志二文同用。在此基础上,闻一多指出志有记忆、记录、怀抱三个意义,这三个意义正代表诗的发展途径上三个主要阶级。诗产生在文字之前,最初凭记忆以口耳相传,此时的诗相当于后世的歌诀。文字产生以后,用文字记载以代记忆,故记忆之记演变为记载之记,一切记载皆谓之志,而这些志均呈现韵语形式,所以最初的志无不属于诗。无论是记忆状态的诗,还是记录状态下的诗,在本质上都属于记事。随着诗与歌的合流、记事与抒情融合,诗由此进入怀抱阶段。很明显,在闻一多看来,文字在诗的发展过程中有着里程碑性的意义。闻一多在很大程度上是从两个层面来把握诗的发展,这种划分与我们对早期"诗"的看法有相似之处,不过也略有差异。具体言之,按照闻一多的看法,文字出现之前的"诗"属于记忆范畴,之后则拥有记录、怀抱之意义。然而,根据我们的分析,无论是文字出现之前、还是之后的"诗"其实均涵容记忆、记录、怀抱三个层面，只是三者的分量有差异，这是其一。其二，我们所谓"诗"字出现之前的"寺"阶段其实跨越于文字出现之前与之后两个时期，并不绝然分隔。

朱自清承继杨树达、闻一多的相关看法，从献诗陈志、赋诗言志、教诗明志、作诗言志四个方面讨论"诗言志"的发展。在"献诗陈志"部分，朱自清认为献诗陈志是周代才有的，献诗的目的"不外乎讽与颂"，其"言志"也就"不出乎讽与颂，而讽比颂多"；因此，"这种志，这种怀抱是与'礼'分不开的，也就是与政治、教化分不开的"。① 在"赋诗言志"部分，朱自清分析说："在赋诗的人，诗所以'言志'，在听诗的人，诗所以'观志''知志'。"赋诗与献诗不同，"从外交方面看，诗以言诸侯之志，一国之志，与献诗陈己志不同。在这种外交酬酢里言一国之志，自然颂多而讽少，与献诗相反"；当然，外交赋诗也有出乎酬酢的讽颂之外的，"一面言一国之志，一面也还流露着赋诗人之志，他自己的为人"。② 在"教诗明志"部分，此术语是朱自清根据《国语·楚语上》的记载提炼出来的，《楚语上》提到"耀明其志"，朱自清认为这是"指受教人之志，就是读诗人之志；'诗以言志'，读诗自然可以'明志'"。③ 因此，"教诗明志"其实是指统治者利用诗对人民实施教化，将诗作为道德的载体，使人民接受诗义的熏陶，从而归于善。至于"作诗言志"，朱自清说："'诗'言一己穷通，却从'骚人'才开始。从此'诗言志'一语便也兼指一己的穷通出处。"④ 由此不难看出，在献诗陈志、赋诗言志、教诗明志、作诗言志这些方面，"志"的内涵是变化不定的，对此，邬国平辨析说："'诗言志'谓表现怀抱，其本义是讽颂，反映的是一种政教意识；诗人言个人的穷通出处或人生义理，是其引申义，依然与政教相关；利用诗歌移风易俗，是将这种政教意识普及到民间。这种以政教为核心的'诗言志'也可以称为'以诗明道'，与'因文明道'没有不同，所以'诗言志'与'文载道'是一致的，不构成思

---

① 朱自清：《诗言志辨》，华东师范大学出版社，1996年版，第3—6页。
② 朱自清：《诗言志辨》，华东师范大学出版社，1996年版，第15—17页。
③ 朱自清：《诗言志辨》，华东师范大学出版社，1996年版，第22页。
④ 朱自清：《诗言志辨》，华东师范大学出版社，1996年版，第33页。

想的对立。诗人纯粹为表现个人感情、无关政治教化而创作诗歌，这形成了'诗缘情'的观念。'诗言志'与'诗缘情'根本区别在于是否与政教相纠缠。与'诗缘情'相比，'诗言志'显然是中国诗歌史上一种更加深刻、悠久的传统。"① 整体来看，在朱自清的上述说法中，献诗陈志与赋诗言志尚处于诗乐不分时期，而教诗明志、作诗言志则处于诗乐分家时期。"赋诗""教诗"是说明用诗者的诗歌观念，"献诗言志"与"作诗言志"都强调作诗，但前者所作之诗关乎国家，不是作者一己之事，因此，献诗以讽谏为目的，重点在听者，不在诗人自己；后者则不同，诗人表达个人的想法，为自己而写诗。② 因此，在朱自清的视野中，除作诗言志之外，献诗陈志、赋诗言志、教诗明志在很大程度上与《诗经》相关，故所论"诗言志"也与《诗经》联系在一起。倘若依据我们的看法，朱自清讨论"诗言志"基本不涉及诗Ⅰ，而主要是在诗Ⅱ层面进行的。这是与闻一多明显不一样的，换言之，朱自清主要是在怀抱层面讨论"诗言志"的演变。

叶舒宪将"寺"之本义理解为主持祭祀的祭司或巫师，而作为"寺人之言"的"诗"就是具有祭政合一性质的礼仪圣辞。最初的"诗"，在语言形式上同咒语、祷词之类的韵语形式有关，这类具有宗教性用途的韵语显示了其与诗歌起源的密切关联。③ 就《诗经》来说，"诗"最初指颂诗，稍后雅诗纳入，它们属于"圣诗"；民间歌谣的风诗在圣与俗的界限被打破之后才升格为"诗"。刘士林在叶舒宪的观点上更进一步，说明《诗经》风、雅、颂"最初必定都是原始歌舞或仪式歌舞"。④

从上述分析来看，叶舒宪、刘士林主要侧重于"寺"与"诗"之间转化的讨论，这种讨论尽管涉及诗Ⅰ、诗Ⅱ视野下"诗"的演变，不过很少涉及"诗"与"志"的问题。闻一多、朱自清则不仅考察"志"与"诗"字形的转化，而且还着重分析"诗"体与"志"内涵演变之间的关系。他们二人的差异

---

① 邹国平：《朱自清与〈诗言志辨〉（下）》，《古典文学知识》，2009年第2期。
② 邹国平：《朱自清与〈诗言志辨〉（下）》，《古典文学知识》，2009年第2期。
③ 叶舒宪：《诗经的文化阐释》，陕西人民出版社，2005年版，第44页。
④ 刘士林：《中国诗性文化》，江苏人民出版社，1999年版，第212页。

主要表现为闻一多是在诗Ⅰ、诗Ⅱ视野下考察"诗"体演变及其与"志"之间的关系，而朱自清则主要是在诗Ⅱ视野下讨论"诗"体与"志"的关系。就实际而言，朱自清主要分析献诗、赋诗、教诗情形下《诗经》与"志"的关系。他们的分析为理解"诗言志"观念提供了有益的参考。"诗言志"内涵是流动的，不同时期的"诗"可能有着不同的"志"。一般而言，在诗Ⅰ阶段，"志"观念尚处于混沌阶段。按照闻一多的说法，此时的"志"其实是很难区划记忆、记录、怀抱之义的，换言之，记忆、记录、怀抱是统一在"志"名目之下的。并且，诗Ⅰ阶段的"诗"所蕴含的"志"，主要是一种群体之"志"。钱志熙认为原始诗学属于群体诗学，他分析说，首先，从发生的角度来看，诗是感情的产物，原始人类最初使用诗歌是一种抒情行为，但作为原始艺术之一的诗歌，是社会文化与大众意志的产物。也就是说，个体抒情愿望使诗歌创作成为可能，而社会文化的作用使诗歌成为现实。因此，"诗的发生之机虽在感情，诗之真正形成则在于社会文化。诗歌是原始社会文化发展到一定程度的产物。从这个意义上说，诗歌发生于群体"。其次，"从表现的内容来看，原始诗歌所表现的思想感情，是一种群体性的东西。具体的感情虽然存在于个体之中，但对原始人类来说，很少纯粹的个体性的感情抒发。尤其是作为一种艺术品的诗歌，它取决于社会、群体的政治、宗教等方面的需要，所表达的主要是群体的情感与思想。真正有价值的思想感情，只存在于群体之中"。再次，"原始诗学的群体诗学性质还突出地表现于它在创作、发表与传播的过程中，多以集体的状态存在。这里尤其应该注意的是，原始的歌谣与音乐舞蹈紧密结合在一起，这更使得在绝大多数场合下，是一种集体的抒发、表演的行为"。最后，"从诗歌创作的技术层面来看，原始诗学也带有群体性的特点。通常我们会觉得原始的诗歌创作是一种纯粹自然的抒情行为，其实原始诗歌作者，虽然对诗歌原理认识甚少，但并非全无意识。原始诗歌发展到较高的形态，也有它们一种相对固定的艺术形式，其中也有一定的声调、韵律乃至修辞格，尽管与后世发展了的诗学相比，是极其简单、极其原始的，但却不能不视之为诗学之开端。艺术史家不止一次地论证过，原始人类最初使用诗歌，是在一定的感情的驱使下，对于日常语言的变化使用，亦在某种场合，语言越出了正常的交际功能，以一种模糊的形态来表达感情，并且在语气、节奏与修辞上都出现了一些通常的语言运用中所没有的变化"。① 由此可知，诗Ⅰ阶段的"诗"还处于群体诗学时期，在这种情形下，它所蕴含的"志"自然也就与群体有关。

比如《吕氏春秋·古乐》载"葛天氏之乐"时说："昔葛天氏之乐，三人操牛尾投足以歌八阕：一曰《载民》，二曰《玄鸟》，三曰《遂草木》，四曰《奋五谷》，五曰《敬天常》，六曰《达帝功》，七曰《依地德》，八曰《总万物之极》。"②《总万物之极》又被写成《总禽兽之极》。葛天氏乃传说中的古帝称号，所谓"歌八阕"，就是指这个部族的八首歌谣。《吕氏春秋》只是记录了八首歌谣的名称，至于其具体内容，亦即歌词则未涉及。对于上述八首歌谣的内容，人们有过很多猜测，比如杨荫浏说："传说里有一个远古的氏族，叫做葛天氏。他们的音乐，是由三个人执着牛尾、踏着脚步、唱八首歌曲。八首歌曲的第一首《载民》是歌颂负载人民的地面；第二首《玄鸟》是歌颂黑色的鸟——黑色的鸟是一种作为氏族标志的'图腾'；第三首《遂草木》是祝草木顺利地生长；第四首《奋五谷》是祝五种谷物繁盛地生长；第五首《敬天常》是述说他们尊重自然规律的心愿；第六首《达帝功》是述说他们有充分发挥天帝的功能的愿望；第七首《依地德》是述说他们要依照地面气候变化的情形进行工作；第八首《总禽兽之极》是说明他们的总的目的是要使鸟兽繁殖，达到最高限度。这八曲的标题，说明当时人们种植谷物，主要是为了喂养家禽和家畜。"③ 种植谷物固然是葛天氏之乐的重要主题，但将它理解为葛天氏之乐的唯一主题，并且将种植谷物的目的视为喂养家禽和家畜，似乎偏离了葛天氏之乐的主旨。这种偏离在一定程度上与《总禽兽之极》的解读有关。关于《总禽兽之极》，杨荫浏以为使鸟兽繁殖，这个理解自然是可以接受的，但"总禽兽之极"也并不完全意味着将谷物的种植视为喂养家禽和家畜。赵沛霖指出："全

---

① 钱志熙：《从群体诗学到个体诗学》，《文学遗产》，2005年第2期。
② 陈奇猷：《吕氏春秋校释》，学林出版社，1984年版，第284页。
③ 杨荫浏：《中国古代音乐史稿》，人民音乐出版社，1981年版，第5-6页。

诗可以分成三部分：第一部分包括'载民'、'玄鸟'和'总禽兽之极'等三阙。这一部分是咏唱秦民族的图腾祖先神——玄鸟和秦民族业绩的开创者即秦民族的始祖伯益。伯益是神鸟的后代，是半人半神式的人物，他有超人的本领——'总禽兽之极'即能调驯和管理禽兽，是畜牧业的伟大发明家。人们无限追怀和崇拜这位功勋卓著的伟大英雄。第二部分包括'遂草木'、'奋五谷'等二阙，是咏唱秦民族开创和经营业绩的艰苦奋斗过程。饲养牲畜的需要，人们迫切盼望草木发育生长；为了获得好收成，人们更是充满了英勇无畏的奋斗精神。第三部分包括'敬天常'、'达帝功'、'依地德'等三阙。这一部分是说秦民族的宗教观念和宗教活动，反映他们的天体崇拜，土地崇拜，以及对于民族最高神少昊帝的歌颂。他们把开创民族业绩和经营农牧的成功归之为天地的恩赐和少昊帝的保佑。可以看出，八阙乐歌尽管很简短，但却具有民族史诗的性质。"① 不管葛天氏八阙乐歌是不是咏唱秦民族的诗歌，这八阙乐歌都存在多元主题，包含丰富的内容。由此可知，葛天氏八阙乐歌咏唱的是葛天氏部族的行为方式，反映的是一种公共情绪与意志。并且，《吕氏春秋》在描述"葛天氏之乐"时特别提到"三人操牛尾投足"，人们已经注意到这个表述所蕴含的意义。甲骨卜辞中的"舞"字，有 ❄、❄、❄、❄、❄、❄、❄、❄ 等形，文字学家以为象人执牛尾以舞。②《周礼·春官宗伯》说"旄人掌教舞散乐"，人们以为西周的"旄人"所教习"散乐""夷乐"乃葛天氏之民操牛尾，投足而歌的遗风和遗制③，其实，"牛尾"在上古时期有着特定的功能，孙文辉指出："在原始人的心目中，牛是五谷之神的化身。之所以要割牛尾巴，是因为它的神性就在牛尾上。牛的血滴入土地之上，来年就会五谷丰登。而反映波斯神话的碑刻上，牛尾巴尖上是三根谷穗，另'有一个雕刻画着，牛身上刀伤处冒出来的不是血，而是谷穗'。"④ 由此可见，"葛天氏之乐"与丰产巫仪密切相关。也正是在这个意义上，"葛天氏之乐"属于祭歌。

---

① 赵沛霖：《关于葛天氏八阙乐歌的时代性问题》，《松辽学刊》，1985年第4期。
② 王襄：《簠室殷契类纂》，天津博物院石印本，1920年版，第27页。
③ 李玉洁：《葛天氏之乐反映的古代风俗》，《商丘师范学院学报》，2011年第4期。
④ 孙文辉：《古乐〈葛天氏之乐〉的文化阐释》，《文艺研究》，1997年第2期。

《吴越春秋·勾践阴谋外传》载录了一首被后世命名为《弹歌》的歌谣："断竹，续竹。飞土，逐肉。"关于它的性质，有的主张是一首狩猎歌，"就其内容和形式看，无疑是一首比较原始的狩猎歌。它反映了我国渔猎时代人民的劳动生活，描写了他们砍竹、接竹、制造出狩猎工具，然后用弹丸去追捕猎物的整个劳动过程。短歌中流露着原始人对自己学会制造灵巧猎具的自豪感和喜悦，也表现着他们获取更多猎物的无限渴望。"[1] 这是一种颇为流行的说法。不过，也有学者指出，《弹歌》描述的是吹笛、吹笙、吹埙三种乐器为歌唱伴奏的音乐歌舞场面，《弹歌》中的竹、竹、土说的是三类乐器，肉指的则是歌唱；这八个字描写的是吹奏旋律乐器，为歌唱伴奏演出场面。[2] 还有一种说法认为，"《弹歌》不是一首产生于生产劳动的狩猎歌，它是起于古代孝子不忍其亲为禽兽所食，持弓守尸行孝而唱的。其所歌，不过情动于衷、有感乃发而已，《弹歌》之发，乃孝子护尸、众人助吊之情也。其所咏，就是做弹、驱禽、逐害、护亲，实与狩猎之事无关。实际上，它就是一首产生于远古吊俗的、现存最古老的丧葬'孝歌'。"[3] 对于这些认识，应该注意的是，《吴越春秋》在描述《弹歌》时提到："古者，人民朴质，饥食鸟兽，渴饮雾露，死则裹以白茅，投于中野。孝子不忍见父母为禽兽所食，故作弹以守之，绝鸟兽之害。故歌曰'断竹续竹，飞土逐肉'之谓也。"[4] 可见，《吴越春秋》明确将《弹歌》与孝子护尸联系在一起。这种习俗也并非出于臆测。人们注意到，滇东北彝族丧葬仪式在出殡的头天晚上，儿子手持弓箭和象征祖灵的竹筒跪在棺侧，全村的人和数十里外的亲朋都要赶来参加"跳脚"。"跳脚"是集体的歌舞祭悼仪式，套数内容都很古老，有跳远古彝族迁徙路线的，有跳死者灵魂归来的，而跳得最多的是保护尸体的"石子打鸟"（或"石子打乌鸦"）和"搓蛆"。这两套歌舞的动作，是整个"跳脚"中反复出现的基本动作，每跳完一套，舞者就会停下

---

[1] 北京大学中国语言文学系中国古典文学教研室编：《中国文学史纲要》，北京大学出版社，1983年版，第19页。
[2] 陈四海：《古谣〈弹歌〉又一说》，《乐府新声》，1999年第3期。
[3] 刘正国：《〈弹歌〉本为"孝歌"考》，《音乐研究》，2004年第3期。
[4] 吴庆峰点校：《吴越春秋》（二十五别史本），齐鲁书社，1999年版，第88页。

来大声吆喝，表示驱赶鸟兽之意。土家族丧俗"打廪"，相传这种习俗源于族人祭悼先祖"廪君"。数人各持弓箭，以箭扣弦为节，绕尸而歌，沿路跳弹护送，下葬时在棺头放置桃木弓箭。其歌舞内容包括护尸荒郊、逐驱野兽，跳演"廪君"战功，表示族人效忠先祖。① 如此看来，《弹歌》应视为一首葬仪之歌。《礼记·郊特牲》又有一首《蜡辞》："土反其宅，水归其壑，昆虫毋作，草木归其泽。"它也是蜡祭仪式的祝辞。②

无论是"葛天氏之乐"、《弹歌》，还是《蜡辞》，它们都与祭祀相关。以它们为代表，可知早期的"诗"大都伴随着祭祀仪式，它们是一定祭仪的产物。在这种情形下，它们所表达的"志"是公共的，而非私人的；其所蕴含的情感也主要是群体的，而非个体的。所以，早期"诗"中的"志"主要呈现公共的、群体性的特质。

当然，这也并不能说明早期"诗"中的"志"就没有私人化的因素。早期的"诗"确实存在个体性的因素，或者说私人化情感，只不过在当时这种个体性因素在一定程度上也表现为群体的性质。《吕氏春秋·音初》载：

> 夏后氏孔甲田于东阳萯山，天大风晦盲，孔甲迷惑，入于民室，主人方乳，或曰"后来是良日也，之子是必大吉"，或曰"不胜也，之子是必有殃"。后乃取其子以归，曰："以为余子，谁敢殃之？"子长成人，幕动坼橑，斧斫斩其足，遂为守门者。孔甲曰："呜呼！有疾，命矣夫！"乃作为"破斧"之歌，实始为东音。禹行功，见涂山之女，禹未之遇而巡省南土。涂山氏之女乃令其妾待禹于涂山之阳，女乃作歌，歌曰"候人兮猗"，实始作为南音。周公及召公取风焉，以为《周南》、《召南》。周昭王亲将征荆，辛馀靡长且多力，为王右。还反涉汉，梁败，王及蔡公抎于汉中。辛馀靡振王北济，又反振蔡公。周公乃侯之于西翟，实为长公。殷整甲徙宅西河，犹思故处，实始作

---

① 顾浙秦：《从〈弹歌〉到射礼》，《西藏民族学院学报》，2012年第6期。
② 孔颖达：《礼记正义》，北京大学出版社，1999年版，第804页。

为西音。长公继是音以处西山,秦缪公取风焉,实始作为秦音。有娀氏有二佚女,为之九成之台,饮食必以鼓。帝令燕往视之,鸣若谥隘。二女爱而争搏之,覆以玉筐,少选,发而视之,燕遗二卵,北飞,遂不反,二女作歌一终,曰"燕燕往飞",实始作为北音。①

此处提及的东音、秦音,只是涉及相关事件,歌辞内容并不清楚,但南音、北音则不然。南音生成的事件是大禹与涂山氏之女的情爱故事,涂山氏之女派侍女在涂山南面迎候大禹,并作了一首歌,这是一首"表现夫妻相思之情的地道的情歌"②。北音生成的事件是有娀氏二女与燕卵的故事。有娀氏二女居住在九成之台上,天帝派燕子看望她们。二女捉住燕子,燕子留下燕卵往北飞走了,于是二女作了一首歌。对于这首歌,赵沛霖认为是"一首图腾的颂歌,祖先的颂歌"③。由此观之,诗Ⅰ时期的"诗"主要与祭祀联系在一起,体现的是群体性的情绪,即使那些反映个体情感的诗篇也多少与群体相联系。这是诗Ⅰ时期"诗"与"志"的主要特征。

随着"诗"字的出现,诗Ⅱ阶段到来,"诗言志"的内涵也发生了新的变化。尽管目前还存在"诗"字的出现最初是指大、小雅,还是指《诗经》中的讽谏怨刺诗篇的争论④,但相关文献的记载表明,"诗"字的出现显然是与《诗经》深刻联系在一起的。在这方面,朱自清的说法特别值得重视。按照朱自清的分析,献诗陈志、赋诗言志、教诗明志大都与《诗经》有关,而作诗言志则与楚骚有关。在我们看来,不仅献诗陈志、赋诗言志、教诗明志与《诗经》有关,而且作诗言志也同样如此。其实,《诗经》中不乏明确提到某人作诗的证据,如《节南山》"家父作诵,以究王讻"、《巷伯》"寺人孟子,作为此诗。凡百君子,敬而听之"、《崧高》"吉甫作诵,其诗孔硕。其风肆好,以赠申

---

① 陈奇猷:《吕氏春秋校释》,学林出版社,1984 年版,第 334 – 335 页。
② 赵沛霖:《兴的源起》,中国社会科学出版社,1987 年版,第 161 页。
③ 赵沛霖:《兴的源起》,中国社会科学出版社,1987 年版,第 139 页。
④ 具体参张中宇《〈国语〉、〈左传〉的引"诗"和〈诗〉的编订》(《文学评论》2008 年第 4 期)与马银琴《西周诗史》(2000 年扬州大学博士学位论文)。

伯"、《烝民》"吉甫作诵，穆如清风。仲山甫永怀，以慰其心"，这些地方不仅标明作诗者，而且还鲜明地公布作诗的意图，亦即"志"。此外，有些诗篇虽然没有说出作诗者姓名，却点出作诗之"志"，如《四牡》"是用作歌，将母来谂"、《何人斯》"作此好歌，以极反侧"、《四月》"君子作歌，维以告哀"等。洪湛侯说："《诗三百篇》中的作品，不论它的体裁是《风》、是《雅》、是《颂》，不论它的作者是平民、奴隶还是士大夫，他们所作的诗篇，其中有不少都是为应用需要然后制作的。"① 由此看来，《诗经》中确乎存在"作诗言志"现象。事实上，朱自清在讨论"献诗陈志"时已经注意到《诗经》的作诗行为，只不过"这些诗的作意不外乎讽与颂"，而非"言一己穷通"，所以朱自清就将其纳入"献诗"范畴来看待。这种处理，朱自清虽有其自身的考虑，但无疑遮蔽了《诗经》作诗的面相，同时也疏忽与之相应的"志"的内涵。先秦时期的献诗行为，根据文献的记载，既包括献他人之诗，也包括献自己所作之诗。朱自清讨论"献诗陈志"在很大程度上是就作诗立论的，不过他又提出"作诗言志"，并将其与楚骚联系，这就容易出现误会，即将"献诗"完全视为献他人之诗。所以，在分析诗Ⅱ阶段的"诗言志"与《诗经》关系时，首先应注意《诗经》中"作诗言志"现象。至于《诗经》"作诗"所蕴含之"志"，诚如朱自清所言，"不出乎讽与颂，而讽比颂多"，并且，"这种志，这种怀抱是与'礼'分不开的，也就是与政治、教化分不开的"。② 当然，也应看到，《诗经》中有些诗篇也涉及抒发个体穷通之感。不同于"作诗言志"，"赋诗言志"与《诗经》的运用相关，具体表现为赋诗者借《诗经》现成诗篇来表达自身之"志"。在朱自清看来，"赋诗言志"存在"言志"、"观志"或"知志"两个方面，"在赋诗的人，诗所以'言志'，在听诗的人，诗所以'观志''知志'"。由于赋诗常常出现在外交场合，故赋诗者之"志"一般表现为一国之志，其中也不排除赋诗者私人之"志"。③ 然而需注意的是，人们通常以为赋诗是断章取

---

① 洪湛侯：《诗经学史》，中华书局，2002年版，第49页。
② 朱自清：《诗言志辨》，华东师范大学出版社，1996年版，第3－6页。
③ 朱自清：《诗言志辨》，华东师范大学出版社，1996年版，第15－17页。

义,赋诗者似乎可以不必顾忌全诗意旨,其实就《左传》等文献有关赋诗现象的记载来看,无论是"言志"还是"观志",很多时候都是在诗篇语境下进行的,并不能随心所欲。关于"教诗明志",朱自清指出统治者利用诗进行教化,同时根据《国语·楚语上》的记载强调读诗者借助读诗来明志。① 朱自清确实在很大程度上展现了这一阶段"诗言志"的面貌。

不过,就实际情形而言,诚如有的学者所言,"'诗言志'因叙述者的不同而存在的不同层面的含义,需要做详细的判别。作为先秦时代诗教活动的核心观念,存在着掌乐者、作诗者、用诗者、论诗者等种种不同的叙述者的'诗言志'说或者说'诗志'论,也存在着不同的创作状态中'诗言志'的事实:有倾向于群体伦理原则的群体之'志',如最早的诗乐舞一体的综合艺术形态中的'诗言志'。《尧典》以及先秦诸子所说的诗言志,主要是倾向于表达群体的社会伦理观念的群体性质的言志;但也有倾向于个体的主观感情的如班固《汉书·艺文志》所说的'贤人失志之赋'之'志'。"② 因此,对于诗Ⅱ阶段的"诗言志",还应注意整理者、阐释者的看法。关于《诗经》的整理者,朱自清说:"我们知道春秋时的乐工就和后世阔人家的戏班子一样,老板叫做太师。那时各国都养着一班乐工,各国使臣来往,宴会时都得奏乐唱歌。太师们不但得搜集本国乐歌,还得搜集别国乐歌。不但搜集乐词,还得搜集乐谱。那时的社会有贵族与平民两级。太师们是伺候贵族的,所搜集的歌儿自然得合贵族们的口味;平民的作品是不会入选的。他们搜得的歌谣,有些是乐歌,有些是徒歌。徒歌得合乐才好用。合乐的时候,往往得增加重叠的字句或章节,便不能保存歌词的原来样子。除了这种搜集的歌谣以外,太师们所保存的还有贵族们为了特种事情,如祭祖、宴客、房屋落成、出兵、打猎等等作的诗。这些可以说是典礼的诗。又有讽谏、颂美等等的献诗;献诗是臣下作了献给君上,准备让乐工唱给君上听的,可以说是政治的诗。太师们保存下这些唱本儿,带着乐谱,唱词儿共有三百多篇,当时通称作'《诗》三百'。到了战国时代,贵族渐渐衰

---

① 朱自清:《诗言志辨》,华东师范大学出版社,1996年版,第20-22页。
② 钱志熙:《先秦"诗言志"说的绵延及其不同层面的含义》,《文艺理论研究》,2017年第5期。

落，平民渐渐抬头，新乐代替了古乐，职业的乐工纷纷散走。乐谱就此亡失。但是还有三百来篇唱词儿流传下来，便是后来的《诗经》了。"① 朱自清指出，乐师不但搜集本国乐歌及别国乐歌，还搜集乐词与乐谱，并且有时在给徒歌合乐时还会增加重叠的字句或章节，并且乐师在整理过程中难免会涉及诗篇主旨，据说《诗序》的形成就与周代的乐师有关。这样，《诗序》就成为理解诗Ⅱ阶段乐师"诗言志"观念的重要环节。不过，《诗序》不能仅仅视为周代乐师的成果，它同样是早期《诗经》阐释者努力的结果，通过《诗序》，可以把握乐师与阐释者的"诗言志"观念。当然，就阐释者或者说《诗经》研究者而言，他们对"诗言志"的理解并不限于《诗序》，还体现在其他地方。

三、与"诗言志"相关的表述及其意义

除《尧典》之外，在先秦两汉时期的文献中，还看到一些与"诗言志"相关的说法，它们对于理解"诗言志"有着重要的参考作用。

（1）郑伯享赵孟于垂陇，子展、伯有、子西、子产、子大叔、二子石从。赵孟曰："七子从君，以宠武也。请皆赋，以卒君贶，武亦以观七子之志。"子展赋《草虫》。赵孟曰："善哉，民之主也！抑武也，不足以当之。"伯有赋《鹑之贲贲》。赵孟曰："床笫之言不逾阈，况在野乎？非使人之所得闻也。"子西赋《黍苗》之四章。赵孟曰："寡君在，武何能焉？"子产赋《隰桑》。赵孟曰："武请受其卒章。"子大叔赋《野有蔓草》。赵孟曰："吾子之惠也。"印段赋《蟋蟀》。赵孟曰："善哉，保家之主也！吾有望矣。"公孙段赋《桑扈》。赵孟曰："'匪交匪敖'，福将焉往？若保是言也，欲辞福禄，得乎？"卒享，文子告叔向曰："伯有将为戮矣。诗以言志，志诬其上而公怨之，以为宾荣，其能久乎？幸而后亡。"叔向曰："然。已侈，所谓不及五稔者，

---

① 朱自清：《经典常谈·论雅俗共赏》，吉林出版集团股份有限公司，2018年版，第26－27页。

夫子之谓矣。"文子曰："其余皆数世之主也。子展其后亡者也，在上不忘降。印氏其次也，乐而不荒。乐以安民，不淫以使之，后亡，不亦可乎！"(《左传·襄公二十七年》)①

（2）公父文伯之母欲室文伯，飨其宗老，而为赋《绿衣》之三章。老请守龟卜室之族。师亥闻之曰："善哉！男女之飨，不及宗臣；宗室之谋，不过宗人。谋而不犯，微而昭矣。诗所以合意，歌所以咏诗也。今诗以合室，歌以咏之，度于法矣。"(《国语·鲁语下》)②

（3）桓公曰："何谓五官技？"管子曰："诗者所以记物也，时者所以记岁也，春秋者所以记成败也，行者道民之利害也，易者所以守凶吉成败也，卜者卜凶吉利害也。民之能此者，皆一马之田，一金之衣。此使君不迷妄之数也。六家者即见其时使豫先蚤闲之日受之，故君无失时，无失策，万物兴丰无失利；远占得失，以为末教。诗记人无失辞，行殚道无失义，易守祸福凶吉不相乱，此谓君棣。"(《管子·山权数》)③

（4）其明而在数度者，旧法世传之史，尚多有之。其在于《诗》、《书》、《礼》、《乐》者，邹鲁之士缙绅先生，多能明之。《诗》以道志，《书》以道事，《礼》以道行，《乐》以道和，《易》以道阴阳，《春秋》以道名分。（《庄子·天下》）④

（5）圣人也者，道之管也。天下之道管是矣，百王之道一是矣，故《诗》、《书》、《礼》、《乐》之归是矣。《诗》言是，其志也；《书》言是，其事也；《礼》言是，其行也；《乐》言是，其和也；《春秋》言是，其微也。故《风》之所以为不逐者，取是以节之也；《小雅》之所以为小者，取是而文之也；《大雅》之所以为大雅者，取是而光之也；《颂》之所以为至者，取是而通之也。天下之道毕是矣。（《荀

---

① 杨伯峻：《春秋左传注》，中华书局，1990年版，第1134-1135页。
② 上海师范大学古籍整理研究所校点：《国语》，上海古籍出版社，1998年版，第210页。
③ 戴望：《管子校正》，上海书店，1986年版，第366页。
④ 郭庆藩：《庄子集释》，上海书店，1986年版，第462页。

子·儒效篇》)①

（6）诗，所以会古今之志也。书……者也。礼，交之行述也。乐，或生或教者也。易，所以会天道人道也。春秋，所以会古今之事也。（《语丛》)②

（7）……行此者其有不亡乎？孔子曰："诗亡隐志，乐亡隐情，文亡隐言。……"（《孔子诗论》)③

（8）德者，性之端也。乐者，德之华也。金石丝竹，乐之器也。诗，言其志也。歌，咏其声也。舞，动其容也。三者本于心，然后乐器从之。（《礼记·乐记》)④

（9）舜曰："然。以夔为典乐，教稚子，直而温，宽而栗，刚而毋虐，简而毋傲；诗言意，歌长言，声依永，律和声，八音能谐，毋相夺伦，神人以和。"（《史记·五帝本纪》)⑤

（10）孔子曰："六艺于治一也。《礼》以节人，《乐》以发和，《书》以道事，《诗》以达意，《易》以神化，《春秋》以义。"（《史记·滑稽列传》)⑥

（11）太史公曰："《易》著天地阴阳四时五行，故长于变；《礼》经纪人伦，故长于行；《书》记先王之事，故长于政；《诗》记山川溪谷禽兽草木牝牡雌雄，故长于风；《乐》乐所以立，故长于和；《春秋》辩是非，故长于治人。是故《礼》以节人，《乐》以发和，《书》以道事，《诗》以达意，《易》以道化，《春秋》以道义。"（《史记·太史公自序》)⑦

---

① 张觉：《荀子译注》，上海古籍出版社，2012年版，第82页。
② 刘钊：《郭店楚简校释》，福建人民出版社，2003年版，第181页。
③ 陈桐生：《〈孔子诗论〉研究》附录一《〈孔子诗论〉简注》，中华书局，2004年版，第257页。
④ 孔颖达：《礼记正义》，北京大学出版社，1999年版，第1111—1112页。
⑤ 司马迁：《史记》，中华书局，1982年版，第39页。
⑥ 司马迁：《史记》，中华书局，1982年版，第3197页。
⑦ 司马迁：《史记》，中华书局，1982年版，第3297页。

例（1）郑简公在垂陇宴请赵孟（文子），赵孟请郑国七位大臣赋诗，宴会后赵孟在论及伯有时说到"诗以言志"。倘若说《尧典》"诗言志"是就作诗而言的，那么此处的"诗以言志"显然是针对赋诗，所反映的自然是赋诗者之"志"。例（2）师亥也是在赋诗语境下提出"诗所以合意"，其内涵与"诗以言志"是相通的，不过师亥用"合意"替代"言志"，显然是一个新的说法。例（3）齐桓公与管仲在讨论"教数"问题时，管仲认为需要五种有技艺的官员，其一是"诗者"。管仲提出"诗者所以记物也"，意思是说懂诗的人可以用来记录事物；又说"诗记人无失辞"，意思是说诗记述人事不会使言辞出错。这是从"诗者"与"诗"两个方面说明"诗"的叙事功能。例（4）《庄子》说"《诗》以道志"，"道志"即"言志"，不过《庄子》在此是就《诗经》而不是"诗"而言的，即重点说明《诗经》中的"志"。例（5）《荀子·儒效篇》"《诗》言是，其志也"意同《庄子》"《诗》以道志"。例（6）据刘钊说，诗是会集古今志愿的。[①] 例（7）"诗亡隐志"是说诗不能隐藏志，作诗者在诗中表达的是他内心真实的情志。[②] 例（8）"诗，言其志"即"诗言志"。例（9）司马迁将《尧典》"诗言志"更换为"诗言意"，即以"意"代"志"。例（10）、例（11）在"诗言意"之基础上，司马迁又提出"《诗》以达意"，并且还说"《诗》记山川溪谷禽兽草木牝牡雌雄"，即从内容角度鉴定《诗经》的叙事。

从上述例证来看，有这些方面须引起注意：一是作诗方面的"诗言志"转化为赋诗、用诗方面的"诗言志"；二是由广义之"诗"演变为狭义之"《诗经》"；三是由"言志"到"言意"；四是"诗"的叙事。这些内容有的在上文已经作了介绍，有的尚需作补充说明。在"志"与"意"问题上，《说文》云："志，意也。从心㞢，㞢亦声。"段玉裁说：

> 按此篆小徐本无，大徐以意下曰"志也"补此为十九文之一。原

[①] 刘钊：《郭店楚简校释》，福建人民出版社，2003年版，第181页。
[②] 张玖青、曹建国：《从出土楚简看"诗言志"命题在先秦的发展》，《文化与诗学》，2010年第1期。

作从心之声，今又增二字，依大徐次于此。志所以不录者，《周礼·保章氏》注云"志古文识"，盖古文有志无识，小篆乃有识字。《保章注》曰："志古文识。识，记也。"《哀公问注》曰："志读为识。识，知也。"今之识字，志韵与职韵分二解，而古不分二音，则二解义亦相通。古文作志，则志者，记也，知也。惠定宇曰："《论语》'贤者识其大者'，蔡邕石经作'志'；'多见而识之'，《白虎通》作'志'。《左传》曰'以志吾过'，又曰'且曰志之'，又曰'岁聘以志业'，又曰'吾志其目也'。《尚书》曰'若射之有志'，《士丧礼》'志矢'注云：'志犹拟也。'今人分志向一字，识记一字，知识一字，古只有一字一音。又旗帜亦即用识字，则亦可用志字。"①

《说文》又云："意，志也。"段《注》谓：

> 志即识，心所识也。意之训为测度、为记。训测者，如《论语》"毋意毋必不逆诈"、"不亿不信"、"亿则屡中"，其字俗作亿。训记者，如今人云记忆是也，其字俗作忆。②

依据《说文》，"志"与"意"二者互训，在意义上是相通的。但根据段《注》的训解，"志"有志向、识记、知识三个意义，而"意"则只有测度、记忆两个意义，缺少记录的意义。可见"志"的意义域是超越"意"的，"志"与"意"二者并不能完全等同。这样，"诗言意"的表述就不能完全等同"诗言志"。司马迁在《史记·五帝本纪》中将《尧典》的"诗言志"改造为"诗言意"，由于忽略"志"的记录意义，使"诗言意"的所指发生变化，显然缩小了"诗言志"的历史内涵。当然，司马迁改"诗言志"为"诗言意"，也是有依据的，毕竟在此之前师亥就说过"诗所以合意"。然而，师亥是在赋诗语

---

① 段玉裁：《说文解字注》，上海古籍出版社，1988年版，第502页。
② 段玉裁：《说文解字注》，上海古籍出版社，1988年版，第502页。

境下说的，赋诗主要表达的是赋诗者的怀抱，在这个意义上，"诗所以合意"与"诗以言志"是等同的。《尧典》"诗言志"之说显然缺乏这个背景，这样，司马迁用"诗言意"在一定程度上就背离了《尧典》"诗言志"的内涵。至于司马迁在《史记·滑稽列传》及《太史公自序》说"《诗》以达意"，这与《庄子·天下》"《诗》以道志"、《荀子·儒效篇》"《诗》言是，其志也"也是有差异的。尽管它们都是针对《诗》而言，但《诗经》中有很多诗篇具有史诗的性质，而采用"意"的表述是很难包含这一点的。这是首先需要说明的。其次，管仲提出"诗者所以记物也"与"诗记人无失辞"，司马迁提出"《诗》记山川溪谷禽兽草木牝牡雌雄"，这些说法主要突出"诗"的叙事功能。因此，这些说法无疑丰富了"诗言志"的内涵。

第二章 "采诗"与"献诗"

在《诗经》研究史上,《诗经》的编纂是一个非常有争议的话题,人们已经进行多方面的探索。其中,相关文献提到"采诗""献诗"行为,人们通常用它们来解释《诗经》诗篇的来源,而"采诗""献诗"的说法确实在很大程度上能够比较好地说明这个问题。不过,尽管人们接受这个看法,但对于"采诗""献诗"的理解还存在若干分歧,这些分歧无疑影响人们对"采诗""献诗"行为的认识,也影响对《诗经》诗篇来源的认识,由此影响人们对《诗经》编纂的正确理解。因此,对"采诗""献诗"行为进行再次厘清,是很有必要的。

一、"采诗"说渊源及其内涵

古人在编纂《诗经》时,并没有就编纂工作进行说明,现在流传下来的有关《诗经》编纂的看法,往往是后人根据相关文献记载而整理的一些认识,由于它们并非出自《诗经》编纂者,那它们是不是能够真正揭示《诗经》的编纂真相,人们对此是有疑问的。对于"采诗"行为而言,也存在同样的疑惑。早期文献有关"采诗"的记载,大体有如下一些说法:

(1) 胤后承王命徂征。告于众曰:"嗟予有众,圣有谟训,明征定保。先王克谨天戒,臣人克有常宪,百官修辅,厥后惟明明。每岁孟春,遒人以木铎徇于路,官师相规,工执艺事以谏。"(《尚书·

胤征》)①

(2)（师旷）对曰："……是故天子有公，诸侯有卿，卿置侧室，大夫有贰宗，士有朋友，庶人、工、商、皂、隶、牧、圉皆有亲暱，以相辅佐也。善则赏之，过则匡之，患则救之，失则革之。自王以下各有父兄子弟以补察其政。史为书，瞽为诗，工诵箴谏，大夫规诲，士传言，庶人谤，商旅于市，百工献艺。故《夏书》曰：'遒人以木铎徇于路，官师相规，工执艺事以谏。'正月孟春，于是乎有之，谏失常也。"(《左传·襄公十四年》)②

(3) 诸侯之于天子也，比年一小聘，三年一大聘，五年一朝。天子五年一巡守。岁二月，东巡守，至于岱宗。柴而望，祀山川。觐诸侯，问百年者就见之。命大师陈诗，以观民风。(《礼记·王制》)③

(4) 天子曰巡狩，诸侯曰述职。巡狩者，巡其所守也。述职者，述其所职也。春省耕，助不给也；秋省敛，助不足也。天子五年一巡狩。岁二月，东巡狩，至于东岳。柴，而望祀山川，见诸侯，问百年者，命太师陈诗以观民风。(《说苑·修文》)④

(5) 子思乃告之曰："古者天子将巡狩……岁二月，东巡守。至于岱宗，柴于上帝，望秩于山川。所过诸侯，各待于境。天子先问百年者所在而亲问之，然后觐方岳之诸侯。……命史采民诗谣，以观其风。"(《孔丛子·巡守》)⑤

(6) 三代周秦轩车使者、遒人使者以岁八月巡路，求代语僮谣歌戏。(刘歆《与扬雄书从取方言》)⑥

(7) 尝闻先代輶轩之使，奏籍之书，皆藏于周秦之室。(扬雄

---

① 孔颖达：《尚书正义》，北京大学出版社，1999年版，第181－182页。
② 杨伯峻：《春秋左传注》，中华书局，1990年版，第1016－1018页。
③ 孔颖达：《礼记正义》，北京大学出版社，1999年版，第360－363页。
④ 王瑛、王天海：《说苑全译》，贵州人民出版社，1992年版，第831页。
⑤ 白冶钢：《孔丛子译注》，上海三联书店，2014年版，第119页。
⑥ 此文又传为应劭书。严可均：《全上古三代秦汉三国六朝文》，中华书局，1958年版，第349页。

《答刘歆书》)①

（8）孟春之月，群居者将散，行人振木铎徇于路，以采诗，献之大师，比其音律，以闻于天子。故曰王者不窥牖户而知天下。(《汉书·食货志》)②

（9）《书》曰："诗言志，歌咏言。"故哀乐之心感，而歌咏之声发。诵其言谓之诗，咏其声谓之歌。故古有采诗之官，王者所以观风俗，知得失，自考正也。(《汉书·艺文志》)③

（10）王者所以巡狩者何？巡者，循也。狩者，牧也。为天下巡行守牧民也。……《尚书》曰："遂觐东后，叶时月正日，同律度量衡，修五礼。"《尚书大传》曰："见诸侯，问百年，太师陈诗，以观民风俗。"(《白虎通·巡狩》)④

（11）男女有所怨恨，相从而歌，饥者歌其食，劳者歌其事。男年六十，女年五十无子者，官衣食之，使之民间求诗，乡移于邑，邑移于国，国以闻于天子，故王者不出牖户尽知天下所苦，不下堂而知四方。(何休《公羊传·宣公十五年解诂》)⑤

以上胪列先秦两汉时期11条有关"采诗"的记载。从这些记载来看，可以获知以下信息。

"陈诗"与"采诗"。就上述记载而言，"陈诗"之说见于先秦、两汉文献，而"采诗"之说则始见于汉代文献。所谓"陈诗"，《礼记·王制》郑玄注谓："陈诗，谓采其诗而视之。"⑥可见，在郑玄看来，"陈诗"与"采诗"之名义是相通的，或者说是一致的。不过，回归到"陈诗"与"采诗"说各自提出的

---

① 此文也传为应劭书。严可均：《全上古三代秦汉三国六朝文》，中华书局，1958年版，第411页。
② 班固：《汉书》，中华书局，1962年版，第1123页。
③ 班固：《汉书》，中华书局，1962年版，第1706页。
④ 陈立：《白虎通疏证》，中华书局，1994年版，第289页。
⑤ 徐彦：《春秋公羊传注疏》，北京大学出版社，1999年版，第361页。
⑥ 孔颖达：《礼记正义》，北京大学出版社，1999年版，第363页。

具体语境，不难发现二者还是有若干差异。"陈诗"的说法与巡狩制度相关，《礼记·王制》《说苑·修文》《孔丛子·巡守》《白虎通·巡狩》等文献均说天子在巡狩的过程中，命太师陈诗，以此考察民间风尚。这就是说，"陈诗"缘于巡狩制度，其目的在于观察民风。"采诗"的说法虽然出自汉代文献，但在先秦文献中也可以寻觅它的痕迹。《左传·襄公十四年》引《夏书》"遒人以木铎徇于路"，这段话又见于《尚书·胤征》，杜预《注》谓："徇于路，求歌谣之言。"① 结合刘歆、扬雄诸人之说法，杜预的解释是可以接受的。这样，尽管目前先秦文献没有发现"采诗"的明确记载，但"采诗"的行为是存在的。按照《尚书·胤征》《左传·襄公十四年》的记载，"采诗"行为缘于规谏，而非巡狩，其目的也不是观风，而是规谏。所以，在先秦时期，"陈诗"与"采诗"是两种不同的行为，"陈诗"并不等于"采诗"。到了两汉时期，尽管一些文献还延续先秦"陈诗"的相关说法，但先秦"采诗"以规谏的观点，似乎没有得到继承，并且，汉人对"陈诗"与"采诗"两种说法进行若干整合，将"陈诗"的观民风与"采诗"行为结合起来，从而形成《汉书·食货志》《艺文志》及何休《公羊传·宣公十五年解诂》这样的经典表述。在这一经典表述中，摒弃了巡狩与规谏制度两种语境，将"采诗"行为置于观民风之下。经过这种重构，先秦时期显得模糊的"采诗"说从而得到清晰的表述。

　　汉人重构"采诗"说，这种重构虽然遮蔽了一些历史真相，但也并非如一些学者所认为的那样先秦时期并不存在"采诗"行为。当然，经过汉人的整理，"采诗"说的面貌变得清晰起来，也逐渐被用来解释《诗经》的编撰。只是，"采诗"说还存在一些需要澄清的地方。

　　在采诗行为的执行者方面，出现"遒人"（《尚书·胤征》《左传·襄公十四年》《与扬雄书从取方言》）、"大师"（《礼记·王制》）、"太师"（《说苑·修文》《白虎通·巡狩》）、"史官"（《孔丛子·巡守》）、"轩车使者"（一作"輶轩之使"，《与扬雄书从取方言》《答刘歆书》）、"行人"（《汉书·食货志》）、"采诗官"（《汉书·艺文志》）、"贱民"（"男年六十，女年五十无子

---

① 孔颖达：《春秋左传正义》，北京大学出版社，1999年版，第929页。

者",《公羊传·宣公十五年解诂》)等称谓。这些名号原本有各自的职能,但在"采诗"方面联系在一起,这确实是让人颇为迷惑的地方。这些称谓中,首先需要说明的是"遒人"。《尚书·胤征》孔注谓:"遒人,宣令之官。木铎,金铃木舌,所以振文教。"孔《疏》解释说:

> 以执木铎徇于路,是宣令之事,故言"宣令之官"。《周礼》无此官,惟《小宰》云:"正岁,帅理官之属而观治象之法,徇以木铎曰:'不用法者,国有常刑。'"宣令之事,略与此同。此似别置其官,非如周之小宰。名曰"遒人",不知其意,盖训"遒"为聚,聚人而令之,故以为名也。《礼》有"金铎"、"木铎","铎"是铃也,其体以金为之,明舌有金木之异,知木铎是木舌也。《周礼》教鼓人"以金铎通鼓",大司马"教振旅,两司马执铎",《明堂位》云"振木铎于朝",是武事振金铎,文事振木铎。今云"木铎",故云"所以振文教"也。[①]

根据孔疏,孔注将"遒人"释为"宣令之官",主要是依据"木铎"而作的一种推测。《周礼》多处提到"铎",可惜没有"遒人"的记载。许慎《说文解字》"兀"部:"迺,古之遒人,以木铎记诗言。从辵兀,兀亦声,读与记同。"杨树达引段玉裁之说:

> 《左传》襄十四年师旷引《夏书》曰:"遒人以木铎徇于路,官师相规,工执艺事以谏。正月孟春,于是乎有之。"杜云:"木铎徇于路,采歌谣之言也。"……遒人即班之行人,以木铎巡于路,使民间出男女歌咏,记之简牍,递荐于天子,故其字从辵兀。辵者,行也。兀者,荐也。记与兀叠韵也。伪《尚书》袭《左传》,而不言振木铎者何所事。按刘歆《与扬雄书》云:"三代周秦,轩车使者、遒人使者

---

① 孔颖达:《尚书正义》,北京大学出版社,1999年版,第182页。

以岁八月巡路，求代语僮谣歌戏。"扬答刘书云："尝闻先代輶轩之使奏籍之书皆藏于周秦之室。"又云："翁孺犹见輶轩之使所奏言。"二书皆即遒人之事也。遒、輶、遱三字同音，遒人即遱人。扬、刘皆谓使者采集绝代语释别国方言，故许慎栝之曰诗言，班、何则但云采诗也。刘云求代语僮谣歌戏，则诗在其中矣。《周礼·大行人》"属象胥谕言语、协辞命，属瞽史谕书名、听声音"，岂非扬、刘所谓使者，班所谓行人与？……遱训行，故遱人即行人也。遒盖遱之假借字。①

《说文解字》以为"辺"即古之遒人，此字从辵丌，而丌同于"记"。在此基础上，段玉裁说，"辵"即"行"，"丌"即"荐"，故遒人以木铎巡于路，将民间男女歌咏记之简牍，递荐于天子。同时，遒乃遱之假借，而"遱"训"行"，故遒人即行人。段氏不仅分析"遒"字的形义，并且从训诂的角度解决"遒人"与"行人"之间的关联。不过，段玉裁的上述说法，是有所渊源的，《左传·襄公十四年》杜《注》谓："遒人，行人之官也。木铎，木舌金铃。徇于路，求歌谣之言。"② 这个解释显然有别于《尚书·胤征》孔《注》，不仅将"遒人"明确为"行人之官"，而且与"采诗"联系起来。对此，孔《疏》分析说：

> 此在《胤征》之篇。其本文云："每岁孟春，遒人以木铎徇于路，官师相规，工执艺事以谏。其或不共，邦有常刑。"此传引彼，略去"每岁孟春"，直引"遒人"以下，乃以正月孟春结之，殷勤以示岁首，恒必然也。孔安国云："遒人，宣令之官。木铎，金铃木舌，所以振文教也。"《周礼》无遒人之官。彼云"其或不共，邦有常刑"，是号令群臣百工，使之谏也。木铎徇路，是号令之事。孔言"宣令之官"，杜必以为"行人之官"者，以其云"徇于道路"，故以为行人之

---

① 杨树达：《积微居小学金石论丛》，上海古籍出版社，2013年版，第199页。
② 孔颖达：《春秋左传正义》，北京大学出版社，1999年版，第929页。

官，采访歌谣者。与孔"宣令之官"，其事不异。刘炫以为杜不见古文，以"遒人"为"宣令之官"，徇路求谏，而规杜氏。不见古文，诚如刘说，然杜之所解，于义自通。①

孔《疏》解释了杜注将"遒人"释为"行人之官"的原因，可以说，杜《注》构成段玉裁解释的渊源。不过，《尚书·胤征》孔《疏》将"遒"释为"聚"，段氏没有接受这个推测性的解释，而是依据《说文解字》重新作出分析。显然，段《注》有关"遒"的训释比《尚书·胤征》孔《疏》更具说服力。

经过上述分析，由于"遒人"与"轩车使者"、"輶轩之使"同义，并与"行人"相通，那么，有关采诗执行者称谓，大体可归并为"大师""史官""行人""采诗官""贱民"五类。在这些类别中，"采诗官""贱民"稍后再议，而"大师""史官""行人"见于《周礼》，关于它们的职责，《周礼》有明确的记载。首先来看"大师"，《周礼·春官宗伯》载：

> 大师掌六律六同，以合阴阳之声。阳声：黄钟、大簇、姑洗、蕤宾、夷则、无射。阴声：大吕、应钟、南吕、函钟、小吕、夹钟。皆文之以五声，宫、商、角、徵、羽。皆播之以八音，金、石、土、革、丝、木、匏、竹。教六诗：曰风，曰赋，曰比，曰兴，曰雅，曰颂。以六德为之本，以六律为之音。大祭祀，帅瞽登歌，令奏击拊，下管播乐器，令奏鼓朄。大飨亦如之。大射，帅瞽而歌射节。大师，执同律以听军声，而诏吉凶。大丧，帅瞽而廞，作柩，谥。凡国之瞽矇正焉。②

大师掌管六律、六同，使五声、八音与其相配合；教瞽矇六诗，以六德为

---

① 孔颖达：《春秋左传正义》，北京大学出版社，1999年版，第929页。
② 贾公彦：《周礼注疏》，北京大学出版社，1999年版，第607－614页。

>>> 《诗经》补论

根本；率瞽矇参与大祭祀、大飨礼、大丧，出征时用律管听声以辨别吉凶。在这些职责中，大师掌声律乐器、教六诗，这些与"诗"是有内在关联的。同时，大师还负责教瞽矇。《春官宗伯》载："瞽矇掌播鼗、柷、敔、埙、箫、管、弦、歌。讽诵诗，世奠系，鼓琴瑟。掌《九德》、《六诗》之歌，以役大师。"[1] 瞽矇负责演奏鼗、柷等乐器歌唱，还负责讽诵诗。可见瞽矇与"诗"的关系更为密切。

关于"史官"，《周礼》有"五史"的记载，其中"小史掌邦国之志，奠系世，辨昭穆""凡四方之事书，内史读之""外史掌书外令，掌四方之志"，这些"邦国之志""四方事书"及"四方之志"，是很难将诗类文献排除在外的。同样，《夏官司马》载训方氏"掌道四方之政事，与其上下之志，诵四方之传道"，所谓"四方之传道"，大约也应包含诗类文献。更为重要的是，鉴于小史"奠系世"与瞽矇"世奠系"之间的联系，瞽矇兼有乐官与史官的双重身份。考虑这些因素，史官与"诗"之间的关联也是难以割舍的。《左传·昭公十二年》载：

> 析父谓子革："吾子，楚国之望也。今与王言如响，国其若之何？"子革曰："摩厉以须，王出，吾刃将斩矣。"王出，复语。左史倚相趋过，王曰："是良史也，子善视之！是能读《三坟》、《五典》、《八索》、《九丘》。"对曰："臣尝问焉。昔穆王欲肆其心，周行天下，将皆必有车辙马迹焉。祭公谋父作《祈招》之诗以止王心，王是以获没于祇宫。臣问其诗而不知也。若问远焉，其焉能知之？"王曰："子能乎？"对曰："能。其诗曰：'祈招之愔愔，式昭德音。思我王度，式如玉，式如金。形民之力，而无醉饱之心。'"[2]

左史倚相非常博学，是楚国著名的史官，这可从楚王的赞誉中知晓。而正

---

[1] 贾公彦：《周礼注疏》，北京大学出版社，1999年版，第616－617页。
[2] 杨伯峻：《春秋左传注》，中华书局，1990年版，第1140－1141页。

· 60 ·

是这样一位史官，竟然不知道祭公谋父《祈招》这首诗，因此，在子革看来，左史倚相似乎有点名不副实。子革的理解也无可厚非，毕竟对于作为楚国之宝的左史倚相来说，这可以算是一件颇为难堪之事。这个例证表明，当时之人认为史官应该熟悉诗类文献。不同于《左传》，《国语》却记载了一例左史倚相讨论"《懿》"的事件：

> 左史倚相曰："昔卫武公年数九十有五矣，犹箴儆于国，曰：'自卿以下至于师长士，苟在朝者，无谓我老耄而舍我，必恭恪于朝，朝夕以交戒我；闻一二之言，必诵志而纳之，以训导我。'在舆有旅贲之规，位宁有官师之典，倚几有诵训之谏，居寝有亵御之箴，临事有瞽史之导，宴居有师工之诵。史不失书，瞽不失诵，以训御之，于是乎作《懿》戒以自儆也。"①

在这里，左史倚相非常熟练地讨论"《懿》"的制作过程，由此也可见出左史倚相是很了解诗类文献的。据此，史官不仅熟悉诗类文献，并且，他们也很可能参与诗类文献的收集与整理工作。

"行人"包括"大行人"与"小行人"，《周礼·秋官司寇》载大行人之职："王之所以抚邦国诸侯者：岁遍存；三岁遍覜；五岁遍省；七岁属象胥，谕言语，协辞命；九岁属瞽史，谕书名，听声音；十有一岁达瑞节，同度量，成牢礼，同数器，修法则；十有二岁王巡守殷国。"② 这里交代天子派遣大行人安抚诸侯的办法，包括一年一次的慰问、三年一次的看望、五年一次的探视等。特别值得注意的是"九岁属瞽史，谕书名，听声音"，意思是说，九年聚集各诸侯国的乐师和史官，告诉他们文字，并让他们听习声音。在此，大行人与乐师、史官之间存在工作上的交集。关于"小行人"，《周礼·秋官司寇》载："及其万民之利害为一书，其礼俗政事教治刑禁之逆顺为一书，其悖逆暴乱作慝

---

① 上海师范大学古籍整理研究所校点：《国语》，上海古籍出版社，1998年版，第551页。
② 贾公彦：《周礼注疏》，北京大学出版社，1999年版，第1005－1006页。

犹犯令者为一书，其札丧凶荒厄贫为一书，其康乐和亲安平为一书。凡此五物者，每国辨异之，以反命于王，以周知天下之故。"贾《疏》谓："此总陈小行人使适四方，所采风俗善恶之事。各各条录，别为一书，以报上也。"[1] 小行人从五个方面采集各诸侯国风俗善恶之事，并各自汇集成书，可以想见其中应该也包括与诗相关的文献。从这些地方来看，大、小行人平时应该接触诗类文献。《论语·子路篇》载孔子之言："诵《诗》三百，授之以政，不达；使于四方，不能专对；虽多，亦奚以为？"[2] 又《季氏篇》说"不学诗，无以言"[3]，结合周代社会赋诗现象，"行人"更是与"诗"结下深厚因缘。

依据《周礼》的相关记载，"大师""史官""行人"这些职官在不同程度上与"诗"存在关联，这种关联不仅表现为应用"诗"，而且还很可能涉及"诗"的采集与整理。正是在这个意义上，人们把他们与"采诗"行为联系起来。倘若这一点能够成立的话，那么，早期"采诗"人员的构成也就得以理解。当然，"大师""史官""行人"属于王朝与侯国的正式职官，他们大都游走于王朝与侯国之间。至于民间的"采诗"，大约如何休《公羊传·宣公十五年解诂》所言，是由"男年六十，女年五十无子者"这些人来承担。明确这一点，《汉书·艺文志》所谓"采诗官"，应该是对上述人群的通称。当然，就实际而言，大约只有"男年六十，女年五十无子"这些来自民间的"贱民"才勉强算是专职的"采诗官"，而"大师""史官""行人"只是在各自职责内涉及"诗"的采集与整理，至于这些群体在"诗"的采集与整理方面的意义稍后再议。

在澄清采诗者身份之后，接下来需要探讨采诗行为的渊源，这个问题主要考察采诗这种行为是何时出现的。据《尚书·胤征》的记载，"遒人以木铎徇于路"的说法出自夏帝仲康时期胤侯之口，此后师旷在引述这一文献时明确将其归于《夏书》，由此可知遒人行为至少在夏王朝已经存在。这些文献的记载

---

[1] 贾公彦：《周礼注疏》，北京大学出版社，1999年版，第1016页。
[2] 杨伯峻：《论语译注》，中华书局，1980年版，第135页。
[3] 杨伯峻：《论语译注》，中华书局，1980年版，第178页。

表明,"采诗"是一种起源颇早的行为。但是,对于这个问题,部分学者还存在异议。崔述在《读风偶识》中说:

> 旧说"周太史掌采列国之风,今自邶、鄘以下十二国风皆周太史巡行之所采也。"余按:克商以后下逮陈灵近五百年,何以前三百年所采殊少,后二百年所采甚多?周之诸侯千八百国,何以独此九国有风可采,而其余皆无之?曰:孔子之所删也。曰:成、康之世治化大行,刑措不用,诸侯贤者必多,其民岂无称功颂德之词,何为尽删其盛而独存其衰?伯禽之治,郇伯之功亦卓卓者,岂尚不如郑、卫,而反删此存彼,意何居焉?且十二国风中,东迁以后之诗居其大半,而《春秋》之策,王人至鲁虽微贱无不书者,何以绝不见有采风之使?乃至《左传》之广搜博采而亦无之,则此言出于后人臆度无疑也。盖凡文章一道,美斯爱,爱斯传,乃天下之常理,故有作者即有传者。但世近则人多诵习;世远则渐就湮没。其国崇尚文学而鲜忌讳则传者多,反是即传者少。小邦弱国,偶遇文学之士录而传之,亦有行于世者;否则遂失传耳。不然,两汉、六朝、唐、宋以来并无采风太史,何以其诗亦传于后世也?大抵汉以降之言《诗》者多揣度而为之说,其初本无的据,而递相沿袭,递相祖述,遂成牢不可破之解,无复有人肯考其首尾而正其失者。①

崔述断然否定周代存在"采诗"行为。张西堂在引述崔氏上述观点之后评论说:"崔氏从时代的关系立论,说克商以后,五百年中,前三百年中所采的诗很少,而后二百年采的却很多,来批评采诗之说,但是这还不是无采风之使者的明证。因为诗之始作,未必就在克商以后,近代出土的宗周彝器,不下数千,(见王国维《金文著录表》),但在这些铭文中,并无一个诗字(参看容庚《金文编》)。而且《大雅》《周颂》都是西周时诗,但是文词佶屈,不及《周诰》,

---

① 崔述撰著,顾颉刚编订:《崔东壁遗书》,上海古籍出版社,2013年版,第543页。

显见得诗并不一定都作于克商以后，因而说前三百年来诗甚少，还不是至当不易之论。但是他说邶鄘诸国风，既认为周太师巡行所采，那么为什么唯独这九国有风，而其余的国家没有，从这点来证明采诗之说，是汉代以后《诗经》学者揣度之词，我们就古籍所载采诗之事来看，知道采诗并无定制，也可见崔氏这种说法是不错的。"① 尽管张西堂并没有完全认可崔述的论证，但还是接受后者的结论，指出"陈风采诗之说是不足深信的"。② 胡念贻也分析说，汉人编纂的《礼记》中《王制》一篇里才说"命太师陈诗以观民风"，先秦的典籍中只有《国语》里面载"使公卿至于列士献诗"和"在列者献诗"之说，这和《王制》所说的不是一回事。"《礼记》这部书，有的地方本来可能杂有汉人之说。《王制》篇中所记载的东西，许多是可疑的。其中所说的一套制度，是一套理想化了的制度，很难据以考证史实。后来《汉书》里面《食货志》和《艺文志》以及《公羊传》何休注都提到'采诗'。《汉书》大约是根据《王制》或者是同一个来源。《公羊传》宣公十五年'什一税而颂声作'句下的那段注文，和《食货志》文字有相同之处。但注中说：'男女有所怨恨，相从而歌。饥者歌其食，劳者歌其事。男年六十，女年五十无子者，官衣食之，使之民间求诗。乡移于邑，邑移于国，国闻于天子。'这段话说得这样具体，不知何所据。然说得这样具体，反而增加了它的可疑之点。《诗经》的时代，未必有这样的有计划的和有组织的大规模的采诗制度。"③ 这些观点均是否定先秦时期存在"采诗"制度。

当然，也有不少学者相信先秦时期确实存在"采诗"制度。这种确信，主要基于两个层面，一是出土文献提供的证据，二是"采诗"行为与《诗经》之间的关联。上博简《孔子诗论》中曾经提到"《邦风》，其内物也，溥观人俗焉，大敛材焉，其言文，其声善"④，所谓"大敛材"，就是指"采诗观风"而言的。这就表明，除《尚书》《左传》之外，作为先秦文献的《孔子诗论》确

---

① 张西堂：《诗经六论》，商务印书馆，1957年版，第81页。
② 张西堂：《诗经六论》，商务印书馆，1957年版，第79页。
③ 胡念贻：《先秦文学论集》，中国社会科学出版社，1981年版，第71－72页。
④ 陈桐生：《〈孔子诗论〉研究》附录一《〈孔子诗论〉简注》，中华书局，2004年版，第258页。

凿提及"采诗",可见先秦时期确实存在制度层面的"采诗"。因此,汉代出现的有关"采诗"的叙述,应该是承袭这一传统。就"采诗"行为与《诗经》之间的关联而言,洪湛侯指出:"我们从《三百篇》的分量、规模以及产生地域之广,延续时间之长来看,把这样大范围、大数量的诗篇集中在一起,说它没有经过'搜集'和'整理',这是不可思议的。'搜集'就是采集,也许不一定每个王朝、每个地区始终都设有专职采诗的官,但是作为王朝的乐师,为了配乐的需要,注意搜集一些民间诗歌,或者士大夫的作品,用以配乐歌唱,这个可能总还是存在的。与其不然,试问这些诗歌如果不经'采集',又怎样会集中到王朝的乐官手里来呢?"① 从《诗经》的数量、规模及产生地域之广、延续时间之长几方面来把握"采诗"与《诗经》的关联,这是有说服力的。

其实,更有说服力的是来自具体诗篇的证据。在这方面,值得关注的是顾颉刚、屈万里、李山等先生的研究。李山在《礼乐大权旁落与"采诗观风"的高涨》一文中首先评述顾颉刚、屈万里的研究:

> 例如顾颉刚先生有一篇《从诗经中整理出歌谣的意见》的文章就指出过:"诗经里的歌谣都是已经成为乐章的歌谣,不是歌谣的本相。"而且,顾先生认为对歌谣进行加工的,就是周代的乐官。这篇文章虽然不是讨论采诗问题的,但《诗经》国风的"乐章……不是歌谣本相"的说法,却完全移用于此作为证据。前面说过,采诗官员必然要对采集的原料做或深或浅的加工,顾颉刚先生的说法,实际证明了国风篇章循环往复、重章叠调,正是一种加工的结果。同时,他说加工者是乐官,也是十分可信的。顾颉刚先生的说法得到了不少学者的应和,如台湾学者屈万里在《论国风非民间歌谣的本来面目》一文中的"国风篇章的形式不类民间歌谣的本来面目"一节里,就援用了顾颉刚的说法并加以引申。同时,屈先生的文章还提出了另外三个方面的论证:(1)从文辞用雅言看国风不是歌谣的本来面目;(2)从用韵

---

① 洪湛侯:《诗经学史》,中华书局,2002年版,第4页。

的情形看国风不是歌谣的本来面目；（3）从语助词的用法看国风不是歌谣的本来面目；（4）从代词的用法看国风不是歌谣的本来面目。第1条所谓"雅言"，首见《论语·述而》："子所雅言，《诗》、《书》、执礼，皆雅言也。"缪钺先生《周代之雅言》综合古代《论语》注释，认为"当时于方言之外，必有一种共同之语言，如今日所谓'官话'或'国语'者，绝国之人，殊乡之士，可借以通情达意，虽远无阻也。"周代有"标准语"为当代研究所承认。屈先生引用缪钺先生的说法，并且引申说，《诗经》的语言从《周颂》到"国风"，其语言的变化只有时代的早晚，而非方言的不同。十五国风地域广大，黄河流域之外，还有江汉一带的作品；后者是所谓"南蛮鴃舌"的方言流行之地。据刘向《说苑》所载，"榜枻"的越人用本地方言对鄂君唱的歌曲，鄂君等楚国人是听不懂的。这说明，当时因地域的广大而导致的方言隔阂是多么严重。实际上，不但是黄河流域与江汉地区有方言的区别，就是在当时的黄河流域，周人的故地的方言，与黄河下游的殷商人、再下游的东夷人，恐怕方言分别也一定不小。可是，读十五国风，基本感受不到方言的差别。这样情况的出现，与其解释为周人推行"雅言"的结果，不如解释为王朝采诗制度下采诗官绝多来自"雅言"即周人方言区，他们采集加工诗篇不自觉地使用了当时"普通话"的结果，更有说服力。因为，即使是现代，"普通话"都需要"推广"，在上古时代"雅言"能为一位蚕妇掌握得那样好，不是太有点匪夷所思了？第2条所谓的"用韵"，其实也属于用"雅言"的问题。国风诗篇在押韵上用的是作为雅言组成部分的"雅音"。屈万里先生的文章也引用了缪钺《周代之雅言》的研究结果。缪文说，《诗经》三百篇除《周颂》（一些篇章不押韵）30篇，尚有274篇，这些篇总计其押韵的韵脚一共1654处。在这一千六百多的"用韵之中"，除"异部合韵仅九十条"之外，"其余均在同部"。缪先生由此结论说："可见当时必有一种标准语，即所谓'雅言'，为诗人所据"。这一条证据是非常有力的。但是，它所证明应该是采诗官的加工、乃至创作的事实，是乐官最后"比其音律"的事实。第3条即"语助词"一致的现象，屈先生的文章主要举了"有"字、"其"和"言"字等，带有这几个字的句子，在"国风"和"雅颂"中高度一致。第4条即代词的使用，屈先生的文章举了"曷"、"胡"、"何以"、"谁"、"伊"及"此"等。其实在"雅颂"和"国风"两者语词使用的相同上，还不仅限于屈先生文章所举。①

在此基础上，李山先生从语言、语音、语词、句子到篇章等层面论证采诗制度。比如句子的使用，《邶风·谷风》上说"泾以渭浊，湜湜其沚。宴尔新婚，不我屑以"，李山分析说："前两句是说泾水本来并不浑浊，只是引渭水加入才变得浑浊不堪了。诗以此比喻男人的喜新厌旧。比喻固然精彩无比，却有一个令人疑惑的问题，诗篇写的是一位卫地弃妇，身份大概只是一般贵族家庭，就是说其生活的地域，与泾、渭所在之今陕西地区有近千里之遥，居然脱口而出地打这样一个比喻，是否有点太不切生活的实际了？这只能说明，诗篇中不幸的女主人是卫地的，可表现她生活不幸的语言，却用的是泾渭汇合之所的宗周地区的。还有，在这四句之后，接着就是如下的句子：'毋逝我梁，毋发我笱。我躬不阅，遑恤我后'四句，居然一字不差地见于《小雅》的《小弁》篇的结尾处！《小雅》，宗周的诗篇。因此，与'泾以渭浊'四句一样，也是使用了宗周的语言。而采诗官既然是'王官'，就应该来自或主要来自宗周之地。"②据此，《诗经》作品本身的相关证据表明采诗制度是客观存在的，并非出自人们的杜撰。

从《诗经》出发来论证先秦时期的采诗制度，这确实是一条可行之路。但是，人们也要明白这样的事实，《诗经》的生成固然离不开"采诗"行为，但"采诗"行为并非只是为了《诗经》的编撰。根据这样的事实，并结合《尚

---

① 李山：《礼乐大权旁落与"采诗观风"的高涨》，《社会科学家》，2014年第12期。
② 李山：《礼乐大权旁落与"采诗观风"的高涨》，《社会科学家》，2014年第12期。

书·胤征》《左传·襄公十四年》的记载，可以推测"采诗"行为的起源是颇为古老的。不过，周代以前的"采诗"状况如何，限于史料的缺乏，很多细节是难以还原的。《诗经》文本的存在，为了解周代的"采诗"提供了比较便利的条件。首先，对于"采诗"内涵的把握，通常人们认为"采诗"就是采集现成的诗篇。这种理解并非有错，但无疑缩小了"采诗"的范围。李山强调对"采诗"的理解要灵活一些，"有现成或大体现成的歌谣可采叫做'采诗'；没有现成的，民间流传的一两句好言辞、好旋律，新鲜而又表现风情的，将这些加工、提升，制作成歌曲，也是'采'；更有甚者，民间有一种社会现象，引起了采诗者的注意，责任人促使的他们以职业的专长，用诗篇、乐章的形式加以表现，意在提醒在位者注意某些民情，这也叫'采'。"① 这一观点对于理解"采诗"和《诗经》文本的生成来说，都是很有意义的。其次，对应于《诗经》的编纂，周代盛行的"采诗"行为到底收集哪些诗篇呢？一种流行的看法认为收集的是"国风"，《礼记·王制》孔疏云："此谓王巡守，见诸侯毕，乃命其方诸侯。大师是掌乐之官，各陈其国风之诗，以观其政令之善恶。"② 这种观点曾长期主宰人们对"采诗"及《诗经》风诗来源的认知。倘若只认可"采诗"与风诗有关，可能并没有完全揭示"采诗"的功能。事实上，除风诗部分之外，《诗经》还存其他一些诗篇与"采诗"有关，或者说源自"采诗"。据李山先生的考察，"采诗"并不限于十五国风，《小雅》也存在"采诗"而成的篇章。他分析说：

> 《小雅》已有一定数量诗篇，应系"王官采诗"的结果。这样的篇章中，又尤以见诸《小雅》的《蓼莪》《大东》两篇最能说明问题。前一篇，表现的是一位孝子因为服劳役，无法侍奉双亲，以致父母双亡的悲惨之事。《毛序》说"孝子不得终养也"是可信的。后一篇，是东方诸侯国（据说是谭国）大夫对西周王室经济上对"大东小东"

---

① 李山：《礼乐大权旁落与"采诗观风"的高涨》，《社会科学家》，2014年第12期。
② 孔颖达：《礼记正义》，北京大学出版社，1999年版，第365页。

各邦"杼柚其空"地经济压榨的控诉。两诗均属西周后期无疑。《大东》篇表现的是受王朝压迫的异姓诸侯的心声,无人采集、传达,是难以上达朝廷的。特别是像《蓼莪》这样表现下层悲惨情况的篇章,它能够进入"雅颂"篇章之中,不是更需要一种诗篇之外的力量护佑吗?前此《诗经》"雅颂"的篇章,绝多为仪式歌唱,或庆功,或祭祖,或宴饮,或农耕,或战事等等,都有歌唱。而且,一种典礼往往有多篇歌唱相伴,如祭祖的隆重典礼,有的诗篇是献给神灵的,有的诗篇则是讲述祖先业绩的。又如宴饮,也而往往使用几首诗篇。正是繁多的礼仪和繁复的歌唱,构成了"雅颂"作品的主体。然而,这一基本情况到西周后期起了大的变化,诗篇歌唱与典礼的密切关联开始松动甚至脱轨了。这主要表现为两个方面:其一,是一些出自各级臣僚的政治抗议篇章,如《小雅》之《节南山》《雨无正》,《大雅》之《板》《荡》《召旻》等,纷纷问世。这些篇章有的有主名,有的没有。就写作而言,也许是臣僚自作,也是假借他手,总之他们是有对现实极不满的情绪要宣泄;有主张、想法要提出。这些抗议诗篇的歌唱,可能也要借助一定场合,却无论如何再也不是西周以来固有典礼的情形了。其二,此外,还有一些篇章,与王公大臣自发主动的抗议不同,则属于"被表现"的文学书写。政治昏暗、风衰俗怨的时代,必定是小民普遍的境遇悲惨。对小民悲惨不幸的表现,现有的一些《小雅》篇章表明,成了当时诗篇写作的题材。典型之作,就是上面所谈到的《小雅·蓼莪》。一位因无休止服劳役的孝子,面对父母死亡的巨大悲伤,或许碰巧是一位有诗才的人,就是说诗篇大体是他创作的,可是,即便如此,他的文学的哀哀呼告,何以能被朝廷关注,成为《小雅》的篇章,难道不是一个大问题?所以,合理的思路是,胼手胝足的小民的哀伤,所以能被披诸管弦,见存于《小雅》,其实是一批专业人员所为。此外,诗篇也不是为着任何的典礼写制的。试想,《小雅·蓼莪》这样的歌唱,王朝有哪个典礼可以适用?不过,若说是一批原本出身下层、有现实责任感的"贱民"采诗官，将孝子的不幸故事敷衍成篇，上奏朝廷，以警示当政者，却是最合理的解释。而且，《蓼莪》的情调、篇章乃至语言，与"雅颂"各种典礼的篇章不协调，但放到一些哀怨的国风作品群落中去，却分不出彼此。因此，合理的解释，只能是那些关注民间的采诗官员有意的"报告"写作。①

这个分析令人信服地指出，《小雅》有些篇章仍然来自"采诗"行为。正如前文提到的，不能简单地将采集而来的诗与《诗经》相关诗篇等同起来，因为"采诗"的具体方式是多样的，但即使采集的是现成或大体现成的歌谣，它们也未必被原样挪移，于是需要涉及经采集而来的诗篇之整理。有关《诗经》诗篇的作者，汉代曾流行两种相反的看法。一种是如前引《汉书·艺文志》谓"古有采诗之官"②，《汉书·食货志》说"行人振木铎徇于路，以采诗"③，既然诗篇来自民间，那么，这些诗篇的作者就与底层民众有关。另外一种说法是，《史记·太史公自序》指出："《诗》三百篇，大抵贤圣发愤之所为作也。"④ 在司马迁看来，《诗经》诗篇大抵圣贤所为，那么就很清楚，《诗经》诗篇的作者就与底层民众无关。强调《诗经》诗篇出自圣贤之手，这并非司马迁一个人的看法，诚如有的学者所言，"西汉传《诗》的经学家们，无论是当时已立学官的'齐、鲁、韩'三家，还是后来独存的《毛诗》，在解说《国风》时，却异口同声，点名道姓，都把它们说成是王公贵族、公卿大夫、君子、士人以及后妃、夫人、大夫之妻等等上层社会人士之作。"⑤

面对相对立的两种说法，朱东润先生指出："持《国风》出于民间论者……然有所未安者。《诗》三百五篇以前及其同时之著作，凡见于钟鼎简策者，皆王侯士大夫之作品。何以民间之作，止见于此而不见于彼？此其可疑者

---

① 李山：《礼乐大权旁落与"采诗观风"的高涨》，《社会科学家》，2014 年第 12 期。
② 班固：《汉书》，中华书局，1962 年版，第 1706 页。
③ 班固：《汉书》，中华书局，1962 年版，第 1123 页。
④ 司马迁：《史记》，中华书局，1982 年版，第 3300 页。
⑤ 廖群：《周代"采风"说的文物新证》，《民俗研究》，2002 年第 4 期。

一也。即以《关雎》、《葛覃》论之,谓《关雎》为言男女之事者是矣,然君子、淑女,何尝为民间之通称?琴瑟钟鼓,何尝为民间之乐器?在今日文化日进,器用日备之时代,此种情态,且不可期之于胼手胝足之民间,何况在三千年以前生事方绌之时代。谓《葛覃》为归宁之作者,此则出自本文,尤无可疑,然《葛覃》云,'言告师氏,言告言归。'民间何从得此师氏,随在夫家,出嫁之女,犹必事事秉命而行?此其可疑者二也。文化之绌绎,苟以某一时代之偶然现象论之,纵不免有后不如前之叹,然果自大体立论,则以人类智识之牖启,日甚一日,后代之文化较高于前代,殆无疑议,何以三千年前之民间,能为此百六十篇之《国风》,使后世之人,惊为文学上伟大之创作,而三千年后之民间,犹辗转于《五更调》、《四季相思》之窠臼,肯首吟叹而不能有以自拔?此其可疑者三也。即以此三端论之,非确能认定三千年前之民间,其文化,其生活,皆远胜于今日,而其作品,自《诗》篇以外,不为其他任何之表现者,则此《诗》出于民间之说,殆未能确立。"① 胡念贻先生也指出,那种"认为《诗经》里面的《国风》和一部分《小雅》是记录劳动人民口头创作的说法,是可怀疑的。以《国风》而论,至少可以肯定其中的一大部分是当时的上层贵族或比较上层的人物之作",并进一步说,"《诗经》里面的作品,包括《国风》和一部分'大小《雅》',应该称之为各阶级的群众性诗歌创作。它的作者有的是贵族;有的是中等阶层;也有的是下层劳动人民。其中以中等阶层为多。这些中等阶层人物,他们的社会地位也不一样,有的比较接近上层贵族,有的比较接近下层人民。至于《颂》诗和二《雅》的另一部分,它们是庙堂之作,奉命所为。它们的作者,也不外是贵族及朝廷官吏如史官之类。这一部分诗,向来很明确,没有人称它为民歌。被人混称为民歌的,都在指各阶级的群众性诗歌创作这一部分。"② 就《诗经》文本,特别是《国风》来看,确实存在非民间的特征。但是,也正如学者所言,《诗经》很多诗篇,倘若失去"采诗"制度这一背景,其来源也是难以理解的。也就是说,无论是赞成还是否定

---

① 朱东润:《诗三百篇探故》,上海古籍出版社,1981年版,第3页。
② 胡念贻:《先秦文学论集》,中国社会科学出版社,1981年版,第77、87页。

"采诗",都有其合理的因素。这种状况表明,二种说法之间也存在通融之处,这种通融表现为二者是相辅相成的。在上引主张"采诗"的文献中,大都只强调"采诗"制度的存在,很少描述这种制度的具体实施过程。《汉书·食货志》及何休《公羊传·宣公十五年解诂》则比较具体地指出了"采诗"的过程。《食货志》提到"采诗"之后"献之大师,比其音律,以闻于天子",可见,采集上来的诗篇需要经过乐官整理。对于这种整理,《食货志》仅突出"音律"一面,是不全面的,它还应包括歌辞,所以,乐官参与歌辞的整理是多方面的。正是经过这种整理,从而弱化了那些经采集而来的诗篇中的民间因素,《诗经》文本于是出现朱东润、胡念贻等人述及的现象。换言之,《诗经》中那些采集而来的诗篇的非民间因素,大都是乐官整理的结果。

采诗的具体实施究竟是何时,文献记载并不一致,学者各持其论。倘若从采诗者身份差异的角度去考察,是可以得到合理解释的。前面的分析表明,采诗者在身份上分为两个层次:兼职采诗者与专职采诗者,其中"大师""史官""行人"属于兼职采诗者,而"贱民"属于专职采诗者。由于这种差异,他们在执行采诗任务的具体时间上是不一样的。"大师""史官""行人"这些群体,他们不仅是朝廷的正式官员,而且还有其本职工作。根据文献的记载,"大师""史官"通常是在伴随天子巡狩过程中开展采诗的。据《礼记·王制》,天子五年一巡守,那么,"大师""史官"采诗自然也遵循这种规定。由于天子巡守的对象是诸侯,这些跟随的"大师""史官"不太可能有机会下潜到底层,他们接触的通常是诸侯层面,因此,采集的很可能是各侯国的诗篇。"行人"选择在孟春季节采诗,这种安排也不是随意的。聂冰分析说:

> 周代实行井田制,为大规模的集体耕作方式。春夏为农忙季节,绝大部分时间农夫、农妇们要合家在公田中劳作,待庄稼收割入仓,秋冬之时才能返回定居的村邑。"民春夏出田,秋冬入保城郭。……五谷毕入,民皆居宅,里正趋缉绩,男女同巷,相从夜绩,至于夜中。"(《公羊传》宣公十五年何休注。)此说也见于《汉书·食货志》。冬季

农闲时，寒夜漫长，为节省照明取暖的费用，农妇们被集中于一处，在乡官的监督下从事纺织一类的活计，直至夜中。在这种情况下，男女有不得其所的事情，只好相与歌咏。借此方式遣伤怀、泄怨恨。许多里巷歌谣便由此而生。到了春季，群居者即将散去，当人们又要去公田劳作之际。行人便抓住机会在道路边上进行采风活动了、秋季的采风往往在农人们结束公田劳作返回居邑时进行。"文事奋木铎，武事奋金铎。"（《周礼·天官·小宰》郑注。）每当春秋采风时节，乡邑大道上常会出现行人的身影，他们摇响装有木舌的金属大铃，将往来的路人吸引聚集在一起，然后向这些人徇求诗歌谣曲、俗语方言及风俗善恶之事，并将其记载下来，作为民情资料上报于王。①

聂冰从周代特定的劳作方式出发，揭示春秋两季进行采诗的缘由，这一分析是有道理的。不过，除此之外，"行人"选择在孟春采诗，显然还有其他方面的考虑。诸雨辰从周代祭礼与风俗的角度考察孟春采诗行为：

> 史官采诗，其首要目的在祭祀，未必是为了"观民风"。《礼记·礼器》曰："颂诗三百，不足以一献；不献之礼，不足以大飨；大飨之礼，不足以大旅；大旅具矣，不足以飨帝。"那么从"这里可以看出，诗三百和'献'、'飨'一样，都用于祭祀上帝，而不是为了观民风"。真正用于"观民风"的应该是上面我们分析的"男年六十，女年五十无子者"，也就是"官衣食"的"贱民"采的诗。……春季处于农忙时期，秋季以后则处于农闲，这就为"贱民"们提供了方便采诗的条件，所以秋季的诗似乎更主要的应该是那些专门采集"男女有所怨恨，相从而歌，饥者歌其食，劳者歌其事"的"贱民"所采的诗。②

---

① 聂冰：《周代的采风观政》，《兰州教育学院学报》，1991年第2期。
② 诸雨辰：《〈诗经〉"采诗观风"制度说》，《中华文化论坛》，2010年第1期。

在他看来,周代的"采诗"传统,有两类人在收集诗,一类是出于讽谏目的;另一类则出于祭祀目的。文献记载表明,很多祭祀仪式通常在春季进行,行人利用这一有利条件到各地采诗。此时收集的诗篇固然大都与仪式相关,其中并不排除祭祀的目的,但行人采集它们也未必完全服务于祭祀,这是因为行人采诗也有考察风俗的目的。然而无论出于何种目的,"行人"选择孟春采诗显然是充分考虑周代祭礼及特定劳作方式这些因素的。至于"贱民"这些专职的采诗官员,一方面,他们来自社会底层,他们采集的主要是反映平民生活的诗篇;另一方面,他们属于专职采诗,其时间安排自然相对灵活。当然,这种灵活性在很大程度上也受到周代特定劳作方式的制约。

二、规谏与"献诗"

不同于"采诗"概念来自汉代,先秦时期明确提到"献诗"。《国语·周语上》邵公谏厉王时说:

> 故天子听政,使公卿至于列士献诗,瞽献曲,史献书,师箴,瞍赋,矇诵,百工谏,庶人传语,近臣尽规,亲戚补察,瞽、史教诲,耆、艾修之,而后王斟酌焉,是以事行而不悖。[①]

又《晋语六》载:

> 吾闻古之王者,政德既成,又听于民,于是乎使工诵谏于朝,在列者献诗使勿兜,风听胪言于市,辨袄祥于谣,考百事于朝,问谤誉于路,有邪而正之,尽戒之术也。[②]

---

① 上海师范大学古籍整理研究所校点:《国语》,上海古籍出版社,1998年版,第9-10页。
② 上海师范大学古籍整理研究所校点:《国语》,上海古籍出版社,1998年版,第410页。

又《吕氏春秋·达郁》载：

> 周厉王虐民，国人皆谤。召公以告曰："民不堪命矣。"王使卫巫监谤者，得则杀之。国莫敢言，道路以目。王喜，以告召公曰："吾能弭谤矣。"召公曰："是障之也，非弭之也。防民之口，甚于防川；川壅而溃，败人必多。夫民犹是也。是故治川者决之使导，治民者宣之使言。是故天子听政，使公卿列士正谏，好学博闻献诗，瞍箴师诵，庶人传语，近臣尽规，亲戚补察，而后王斟酌焉。"①

以上三条记载均明确使用"献诗"的说法，其间需要注意这样几点。

首先是"献诗"主体的问题。《周语上》提出"公卿至于列士献诗"，所谓"列士"，韦昭《注》以为"上士"。这就是说，公、卿、上士参与"献诗"。《晋语六》说"在列者献诗"，韦《注》将"在列者"释为"公卿至于列士"，显然，韦昭认为《晋语六》与《周语上》的说法是一致的。至于《吕氏春秋》的记载，大致同于《周语上》的说法而又有所损益。它将《周语上》"公卿至于列士献诗"改造为"公卿列士正谏，好学博闻献诗"。《周语上》涉及的各种人物的身份都是明确的，《吕氏春秋》也大抵如此，唯独"好学博闻"的提法令人费解。它到底指向哪些群体，是不易确定的。总而言之，《吕氏春秋》不知到底依据什么而做出这一更改，但这种更改无疑使献诗主体完全模糊了。暂且不管《吕氏春秋》的说法，《周语上》非常清楚地说"公卿至于列士献诗"，这些献诗群体显然与"采诗官"存在较大差异，他们的身份是远高于后者的。这种身份的差异，在一定程度上会影响所献诗篇的性质。在"采诗"背景之下，收集到的诗篇主要集中在风诗，间或包括部分小雅的诗篇。在"献诗"背景之下，由于诗篇大抵出自公卿、列士（这些诗篇可能是公卿、列士亲自创作，也有可能是公卿、列士通过其他途径获得），因此，就《诗经》而言，所献之

---

① 陈奇猷：《吕氏春秋校释》，学林出版社，1984年版，第1373页。

诗大都集中在大雅和小雅。在这方面，《诗经》还保留若干"献诗"的迹象。比如《崧高》"吉甫作诵，其诗孔硕。其风肆好，以赠申伯"，说尹吉甫作了一首颂诗献给申伯；又《烝民》"吉甫作诵，穆如清风。仲山甫永怀，以慰其心"，也是说尹吉甫作了一首颂诗献给仲山甫。这两首诗现在都保存在《大雅》中，诗中的尹吉甫、申伯都是周朝的卿士，而仲山甫是樊国的国君。尽管这两首诗属于同僚之间的献诗，但它们的存在无疑为当时的"献诗"行为提供了有力的佐证。

其次是"献诗"的目的。三条记载均显示"献诗"与规谏相关，认为诗具有规谏的作用。规谏传统有着深刻的渊源，《吕氏春秋·自知篇》提到"尧有欲谏之鼓，舜有诽谤之木"①，夏王朝"遒人以木铎徇于路，官师相规，工执艺事以谏"②，《管子·桓公问》总结说："黄帝立明台之议者，上观于贤也；尧有衢室之问者，下听于人也；舜有告善之旌，而主不蔽也；禹立谏鼓于朝，而备讯唉；汤有总街之庭，以观人诽也；武王有灵台之复，而贤者进也。此古圣帝明王所以有而勿失、得而勿忘者也。"③因此，陈来指出："西周开始，在政治文化中出现一种制度化的'规谏'传统，既使得'规谏'成为统治者正己、防民的重要理念，也构成士大夫规谏君主、疏导民情的正当资源。"又说，"无论如何，西周到春秋的有识之士都已把此种制度和规谏本身看做是具有无可怀疑的价值，使讽谏规劝在政治体系里具有历史的和价值的正当性。在西周春秋的思想家看来，压制人民的意见是政治的恶，而尽力听取人民的意见既是贤明统治者的美德，也是统治者的基本责任。"④邵公在向厉王进言时具体描述不同人群的规谏方式，这些方式又主要表现为不同人群使用不同的文献，"诗"成为一种重要的规谏资源。

我们在分析"诗言志"时曾经介绍过一种观点，认为"诗"字是在讽谏之辞的意义上产生的，原本是指讽谏怨刺之辞。将"诗"与规谏联系在一起是有

---

① 高诱注：《吕氏春秋》，上海书店，1986年版，第310页。
② 杨伯峻：《春秋左传注》，中华书局，1990年版，第1017–1018页。
③ 戴望：《管子校正》，上海书店，1986年版，第302页。
④ 陈来：《古代思想文化的世界》，三联书店，2002年版，第235、237页。

其合理性的，比如《国风》，据学者统计，"《邶风》共19首诗，《诗序》言刺者共8首；《鄘风》10首诗，《诗序》言刺者6首；《卫风》10首诗，《诗序》言刺者5首；《王风》10首诗，《诗序》言刺者4首；《郑风》21首诗，《诗序》言刺者14首；《齐风》11首诗，《诗序》言刺者10首；《魏风》7首诗，《诗序》言刺者6首；《唐风》12首诗，《诗序》言刺者11首；《秦风》10首诗，《诗序》言刺者5首；《陈风》10首诗，《诗序》言刺者7首。"[1] 风诗大都呈现讽谏的特征，这可解释风诗主要是"采诗"制度的产物。同样，在"献诗"背景下，《诗经》的一些诗篇也有讽谏怨刺之辞，如《节南山》"家父作诵，以究王讻"，《序》谓"家父刺幽王也"；《何人斯》"作此好歌，以极反侧"，《序》谓"苏公刺暴公也"[2]，它们在诗中明确表露讽谏的目的。这种情况并非个例，《小雅·四牡》"是用作歌，将母来谂"，郑《笺》指出："故作此诗之歌，以养父母之志，来告于君也。"孔《疏》说："言使臣劳苦思亲，谓君不知，欲陈此言来告君，使知也。实欲陈言。云是用作此诗之歌者，以此实意所欲言。"[3] 按照它们的解释，《四牡》这首诗的主题是描述使臣劳苦思亲，可惜君主并不知情；因此使臣献上此诗，希望君主能够了解自己的痛苦。又如《小雅·四月》"君子作歌，维以告哀"，孔《疏》谓："由此君子作此八章之歌诗，以告诉于王及在位，言天下之民可哀悯之也。作者自言君子，以非君子不能作诗故也。"[4] 可见这也是一首献给君主的诗，出自君子之手。这位君子之所以创作该诗，孔《疏》说："《四月》诗者，大夫所作以刺幽王也。以幽王之时，在位之臣皆贪暴而残虐，下国之诸侯又构成其祸乱，结怨于天下，由此致怨恨、祸乱并兴起焉。是幽王恶化之所致，故刺之也。"[5]《小雅·大东》序谓："东国困于役而伤于财，谭大夫作是诗以告病焉。"孔《疏》分析说："作《大东》之诗者，刺乱也。时东方之国，偏于赋役，而损伤于民财，此谭之大夫作是《大

---

[1] 祝秀权：《"主文谲谏"的周代献诗》，《山西师大学报》，2016年第1期。
[2] 孔颖达：《毛诗正义》，北京大学出版社，1999年版，第696、759页。
[3] 孔颖达：《毛诗正义》，北京大学出版社，1999年版，第563页。
[4] 孔颖达：《毛诗正义》，北京大学出版社，1999年版，第796页。
[5] 孔颖达：《毛诗正义》，北京大学出版社，1999年版，第790页。

东》之诗告于王，言己国之病困焉。"① 这些诗篇通过"献诗"的方式上达君王，其主题无疑是对不合理现象进行规讽。

当然，"献诗"尽管与规谏有关，但是，规谏的内容并不完全就是批判、讽刺，也就是说，在"献诗"传统下，有的诗篇虽然也基于规谏的目的，但其内容是颂扬的。郑玄在《六艺论·论诗》中说："诗者，弦歌讽谕之声也。自书契之兴，朴略尚质，面称不为谄，目谏不为谤，君臣之接如朋友然，在于恳诚而已。斯道稍衰，奸伪以生，上下相犯。及其制礼，尊君卑臣，君道刚严，臣道柔顺，于箴谏者希，情志不通，故作诗者以诵其美而讥其过。"② 所谓"诵其美而讥其过"，有的学者将其释为"以美为谏"。在《诗经》中，"《颂》诗纯为颂美，固不必言。实际上，《雅》亦是以美为主的。《大雅》31 篇，正《大雅》18 篇全为颂美。变《大雅》13 篇中，包括美宣王 6 首诗。所以《大雅》31 首诗实际上只有 7 首是刺诗。而这 7 首诗之所谓'刺'，亦是一种温柔敦厚之刺，责同僚、戒己、伤时是这些诗篇的主要内容，几乎不见直刺周天子之辞。《小雅》74 篇，包括正《小雅》16 篇，变《小雅》58 篇。但变《小雅》中真正的刺诗只有《节南山》等大约 20 首左右。二《雅》105 首诗，直刺之诗不超过 30 首，不足三分之一。可见《雅》诗是以颂美为主的。《国风》中，'二南'为'正诗'、'正风'，无直刺语，'变风'中的直接讽刺诗也不占多数。特别值得注意的是，《诗经》中有一些表面看来纯为颂美的诗篇，如《大雅》之《卷阿》《棫朴》《旱麓》《假乐》《洞酌》，它们的讽谏之意看似甚微，或讽谏之意隐于言外，诗辞本身主于颂美，但是这些诗篇《毛诗序》往往以戒、刺加以阐释。笔者以为，《诗》中的颂美诗大都含有讽谏之意，不纯为颂美。或者说，颂美是表象，讽谏才是实质。这些颂美诗的创作有着周代文化、礼俗上的背景，其中蕴含着周代一种普遍的独特的献诗方式和传统，即'以美为谏。'"③ 这种"以美为谏"现象，表明"献诗"传统下的诗篇在内容上有的

---

① 孔颖达：《毛诗正义》，北京大学出版社，1999 年版，第 779 页。
② 孔颖达：《毛诗正义》，北京大学出版社，1999 年版，第 5 页。
③ 祝秀权："'主文谲谏'的周代献诗"，《山西师大学报》，2016 年第 1 期。

是讽刺批评的，有的则是颂美的。关于后者，如《大雅·公刘》，毛《序》指出："召康公戒成王也。成王将涖政，戒以民事，美公刘之厚于民，而献是诗也。"孔《疏》解释说："《公刘》诗者，召康公所作，以戒成王。武王既崩，成王幼弱，周公摄政，七年而反归之。今成王将欲涖临其政，召公以王年尚幼，恐其不能留意于民，故戒之以治民之事。美往昔公刘之爱厚于民，欲王亦如公刘，而献是《公刘》之诗，以戒成王。"① 《公刘》叙述赞美周人远祖公刘率众迁豳的事迹，在内容上是颂扬的，但是召康公制作并献上该诗的目的在于戒劝周成王留意于民。又《大雅·卷阿》结尾说"矢诗不多，维以遂歌"，毛《传》解释说："明王使公卿献诗以陈其志，遂为工师之歌焉。"郑《笺》补充指出："矢，陈也。我陈作此诗，不复多也。欲令遂为乐歌，王日听之，则不损今之成功也。"② 陈奂在《诗毛氏传疏》中说："传以献诗陈志释经之'矢诗'。公卿即指贤也。言明王既能用贤，使居公卿之位，而又使献诗陈志。……歌，乐歌。工师，乐人。谱诸乐歌，为鉴戒之也。《诗异义》云：'传意言王能用贤，则在朝公卿皆贤人吉士。使之献诗陈志，遂为工歌，令矇瞍赋诵，以为鉴戒。'"③ 这些说法共同强调《卷阿》出于"献诗"。李山先生也认为该诗是叙述周王游历岐山，臣子于是献歌颂美此事。④ 不过，《诗序》强调《卷阿》是召康公戒成王。结合这些方面，可以说《卷阿》也体现了"以美为谏"的传统。

根据上面的分析，可知"献诗"植根于规谏传统，公卿列士承担用"诗"来讽谏君主的责任。"规谏"固然出于规正的目的，其内容多指向批评，但有时也并不排除"以美为谏"的方式。正是由于灵活多样的规谏形式，公卿列士所使用的"诗"在内容方面也是多样化的，既可以是讽刺批评的，也可以是颂美的。一般而言，通过"采诗"方式而来的诗篇集中在风诗，公卿列士所献之"诗"则集中在雅诗。正如雅诗有美有刺，风诗也是同样如此，这种状况的出现，大抵由于"采诗""献诗"与规谏传统有密切关联。但是，"采诗"的目的

---

① 孔颖达：《毛诗正义》，北京大学出版社，1999年版，第1109页。
② 孔颖达：《毛诗正义》，北京大学出版社，1999年版，第1109页。
③ 陈奂：《诗毛氏传疏》，凤凰出版社，2018年版，第901页。
④ 李山：《诗经析读》，中华书局，2018年版，第697页。

主要是"观民风",其中所采诗篇尽管不乏规谏的意味,但主要以了解民情为主。"献诗"则不一样,它主要用于规谏,因此有明确的规谏意旨。公卿列士的参与意味着这些意旨与当时的政治状况必然有联系,而政治状况又有大小之分,这在很大程度上揭示了"大雅""小雅"的生成过程。《毛诗序》说:"雅者,正也,言王政之所由废兴也。政有小大,故有小雅焉,有大雅焉。"孔《疏》分析说:"雅者训为正也,由天子以政教齐正天下,故民述天子之政,还以齐正为名。王之齐正天下得其道,则述其美,雅之正经及宣王之美诗是也。若王之齐正天下失其理,则刺其恶,幽、厉小雅是也。诗之所陈,皆是正天下大法,文、武用诗之道则兴,幽、厉不用诗道则废。此雅诗者,言说王政所用废兴,以其废兴,故有美刺也。又解二雅之意。王者政教有小大,诗人述之亦有小大,故有小雅焉,有大雅焉。小雅所陈,有饮食宾客,赏劳群臣,燕赐以怀诸侯,征伐以强中国,乐得贤者,养育人材,于天子之政,皆小事也。大雅所陈,受命作周,代殷继伐,荷先王之福禄,尊祖考以配天,醉酒饱德,能官用士,泽被昆虫,仁及草木,于天子之政,皆大事也。诗人歌其大事,制为大体;述其小事,制为小体。体有大小,故分为二焉。……正经述大政为大雅,述小政为小雅,有小雅、大雅之声。王政既衰,变雅兼作,取大雅之音,歌其政事之变者,谓之'变大雅';取其小雅之音,歌其政事之变者,谓之'变小雅',故变雅之美刺,皆由音体有小大,不复由政事之大小也。"[①]"雅"有大小之分,又有正变之分,于是出现"正大雅""正小雅"、"变大雅""变小雅"。孔《疏》在《诗序》的基础上,主要从王政的大小来辨析"大雅""小雅",同时又从音体的大小角度来区分"变大雅"与"变小雅"。孔《疏》的分析无疑很有启发意义,但它从音体的大小来讨论"变大雅"与"变小雅"的生成,这种双重标准的使用显然是令人迷惑的。倘若将"正大雅""正小雅"、"变大雅""变小雅"置于规谏的传统下加以审视,它们的生成其实是可以得到合理解释的。政教有小大,王政有废兴,在王政兴盛的时期,规谏是存在的,述大政为"正大雅",述小政为"正小雅";在王政衰败的时期,规谏也是存在的,

---

[①] 孔颖达:《毛诗正义》,北京大学出版社,1999年版,第17—18页。

述大政为"变大雅",述小政为"变小雅"。同时,人们注意到,"雅诗"中有类近"风诗"文本的存在,"风诗"何以会进入"雅诗"之中呢?我们应该看到,"采诗"与"献诗"尽管是《诗经》文本两种不同的来源,但它们之间也并非没有关联。公卿列士"献诗",他们所献之诗既可以是自己创作的,也可以是来自他人之手,倘若是后一种情况,就不能排除他们手中的诗篇其实是出于"采诗"所得,这样,"采诗"与"献诗"之间不仅建立了联系,同时也为"风诗"进入"雅诗"提供了契机。

整体言之,"采诗"与"献诗"的存在,为《诗经》风雅文本的生成奠定了坚实的基础。

第三章 "删诗"考*

夏传才认为近几十年"《诗经》学"存在四大公案,"诗经学有两千多年的历史,历代学者所处时代不同,哲学、政治和学术观点有所差异,对若干课题的研究互有歧见,形成长期聚讼纷纭的公案。经过千百年的争论,有些公案已经解决(如诗全部入乐问题);有些公案由于时代变迁和社会进步,已经没有多大研究价值(如五际四始);近几十年研究比较集中的是四大公案:孔子删诗问题;《毛诗序》的作者和尊废问题;《商颂》的时代问题;《国风》作者与民歌的问题。"[1] 在四大公案中,孔子删诗问题就是其中之一。对此,夏先生指出:"近十几年,关于孔子删诗的公案,通过开拓视野,全面地研究《诗经》与孔子的关系,大家的认识已经趋向明朗化了。"[2] 之后,他在另一篇文章中引述并肯定匡亚明《孔子评传》的相关看法,并表示说:"关于孔子删诗的公案,问题趋向明朗化了,可下结论说:孔子对《诗经》作了重要的整理编订。"[3] 按照夏先生的分析,作为四大公案之一的孔子删诗问题业已取得较圆满的解决。现在距夏先生提出判断已过去二十余年,在此期间,有关孔子"删诗"的讨论似乎还没有结束。[4] 这也就意味着,孔子"删诗"问题在明朗化的背后还存在若

---

* 本章系与鲍远航老师合作写成,曾收录于夏德靠著《先秦文学专题研究》(中国言实出版社 2021 年版)。
[1] 夏传才:《诗经学四大公案的现代进展》,《河北学刊》,1998 年第 1 期。
[2] 夏传才:《诗经学四大公案的现代进展》,《河北学刊》,1998 年第 1 期。
[3] 夏传才:《〈诗经〉难题与公案研究的新进展》,《淮阴师范学院学报》,1999 年第 5 期。
[4] 比如《文学遗产》2014 年第 5 期连续刊发徐正英《清华简〈周公之琴舞〉与孔子删〈诗〉相关问题》、马银琴《再议孔子删〈诗〉》、刘丽文《清华简〈周公之琴舞〉与孔子删〈诗〉说》,讨论孔子"删诗"问题。

干环节尚需澄清。有鉴于此，下文在早期《诗》文本结集、流传之视野下审视孔子删诗行为及其意义，亦即结合孔子"删诗"行为来考察《诗经》文本经典化的过程。

一、孔子"删诗"说源流及相关争论

通常认为孔子"删诗"说是由司马迁首先提出的，他在《史记·孔子世家》中说：

> 孔子语鲁大师："乐其可知也。始作翕如，纵之纯如，皦如，绎如也，以成。""吾自卫反鲁，然后乐正，《雅》《颂》各得其所。"古者诗三千余篇，及至孔子，去其重，取可施于礼义，上采契后稷，中述殷周之盛，至幽厉之缺，始于衽席，故曰"《关雎》之乱以为风始，《鹿鸣》为《小雅》始，《文王》为《大雅》始，《清庙》为《颂》始"。三百五篇孔子皆弦歌之，以求合《韶》《武》《雅》《颂》之音。礼乐自此可得而述，以备王道，成六艺。……孔子以诗书礼乐教，弟子盖三千焉，身通六艺者七十有二人。①

司马迁指出，孔子根据"可施于礼义"的原则，通过"去其重"的方式，将三千余篇古诗整编为三百〇五篇。在此，司马迁描述了古诗由三千余篇到三百〇五篇的经过，似乎暗含"删诗"的意味，但他只是突出"去其重"，并没有直接提出"删诗"。《尚书序》云："先君孔子，生于周末，睹史籍之烦文，惧览之者不一，遂乃定《礼》、《乐》，明旧章，删《诗》为三百篇。"②《尚书序》明确提出"删诗"之说，但《尚书序》是否出自孔安国之手是有争议的，故暂存疑。有学者指出直言"删诗"的文献始见于汉末魏晋的项岱，其《汉书

---

① 司马迁：《史记》，中华书局，1982年版，第1936－1938页。
② 孔颖达：《尚书正义》，北京大学出版社，1999年版，第8页。

叙传》说"虞夏商周，孔纂其业。纂书删诗，缀礼正乐"。① 项岱《汉书叙传》虽然提出"删诗"，但项岱本人的生卒年代难以确考。考虑到这一点，赵岐或许是最早明确提出"删诗"概念的，他在《孟子题辞》中说："孔子自卫反鲁，然后乐正，《雅》、《颂》各得其所，乃删《诗》定《书》，系《周易》，作《春秋》。"② 不过，赵岐虽提出"删诗"之说，但也难以完全否认赵岐受司马迁启发之可能。在这个意义上，人们将"删诗"说溯自司马迁也未尝不可。

司马迁认为，《诗经》是孔子"去其重"，或者说是"删诗"的结果，那么，他的这个判断是怎样产生的呢？或者说，此结论是出于司马迁的独创，还是别有渊源呢？《论语·子罕》篇载孔子之言："吾自卫反鲁，然后乐正，《雅》《颂》各得其所。"③ 孔子明言曾经整理《雅》《颂》，尽管没有说明自己是如何整理的，也没有涉及《风》诗，但经过这番整理，"《雅》归《雅》，《颂》归《颂》，各有适当的安置"。④《庄子·天运》篇记载孔子对老聃说"丘治《诗》、《书》、《礼》、《乐》、《易》、《春秋》、《六经》，自以为久矣"⑤，此处的"治"通常训为"研究"，所以很难据此推断孔子整理了《诗经》。郭店楚简《性自命出》篇曰："诗、书、礼、乐，其始出，皆生于人。诗，有为为之也。书，有为言之也。礼、乐，有为举之也。圣人比其类而论会之，观其先后而逆顺之，体其义而节文之，理其情而出入之，然后复以教。"⑥《史记·太史公自序》载司马谈之言："幽厉之后，王道缺，礼乐衰，孔子修旧起废，论《诗》《书》，作《春秋》，则学者至今则之。"⑦ 倘若说《性自命出》篇只是笼统地说圣人"论会"《诗》，其"圣人"的指向还不清楚的话，司马谈则非常肯定地认为"论《诗》"是孔子所为。又《史记·儒林列传》载太史公曰："故孔子闵王路

---

① 韩宏韬：《"孔子删诗"公案发生考》，《社会科学论坛》，2011年第11期。
② 焦循：《孟子正义》，上海书店，1986年版，第8页。
③ 杨伯峻：《论语译注》，中华书局，1980年版，第92页。
④ 杨伯峻：《论语译注》，中华书局，1980年版，第92页。
⑤ 陈鼓应：《庄子今注今译》，中华书局，1983年版，第398页。
⑥ 刘钊：《郭店楚简校释》，福建人民出版社，2003年版，第95页。
⑦ 司马迁：《史记》，中华书局，1982年版，第3295页。

废而邪道兴，于是论次《诗》《书》，修起礼乐。"① 此条记载说明司马迁认可其父的看法。从《性自命出》篇到司马谈，《诗》为圣人（孔子）所"论"的思路是清晰的。何谓"论"，顾颉刚说："'论'字古但作'仑'，就是把竹简排比为一册的意思。"② 章太炎有更为详细的论证：

> "论"者，古但作"仑"，比竹成册，各就次第，是之谓仑。箫亦比竹为之，故"龠"字从"仑"，引申则乐音有秩亦曰仑，"于论鼓钟"是也；言说有序亦曰仑，"坐而论道"是也。《论语》为师弟问答，乃亦略记旧闻，散为各条，编次成帙，斯曰《仑语》。……比竹成册谓之仑，各从其质以为之名。③

按《说文解字》云："仑，思也。从亼册。"段《注》说："龠下曰：'仑，理也。'《大雅》毛传曰：'论，思也。'按论者，仑之假借，思与理，义同也。思犹䚡也。凡人之思必依其理。伦论字皆以仑会意。聚集简册必依其次第，求其文理。"④ 段氏强调"论"为"仑"之假借，并不准确，但以"仑"为"聚集简册"是对的。《说文》云："亼，三合也。从人一，象三合之形。凡亼之属皆从亼，读若集。"⑤ 所谓"亼"，许嘉璐先生也说："文献中无'亼'字，会聚义都用'集'。'集，群鸟在木上也'。是'亼'与集义近。云'读若'，意在告诉人们二字实同一源，惟所施用范围不同（一抽象，一具体）而已。"⑥ 据此，亼具有"集"义。"仑"字从亼从册，那么"仑"就具有"聚集简册"之意。又《国语·齐语》载："令夫工，群萃而州处，审其四时，辨其功苦，权节其用，论比协材。"韦昭《注》云："论，择也。"⑦ "仑"为聚集简册，这种

---

① 司马迁：《史记》，中华书局，1982年版，第3115页。
② 顾颉刚：《汉代学术史略》，东方出版社，2005年版，第53页。
③ 傅杰编校：《章太炎学术史论集》，中国社会科学出版社，1997年版，第48页。
④ 段玉裁：《说文解字注》，上海古籍出版社，1988年版，第223页。
⑤ 段玉裁：《说文解字注》，上海古籍出版社，1988年版，第222页。
⑥ 转引自敖晶：《〈论语〉释名》，《浙江大学学报》，2002年第2期。
⑦ 上海师范大学古籍整理研究所校点：《国语》，上海古籍出版社，1998年版，第227页。

>>> 《诗经》补论

聚集行为不是单纯对简册的汇集,还应该包含选择的因素,这样,"论"训"选择"就成为可能。以此观之,"论《诗》"在编排《诗》之同时也应伴随选择的行为。倘若说《论语》"《雅》、《颂》各得其所"大约只是表明孔子编排《雅》《颂》的话,那么,从《性自命出》篇到司马谈,孔子"论《诗》"说就包含选择诗篇这层意思。尽管如此,"论《诗》"说与"删诗"说还是不能等同。这就表明,司马迁在接受其父看法时也发展了其父的观点。换言之,倘若要追溯司马迁"删诗"说之渊源,司马谈的"论《诗》"说并非其唯一来源。赵茂林先生推测孔子"删诗"说很可能源自《鲁诗》,他分析说:

> 《儒林列传》说:"夫周室衰而《关雎》作,幽、厉微而礼乐坏,诸侯恣行,政由强国。故孔子闵王路废而邪道兴,于是论次《诗》、《书》,修起礼乐。"说"周室衰而《关雎》作",与《十二诸侯年表》"周道缺,诗人本之衽席,《关雎》作"同义,即以《关雎》为刺诗,用《鲁诗》义。而下面说孔子"论次《诗》、《书》",即孔子论定编次了《诗》、《书》。显然,这段文字与上引《孔子世家》一段文字表达非常类似:这段文字先叙述《鲁诗》具体解说,而后说孔子论定《诗》、《书》;《孔子世家》先说孔子"删诗",然后叙说《鲁诗》"四始"之义。因而,结合《儒林列传》此段文字来看,司马迁所述孔子"删诗"说很可能出自《鲁诗》。①

如果这段分析成立的话,那么,司马迁提出"删诗"说,其实是建立在综合此前相关资料之基础上的。

通过上面的分析,大致可以了解司马迁"删诗"说的渊源。自从"删诗"说提出之后,人们对此展开颇为激烈的争论,周泉根分析说:"据洪湛侯先生梳理,认为孔子删诗的,宋元有欧阳修、邵雍、程颢、周子醇、王应麟、马端临

---

① 赵茂林:《孔子"删诗"说的来源与产生背景》,《孔子研究》,2018年第5期。

等,清初以来有顾炎武、范家相、赵坦、王崧等人;怀疑者或否定者则更多,宋明有郑樵、朱熹、吕祖谦、叶适、黄淳耀等,清有江永、朱彝尊、王士禛、赵翼、崔述、李惇、魏源、皮锡瑞、方玉润等。据笔者所见,越往后怀疑者越多,近现代以来,大多数学者如胡适、梁启超、顾颉刚、钱玄同、张西堂、钱穆、张寿林等都怀疑孔子删诗一说。"① 这份名单或许还不周全,但大致可以反映在此问题上参与者之多、持续时间之长、争论之激烈。怀疑或否定"删诗"说的理由,蒋伯潜将其要点归纳为四个方面:

> 孔颖达《毛诗正义》曰:"书传所引之诗,见存者多,亡逸者少,则孔子所录,不容十分去九,迁言未可信也。"此其一。《论语》记孔子言,两云"《诗》三百",前已引之。孔子言《诗》,辄云三百,则其素所诵习,似止此数,非所自删。此其二。《左传》襄公二十九年,记吴季札适鲁,观乐于鲁太师;其事在孔子之前,而所歌之风,无出今十五国风之外者,周时诸侯岂仅此数?则季札时以之合乐亦仅此矣。此其三。后儒以《论语》记孔子曰:"《诗》三百,一言以蔽之,曰思无邪。"故谓孔子删《诗》,以"贞淫"为标准。但《郑风》、《卫风》中言情之作,固仍在也。不但郑、卫,首篇《关雎》又何尝非言情之作?而逸《诗》之见于他书者,反多无关男女之情。如《论语·子罕》篇引逸《诗》曰:"唐棣之华,偏其反而;岂不尔思?室是远而!"《左传》成公九年引逸《诗》曰:"虽有丝麻,无弃管蒯,虽有姬姜,无弃憔悴。"昭公十二年引逸《诗》曰:"思我王度,式如玉,式如金,形民之力,而无醉饱之心。"诸如此类,岂得谓之"淫"哉!此其四。②

---

① 周泉根:《从新出楚简逸诗重诂"删诗说"》,《新东方》,2016年第3期。
② 蒋伯潜:《十三经概论》,上海古籍出版社,1983年版,第188页。

对于反对者所提出的这些理由，赞成孔子"删诗"者也逐一进行驳斥。① 就双方争论的效果来看，正如有的学者所言，"无论是主张'孔子删诗'者还是反对'孔子删诗'者都有自己的理由，也都有一定的合理之处，但又都不能完全驳倒对方。"② 这就意味着，对于孔子"删诗"说这一公案，我们必须选择新的路径来进行判断。

二、季札观乐与早期《诗》本的传布

反对孔子"删诗"者提出一条非常重要的证据，那就是《左传·襄公二十九年》记载"季札观乐"一事。季札当时评论的《诗》本与今传《诗经》十分接近，而其时孔子年仅8岁，因此，在反对者看来，孔子"删诗"的可能性几乎不存在。很清楚，反对"删诗"者显然将"季札观乐"与孔子"删诗"视为一种因果关系，从而理所当然地以前者否定后者。然而，我们需追问的是，"季札观乐"与孔子"删诗"，它们能否作为独立的两个事件而存在？基于此疑问，还是先来看"季札观乐"的事实，《左传·襄公二十九年》载：

> 吴公子札来聘……请观于周乐。使工为之歌《周南》、《召南》，曰："美哉！始基之矣，犹未也。然勤而不怨矣。"为之歌《邶》、《鄘》、《卫》，曰："美哉渊乎！忧而不困者也。吾闻卫康叔、武公之

---

① 具体请参看陈剩勇《重评孔子删诗之争》（《求索》1985年第2期），翟相君《孔子删诗说》（《河北学刊》1985年第6期），刘操南《孔子删〈诗〉初探》（《杭州大学学报》1987年第1期），徐醒生《"孔子删诗说"管见》（《淮北煤师院学报》1992年第4期），王增文《孔子删诗说考辨》（《河北师范大学学报》1996年第4期），刘生良《孔子删诗说考辨及新证》（《陕西师范大学学报》2003年第3期），张中宇《〈国语〉、〈左传〉的引"诗"和〈诗〉的编订——兼考孔子"删诗"说》（《文学评论》2008年第4期），徐正英《清华简〈周公之琴舞〉与孔子删〈诗〉相关问题》（《文学遗产》2014年第5期），马银琴《再议孔子删〈诗〉》（《文学遗产》2014年第5期），刘丽文《清华简〈周公之琴舞〉与孔子删〈诗〉说》（《文学遗产》2014年第5期），韩国良《对"孔子删〈诗〉"之争的再检讨》（《辽东学院学报》2015年第2期），李颖、姚小鸥《二重证据视野下的孔子删诗问题》（《北方论丛》2016年第4期）诸文。
② 曹建国：《〈诗〉本变迁与"孔子删诗"新论》，《文史哲》，2011年第1期。

德如是，是其《卫风》乎！"为之歌《王》，曰："美哉！思而不惧，其周之东乎！"为之歌《郑》，曰："美哉！其细已甚，民弗堪也。是其先亡乎！"为之歌《齐》，曰："美哉，泱泱乎！大风也哉！表东海者，其大公乎！国未可量也。"为之歌《豳》，曰："美哉，荡乎！乐而不淫，其周公之东乎！"为之歌《秦》，曰："此之谓夏声。夫能夏则大，大之至也，其周之旧乎！"为之歌《魏》，曰："美哉，沨沨乎！大而婉，险而易行，以德辅此，则明主也。"为之歌《唐》，曰："思深哉！其有陶唐氏之遗民乎！不然，何忧之远也？非令德之后，谁能若是？"为之歌《陈》，曰："国无主，其能久乎！"自《郐》以下无讥焉。为之歌《小雅》，曰："美哉！思而不贰，怨而不言，其周德之衰乎？犹有先王之遗民焉。"为之歌《大雅》，曰："广哉，熙熙乎！曲而有直体，其文王之德乎！"为之歌《颂》，曰："至矣哉！直而不倨，曲而不屈，迩而不偪，远而不携，迁而不淫，复而不厌，哀而不愁，乐而不荒，用而不匮，广而不宣，施而不费，取而不贪，处而不底，行而不流。五声和，八风平。节有度，守有序，盛德之所同也。"……①

在这次"观乐"事件中，季札依次评论《周南》《召南》《邶》《鄘》《卫》《王》《郑》《齐》《豳》《秦》《魏》《唐》《陈》十三国风，文中提及"自《郐》以下无讥焉"，孔颖达《疏》分析说："郐、曹二国，皆国小政狭，季子不复讥之，以其微细故也。"② 按照这个解释，尽管季札只评论十三国风，但乐工演奏的则是十五国风，这与汉代以来《诗经》"国风"是相同的。稍微有异的是十五国风的排序，鲁乐工所歌"十五国风"中《豳风》《秦风》位于《齐风》之后、《魏风》之前；而今本则为《秦风》在《唐风》之后，《豳风》位于"十五国风"之末。季札还评论《小雅》《大雅》与《颂》，《小雅》《大雅》

---

① 杨伯峻：《春秋左传注》，中华书局，1990年版，第1161—1165页。
② 孔颖达：《春秋左传正义》，北京大学出版社，1999年版，第1101页。

与今本同，至于"颂"，孔颖达《疏》云：

> 郑玄云："颂之言容也。天子之德，光被四表，格于上下，无不覆焘，无不持载，此谓之容也。"《诗序》云："颂者，美盛德之形容，以其成功告于神明可也。"言天子盛德，有形容可美。可美之形容，谓道教周备也。成功者，营造之功毕也。天之所营，在于命圣；圣之所营，在于任贤；贤之所营，在于养民。民安而财丰，众和而事济，如是，则司牧之功毕矣。故告于神明也。刘炫又云："干戈既戢，夷狄来宾，嘉瑞悉臻，远近咸服。群生遂其性，万物得其所，即功成之验也。"万物本于天，人本于祖。天之所命者牧人，祖之所本者成业。人安业就，告神明使知，虽社稷、山川、四岳、河海，皆以民为主。欲民安乐，故作诗歌其成功，遍告神明，所以报神明恩也。王者政有兴废，未尝不祭群神、祖庙。政未大平，则神无恩力。故大平德洽，始报神功也。颂诗止法祭祀之状，不言德神之力者，美其祭祀，是报德可知；言其降福，是荷恩可知。幽王小雅云："先祖匪人，胡宁忍予？"则于时之意，岂复美其祭乎？故美其祭则报情，显以成功告神明之意。如此止谓《周颂》也。其《商颂》则异。虽是祭祀之歌，祭先祖王庙，述其生时之功，乃是死后颂德，非以成功告神。意同大雅，与《周颂》异。鲁则止颂僖公，才如变风之美者，文体类小雅，又与《商颂》异也。此当是歌《周颂》。杜解盛德所同，兼殷、鲁三颂，皆歌也。[①]

又云：

> 杜以为之歌颂，言其亦歌商、鲁，故以盛德之所同，谓商、鲁与周其德俱盛也。刘炫以为"《鲁颂》只美僖公之德，本非德洽之歌。

---

① 孔颖达：《春秋左传正义》，北京大学出版社，1999年版，第1102–1103页。

何知不直据《周颂》,而云颂有商、鲁乎"?今知不然者,但颂之大体,皆述其大平祭祀告神之事。《鲁颂》虽非大平,经称"皇皇后帝,皇祖后稷",又云"周公皇祖,亦其福女",美其祭神获福,与《周颂》相似。且季文子请周作颂,取其美名。又季札至鲁,欲褒崇鲁德,取其一善,故云"盛德所同"。若直歌《周颂》,宜加"周"字,不得唯云"歌颂",故杜为此解。刘以为《鲁颂》不得与《周颂》同,而规杜氏,非也。①

鲁国乐工所歌之《颂》到底是指《周颂》,还是包括周、鲁、商三颂,刘炫与杜预的看法是不同的,刘炫以为只指《周颂》,而杜预认为是指"三颂"。孔《疏》在此问题上的立场似乎是摇摆的,前一说以为"此当是歌《周颂》",后一说则为杜解辩护。杨伯峻以为:"《颂》有《周颂》、《鲁颂》、《商颂》。《周颂》为周初作品,赞扬文、武、成诸王者;《鲁颂》为颂僖公之作,《商颂》为颂宋襄公之作,皆宗庙之乐歌,《诗·大序》所谓'美盛德之形容以其成功告于神明'者也。季札只论《颂》之乐曲,不论三《颂》所颂之人德之高下,功之大小,故曰'盛德之所同'。"②实际上也主张鲁国乐工所歌之《颂》包括周、鲁、商三颂。准此而论,鲁国乐工所歌之文本与今本《诗经》可谓大同小异。

依照"季札观乐"与孔子"删诗"为因果关系的逻辑,《左传》的这条记载自然成为反对者否定"删诗"的铁证。于是,赞成"删诗"者对《左传·襄公二十九年》"季札观乐"的记载重新进行了解释。比如刘操南认为"季札观乐之时,鲁乐所奏,其所据的藏本风诗不仅未出十五国风,且有所缺。这时诗已雏形。孔子所定,即就这雏形的各种藏本,相互订补,稍有增删,同时正乐,于文字上有所改易,与藏本变动不大。并非改弦更张,与藏本截然判为两书。

---

① 孔颖达:《春秋左传正义》,北京大学出版社,1999年版,第1104—1105页。
② 杨伯峻:《春秋左传注》,中华书局,1990年版,第1165页。

>>> 《诗经》补论

惟孔子'论次诗书',对藏本质量必然大有提高"。[①] 这就是说,季札"观乐"时虽然已经有《诗》文本,可是这种文本还只是雏形,并不完善,而且当时像这种文本还有很多。这样,季札"观乐"事件自然就不会影响孔子"删诗"。王增文说:

> 季札到鲁国所观之乐,如果与今本《诗经》正相吻合,则孔子未删诗明矣。问题是《左传》的这段记载与今本《诗经》并不吻合,而有很大的差距。一是篇目的排列次序不完全相同。今本《诗经》的篇目排列次序是《周南》、《召南》、《邶风》、《鄘风》、《卫风》、《王风》、《郑风》、《齐风》、《魏风》、《唐风》、《秦风》、《陈风》、《桧风》、《曹风》、《豳风》、《小雅》、《大雅》、《周颂》、《鲁颂》、《商颂》,与季札所观"周乐"之次序虽大致略同,但有明显差异。且《左传》记季札观乐有"自《郐》以下无讥焉"之语,显然《郐》之后还有多种,而今本《诗经》中《桧风》之后只有《曹风》和《豳风》,且季札所观乐《豳》已排在《秦》之前,只剩下《曹》,显然不符合"自《郐》以下无讥焉"之语意。二是季札对所观之乐的评语与《诗经》的有关内容明显不合。例如季札选《小雅》"美哉!思而不贰,怨而不言",而《诗经·小雅》中却有不少怨刺之诗,并不是什么"怨而不言";季札选《齐》乐"善哉!泱泱乎,大风也哉,表东海者其大公乎,国未可量也",而《诗经·齐风》中专刺文姜兄妹淫乱者就占三篇,哪里可以称得上"美哉"和"表东海者"呢?季札对《周南》、《召南》、《邶》、《鄘》、《卫》、《豳》、《魏》等乐的评语,也都和今本《诗经》的内容相去甚远。另外,《左传》只载季札观乐,并没有明言诗歌具体篇目。古代诗和乐往往互相配合,有着密切的联系,但观乐毕竟不能等同于观诗。季札所观之乐是按风、雅、颂的顺序排序的,并且国风部分还按所产邦国分类,这和《诗经》的

[①] 刘操南:《孔子删〈诗〉初探》,《杭州大学学报》,1987年第1期。

分类与编排大致略同，但这也只可证明《诗经》在分类编排上还是依照季札所观"周乐"的旧例，并不能证明孔子没有删诗。①

既然今本与季札"观乐"时的《诗》文本存在很大差异，表明今本不是后者的自然传流，而是经过了整理加工。刘操南、王增文二人的具体论证有差异，但均强调今本与季札"观乐"时之《诗》文本的差异，以此批驳反对者用季札"观乐"事件否定孔子"删诗"的做法。还有学者指出：

> 皮锡瑞以为，是《左传》在排定次序的时候是以孔子所删定的本子为依据的而造成的，他说"传者从后序其序，则据孔子定次追录之"的结果，"故得同正乐后之辞地也"。且季札观乐，时在鲁襄公二十九年，即公元前544年，当时的孔子只有八岁，而《左传》的编订则在孔子做春秋之后。此外，新近发现的《孔子诗论》的排序是颂、雅、风，此种次序与季札所见根本不同。刘生良以《孔子诗论》为依据，认为：《诗论》以颂、雅、风为序，与今本诗经相悖，更足以说明孔子初讲诗时，《诗》的编次与鲁太史当年奏乐之次第根本不同，亦即鲁太史所存古诗之编次与其奏乐之次第明显是有区别的。
>
> 基于此，则，孔子当年所见的诗，最初的编次当与《诗论》相当，后来孔子在删定整理诗的时候，又将《诗论》的次序调整为今本《诗经》的风、雅、颂，《左传》之成书晚于孔子，其在叙及季札观乐时以孔子对诗的编次为序，亦是有可能的。②

按照这一分析，季札"观乐"事件不仅不能否定孔子"删诗"，反而其文本自身乃借助孔子"删诗"才形成。可以说，它完全颠覆此前"季札观乐"与孔子"删诗"之间的因果关系。须注意的是，此分析虽没有否定《左传》所载

---

① 王增文：《孔子删诗说考辨》，《河北师范大学学报》，1996年第4期。
② 耶磊：《"季札观乐"等非删诗说经典论据之辨析》，《商洛学院学报》，2009年第3期。

>>> 《诗经》补论

"季札观乐"事件之真实性，但已包含此事件并非反映季札时代之事实这一想法。于是，有一种观点强调"季札观乐"事件是后人虚构的，朱东润指出："《左传》襄公二十九年，记季札聘鲁，请观周乐。季札所见，和今《诗》三百篇顺序大致相同。……不过这段记载是靠不住的。《左传》本来有不少的段落，是春秋后人所捏造，在成书时插入的。这是一个例证。"① 翟相君更是胪列六条证据来加以证明，其结论说："季札出使于鲁国，据《春秋》记载，确有其事。出使于鲁并不一定观周乐；即使观周乐，当时鲁国的乐工决不可能按风、雅、颂的顺序演奏，《左传》对季札观乐的具体描述不可相信。更不能以季札观乐为依据，而认为孔子八岁的时候，就有和现存的《诗经》编次差不多的《诗三百》了。"② 从赞成"删诗"者对于"季札观乐"事件的态度来看，认为季札时代的《诗》文本要么是不成熟的，要么是不存在的。那么，季札时代有没有可能存在成熟的《诗》文本呢？

我们先来看两个事例。《国语·楚语上》记载楚庄王准备派遣士亹担任太子箴的老师，士亹为此向申叔时请教应该使用怎样的教材，申叔时明确提及"教之诗，而为之导广显德，以耀明其志"。③ 此处的"诗"自然很难将其理解为"《诗经》"，但有一点是可以肯定的，既然"诗"用作王室教材，那么它必然是经过结集的，否则不可想象。楚庄王在位时间为公元前613年至公元前591年，这就是说，至迟在公元前591年楚国已经存在《诗》文本。同时，春秋时期盛行赋诗行为，"从鲁僖公时代逐渐兴起，至鲁襄公、鲁昭公时代先后达到最高峰，经历了襄、昭时代的高峰之后，到鲁定公时代陡然回落，盛极一时的聘问歌咏自此煞尾，彻底走向沉寂"。④ 关于赋诗，正如学者所言："再说公认春秋《诗经》在当作外交语汇使用，而语言以社会共同性为存在前提，国子诵习，大夫专对，都须遵循定本，不然，外交场合赋《诗》言志'多有差别'，谁能懂得？岂不误事？那它早就丧失掉作为一种交际、交流思想工具的资格而

---

① 朱东润：《诗三百探故》，上海古籍出版社，1981年版，第131页。
② 翟相君：《孔子删诗说》，《河北学刊》，1985年第6期。
③ 上海师范大学古籍整理研究所校点：《国语》，上海古籍出版社，1998年版，第528页。
④ 马银琴：《周秦时代诗的传播史》，社会科学文献出版社，2011年版，第247页。

· 94 ·

不行时了。事实上几百年间外交场合频频'赋《诗》言志'，每每不提篇名只赋诗句甚至'断章取义'都未发生误会，这证明其时必有为列国所遵循的《诗经》标准文本存在。"①从这样两条事实出发，可以说，在季札时代存在《诗》文本是无疑义的。那么，季札时代的《诗》文本又是怎样的呢？

郑玄在《诗谱序》中说："文武之德，光熙前绪，以集大命于厥身，遂为天下父母，使民有政有居。其时《诗》，风有《周南》、《召南》，雅有《鹿鸣》、《文王》之属。及成王，周公致太平，制礼作乐，而有颂声兴焉，盛之至也。本之由此风、雅而来，故皆录之，谓之《诗》之正经。后王稍更陵迟，懿王始受谮亨齐哀公。夷身失礼之后，邶不尊贤。自是而下，厉也幽也，政教尤衰，周室大坏，《十月之交》、《民劳》、《板荡》勃尔俱作。众国纷然，刺怨相寻。五霸之末，上无天子，下无方伯，善者谁赏？恶者谁罚？纪纲绝矣。故孔子录懿王、夷王时诗，讫于陈灵公淫乱之事，谓之变风、变雅。"孔颖达《正义》解释说："以《周南》、《召南》之风，是王化之基本，《鹿鸣》、《文王》之雅，初兴之政教。今有颂之成功，由彼风、雅而就，据成功之颂，本而原之，其颂乃由此风、雅而来，故皆录之，谓之《诗》之正经。……此等正诗，昔武王采得之后，乃成王即政之初，于时国史自定其篇，属之大师，以为常乐。……其变风、变雅皆孔子所定，故下文特言孔子录之。"②郑玄、孔颖达指出《诗经》经历两次编纂：一是收录风、雅、颂正经的《诗》文本；二是孔子在此基础上又增补变风、变雅而成的《诗》文本。根据他们的说法，季札时代的《诗》文本只能是收录风、雅、颂正经的《诗》文本。许廷桂也主张《诗经》经历两次编纂，首先，为着政治目的，《诗经》在宣王之世有意识地大规模搜集编订起来，"关于当时《诗经》的体制，除《周颂》、大小《雅》外，也许已有了二《南》及一部分较古老的《国风》。如豳地东周时已归秦国，桧在平王二年即为郑武公和王子多父灭掉，这些国家的《风》诗是在宣王时代被搜集起来献诸王廷并一并编入《诗经》最有可能，因其时'诸侯复宗周'嘛。自此《诗经》当

---

① 许廷桂：《"孔子删《诗》说"之再清算》，《重庆师院学报》，1995年第4期。
② 孔颖达：《毛诗正义》，北京大学出版社，1999年版，第6-8页。

已初具规模。"其次,《诗》文本的完善或者说正式编定是在平王即位后不久,这是因为:第一,平王面临"中兴之主"宣王继位时相似的政治危机,同样需要从前代覆灭的教训中寻找借鉴,而尤其要借批判幽王朝政来缓和不满情绪,《诗经》里恰收入了大量反映幽王时代天怒人怨的作品。第二,《郑风》中所提地名,全在东徙河南新郑后的辖区,表明《郑风》是在春秋才搜集起来。从周郑关系史来考察,《郑风》不能早不能迟,只能恰在平王前期双方关系和谐时献达周室编进《诗经》。第三,《诗经》传播史上有一个引人注目的特点,那就是西周历史人物少引《诗》句,其时也无《诗》的名称,而一进入春秋,《诗经》不仅正了名,而且突然远远超过其他典籍得到上层重视和广为传播,成为外交语汇,这充分显示政权在对《诗经》加以扶持。而欲使《诗经》得到推广,必然要以编出一个标准本为前提,否则会妨碍借它为王权政治服务效力的发挥。《诗经》进入春秋后的突然流行,意味着春秋初年《诗经》已经成集。第四,王威盛极时期,官方的文化政策很严厉,不得玩"世俗之乐"以碍政教。郑、齐诸《风》歌辞偏重男女娱悦之情,与较早搜集起来的《豳》《桧》等风相较,也轻松得多,表明他们纯然是为着声色享受而被搜集起来,这只有在周室王威衰落的情况下才会成为可能。平王前期恰是这种王权沦落无力控制诸侯,表面上还维持着一点尊威,"桑间濮上郑卫宋赵之声"得以"并出"的时机。第五,《雅》《颂》中没有平王及东周诸王的作品,褒贬誉毁一概没有,这更让我们看出《诗经》是在平王初年为着政治急需匆匆正式编定,因那时刚东迁不久,还无什么"德政"可资歌颂,所以只好阙如。而平王晚年,其地位进一步沦降,无力在大范围采诗录乐,《诗经》不得在此之后大规模结集。[①] 尽管不能排除在周平王之后"个别名篇的随时增补",但许廷桂认为在周平王时代已经出现比较完善的《诗》文本。赵逵夫也赞同《诗经》两次编纂说,认为《诗经》"第一次编集的只有二《南》和《邶风》、《鄘风》、《卫风》、《小雅》,大体皆西周末年、东周初年作品,目的在于显示周、召二公的功绩。时间在公元前七世纪末叶,约当春秋前期。其余都是第二次编集时所编,最后编定的时

[①] 许廷桂:《〈诗经〉结集平王初年考》,《西南师范大学学报》,1979年第4期。

间大约在公元前六世纪前期，约当春秋中叶"。① 王昆吾认为诗文本的编集是一个诗人正乐的过程，西周初年已经有了以《颂》和《大雅》为名的诗文本，公元前 7 世纪中叶出现以《诗》为名的诗集，公元前 6 世纪末出现《颂》与《风》、《雅》的合集，公元前 5 世纪后期"诗三百"文本最后确立。② 马银琴认为诗文本的形成过程首先表现为一个内容与篇幅逐渐扩大的过程，"我们曾把《诗经》作品依其内容划分为（一）纪祖颂功、（二）郊庙祭祀、（三）朝会燕享、（四）劝诫时王讽谏朝政、（五）感时伤世抒发悲怨、（六）各诸侯国风诗六种类型。由前文的讨论可知，各类乐歌最初进入诗文本的时代并不相同。其中纪祖颂功之歌与郊庙祭祀之歌是诗文本中产生最早的乐歌类型，其时代可推至商、周之际，这部分作品在康王'定乐歌'的活动中得到编辑和整理。其后，穆王时代，燕享乐歌进入诗文本；宣王时代，讽谏之辞和部分诸侯国风进入诗文本；平王时代，大量感时伤世、抒发悲怨的作品亦在讽刺的名义之下被纳入了诗文本。《诗经》作品从内容方面表现出来的这种'类产生'的特点，一方面说明诗文本是经过不同时代不停地编辑之后最终形成的，另一方面也进一步证明了王师在《诗六义原始》中提出的观点：'诗文本的形成是与仪式乐的范围扩大同步的。'而从'类存在'的角度来说，到平王时代，诗文本的内容已与今本结构的《诗经》文本相去不远了。"又说，"诗文本的发展历史，可以粗线条地划出一个大致的轮廓：在武王克商后的祭祀告功与周公平天下后的制礼作乐活动中，产生了周代诗歌史上最早一批与祭祀仪式相关联的仪式乐歌。在康王三年'定乐歌'的活动中，郊天祭祖的仪式献祭之歌被编入《颂》，记述祖先功业德泽以垂诫子孙的颂功之歌被编为《雅》，以《雅》、《颂》命名的诗文本产生出来。穆王时代礼乐制度的成熟带来了仪式乐歌的繁盛，在大规模的文籍编纂活动中，《雅》、《颂》文本的内容扩大，相当一部分以现实的人与事为歌颂对象的诗篇成为《雅》的重要内容。至晚在宣王时代，《大雅》与

---

① 赵逵夫：《论〈诗经〉的编集与〈雅〉诗的分为"小"、"大"两部分》，《河北师院学报》，1996 年第 1 期。
② 王昆吾：《中国早期艺术与宗教》，东方出版中心，1998 年版，第 283—289 页。

《小雅》分立。宣王重修礼乐的活动进一步扩大了仪式乐歌文本的内容,《周颂》的创作基本完成,讽刺厉王的《板》、《荡》诸诗与歌颂宣王的《假乐》等被录入《大雅》,配合各种仪式使用的乐歌则被编辑为《小雅》。与此同时,出现了与《雅》、《颂》仪式之歌相对待的、以诸侯国风诗为内容的、以《诗》为名的诗文本。平王时代,整理编辑西周后期至东周初年的仪式、讽谏之歌,以《诗》为名、《风》《雅》合集的诗文本产生。"① 吕绍纲、蔡先金分析说,《诗》的结集是一个动态过程,其文本在历史上经历四种主要存在形态:一为"康王"文本形态;二为"前孔子"文本形态;三为"孔子"文本形态;四为"汉代"文本形态,"毛传"文本为其代表。康王时代第一次官方结集的《诗》仅含有《颂》和《雅》两个部类,当时可能也存在《雅》《颂》单独成集的本子;而"前孔子"文本形态的《诗》总集中的分类已经完备。② 刘毓庆、郭万金分析指出,《诗经》至少进行过三次重大编辑整理:第一次在周宣王时,所收皆为典礼用诗,即"正经"部分;第二次在周平王时,所续主要为"变雅"及"三卫";第三次为孔子手定,主要增"变风"部分与鲁、商二《颂》。③ 张中宇认为,西周没有综合"颂""雅""风"的诗集编定,"风"尚未进入文献,但当时极可能已经存在"颂"文本及"大雅"文本,不过"大雅"没有与"颂"文本合并为一。萌芽于周初的"诗"观念首先指大、小雅,"颂"与"诗"合流是春秋中后期才发生的事情。公元前640年前后,诸侯国"风"已逐渐获得"诗"的地位,"风"融入"诗"是伴随其地位的上升、逐渐脱离区别性的地方名称以与王朝大、小雅并称的过程,这个过程始于春秋中期。"颂"大概是最后整编入"诗"的。这样,以早期数量较多的"雅"为先导,加上不断增多的地方之"风"地位的上升,及"颂"走下庄严神坛,雅、风、颂逐渐合流,合并雅、风、颂以编订综合性"诗"集的社会心理逐渐形成,而孔子极可能是中国第一部整理成型的"诗"的文学文本的最后整合及编定者。④ 徐正

---

① 马银琴:《西周诗史》,2000年扬州大学博士学位论文。
② 吕绍纲、蔡先金:《楚竹书〈孔子诗论〉"类序"辨析》,《孔子研究》,2004年第2期。
③ 刘毓庆、郭万金:《〈诗经〉结集历程之研究》,《文艺研究》,2005年第5期。
④ 张中宇:《〈国语〉、〈左传〉的引"诗"和〈诗〉的编订》,《文学评论》,2008年第4期。

英在综合历代先贤及赵逵夫、王昆吾、刘毓庆、马银琴等研究成果之基础上，以为孔子之前《诗经》的编集活动有三次：一是康王时期，主要是西周初年以来宫廷制作用于祀祖典礼的"颂"的仪式乐歌；二是宣王时期，其编集内容除增入新制"颂"的仪式乐歌外，增加"雅"和"风"的讽谏内容，"二雅""二南""三卫"编入；三是平王东迁后的东周初期，主要新增诗篇是所谓"变风""变雅"和"三卫"之后的国风内容。这样，到平王时代，经过三百多年的积累和官方几次组织，编集出的《诗经》规模尽管因资料的缺乏而难以确断，但其"乐诗的规模明显大于后来的三百零五篇则是肯定的"。①

通过梳理上述诸家观点，不难看出，学者普遍认为季札时代已经存在《诗》文本，稍微有差异的是，许廷桂、赵逵夫、王昆吾、马银琴、吕绍纲、徐正英等主张季札时代存在的《诗》文本已经很完备，而郑玄、刘毓庆、张中宇则认为此时的《诗》文本虽然存在，但没有完全成熟，有待孔子来完善。

对于这一分歧，我们可以从《左传》赋引诗的角度来加以考察。据蒋成德统计，《左传》赋引《国风》44篇，55篇次；赋引《小雅》38篇，80篇次；赋引《大雅》20篇，69篇次；赋引三《颂》15篇，24篇次，即《左传》赋引《诗》总117篇，228篇次。以襄公为界，《国风》中赋引《周南》2篇、《召南》7篇、《邶风》7篇、《鄘风》4篇、《卫风》2篇、《郑风》5篇、《唐风》1篇、《秦风》1篇、《曹风》1篇；赋引《小雅》33篇、《大雅》19篇；赋引《周颂》10篇、《鲁颂》1篇、《商颂》3篇。② 按蒋成德未计《王风》之《葛藟》，该篇于文公七年见引。由此看来，在鲁昭公之前，十五国风中被赋引的有《周南》《召南》《邶风》《鄘风》《卫风》《王风》《郑风》《唐风》《秦风》《曹风》十风，另有《豳风》中《七月》《狼跋》两篇在昭公时期（一见于昭公四年，一见于昭公二十一年）亦被赋引。所以，《左传》中真正未被赋引的只剩下《齐风》《魏风》《陈风》《桧风》四风。有学者分析认为，《左传》《国

---

① 徐正英：《清华简〈周公之琴舞〉与孔子删〈诗〉相关问题》，《文学遗产》，2014年第5期。
② 蒋成德：《从〈左传〉录诗看孔子是否删诗》，《徐州工程学院学报》，2008年第5期。

语》赋引"诗"时并不是毫无选择的，它们主要集中在一些政治上的显贵地区。① 按照这样的看法，此四风未被赋引也是可以理解的。当然，它们虽然没有被赋引，但并不代表它们当时一定就没有存在。至于《小雅》、《大雅》、三颂，则均有诗篇被赋引。因此，就《左传》赋引《诗》来看，似乎表明在鲁襄公时代已经出现与今本《诗经》很接近的《诗》文本。这也就意味着，《左传·襄公二十九年》"季札观乐"的记载很可能不像一些学者所认为的那样是出于后人的伪造，季札所观的乐诗，应是与今本《诗经》相近的内容。

三、孔子"正乐"与"删诗"

司马迁在《史记·孔子世家》中将孔子"正乐"和"删诗"之行为并列叙述，对此，人们通常只质疑"删诗"；至于"正乐"，除了对其内涵的理解存在差异之外，并不否认《史记》所载孔子"正乐"之行为。之所以会如此，关键在于《论语·子罕》篇明确记载孔子"正乐"。既然孔子本人都这样说了，自然是不能怀疑的。不唯如此，《论语》中还有这样的说法：

孔子谓季氏，"八佾舞于庭，是可忍也，孰不可忍也？"
三家者以《雍》彻。子曰："'相维辟公，天子穆穆'，奚取于三家之堂？"②

按照周礼的规定，八佾只有天子才能使用，诸侯用六佾，季氏作为大夫，只能四佾。作为大夫的季氏在自家庭院中公然使用八佾，显然违背周礼。同样，《雍》只有天子才能使用，而仲孙、叔孙、季孙三家使用了，也是违背周礼精神的。这说明什么呢？《论语·季氏》篇载孔子之言说："天下有道，则礼乐征

---

① 韩国良：《从〈左传〉〈国语〉所载逸诗的属性看"孔子删〈诗〉"》，《安康学院学报》，2015年第3期。
② 杨伯峻：《论语译注》，中华书局，1980年版，第23页。

伐自天子出；天下无道，则礼乐征伐自诸侯出。"① 在孔子看来，诸侯把持制礼作乐，是"天下无道"的表现，现在的问题更严重，连大夫也僭越礼乐。顾炎武曾经说："《春秋》终于敬王三十九年庚申之岁，西狩获麟。又十四年，为贞定王元年癸酉之岁，鲁哀公出奔；二年卒于有山氏，《左传》以是终焉。又六十五年，威烈王二十三年戊寅之岁，初命晋大夫魏斯、赵籍、韩虔为诸侯。又一十七年，安王十六年乙未之岁，初命齐大夫田和为诸侯。又五十二年，显王三十五年丁亥之岁，六国以次称王，苏秦为从长。自此之后，事乃可得而纪。自《左传》之终以至此，凡一百三十三年，史文阙轶，考古者为之茫昧。如春秋时，犹尊礼重信，而七国则绝不言礼与信矣。春秋时，犹宗周王，而七国则绝不言王矣。春秋时，犹严祭祀，重聘享，而七国则无其事矣。春秋时，犹论宗姓氏族，而七国则无一言及之矣。春秋时，犹宴会赋诗，而七国则不闻矣。春秋时，犹有赴告策书，而七国则无有矣。邦无定交，士无定主，此皆变于一百三十三年之间。史之阙文，而后人可以意推者也。不待始皇之并天下，而文武之道尽矣。"② 顾氏讨论战国以降"文武之道"丧失，以为此种变化集中发生在公元前 467 年（顾氏所谓"《左传》之终"）以后之 133 年间。祁海文分析说："一般所说的'礼坏乐崩'主要集中在公元前 6 世纪至春秋战国之交也就是公元前 6 世纪与前 5 世纪之际方告完成。近人曹元弼曾谓：'考之《左氏》，卿大夫论述礼政，多在定公初年以前，自时厥后，六卿乱晋，吴越迭兴，而论礼精言，惟出孔氏弟子，此外罕闻。'……杨华通过对宴会赋《诗》、见于文献的僭礼行为、重大历史事件、古器物及考古发现等的考察，认为公元前 6 世纪至前 5 世纪之交是西周礼乐制度衰亡的转折点。"③ 前引马银琴也指出春秋时期盛行赋诗行为"到鲁定公时代陡然回落，盛极一时的聘问歌咏自此煞尾，彻底走向沉寂"。④《论语·微子》篇载："大师挚适齐，亚饭干适楚，三饭缭适蔡，四饭缺适秦，鼓方叔入于河，播鼗武入于汉，少师阳、击磬襄入于海。"朱熹

---

① 杨伯峻：《论语译注》，中华书局，1980 年版，第 174 页。
② 黄汝成：《日知录集释》，岳麓书社，1994 年版，第 467 页。
③ 祁海文：《儒家乐教论》，河南人民出版社，2004 年版，第 93 页。
④ 马银琴：《周秦时代诗的传播史》，社会科学文献出版社，2011 年版，第 247 页。

《集注》云："亚饭以下，以乐侑食之官。……张子曰：'周衰乐废，夫子自卫反鲁，一尝治之，其后伶人贱工识乐之正。及鲁益衰，三桓僭妄，自大师以下皆知散之四方，逾河蹈海以去乱。'"① 礼崩乐坏，乐官流散，这些因素最终导致孔子"正乐"行为之发生。

关于孔子"正乐"行为，《论语·子罕》篇直接载录孔子自述："吾自卫反鲁，然后乐正，《雅》、《颂》各得其所。"② 这份自述不仅交代"正乐"行为，也点出时间与结果。不过，对于"正乐"行为的具体操作，自述却没有说明。这或许对于孔子本人或其弟子来说是不言自明的，然而，对于后人却成为一件难以厘清的大事。孔子"正乐"的对象到底是什么？据李凯先生的考察，大致存在三种观点：一是"正篇章"，即对《诗》篇章次序的编排；二是"正乐'所'"，所谓"所"，指的是诗乐的使用特定礼仪场合，不"得其所"是使用场合不得体，一首诗可以有若干个"所"，若干首诗也可以有同一个"所"；三是"正乐声"。③ 这三种看法中，前两种均涉及诗篇，第三种主要强调音律演奏。孔子明确说"郑声淫"，"恶郑声之乱雅乐"，主张"放郑声"。④ 顾颉刚推测说："孔子始终把郑声与'佞人利口'并举，可见这种声调复杂了，细致了，使得人家欢喜听，如佞人利口的引得人家留恋一样。孔子说它乱雅乐，或者那时人把郑声与雅乐一起奏，如今戏园里昆曲，京调，秦腔杂然间作；或者那时人把三百篇的歌词改合郑声的乐调，如今把昆戏翻做京戏。"⑤ 顾先生还说，《雅》诗演奏的主要乐器是琴和雅，"雅为节舞之器，犹今之鼓、板"；《颂》诗伴奏乐器，"琴、磬之外又有钟、镈"；"知古代《风》、《雅》、《颂》皆以琴。歌《雅》者以《雅》琴；歌《颂》者以《颂》琴。《国风》之琴虽未著专名，由《颂》琴、《雅》琴之名推之，知歌《风》者必不用《颂》琴、《雅》琴，而土风南、北、东、西各异，或十五国风即为若干种琴、若干种调，未可知

---

① 程树德：《论语集释》，中华书局，1990年版，第1289页。
② 杨伯峻：《论语译注》，中华书局，1980年版，第92页。
③ 李凯：《孔子"正乐"问题新证》，《古籍整理研究学刊》，2019年第2期。
④ 杨伯峻：《论语译注》，中华书局，1980年版，第164、187页。
⑤ 顾颉刚编著：《古史辨》（第三册），海南出版社，2005年版，第214页。

也。……歌一种诗用一种琴,加以钟、鼓、笙、磬与籥舞之配合,可见《风》、《雅》、《颂》之别实即乐器与声调之别。"① 从这个意义上来说,孔子的"正乐",主要还在于"正乐声",即摒弃郑声的干扰,力求复归雅乐之途。

　　王国维依据《大戴礼记·投壶》篇的记载,认为春秋以来存在诗家传《诗》与乐家传《诗》,而他们所传之《诗》的次第是有差异的,"案古乐家所传《诗》之次第,本与《诗》家不同。《左氏传》季札观周乐,《豳》在《秦》前,《魏》、《唐》在《秦》后。今《诗》则《魏风》、《唐风》在《齐风》之次,《豳》在《曹风》之次,此相异者一也。《乡饮酒礼》、《乡射礼》、《燕礼》合乐,《周南·关雎》、《葛覃》、《卷耳》、《召南·鹊巢》、《采蘩》、《采蘋》。《周南》三篇相次,则《召南》三篇亦当相次。今《诗》,《采蘩》、《采蘋》之间尚有《草虫》一篇,此相异者二也。《乡饮酒礼》、《燕礼》笙《南陔》、《白华》、《华黍》,间歌《鱼丽》,笙《由庚》;歌《南有嘉鱼》,笙《崇邱》;歌《南山有台》,笙《由仪》。是乐次当如此。而《毛诗》旧第,据《六月》序,则《南陔》在《杕杜》之后、《鱼丽》之前,与《礼经》乐次不合。今《毛诗》《由庚》、《崇邱》、《由仪》又皆在《南山有台》后,郑笺所谓'毛公为《诂训传》,推改什首者'是也。此相异者三也。《左氏传》'楚庄王以《赉》为《武》之三篇,《桓》为《武》之六篇',杜预以为楚乐歌之次第。而前《大武考》所定《夙夜》、《武》、《酌》、《桓》、《赉》、《般》,盖周《大武》之旧第。而《毛诗》则《夙夜》在《清庙之什》,《武》在《臣工之什》之末,《酌》、《桓》、《赉》、《般》在《闵予小子之什》之末,此相异者四也。"② 由此可知,春秋以来的诗家传《诗》与乐家传《诗》虽然有差异,但是,无论是诗家还是乐家,他们与《诗》文本都有着千丝万缕的联系。事实上,孔子所欲"正"之"乐"虽以"乐声"即音乐为主,但绝非仅限于此,实际上它还指向诗、舞,季氏舞八佾、三家以《雍》彻,这些行为都在阐释"乐坏"。因此,孔子"正乐"尽管承继乐家传统,重在"正乐声",但还是绕不开《诗》文本。

---

① 顾颉刚:《史林杂识初编》,中华书局,1963年版,第249-250页。
② 王国维:《观堂集林》,河北教育出版社,2001年版,第69-71页。

也就是说，孔子"正乐"与"删诗"是紧密关联在一起的，司马迁也许正是发现了这一点，所以在《孔子世家》中将孔子"正乐"和"删诗"之行为并列叙述。至于两者关系如何，此点后文还要论及。既然孔子"正乐"之举潜在地指涉"删诗"，那么《论语》只记录孔子"正乐"行为，而未涉及"删诗"自属正常。

根据这样的分析，我们倘若将孔子"正乐"与"删诗"截然分开，或者只强调"正乐"，或者因《论语》未载而否定"删诗"，恐怕都难与事实相符。孔子又是如何"删诗"的，张汉东作了这样的分析：一是删削，不仅删诗篇，也删某些"国风"，"孔子前《诗》篇目略多，孔子后仅有三百五篇，这正是孔子删《诗》所致。孔子在删《诗》过程中，可能把某些国的国风都删掉了"；二是增补，例如孔子不仅作了《麟之趾》，也把它编入《周南》中；三是拆篇，"孔子前《武》有多章，后被拆篇，仅留末章，其三、六两章分别另立《赉》、《桓》篇名，而《我将》、《酌》二篇，本与《武》无关"；四是复旧目，"襄二十九年鲁为季札歌《邶》、《鄘》、《卫》，季札称为《卫风》，说明当时鲁国《诗》本是三国分立格局，而吴国《诗》本已经三国合一……孔子信而好古，也善于稽古，恢复《邶》、《鄘》、《卫》三分的历史旧貌"；五是排新次，"《诗》的'国风'次第孔子也有所更动。季札于鲁观乐，'风'的次第为：《周南》、《召南》、《邶》、《鄘》、《卫》、《王》、《郑》、《齐》、《豳》、《秦》、《魏》、《唐》、《陈》、《郐》。今《诗经》中，《豳》居第十五，《秦》居第十二。二者排列次第不同。……今天我们只能看到《毛诗》，可以说其次第应是孔子改排的结果"。[①] 此处从删削、增补、拆篇、复旧目、排新次五个方面分析孔子"删诗"的具体操作，尽管其中有些说法值得斟酌，但整体上对于理解孔子"删诗"还是很有启发意义的。随着《诗经》相关出土文献的不断面世，这给人们讨论孔子"删诗"问题带来新的契机。清华简《耆夜》篇载录五篇诗作，其中四篇虽为今本《诗经》所无，但风格相似。至于《耆夜》篇载周公所作之《蟋蟀》，与今本或是不同抄本，也可能今本系从周公诗改作而来。此本

---

① 张汉东：《从〈左传〉看孔子的删〈诗〉痕迹》，《山东师大学报》，1985年第6期。

与今本的关系，恐怕就是《史记》所言的"重本"。① 特别是清华简《周公之琴舞》，它"是由十篇诗组成的乐诗，性质同于传世《诗经》的《周颂》"②，然而，《周公之琴舞》只有一篇与传世本《诗经·周颂·敬之》接近。尽管学者对《周公之琴舞》的作者、篇目、性质以及与《诗经·敬之》篇的关系还存在诸多争议③，但是，《周公之琴舞》对于推测孔子"删诗"还是提供了有益的线索。司马迁在《史记》中强调孔子"去其重"，人们通常从篇目重复的角度去阐释，如刘操南先生结合自己编辑《红楼梦弹词开篇集》以及刘向校书"除复重"的事例来考察"古者诗三千余篇"与"去其重"的关系，认为"重"主要指篇目之重复。④ 随着《周公之琴舞》的出现，人们对"去其重"又有了新的认识，徐正英先生说："《周公之琴舞》证实，司马迁所称孔子'去其重'还有一层意思，指孔子编订《诗经》时，还删除同一版本中内容相近、主旨相类的不同篇目，每一类仅保留少量代表性的作品于《诗经》之中。"⑤ 李颖、姚小鸥也指出："《周公之琴舞》的文本价值之一是，它证明司马迁'去其重'说的另一含义，即从各篇内容相关或相似的组诗中选取有代表的篇章。"⑥ 整体言之，《周公之琴舞》等文献不仅证实"去其重"的多重意蕴，同时也提升了《史记》记载的可信度。

然而，也应该看到，这些出土文献只是为孔子"删诗"提供感性认识，至于孔子"删诗"的具体细节，还是无法直接从出土文献获知。事实上，孔子"删诗"的细节还是以《史记·孔子世家》记载为最早，且最为明晰。在《孔子世家》中，司马迁比较细致地叙述孔子制作六艺的行为。他首先指出，孔子在世时，周王室已经衰微，此时"礼乐废，《诗》《书》缺"。要特别注意此处所谓的"《诗》《书》缺"，它表明司马迁已经看到在孔子之前《诗》文本早已

---

① 李颖、姚小鸥：《二重证据视野下的孔子删诗问题》，《北方论丛》，2016年第4期。
② 李学勤：《论清华简〈周公之琴舞〉的结构》，《深圳大学学报》，2013年第1期。
③ 张峰《清华简〈周公之琴舞〉研究述论》（《文艺评论》2015年12期）、祝秀权、曹颖《清华简〈周公之琴舞〉研究综述》（《中国韵文学刊》2018年第3期）。
④ 刘操南：《孔子删〈诗〉初探》，《杭州大学学报》，1987年第1期。
⑤ 徐正英：《清华简〈周公之琴舞〉与孔子删〈诗〉相关问题》，《文学遗产》，2014年第5期。
⑥ 李颖、姚小鸥：《二重证据视野下的孔子删诗问题》，《北方论丛》，2016年第4期。

存在的事实，只不过到孔子时代，《诗》文本已经有所残缺。正是在这一形势下，孔子才开始六艺的制作。司马迁说，孔子追迹三代的礼仪制度，编定《书传》《礼记》，订正雅颂之乐。古代流传下来的《诗》有三千多篇，孔子删去重复，选取那些可用于礼仪教化的，往上采自殷商始祖契、周朝始祖后稷，再叙述殷、周的兴盛，直到周幽王、厉王之王道残缺，把叙述夫妇关系诗放在首篇，所以说"《关雎》作为《国风》的开始，《鹿鸣》作为《小雅》的开始，《文王》作为《大雅》的开始，《清庙》作为《颂》的开始"。三百零五篇诗，孔子都配乐歌唱它，以求配合《韶》《武》《雅》《颂》乐舞的音调。至此，先王的礼乐制度得到称述，因为具备了先王的仁义之道，完成《诗》《书》《礼》《乐》《易》《春秋》六经的编修。① 司马迁有关孔子"删诗"行为的描述集中体现在：一是采诗的范围，上至契、后稷；二是编纂方法；三是选诗的礼义标准；四是孔本《诗经》"四始"结构；五是孔本《诗经》的篇目；六是弦歌。据此，孔本《诗经》按照《风》《小雅》《大雅》《颂》编排，与季札观乐顺序一致，这种一致显然不能理解为偶合；同时孔子对编定的《诗》文本进行弦歌，也与鲁国乐工的行为非常相似。加之司马迁将孔子"删诗"与"正乐"联合叙述，这些因素叠加，可以推测，孔子"删诗"不是要建构新的《诗》文本，而是力图回复古本。当然，鉴于"礼乐废，《诗》《书》缺"，孔本《诗经》与古本不可能完全密合，这是没有疑义的。

四、儒家《诗》文本生成及"经典化"

孔子重编《诗》文本，原本打算是基于"备王道"，复兴先王礼乐，但就孔子所处时代及自身处境而言，这种愿望显然很难实现。所以，孔子只好将它用于教学，"孔子以诗书礼乐教，弟子盖三千焉，身通六艺者七十有二人"。② 这就意味着，孔编《诗》文本在很长时间内是作为儒家经典而存在的。

---

① 司马迁：《史记》，中华书局，1982年版，第1936-1938页。
② 司马迁：《史记》，中华书局，1982年版，第1938页。

顾炎武曾说："春秋时，犹宴会赋诗，而七国则不闻矣。"① 战国时期固然很难看到赋诗现象，但引诗风气颇为盛行，"据陈澧《东塾读书记》统计，《孟子》一书'引诗者三十，论诗者四'。《荀子》全书引诗82次，论诗12次……《礼记》引诗139次；《墨子》引诗12次；《庄子》引逸诗1次；《管子》引诗3次；《韩非子》引诗5次；《战国策》引诗7次；《吕氏春秋》引诗20次"。② 通过对这些引诗的分析，人们发现，"与孔子关系越近的著作，其称引逸诗的比率也越小。如《孟子》称诗31首，其中逸诗只有1首，称引率为3.2%。《礼记》称诗83首，其中逸诗只有5首，称引率为6%。《荀子》称诗60首，其中逸诗共有7首，称引率为11.7%。其他如《吕氏春秋》是4比17，称引率为23.5%。《墨子》《韩非子》分别是3比12、1比4，称引率皆为25%。《管子》是1比3，称引率为33.3%。《战国策》是4比8，称引率为50%。《庄子》是1比1，称引率为100%。"③ 对此，人们可能会有不同的理解，但在笔者看来，这种现象恰好表明：其一，儒家学派内部使用的是孔编《诗》文本，而孔编《诗》文本以复归古本为旨趣，汉代以来传世本又延续孔编《诗》文本，此点详后，因此，无论是《孟子》《荀子》还是《礼记》，它们所引逸诗自然很少；其二，由于孔编《诗》文本主要在儒家内部流行，儒家以外的学派或个人因各种原因很少利用孔编《诗》文本，他们接触的是其他《诗》文本。事实上，战国时期确实存在很多《诗》文本，刘丽文通过对《周公之琴舞》的分析指出："清华简《周公之琴舞》当是在早于战国中后期的某个时候（至少应在鲁僖公二十二年、公元前638年之前），以大体保留该舞曲在西周原始面貌的形态传入了楚国，之后被楚国史官或某一权势人物收藏，最后随收藏者下葬，即清华简《周公之琴舞》是较原始的西周之'诗'单篇流传下来的一个典型。由此可见，在孔子时代，甚至西周至战国的漫长历史时期，某些诸侯国一直有与传世本《诗经》不甚一致的'诗'的藏本或藏篇存在，笔者姑且名之为'诸侯本'。这

---

① 黄汝成：《日知录集释》，岳麓书社，1994年版，第467页。
② 王秀臣：《"礼义"的发现与〈孔子诗论〉的理论来源》，《江海学刊》，2006年第6期。
③ 韩国良：《对"孔子删〈诗〉"之争的再检讨》，《辽东学院学报》，2015年第2期。

些诸侯本的'诗'的藏本或藏篇或成集或不成集,与现今看到的《诗经》定本在文字上(甚至篇章上)多不完全一样。"① 正是由于这种情况,才造成上述诸家逸诗较多。

　　孔子整理文献,按照他自己的说法,即遵循"述而不作"的原则。孟子说:"世衰道微,邪说暴行有作,臣弑其君者有之,子弑其父者有之。孔子惧,作《春秋》。"② 孟子在此主张《春秋》乃孔子所作,然而,孟子又说:"王者之迹熄而《诗》亡,《诗》亡然后《春秋》作。晋之《乘》,楚之《梼杌》,鲁之《春秋》,一也;其事则齐桓、晋文,其文则史。孔子曰:'其义则丘窃取之矣。'"③ 由此可知,孟子所谓"孔子作《春秋》"有其特定含义,即主要是从"义"的角度来说的;至于"事"与"文",孔本《春秋》延续《乘》《梼杌》及鲁《春秋》的做法。孔子编集《诗经》,也秉持"述而不作"的原则。前面已经说明,在季札观乐时,已经存在较为成熟的《诗》文本,孔子时代,《诗》文本出现混乱,孔子收集各种《诗》文本,通过"正乐""删诗",力图复原古本。可以说,经过孔子重编的《诗》文本,基本延续季札观乐时的格局。当然,孔编《诗》文本也出现新的因素,如《秦风》《豳风》排序的调整,"四始"的设置。秦始皇焚书坑儒,严重破坏了先秦文献的流传。班固在《汉书·艺文志》中说:"凡三百五篇,遭秦而全者,以其讽诵,不独在竹帛故也。"④ 班固的看法过于乐观,事实是,司马迁说:"及至秦之季世,焚《诗》《书》,坑术士,《六艺》从此缺焉。"⑤ 可见,《诗》文本也难逃厄运。秦火之后,就《诗》文本而言,儒家《诗》文本得到延续,而战国其他《诗》文本基本上没有延续下来。《经典释文》叙述《毛诗》传授源流时引徐整云:"子夏授高行子。高行子授薛仓子。薛仓子授帛妙子。帛妙子授河间大毛公。毛公为《诗故训传》于家,以授赵人小毛公。"又引或说:"子夏传曾申。申传魏人李克。克

---

① 刘丽文:《清华简〈周公之琴舞〉与孔子删〈诗〉说》,《文学遗产》,2014 年第 5 期。
② 焦循:《孟子正义》,上海书店,1986 年版,第 266 页。
③ 焦循:《孟子正义》,上海书店,1986 年版,第 337–338 页。
④ 班固:《汉书》,中华书局,1962 年版,第 1708 页。
⑤ 司马迁:《史记》,中华书局,1982 年版,第 3116 页。

传鲁人孟仲子。孟仲子传根牟子。根牟子传孙卿子。孙卿子传鲁人大毛公。"①这个叙述指明《毛诗》渊源于子夏，也就意味着《毛诗》乃承继孔编《诗》文本。汉代三家诗虽与《毛诗》存在一定的差异，但它们也是延续孔编《诗》文本。需提及的是，1977年安徽阜阳出土一批《诗经》残简，其写定下限为汉文帝十五年，经分析，它不属于四家，目前虽不能断定它与《元王诗》有关，但"阜诗应为鲁、齐、韩、毛四家以外，流传于楚地的另外一家，是可以假定的"，并且它很可能出于浮丘伯所传系统。②而浮丘伯从学于荀子，可见阜诗亦出自儒家传统。

在两汉时期，鲁、齐、韩三家诗长期处于官学系统，汉武帝独尊儒术之后，更是强化其经典地位。随着东汉王朝的衰落，三家诗逐渐没落，《毛诗》遂取而代之，此后《毛诗》一家独占《诗》文本经典地位。这种经典地位的确立，从文本角度来看，则与其延续孔编《诗》文本有着密切联系。

---

① 吴承仕：《经典释文序录疏证》，中华书局，1984年版，第87页。
② 洪湛侯：《诗经学史》，中华书局，2002年版，第146－149页。

第四章 "大雅""小雅"的生成及分类（上）

　　《诗经》通常分为风、雅、颂三部分，而"雅诗"内部又有"大雅""小雅"之分。对于这一常识，人们仍有疑问未解。比如，《诗经》既然分为风、雅、颂，那么，如此划分的依据是什么呢？又如，"雅诗"内部的"大雅""小雅"又是根据什么标准进行划分的呢？在此，本书在梳理既有成果之基础上，考察"雅诗"的生成及其分类。

一、"二雅"划分标准的考察

　　《国语·周语上》记载芮良夫劝谏周厉王时明确引述"陈锡载周"，此诗句出自《大雅·文王》[①]，不过，《国语》并没有直接提到"小雅"之语。《左传》则不仅提及"大雅"的名称，也提及"小雅"，见于《左传·襄公二十九年》季札观乐：

　　　　吴公子札来聘……请观于周乐。使工……为之歌《小雅》，曰："美哉！思而不贰，怨而不言，其周德之衰乎？犹有先王之遗民焉。"为之歌《大雅》，曰："广哉，熙熙乎！曲而有直体，其文王之德乎！"[②]

[①] 上海师范大学古籍整理研究所校点：《国语》，上海古籍出版社，1998年版，第13-14页。
[②] 杨伯峻：《春秋左传注》，中华书局，1990年版，第1161-1164页。

· 110 ·

此处不仅提到《小雅》《大雅》，而且论述了两者的差异。显然，在季札看来，《小雅》是周朝德行衰微时的乐章，而《大雅》反映的是文王的德行。然而，对于季札有关《小雅》的评论，人们众说纷纭，比如孔颖达《疏》谓：

> 杜以此言皆叹正小雅也。言其时之民，思文、武之德，不有二心也。虽怨时政，而能忍而不言，其是周德衰小之时乎！犹有殷先王之遗民，故使周德未得大也。服虔以为，此叹变小雅也。其意言思上世之明圣，而不贰于当时之王；怨当时之政，而不有背叛之志也，其周德之衰微乎！疑其幽、厉之政也。刘炫以服言为是，而谓杜解错谬。今知不然者，以小雅、大雅，二诗相对。今歌大雅云："其文王之德乎！"是歌其善者。以大雅准之，明知歌小雅，亦歌其善者也。若其不然，何意大雅歌善，小雅歌不善？且鲁为季札歌《诗》，不应扬先王之恶，以示远夷。刘不达此旨，以服意而规杜，非也。衰者，差也。《九章算术》谓"差分为衰分"，言从大渐差而小。故杜以衰为小也。服虔读为衰微之衰，谓幽、厉之时也。[①]

孔《疏》比较杜预、服虔以及刘炫的看法，他们的分歧点主要在于季札所论《小雅》是指正小雅还是变小雅，这种差异，影响了他们对季札有关《小雅》评论的理解。毫无疑问，杜预、服虔等人的不同理解思路，在一定程度上制约了后世对于《小雅》诗篇性质的认知。我们应该看到，正是季札的评论，从而开启了《小雅》《大雅》争论之先河。

就现有研究成果论之，人们对《小雅》《大雅》划分依据的理解是多元的。这些理解不仅揭示了人们对《小雅》《大雅》划分依据的不同认知，同时也意味着《小雅》《大雅》的划分不纯粹只是类型的划分，而且它关乎《小雅》《大雅》生成的理解。因此，为了更好地澄清这些问题，有必要重新梳理有关《小雅》《大雅》划分的认识。

---

① 孔颖达：《春秋左传正义》，北京大学出版社，1999年版，第1102页。

对于季札观乐，我们应该注意到，季札对《小雅》《大雅》进行评论时，是将《小雅》与"周德之衰"、《大雅》与"文王之德"分别对应联系起来的，这就意味着，季札非常关注《小雅》《大雅》与"德"之间的关系，而这种关联其实揭示《小雅》《大雅》在"德"的名目下各自不同的内容。不仅如此，按照季札的看法，《小雅》叙述"周德之衰"，而《大雅》则叙述"文王之德"，这又表明《小雅》《大雅》叙述的是不同时期的历史。这样看来，季札是从内容、时间两个维度来评论《小雅》《大雅》的，换言之，《小雅》《大雅》的区分既有内容的不同，又有时间先后的差异。

《荀子·儒效》篇载：

> 圣人也者，道之管也。天下之道管是矣，百王之道一是矣，故《诗》、《书》、《礼》、《乐》之归是矣。《诗》言是，其志也；《书》言是，其事也；《礼》言是，其行也；《乐》言是，其和也；《春秋》言是，其微也。故《风》之所以为不逐者，取是以节之也；《小雅》之所以为小雅者，取是而文之也；《大雅》之所以为大者，取是而光之也；《颂》之所以为至者，取是而通之也。天下之道毕是矣。[1]

荀子认为，圣人是思想原则的关键，《诗》《书》《礼》《乐》都归属到他这里，其中《诗经》记载的是圣人的心意。荀子指出，《小雅》之所以为小雅，是因为用圣人的思想润饰的缘故；《大雅》之所以是大雅，是因为用圣人的思想去发扬光大它的缘故。按照荀子的说法，《小雅》《大雅》的划分，取决于它们利用圣人思想方式的不同。这显然可视为基于思想内容的层面而作出的划分。

《礼记·乐记》载：

> 子赣见师乙而问焉，曰："赐闻声歌各有宜也，如赐者宜何歌也？"师乙曰："乙，贱工也，何足以问所宜？请诵其所闻，而吾子自

---

[1] 张觉：《荀子译注》，上海古籍出版社，2012年版，第82页。

执焉。爱者宜歌《商》，温良而能断者宜歌《齐》。夫歌者，直己而陈德也，动己而天地应焉，四时和焉，星辰理焉，万物育焉。故《商》者，五帝之遗声也。宽而静，柔而正者，宜歌《颂》。广大而静，疏远而信者，宜歌《大雅》。恭俭而好礼者，宜歌《小雅》。正直而静，廉而谦者，宜歌《风》。"①

孔颖达《正义》谓："广大，谓志意宏大而安静。疏达，谓疏朗通达而诚信。《大雅》者，歌其大正，故性广大疏达，宜歌《大雅》，但广大而不宽，疏达而不柔，包容未尽，故不能歌《颂》。恭，谓以礼自持。俭，谓以约自处。若好礼而动，不越法也。《小雅》者，王者小正，性既恭俭好礼而守分，不能广大疏通，故宜歌《小雅》者也。"② 又《史记·乐书》记有类似文字：

> 子贡见师乙而问焉，曰："赐闻声歌各有宜也，如赐者宜何歌也？"师乙曰："乙，贱工也，何足以问所宜。请诵其所闻，而吾子自执焉。宽而静，柔而正者宜歌《颂》；广大而静，疏达而信者宜歌《大雅》；恭俭而好礼者宜歌《小雅》。"③

子贡向师乙请教自己适合唱什么歌时，师乙在回答中指出志向远大而安静、疏朗通达而诚信的人适合唱《大雅》，恭敬俭约而爱好礼法的人适合唱《小雅》。师乙没有直接说明《小雅》《大雅》的差异，而是指出什么性情的人可以演唱《小雅》，什么性情的人可以演唱《大雅》，即通过人的品性差异来标示《小雅》《大雅》的不同。这或许可解读为《小雅》《大雅》的划分缘于风格的不同。

《毛诗序》说：

---

① 孔颖达：《礼记正义》，北京大学出版社，1999年版，第1147页。
② 孔颖达：《礼记正义》，北京大学出版社，1999年版，第1148页。
③ 司马迁：《史记》，中华书局，1982年版，第1233页。

> 雅者，正也，言王政之所由废兴也。政有小大，故有小雅焉，有大雅焉。①

《毛诗序》指出，"雅诗"描写的是王政，政事有大有小，所以有《小雅》《大雅》。就是说，《小雅》《大雅》的划分取决于政事的大小。

《史记·司马相如列传》载：

> 太史公曰：《春秋》推见至隐，《易》本隐之以显，《大雅》言王公大人而德逮黎庶，《小雅》讥小己之得失，其流及上。②

关于《大雅》，《集解》引韦昭曰："先言王公大人之德，乃后及众庶也。"又《索隐》引文颖曰："《大雅》先言大人王公之德，后及众庶。"③ 关于《小雅》，《集解》引韦昭曰："《小雅》之人志狭小，先道己之忧苦，其流乃及上政之得失者。"《索隐》引文颖曰："《小雅》之人材志狭小，先道己之忧苦，其末流及上政之得失也。故《礼纬》云《小雅》讥已得失，及之于上也。"④ 结合司马迁的说法及韦昭与文颖的解释，他们均是从内容层面说明《大雅》与《小雅》之间的区别。比如司马迁说，《大雅》描述王公大人而德至黎民百姓，《小雅》责难自己的过失而其流言传至上面。可见《大雅》描述的对象主要是王公大人，而《小雅》描述的是地位较低之人。这就表明，司马迁等人主要是从描写对象的身份角度来辨别《大雅》与《小雅》的。

《仪礼·燕礼》郑玄《注》谓：

> 乡乐者，《风》也。《小雅》为诸侯之乐，《大雅》、《颂》为天子之乐。乡饮酒升歌《小雅》，礼盛者可以进取也。燕合乡乐者，礼轻

---

① 孔颖达：《毛诗正义》，北京大学出版社，1999年版，第17页。
② 司马迁：《史记》，中华书局，1982年版，第3073页。
③ 司马迁：《史记》，中华书局，1982年版，第3073页。
④ 司马迁：《史记》，中华书局，1982年版，第3073页。

者可以逮下也。《春秋传》曰:《肆夏》、《繁遏》、《渠》,天子所以享元侯也;《文王》、《大明》、《绵》,两君相见之乐也。然则诸侯之相与燕,升歌《大雅》,合《小雅》也。天子与次国、小国之君燕,亦如之。与大国之君燕,升歌《颂》,合《大雅》,其笙间之篇未闻。①

郑玄指出,《小雅》是诸侯之乐,《大雅》是天子之乐。郑玄虽然不是为了辨析《大雅》与《小雅》之别,但他的这个注解无疑是从用乐的角度揭示《大雅》与《小雅》二者的差异。其实,郑玄有这样的认识并不是偶然的,他在《小大雅谱》中就明确说过:"其用于乐,国君以小雅,天子以大雅,然而飨宾或上取,燕或下就。何者?天子飨元侯,歌《肆夏》,合《文王》。诸侯歌《文王》,合《鹿鸣》。诸侯于邻国之君,与天子于诸侯同。天子、诸侯燕群臣及聘问之宾,皆歌《鹿鸣》合乡乐。"② 由此看来,郑玄认为《大雅》《小雅》划分的一个重要基础在于二者服务对象的不同。

陆德明《释文》云:

> 从《鹿鸣》至《菁菁者莪》,凡二十二篇,皆正小雅。六篇亡,今唯十六篇。从此至《鱼丽》十篇,是文、武之小雅。先其文王以治内,后其武王以治外,宴劳嘉宾,亲睦九族,事非隆重,故为小雅。皆圣人之迹,故谓之"正"。③

> 自此(《文王》)以下,至《卷阿》十八篇,是文王、武王、成王、周公之《正大雅》,据盛隆之时而推序天命,上述祖考之美,皆国之大事,故为《正大雅》焉。④

以事非隆重为"小雅",以国之大事为"大雅",陆德明有关《小雅》《大

---

① 贾公彦:《仪礼注疏》,北京大学出版社,1999年版,第275-276页。
② 孔颖达:《毛诗正义》,北京大学出版社,1999年版,第544-546页。
③ 孔颖达:《毛诗正义》,北京大学出版社,1999年版,第539页。
④ 孔颖达:《毛诗正义》,北京大学出版社,1999年版,第951页。

雅》的区分显然继承《毛诗序》的观点。

孔颖达在疏解《毛诗序》时说：

> 王者政教有小大，诗人述之亦有小大，故有小雅焉，有大雅焉。小雅所陈，有饮食宾客，赏劳群臣，燕赐以怀诸侯，征伐以强中国，乐得贤者，养育人材，于天子之政，皆小事也。大雅所陈，受命作周，代殷继伐，荷先王之福禄，尊祖考以配天，醉酒饱德，能官用士，泽被昆虫，仁及草木，于天子之政，皆大事也。诗人歌其大事，制为大体；述其小事，制为小体。体有大小，故分为二焉。风见优劣之差，故《周南》先于《召南》，雅见积渐之义，故小雅先于大雅，此其所以异也。诗体既异，乐音亦殊。国风之音，各从水土之气，述其当国之歌而作之。雅、颂之音，则王者遍览天下之志，总合四方之风而制之，《乐记》所谓"先王制雅、颂之声以道之"，是其事也。诗体既定，乐音既成，则后之作者各从旧俗。"变风"之诗，各是其国之音，季札观之，而各知其国，由其音异故也。小雅音体亦然。正经述大政为大雅，述小政为小雅，有小雅、大雅之声。①

这是孔颖达对《毛诗序》"雅者，正也，言王政之所由废兴也。政有小大，故有小雅焉，有大雅焉"句的疏释。从这个疏释来看，孔氏固然继承《毛诗序》从政事角度区分《小雅》《大雅》的做法，但增加了一些新的内容。孔《疏》说"诗人歌其大事，制为大体；述其小事，制为小体。体有大小，故分为二焉"，这里所谓的"大事"与"大体"、"小事"与"小体"，它们之间确实有联系，可是"大事"不同于"大体"，"小事"也不同于"小体"，"大事""小事"是就内容层面说的，"大体""小体"似乎是就体裁而言的。这就表明，有关《小雅》《大雅》的区别，除政事的标准之外，还存在诗体的不同。指出《小雅》《大雅》诗体的差异，无疑是孔《疏》添加的新的看法。不止于此，孔

---

① 孔颖达：《毛诗正义》，北京大学出版社，1999年版，第17–18页。

《疏》还说"诗体既异,乐音亦殊",所谓"正经述大政为大雅,述小政为小雅,有小雅、大雅之声",这也就是说,《小雅》《大雅》的区别还体现在乐音方面,即音体上。归结起来,孔《疏》其实认为《小雅》《大雅》的区别不仅有政事的标准,同时还有诗体、音体的标准。这样,尽管孔《疏》仍然突出政事标准的优先地位,但毫无疑问,它并没有将其视为唯一的标准,而是认为"二雅"的划分有着多重标准。孔《疏》的这些看法还在其他地方得到体现,比如在疏解《小大雅谱》"文王受命,武王遂定天下。盛德之隆,大雅之初,起自《文王》,至于《文王有声》,据盛隆而推原天命,上述祖考之美"句时说:

> 雅有小大二体,而体亦由事而定,故文王以受命为盛,大雅以盛为主,故其篇先盛隆。①

这是强调《小雅》《大雅》的区别体现在政事、诗体的不同。又如在疏解"小雅自《鹿鸣》至于《鱼丽》,先其文所以治内,后其武所以治外"句时说:

> 检文、武大雅经每言文、武之谥,多在武王、成王时作也。小雅唯有称王后事,曾无言其谥者,又所论多称王以前之事,知不先作为小雅、后作为大雅者,以六诗之作,各有其体,咏由歌政而兴,体亦因政而异,王政有巨细,诗有大小,不在其作之先后也。……述大政为大雅之体,述小政为小雅之体。体以政兴,名以体定。体既不同,雅有大小,大师审其所述,察其异体,然后分而别之。②

这里依然是从政事、诗体的角度讨论《小雅》《大雅》的差异。孔颖达在疏解《小大雅谱》"其用于乐,国君以小雅,天子以大雅,然而飨宾或上取,

---

① 孔颖达:《毛诗正义》,北京大学出版社,1999年版,第540页。
② 孔颖达:《毛诗正义》,北京大学出版社,1999年版,第542页。

燕或下就。何者？天子飨元侯，歌《肆夏》，合《文王》。诸侯歌《文王》，合《鹿鸣》。诸侯于邻国之君，与天子于诸侯同。天子、诸侯燕群臣及聘问之宾，皆歌《鹿鸣》，合乡乐"这一段话时说：

> 以诗者乐章，既说二雅为之正经，因言用乐之事。变者虽亦播于乐，或无算之节所用，或随事类而歌，又在制礼之后，乐不常用，故郑于变雅下不言所用焉。知国君以小雅，天子以大雅者，以《乡饮酒》云"乃合乐《关雎》、《鹊巢》"，则不言乡乐。《燕礼》云："遂歌乡乐《周南·关雎》、《召南·鹊巢》。"燕诸侯之礼，谓《周南》、《召南》为乡乐。乡饮酒，大夫之礼，直云"合乐"。大夫称乡，得不以用之乡饮酒？是乡可知，故不云乡也。由此言之，则知风为乡乐矣。《左传》晋为穆叔《文王》、《鹿鸣》别歌之，大雅为一等，小雅为一等。风既定为乡乐，差次之而上，明小雅为诸侯之乐，大雅为天子之乐矣。且乡饮酒，乡大夫宾贤能之礼也。言宾用敌礼，是平等之事合己乐，而上歌小雅，为用诸侯乐。然则诸侯以小雅为己乐，而穆叔云"《文王》，两君相见之乐"，歌则两君亦敌，明歌大雅为用天子乐。故知诸侯以小雅，天子以大雅矣。乡射之礼云：乃合乐《周南》、《召南》等。注云：不歌、不笙、不间，志在射，略于乐。不略合乐者，风，乡乐也，不可略其正。大射，诸侯之礼，所歌者，明亦诸侯之正乐也。其经曰"乃歌《鹿鸣》三终，乃下管《新官》三终"，亦不笙、不间，又不言合，明亦略乐不略其正，是小雅为诸侯之乐，于是明矣。自然大雅为天子之乐可知。若然，小雅之为天子之政，所以诸侯得用之者，以诗本缘政而作，臣无庆赏威刑之政，故不得有诗。而诗为乐章，善恶所以为劝戒，尤美者可以为典法，故虽无诗者，今得进而用之，所以风化天下，故曰"用之乡人焉，用之邦国焉"，因其节文，使之有等。风为夫妇之道，生民之本，王政所重，欲天下遍化之，故风为乡乐。风本诸侯之诗，乡人所用，故诸侯进用小雅。诸侯既用小

雅，自然天子用大雅矣。故《乡饮酒》、《燕礼》注云"乡乐者，风也。小雅为诸侯之乐，大雅、颂为天子之乐"，是也。彼注颂亦为天子之乐，此不言颂者，此因风与二雅为尊卑等级，以见其差降，故其言不及颂耳。国君以小雅，天子以大雅，举其正所当用者。然而至于飨宾或上取，燕或下就，天子不纯以大雅，诸侯不纯以小雅，故下郑分别说之。……牧伯与上公，则为大国，故《仪礼》注云：天子与大国之君燕，升歌颂，合大雅。以《肆夏》，颂之族类，故以颂言之。牧伯为元侯，则其余侯伯为次国，子男为小国，非元侯也，故总谓之诸侯，故用乐与两君相见之乐同。《仪礼》注云："两君相见，歌大雅，合小雅。天子与次国、小国之君燕亦如之。"……《仪礼》之注尽论《诗》为乐章之意，既以风为乡乐，小雅为诸侯之乐，而大雅之后仍有颂在，故因言大雅、颂为天子之乐。欲明雅、颂尽为乐章，所以与此异也。必知天子亦有上取者，以此《谱》文先定言国君、天子之用乐，即云有上取、下就之事，明上取、下就亦宜同矣。……且燕礼燕邻国聘问之宾歌《鹿鸣》，晋侯飨穆叔歌《鹿鸣》之三，三拜，是其用乐同文也，故《仪礼》注引穆叔之辞乃云："然则诸侯相与燕，升歌大雅，合小雅。天子与次国、小国之君燕亦如之。与大国之君燕，升歌颂，合大雅。"所言用乐，与此飨同。是天子、诸侯于国君飨、燕同乐之事也。若然，用乐自以尊卑为差等，不由事有轻重而升降。《乡饮酒》、《燕礼》并注云："乡饮酒升歌小雅，礼盛者可以进取。燕合乡乐，礼轻者可以逮下。"似为礼有轻重，故上取、下就。与此不同者，彼以燕礼，诸侯之礼，乡饮酒，大夫之礼，工歌《鹿鸣》，合乡乐，故郑解其尊卑不同，用乐得同之意，因言由礼盛可以进取，礼轻可以逮下，所以用乐得同。彼言解燕礼与乡饮酒礼异乐同之意，其实不由飨、燕有轻重也。此用乐之差，谓升歌、合乐为例。其舞，则《燕礼》云"若舞则《勺》"，是诸侯于臣得用颂，与此异也。又《郊特牲》曰："大夫之奏《肆夏》，自赵文子始。"注云："僭诸侯。"明诸侯得奏《肆夏》。故《郊特牲》又曰："宾入门而奏《肆夏》，示易以敬。"注云："宾，朝聘者也。"又《大射》、《燕礼》纳宾皆云"及庭，奏《肆夏》"，及《周礼》注杜子春云"宾来奏《纳夏》"之等，皆谓宾始入及庭，未行礼之时，与升歌、合乐别也。①

这里引述了孔颖达比较长的一段疏解文字，它主要讨论二雅用乐之事，反复强调小雅是诸侯之乐、大雅为天子之乐。可见，在用乐方面，二雅显然有着不同的服务对象，这种不同也就必然反映出《小雅》《大雅》的差异。不过，随着有关二雅用乐之事的讨论，引发出一个需要注意的问题，即二雅用乐与音体之间有着怎样的关联呢？孔《疏》认为音体是二雅区分的一个重要标准，音体与诗体、政事有关。孔《疏》认为"体以政兴，名以体定"，意思是说，诗体是由政事决定的，大雅叙述大政，小雅叙述小政，政事的大小决定《大雅》《小雅》不同的叙述方式。孔《疏》又说"诗体既异，乐音亦殊""诗体既定，乐音既成"，这也清楚表明诗体决定音体。一方面，《大雅》《小雅》根据政事的大小而具有不同的叙述方式，这种不同的叙述方式进而影响《大雅》《小雅》的音乐表现形态。所以，音体既然属于音乐表现形态，那么，音体也就成为《大雅》《小雅》的内在特征，自然也就不会轻易随着外在因素的不同而改变。另一方面，二雅用乐主要是就服务对象而言的，尽管小雅为诸侯之乐，大雅为天子之乐，不过，这种区分也不是绝对的，根据孔《疏》，在特定的情况下，天子会使用《小雅》，而诸侯同样也会使用《大雅》。由此看来，二雅用乐与二雅音体是有区别的。整体言之，孔《疏》有关《大雅》《小雅》划分的标准，事实上涉及政事、诗体、音体、用乐四个方面。

此外，孔颖达在疏解《左传·襄公二十九年》季札观乐时说：

诗人歌其大事，制为大体；述其小事，制为小体。体有大小，故分为二焉。诗体既异，乐音亦殊。其音既定，其法可传。后之作者，

---

① 孔颖达：《毛诗正义》，北京大学出版社，1999年版，第544–548页。

第四章 "大雅""小雅"的生成及分类（上）

各从其旧。二雅正经，述小政为小雅，述大政为大雅。既有小雅、大雅之体，亦有小雅、大雅之音。……述诸侯之政，则为之作风；述天子之政，则为之作雅。就雅之内，又为大小二体，是由体制异，非时节异也。《诗》见积渐之义，小雅先于大雅，故鲁为季札亦先歌小雅。①

此处有关《小雅》《大雅》的划分，孔《疏》再一次重复政事、诗体、音体的标准，这也就意味着在这个问题上，孔《疏》的认识可以说是一贯的。

欧阳修分析说：

古诗之作，有天下焉，有一国焉，有神明焉。观天下而成者，人不得而私也。体一国而成者，众不得而违也。会神明而成者，物不得而欺也。不私焉，雅著矣。不违焉，风一矣。不欺焉，颂明矣。②

欧阳修认为雅诗是关乎天子之政的，显然是从政事的角度把握雅诗，不过，他没有说明《小雅》《大雅》的划分。《程氏经说》卷三谓："言一国之事谓之风；言天下之事谓之雅，事有大小，雅亦分焉；称美盛德与告其成功谓之颂。"③ 这里不仅说明雅诗是叙述天子之政的，并且还特意指明政事有大小，故雅诗也就分为《小雅》《大雅》。显然，这与《毛诗序》的观点一致。

苏辙说：

《小雅》言政事之得失，而《大雅》言道德之存亡。政事虽大，形也。道德无小，不可以形尽也。盖其所谓小者，谓其可得而知量，尽于所知而无余也。其所谓大者，谓其不可得而知，沛然其无涯者也，

---

① 孔颖达：《春秋左传正义》，北京大学出版社，1999年版，第1101—1102页。
② 欧阳修：《诗本义》卷十五，转引自冯浩菲：《历代诗经论说述评》，中华书局，2003年版，第62页。
③ 《程氏经说》卷三，转引自冯浩菲：《历代诗经论说述评》，中华书局，2003年版，第62页。

故虽爵命诸侯、征伐四国,事之大者而在小雅。《行苇》言燕兄弟耆老,《灵台》言麋鹿鱼鳖,《荡》刺饮酒号呼,《韩奕》歌韩侯娶妻,皆事之小者而在大雅。夫政之得失,利害止于其事。而道德之存亡,所指虽小,而其所及者大矣。①

苏辙认为《小雅》《大雅》划分的依据在于《小雅》言政事之得失而《大雅》言道德之存亡,也就是说,诗的内容被用作划分《小雅》《大雅》的标准。苏辙提出这一看法的原因在于政事属于形下之器,而道德则主要归于形上范畴,因此,道德的价值是胜于政事的。由此看来,苏辙并没有完全摒弃《毛诗序》以来用政事来区分《小雅》《大雅》的做法,但是对其作了一些修正。他改变《毛诗序》用政事大小来区分的做法,指出政事无论大小,都属于形下的东西,而道德则不然。苏辙可以说是继孔颖达以来又一位对《毛诗序》作出修正的学者。比较起来,苏辙的观点虽集中于诗内容层面,但还是比《毛诗序》多出道德一层,无疑丰富了对《小雅》《大雅》划分标准的认知。

李黄《毛诗集解》有云:

《小雅》则主一事,而言《大雅》则泛言天下之事。如《鹿鸣》之宴,嘉宾四牡之劳,使臣皇皇者华之遣,使臣是其主一事而言之也。至于《大雅》,则泛言天下之事,如《文王》之诗,言文王受命作周,《大明》之诗,言文王有明德之类,此小大之别。

有《国风》而后有《小雅》,有《小雅》而后有《大雅》。《小雅》者,二南风化之积也;《大雅》者,《小雅》政事之成也。如《小雅》言文武治内外之事,至《大雅》则言受命作周复受天命。《小雅》言成王兴贤育材之事,至《大雅》则言其受命福禄尊祖配天。《小雅》言宣王南征北伐之事,至《大雅》则言褒赏申伯周室中兴,推而至于

---

① 苏辙:《诗经集传》,《文渊阁四库全书》本。

变雅亦然。①

不难看出,《毛诗集解》有关《小雅》《大雅》分类的看法仍然延续《毛诗序》的做法,用政事作为划分二者的依据。

郑樵曾说:

> 序者曰:政有大小,故谓之《大雅》《小雅》。然则《小雅》以《蓼萧》为泽及四海,以《湛露》为燕诸侯,以《六月》《采芑》为北伐南征,皆谓政之小者。如此,不知《常武》之征伐何以大于《六月》?《卷阿》之求贤何以大于《鹿鸣》乎?②

这是对《毛诗序》观点的批驳,显然,郑樵并不赞同用政事大小作为划分《大雅》《小雅》的依据,可惜他在此没有提出新的分类标准。不过,郑樵还有这样的说法:

> 所谓风、雅、颂者,不必自《关雎》以下方谓之《风》,不必自《鹿鸣》以下方谓之《小雅》,不必自《文王》以下方谓之《大雅》,不必自《清庙》以下方谓之《颂》。……风之为言有讽谕之意,三百篇之中如"文王曰咨,咨女殷商"之类,皆可谓之风。雅者,正言其事,三百篇之中如"忧心悄悄,愠于群小。觏闵既多,受侮不少"之类,皆可谓之雅。颂者,称美之辞,如"于嗟麟兮","于嗟乎驺虞"之类,皆可谓之颂。③

对于他的这一看法,有学者指出:"《六经奥论》对风、雅、颂兼用说作了

---

① 李黄:《毛诗集解》,《文渊阁四库全书》本。
② 郑樵:《六经奥论》,《文渊阁四库全书》本。
③ 郑樵:《六经奥论》,《文渊阁四库全书》本。

进一步的推演，可惜走得过远，不适当地强调了三类诗的共同性特征，而忽视了其区别性特征，陷入盲目性，以致否定四诗界限，违背了传世典籍分类的既成事实。其说不可从。"① 郑樵尽管未能就《大雅》《小雅》的划分提出新的看法，但他对以《毛诗序》为代表的用政事大小划分《大雅》《小雅》的做法提出批判，在一定程度上启发人们对《大雅》《小雅》分类的反思。

朱熹指出：

> 雅者，正也，正乐之歌也。……正小雅，燕飨之乐也；正大雅，会朝之乐、受釐陈戒之辞也。故或欢欣和说、以尽群下之情；或恭敬齐庄、以发先王之德。词气不同，音节亦异，多周公制作时所定也。及其变也，则事未必同，而各以其声附之。②

朱熹的解释实际上受到《毛诗序》、郑玄、孔颖达的影响，他在对这些说法进行扬弃的基础上提出自身的认识，在正大雅、正小雅的区分以用乐为标准的基础上，词气、音节亦是有区别的，变小雅、变大雅则没有详说，只言"各以其声附之"。朱熹还说：

> 《诗》古之乐也，亦如今之歌曲，音各不同。卫有卫音，鄘有鄘音，邶有邶音。故《诗》有鄘音者系之《鄘》，有邶音者系之《邶》。若《大雅》《小雅》，则亦如今之商调、宫调。作歌曲者，亦按其腔调而作尔。《大雅》《小雅》亦古作乐之体格，按《大雅》体格作《大雅》，按《小雅》体格作《小雅》。非是做成《诗》后，旋相度其辞目为《大雅》《小雅》也。③

---

① 冯浩菲：《历代诗经论说述评》，中华书局，2003年版，第72—73页。
② 朱熹：《诗集传》，凤凰出版社，2007年版，第115页。
③ 黎靖德：《朱子语类》，中华书局，1986年版，第2066页。

第四章 "大雅""小雅"的生成及分类（上）

这是从音乐的角度区分《大雅》《小雅》，近似于孔颖达的音体观念。联系前一则记载，可以看到，朱熹尽管吸收《毛诗序》、郑玄的一些思路，但他对《大雅》《小雅》的分类主要是基于音乐的立场。

吕祖谦说：

> 吕氏曰：诗举有此六义，得风之体多者为《国风》，得雅之体多者为大、小《雅》，得颂之体多者为《颂》。风非无雅，雅非无颂也。①

这是吕祖谦在《吕氏家塾读诗记》中所引述的吕氏相关说法，对此，冯浩菲评论说："《读诗记》所引吕氏说，指出风、雅、颂三类诗的体制虽然有别，但也有相同互见之处，意谓只是相对不同，不是绝对不同。其说比较原则，也多少体现了辩证法思想。由于风、雅、颂各具有区别性特征，故被分为三类诗；又由于它们具有共同性特征，方能统属于'诗'的名义下。倘没有区别性特征，便没有分类，从而会显得零乱不堪；倘没有共同性特征，便不会被编辑在一起，从而也就不可能出现《诗》这部经典。……同样，在承认其共同性特征时，也不要忽视其区别性特征，否则，便会出现盲目性。"② 正如此评论所言，吕氏说法的不足之处在于模糊了风、雅、颂的边界，从而给风、雅、颂的分类带来了困难。吕氏说"得雅之体多者为大、小《雅》"，此论难免让人产生迷惑，首先，所谓"得雅之体多者"，这里的"多"该如何估量？究竟多到何种程度才能视为"多"？其次，在"得雅之体多者"内部，大、小《雅》又该如何划分呢？即是说，"得雅之体"中占多少分量为《大雅》，占多少分量为《小雅》？就吕氏的说法而言，这些疑问似乎很难得到解释。

范处义说：

---

① 吕祖谦：《吕氏家塾读诗记》卷一，转引自冯浩菲：《历代诗经论说述评》，中华书局，2003年版，第71页。
② 冯浩菲：《历代诗经论说述评》，中华书局，2003年版，第71页。

>>> 《诗经》补论

> 风以化为义，言人君之风化也。雅以正为义，言王政之得失也。颂以美为义，言人君之功德也。风既主于风化，岂天子无风化哉？故有王者之风，有诸侯之风。颂既主于功德，岂诸侯无功德哉？故有天下之颂，有一国之颂。惟雅主于王政，则诸侯不得而有矣。①

范氏对"雅"及"雅诗"的理解来自《毛诗序》，即从政事的角度来解释"雅诗"。范氏又说：

> 《鹿鸣》等篇皆用以燕劳臣下，故以为小耳。大雅之《序》虽不言所用，然其所陈受命、配天等事决不可用于臣下，此其所以为大欤？穆叔如晋，晋侯享之，工歌《文王》之三，不拜，以为两君相见之乐。歌《鹿鸣》之三，三拜，以为君所以劳使臣。此可以见古人用诗之小大矣。②

这里对《小雅》《大雅》区分，是采取用乐的立场来加以说明，这也就意味着范处义对于"雅诗"以及《小雅》《大雅》的看法是综合了《毛诗序》、郑玄观点。

章如愚说：

> 曾不知圣人谓之风、谓之雅、谓之颂者，此直古人作诗之体，何尝有天子诸侯之辨耶？今人作诗有律、有古、有歌、有行，体制不同而名亦异，古诗亦然。谓之风者出于风俗之语，大概小夫、贱隶、妇人、女子之言，浅近易见也。谓之雅者则其非浅近易见，其辞典丽纯厚故也。谓之颂者则直赞其上之功德尔。三者体裁不同，是以其名异也。今观《风》之诗大率三章四章，一章之中大率四句，其辞俱重复

---

① 转引自冯浩菲：《历代诗经论说述评》，中华书局，2003年版，第62页。
② 转引自冯浩菲：《历代诗经论说述评》，中华书局，2003年版，第357页。

相类。……《小雅》之诗固已典正，非《风》之体，然语间有重复，雅则雅矣，犹其小者尔。曰《小雅》者，犹言其诗典正未至于浑厚大醇也。至于《大雅》，则浑厚大醇矣。其篇有十六章，章有十二句者，比之《小雅》愈以典则，非深于道者不能言也。《风》与《大雅》、《小雅》皆道人君政之得失，有美，有刺，有讽，《颂》则无有。《颂》惟以铺张勋德尔。[1]

章如愚分析说，风、雅、颂三者由于体制的不同，因此才出现不同的命名，《小雅》《大雅》的分别，似乎既有体制的因素，但更多是内容方面的差异。所谓体制的因素，主要是指《小雅》还没有完全丧失风诗的体制，表现为语言还有重复，《大雅》则就完全不同。在内容方面，《小雅》内容虽然典正，但尚未浑厚大醇，《大雅》则是浑厚大醇。这样，章如愚对《小雅》《大雅》分别的认识，虽然已经注意到二者体制上的差异，但主要还是从内容方面去加以甄别。

严粲指出：

> 然"二雅"之别，先儒亦皆未有至当之说。窃谓《雅》之小大，特以其体之不同耳。盖优柔委曲，意在言外者《风》之体也；明白正大，直言其事者《雅》之体也。纯乎《雅》之体者，为《雅》之大；杂乎《风》之体者，为《雅》之小。今考《小雅》正经存者十六篇，大抵寂寥短简，其首篇多寄兴之辞；次章以下，则申复咏之，以寓不尽之意，盖兼有《风》之体。《大雅》正经十八篇，皆舂容大篇，其辞旨正大，气象开阔，不唯与《国风》夐然不同，而比之《小雅》亦自不侔矣。至于变《雅》亦然。其变《小雅》中固有《雅》体多而《风》体少者，然终有《风》体，不得为《大雅》也。《离骚》出于《国风》，其文约，其辞微。世以"风骚"并称，谓其体之同也。太史

---

[1] 章如愚：《群书考索·续集》卷七，转引自冯浩菲：《历代诗经论说述评》，中华书局，2003 年版，第 64 – 65 页。

>>> 《诗经》补论

公称《离骚》曰:"《国风》好色而不淫,《小雅》怨诽而不乱,若《离骚》者,可谓兼之。"言《离骚》兼《国风》《小雅》,而不言其兼《大雅》,见《小雅》与"风骚"相类,而《大雅》不可与"风骚"并言也。咏"呦呦鹿鸣,食野之苹",便会得《小雅》兴趣;诵"文王在上,於昭于天",便识得《大雅》气象,《小雅》《大雅》之别则昭昭矣。①

严粲分析《小雅》《大雅》的分别,就完全基于表述手法的考察。他分析说,真正的雅诗采取明白正大、直言其事的表达方式,这也就是《大雅》。至于《小雅》,并不完全使用这种方式,多少还存在风诗的特征。可见,严粲完全是从文体的角度考察《小雅》《大雅》的分类,比起以往诸家之说,是不同的,而这是需加注意的。

戴埴说:

瞽诵工歌,既别其声之正变,复析为小雅大雅,亦不过雅音之大者为大乐章,大燕享用之;雅音之小者为小乐章,小燕享用之。②

按照戴埴的看法,《小雅》《大雅》是按照声之正变划分的,这显然主要是音乐的视角。不过,戴埴还提到《小雅》用于小燕享,《大雅》用于大燕享,这是就用途而言的。

陆深说:

《大雅》《小雅》,犹今言大乐、小乐云。尝见古器物铭识,有筦曰"小雅筦",有钟曰"颂钟",乃知《诗》之篇名,各以声音为类,而所被之器,亦有不同尔。后人失之声,而独以名义求者,非《诗》

---

① 严粲:《诗缉》,上海古籍出版社,1987年版,第16页。
② 戴埴:《鼠璞》,转引自冯浩菲:《历代诗经论说述评》,中华书局,2003年版,第358页。

· 128 ·

第四章 "大雅""小雅"的生成及分类（上）

之全体也。①

这完全是从音乐的角度来区分《大雅》《小雅》。陆深利用出土文献来佐证自己的看法，批评那种摒弃声音而单纯采取训诂方式的片面性。

杨慎说：

> 今考小雅正经十六篇，大抵寂寥短章，其篇首多寄兴之辞，盖兼有风之体。大雅正经十八篇，皆舂容大篇，其辞旨正大，气象开阔，与国风夐然不同，比之小雅，亦自不侔矣。②

杨慎有关《大雅》《小雅》分类标准的看法与文字表述与严粲非常相似，主要是从文体的角度展开。

章潢说：

> 雅之义云何？《大序》曰："雅者，正也。言王政之所由兴废也。政有小大，故有小雅焉，有大雅焉。"程子曰："雅者，陈其正理。如'天生烝民，有物有则。民之秉彝，好是懿德'是也。"朱子曰："小雅，燕飨之乐也；大雅，朝会之乐、受釐陈戒之词也。"论雅之义备是也。然以政之小大，燕飨朝会分属，其亦未识小、大雅之体乎？彼《鹿鸣》、《天保》，君臣上下之交孚；《棠棣》、《伐木》、《蓼莪》、《白华》，乃父子兄弟、夫妇、朋友之恩义，伦孰有大于斯者乎？《湛露》、《彤弓》之燕飨，《采薇》、《出车》之兵戎，《楚茨》、《信南山》之田事，政孰有大于斯者乎？谓《小雅》为政之小与燕飨之乐，果足以该小雅否也？《凫鹥》、《既醉》之燕礼，未必大于《鱼丽》、《嘉鱼》；《江汉》、《常武》之征伐，未必大于《六月》、《采芑》，安见其为政

---

① 陆深：《俨山外集》，上海古籍出版社，1987年版，第125页。
② 杨慎：《升庵经说》，转引自冯浩菲：《历代诗经论说述评》，中华书局，2003年版，第358页。

· 129 ·

之大乎？又安见其为朝会受釐陈戒与小雅异也？不知雅体较之于风，则整肃而显明；较之于颂，则昌大而畅达。惟彝伦政事之间，尚有讽喻之意，皆小雅之体也；天人应感之际，一皆性命道德之精，皆大雅之体也。其中或近于风与颂者，则又小、大雅之变体也。小雅未尝无朝会，大雅未尝无燕飨。小、大雅之正变无所与于时世之盛衰，要在辨其体；而小、大雅正变之义，俱不待言矣。①

对于采取政之小大、燕飨朝会分属来区划《大雅》《小雅》的做法，章潢明确地表示不满意，因为这些标准并不能真正起到区分《大雅》《小雅》的作用，而只是徒增混乱而已。在他看来，雅诗的特征，比起风诗来说，雅诗整肃而显明；与颂诗相比，雅诗又显得昌大而畅达，这种比较倾向于文体方面。在雅诗内部，章潢认为《小雅》主要叙述彝伦政事，并带有讽喻意味；《大雅》则叙述性命道德。章潢有关《大雅》《小雅》划分的看法，很容易让人联想到苏辙，可以说章潢在很大程度上接受了苏辙的观点。

李光地说：

雅有小大，以义别也。通上下之情，联亲疏之欢，其事未远于风，是以为小雅也。推受命之原，述祖宗之德，其事已近于颂，是以为大雅也。②

李光地明确地认为《大雅》《小雅》是按照内容（"义"）的标准进行划分的。他认为《小雅》主要叙述世俗社会上下亲疏的情状，而《大雅》则主要叙述祖宗的德行。显然，李光地尽管接受内容这一区分标准，但并没有依据政事大小来划分《大雅》《小雅》，他所采取的划分方式颇有苏辙的意味。

惠周惕指出：

---

① 方玉润撰，李先耕点校：《诗经原始》，中华书局，1986年版，第59-60页。
② 李光地：《诗所》，转引自冯浩菲：《历代诗经论说述评》，中华书局，2003年版，第355页。

小、大《雅》之名立,而辩难之端起矣。难之者曰:"《常武》《六月》,同一征伐也;《卷阿》《鹿鸣》,同一求贤也。小、大何以分耶?"解之者曰:"《常武》王自亲征,《六月》不过命将,军容不同故也。《卷阿》为成王,《鹿鸣》为文王,天子诸侯尊卑有等故也。"难之者曰:"然则《江汉》宜在《小雅》,成、宣宜在《大雅》,今何以或反之,或错陈之也?"①

又说:

季札观乐,为之歌《小雅》,曰:"美哉!思而不贰,怨而不言。"为之歌《大雅》,曰:"广哉!熙熙乎,曲而有直体。"据此则大、小二《雅》当以音乐别之,不以政之大小论也。如律有大小吕,《诗》有大、小《雅》,义不存乎大小也。②

由此看来,惠周惕对于依据政事大小来划分《大雅》《小雅》的做法表示怀疑,他认为应该从音乐的角度出发才能比较好地解决这个问题。

顾镇说:

风、雅、颂之名定于周初作乐之时,各有体格音节,虽代远年湮,古乐流散,而读者可以循环讽咏而得之。何者?音节亡而体格具也。……惟是风、雅、颂虽成三部,而部各分体。如《小雅》之声飘摇和动,《大雅》之奏典则庄严,《颂》则《周》为肃穆,《商》实简古,《鲁》近铺张。窃尝循其义例求之于风,觉二《南》节短韵长,别具深醇之气,迥非列国之风可拟,此则所当区论者也。③

---

① 惠周惕:《诗说》,中华书局,1985年版,第1页。
② 惠周惕:《诗说》,中华书局,1985年版,第1页。
③ 顾镇:《虞东学诗》,转引自冯浩菲:《历代诗经论说述评》,中华书局,2003年版,第66页。

顾镇认为风、雅、颂各有体格音节，按照这个说法，体格与音节就成为区分风、雅、颂的重要因素。就《大雅》《小雅》而言，《小雅》音声飘摇和动，《大雅》音声典则庄严。由此看来，顾镇在很大程度上主张从音乐的角度来划分《大雅》《小雅》。

戴震说：

《谷梁》曰，纯乎雅之体为雅之大，杂乎风之体为雅之小……《小雅》陈说人事，《大雅》每言天道。观乎《小雅》，可以知政；观乎《大雅》，可以达天。《毛诗序》谓政有小大，故有《小雅》焉，有《大雅》焉。盖其所言之理，与乐章之体制，俱因之而有别也。《小雅》犹近《风》，《大雅》则邻于《颂》。①

戴震列举几家看法，对于这些看法并没有否定，而是认可其中合理的因素，从内容、体制两个方面分辨《大雅》《小雅》。

牟应震指出：

合众说证之，皆有合有不合。《嵩高》、《黍苗》，同为营谢；南仲、山甫，并是成城；狎狁、淮夷，不异于用武；《行苇》、《頍弁》，何殊于睦亲？是知以政之大小分者疏也。《六月》、《韩奕》，但事铺张；《桑柔》、《正月》，俱极沉郁；《泂酌》与《菁莪》奚分？《楚茨》与《生民》何辨？是以知以体之大小分者亦疏也。……音节之合，转移由人，朱子晚年亦以音节为不足据也。②

牟应震看到以政事大小、体制大小、音乐等标准来区分《大雅》《小雅》

---

① 戴震：《经考》，《续修四库全书》本。
② 牟应震：《毛诗质疑》，转引自赵逵夫：《论〈诗经〉的编集与〈雅〉诗的分为"小"、"大"两部分》，《河北师院学报》，1996年第1期。

所产生的疏漏，认为这些标准并不能很好地解决《大雅》《小雅》的分类问题。在他看来，"《小雅》者，畿内民诗，暨国小臣、外诸侯之诗；《大雅》者，公孤卿士之诗也。"① 牟应震用作者来作为划分《大雅》《小雅》的标准，这确实是一个新的提法。

刘士毅说：

> 诗教初兴，乐府分类最为详悉。言风俗者谓之风，言政事者谓之雅，美盛德之形容以告神明者谓之颂。政有大小，故有小雅焉，有大雅焉。中叶以后，诗歌繁多，史官假借以附，或取诸地，或取诸人，则有不必尽协本义者。如二《雅》作于西都，则西都诸王之诗附焉，不必其皆言政事也。《王风》作于东都，则东都诸王之诗附焉，不必其皆言风俗也。……由是言之，制作定于周初者，命名分类，厘然可求。厉、宣以下诸诗，则史臣假借附著，孔子亦以名教无伤，因而不革耳，必欲以本意深求，将见其支离而寡当矣。②

刘士毅指出，风、雅、颂的分类是符合周初诗歌实际的。他分析说，周初雅诗叙述政事，由于政事有大小，所以也就出现《大雅》《小雅》的划分。但是周代中叶以后出现的众多诗篇，史官依然按照风、雅、颂的名义将它们归类，不过其中一些被归类的诗篇却未必符合风、雅、颂的本义。这就清楚表明，刘士毅一方面坚持风、雅、颂的分类，也支持以政事大小来划分《大雅》《小雅》；另一方面则认为一些诗篇并不符合风、雅、颂的本义，不过这种不符合是后来史官所为。就《大雅》《小雅》而言，刘士毅继承《毛诗序》按政事大小来划分的标准，对于那些并不符合《大雅》《小雅》的诗篇，他只是用约定俗成加以解释。他这样做，既坚持了政事的标准，又在一定程度上避免了因不符

---

① 牟应震：《毛诗质疑》，转引自赵逵夫：《论〈诗经〉的编集与〈雅〉诗的分为"小"、"大"两部分》，《河北师院学报》，1996年第1期。
② 刘士毅：《读诗日录》，转引自冯浩菲：《历代诗经论说述评》，中华书局，2003年版，第63页。

合这一标准而产生的问题。这样做自然有其合理性，不过只是将问题暂时搁置起来罢了。

赵良澍说：

> 《序》谓小雅言小政，大雅言大政，而吾谓小大之所由分，不在政而在德。政者，所以治天下之具；德者，所以化天下之原。二者岂可偏废？小雅亦文王之德也，而其诗主于言政；《大雅》亦文王之政也，而其诗主于言德。言政则其措诸事者为形下之器，言德则其存诸心者为形上之道。故虽以一人之政、一人之德，而不能不显有所区分。①

前已言及，《毛诗序》以政事大小来分辨《大雅》《小雅》，苏辙主张《小雅》叙述政事而《大雅》叙述道德。赵良澍发现，《小雅》谈论文王的德行，《大雅》也谈论文王的政事，这一事实不仅意味着苏辙的主张不完善，《毛诗序》同样不完善。赵良澍认为，政与德是不可偏废的，《大雅》《小雅》的诗篇都涉及政与德，那么，对于二者又该如何划分呢？赵良澍指出，《大雅》《小雅》的诗篇尽管都涉及政与德，但是，《大雅》《小雅》的诗篇在叙述政与德时还是有所不同的。这种不同具体表现为《小雅》虽然叙述德，但主要是叙述政；而《大雅》虽然叙述政，但主要是叙述德。赵良澍的分析既避免《毛诗序》忽略雅诗言德的现象，也避免苏辙《小雅》不言德而《大雅》不言政的不足，这样，他在扬弃《毛诗序》与苏辙的基础上重构《大雅》《小雅》的分类标准，即政、德结合而以德之多少为评判依据。可以说，赵良澍的观点在某种意义上是对苏辙说法的改良。

魏源在《诗古微·诗乐篇》中说：

> 二《雅》大小之别，或主于政，或主于理，或主于声，或主于

---

① 赵良澍：《读诗经》，转引自冯浩菲：《历代诗经论说述评》，中华书局，2003年版，第356页。

词。夫其主政于理者似矣。然《常武》之兴师，何以大于《六月》？《鹿鸣》之求贤，何必小于《卷阿》？于是，有主辞与声者亦似矣。然《灵台》、《凫鹥》，非杂乎风者耶？而何以在"大"？《天保》、《车攻》、《吉日》，非纯乎《雅》者耶？而何以居小？铢量寸度，石丈必差。噫！吾又未见政、理、辞、声之若是各不相入也。夫声本辞，词本理，理本政。《小雅》、《大雅》皆王朝功臣之诗，但《小雅》多主政事而词兼"风"，故其声飘缈而和动，《大雅》多陈君德，而词兼"颂"，故其声典则而庄严。（郝氏享说）知四者之一贯而相生，则知声与义之不相离也明矣。①

魏源首先列举政、理、声、辞这些有关《大雅》《小雅》分类的标准，然后指出这些标准倘若单独使用，都会造成一定程度上的不足，在他看来，只有将这些标准有机结合起来，才能比较好地解释《大雅》《小雅》的分类。

方玉润指出：

> 雅有大小正变之分，自来诸儒未有确论。故或主政事，或主道德，或主声音，皆非。唯严氏粲云，雅之大小特以其体之不同耳。盖优柔委曲，意在言外者，风之体也；明白正大，直言其事者，雅之体也。纯乎雅之体者为雅之大，杂乎风之体者为雅之小。其言似是而几矣，然而未尽其旨也。夫风、雅、颂三诗各有其体，原不相混。其或杂而相兼者，即其体之变焉者也。故凡诗皆有正变，不独小雅为然。如今之时艺有正锋，则必有偏锋；有正格，则必有变格，均因体裁而定。体裁分则音节亦异。其体裁之所以分者，或因事异，或以人殊，或由世变，则无定局。采风者亦视其诗之纯杂以定格之正变而已矣。故不可专主政事、道德、声音一端而言也。然则大小之分究何以别之？曰，

---

① 魏源：《诗古微》，转引自赵逵夫：《论〈诗经〉的编集与〈雅〉诗的分为"小"、"大"两部分》，《河北师院学报》，1996年第1期。

此在气体轻重，魄力厚薄，词意浅深，音节丰杀者辨之而已。太史公曰："小雅怨诽而不乱"，若大雅则必无怨诽之音矣。知乎小雅之所以为小雅，则必知乎大雅之所以为大雅，其体固不可或杂也。大略小雅多燕飨赠答，感事述怀之作，大雅多受釐陈戒，天人奥蕴之旨。及其变也，则因事而异，且有非作诗人自知而自主者。亦如十二律之本乎天地阴阳、正变相生、循环无间，变乎其所不得不变耳。而姚氏顾谓雅之大小必有正而无变者，岂理也哉？①

方玉润明确反对单独使用政事、道德、声音作为划分《大雅》《小雅》的依据，对于严粲注重文体的分类标准也并不完全认同，指出应该综合气体轻重、魄力厚薄、词意浅深、音节丰杀四个方面来辨析《大雅》《小雅》的分类。这其实是倡导一种综合说，与魏源的思路比较接近。

朱东润分析说：

持《小雅》与《大雅》比，则《小雅》多言人事，而《大雅》多言祖宗，以《鹿鸣之什》与《文王之什》相比可知。即同一言征伐，《小雅》所言者为将士行役之事，而《大雅》所言者则为命将出征之事，《六月》、《采芑》与《江汉》、《常武》之所以不同者在此。要之《大雅》为岐周之诗；《小雅》为一般周人之诗，对岐周言，亦不妨谓为京周之诗。总而言之，则《诗谱》所谓"《大雅》、《小雅》，周室居西都丰镐之时诗也"一语，得其旨矣。②

朱东润胪列并辨析前人有关《小雅》《大雅》之别的若干观点后，指出，《小雅》与《大雅》之别在于《小雅》多言人事，《大雅》多言祖宗；《大雅》为岐周之诗，《小雅》为京周之诗。可见，朱东润主要从内容、地域两个层面

---

① 方玉润撰，李先耕点校：《诗经原始》，中华书局，1986年版，第327页。
② 朱东润：《诗三百篇探故》，上海古籍出版社，1981年版，第54－59页。

辨析《小雅》《大雅》之别。

傅斯年指出：

> 《小雅》、《大雅》之不在一类，汉初诗学中甚显，故言四始不言三始，而《鹿鸣》《文王》分为《小雅》、《大雅》之始。但春秋孔子时每统言曰雅，不分大小，如《诗·鼓钟》"以雅以南"，《论语》"雅颂各得其所"，都以雅为一个名词的。即如甚后出的《大戴礼记·投壶篇》所指可歌之雅，有在南中者，而大、小《雅》之分，寂然无闻。我们现在所见大、小《雅》之别，以《左传》襄二十九年吴季札观乐一节所指为最早，而《史记》引鲁诗四始之说，始陈其义。我们不知《左传》中这一节是《国语》中之旧材料或是后来改了的。我们亦不及知《雅》之分小大究始于何时，何缘而作此分别？大约《雅》可分为小大，或由于下列二事：一、乐之不同；二、用之不同。其实此两事正可为一事，乐之不同每缘所用之处不同，而所用之处既不同，则乐必不能尽同也，我们现在对于"诗三百"中乐之情状，所知无多，则此问题正不能解决，姑就文词以作类别，当可见到《小雅》、《大雅》虽有若干论及同类事者，而不同者亦多。《颂》、《大雅》、《小雅》、《风》四者之间，界限并不严整，《大雅》一小部分似《颂》，《小雅》一小部分似《大雅》，《国风》一小部分似《小雅》。取其大体而论，则《风》、《小雅》、《大雅》、《颂》各别；核其篇章而观，则《风》（特别是《二南》）与《小雅》有出入，《小雅》与《大雅》有出入，《大雅》与《周颂》有出入，而《二南》与《大雅》或《小雅》与《周颂》，则全无出入矣。①

依据这些论述，傅斯年似乎把音乐、功用作为《小雅》《大雅》分类的标准。不过，他在另一处又这样说：

---

① 欧阳哲生主编：《傅斯年全集（第2卷）》，湖南教育出版社，2000年版，第181－182页。

《毛诗·卫序》云:"疋者政也,言王政之所由废兴也,政有大小,故有小疋焉,有大疋焉。"这句话大意不差,然担当不住——比按。《六月》、《采芑》诸篇所论,何尝比《韩奕》、《崧高》为小?《瞻卬》、《召旻》又何尝比《正月》、《十月》为大?不过就全体论,《大疋》所论者大,《小疋》所论者较小罢了。①

傅斯年虽然对《毛诗序》将政事作为评判《小雅》《大雅》分类标准的做法并不完全满意,但也没有完全否定,这表明傅斯年又把内容作为《小雅》《大雅》分类的标准。那么,有关《小雅》《大雅》的分类,傅斯年其实坚持音乐、功用、内容多重标准。

张西堂说:

大小《雅》当以音别,我们从古代歌辞与曲调不分,从《南》《风》《雅》《颂》是以乐器或声调得名,当然《雅》之大小,不当以政治分。至于以辞体分之说也是不对的。例如何楷在《诗经世本古义》上说:"《棫朴》《旱麓》《灵台》、《凫鹥》,非杂乎《风》者耶?而何以载于大?《天保》、《六月》、《车攻》、《吉日》,非纯乎《雅》者耶?何以载于小?"这就是不赞成以辞体分之一例。②

张西堂主张《小雅》《大雅》是以音乐区分的。

孙作云指出:

"雅"就是"夏"的假借字。周人居夏故地,自昔即与夏人通婚,因此,周人往往自称夏人;周土也可以称夏土(非夏代之夏)。周人既可以称为夏人,周地既可以称夏地,则周人之诗、周地之歌,也可

---

① 欧阳哲生主编:《傅斯年全集(第2卷)》,湖南教育出版社,2000年版,第185页。
② 张西堂:《诗经六论》,商务印书馆,1957年版,第110-111页。

以称夏诗，或夏声。而"夏"字又可以写作"雅"，因此，周人之诗又可以叫做"雅诗"。《墨子·天志》下篇就称《大雅》为《大夏》。换句话说，"雅"之得称，由于地名，"雅诗"实即周地之诗。至于为什么又分《大小雅》呢？我以为"大"、"小"的得称，是因为诗篇内容。换句话说，讲西周盛世的诗，即称为《大雅》，《大雅》即大夏、大周；讲西周衰世的诗，即称为《小雅》，《小雅》即小夏、小周。从什么地方证明我这一论断呢？从诗文本身可以证明。《大雅》前十七篇是祭礼周先公先王的歌，第一篇是《文王》，而文王是周国基业的奠定者，许多制度多奠定于此时；又为武王打好了灭商的基础，灭商的事业虽然不是由文王所完成，而实际上是由他所奠定。以后武王灭商、成王继治，周国的基业才正式完成。这时候统一了黄河流域，建立了空前未有的大国，因此，西周初期的的确确是盛世。所以，《大雅》之得称为"大"，即因此之故。《大雅》中有厉王朝及与厉王有关系的诗四首（《民劳》、《板》、《荡》、《桑柔》）。厉王奔彘，从表面上看来，好像是衰世；事实上，厉王之世，国家极强盛。《礼记·檀弓》篇说：周夷王之时，天子下堂见诸侯，可见王纲不振之甚。但在厉王时代，伐南淮夷，楚王"熊渠畏其伐楚，亦去其王"。（《史记·楚世家》）由此可见，周厉王时代，也是西周强盛之世。至于宣王时代，号称中兴，"诸侯复宗周"，所以《大雅》中收宣王朝六诗，皆是夸耀武功之作（除第一篇《云汉》篇祷旱求雨之词外，其余五篇全是夸耀武功之作）。所以《大雅》之得称为"大"，全是因这些诗标志着西周"盛世"的缘故。与此相反，则《小雅》之所以称为"小"，全是因为《小雅》诸诗皆"衰世"之音，即应为幽王朝之诗。但今本《诗经·大小雅》次序极零乱：在《大雅》中有幽王朝诗三首，即《抑》、《瞻卬》、《召旻》；而在《小雅》中又有宣扬周宣王的武功诗《六月》、《采芑》；——请问《六月》、《采芑》有哪一点和《江汉》（召虎自作，记伐淮夷有功事）、《崧高》（尹吉甫送别申侯诗）、《烝民》（尹吉甫送别方叔诗）不同呢？为什么《江汉》、《崧高》、《烝民》置于《大雅》，而《六月》、《采芑》置于《小雅》呢？这是毫无道理的。除此之外，《小雅》那些美宣王的诗、宣王朝的宴飨歌、颂美歌，我以为全应该放在《大雅》里；而《大雅》中的幽王朝诗：《抑》、《瞻卬》、《召旻》，全应该放在《小雅》里。——《大雅》中的幽王朝三诗，皆长篇巨制，从内容、从形式上说，若放在《小雅·节南山之什》里，是更为恰当的。换句话说，《大雅》中应该只有厉、宣两朝的诗，《小雅》中应该只有幽王朝诗；过此以外，皆非所宜。为什么这样混乱呢？我想，这是因为秦火之后，诗篇失传，汉初儒生凭记忆背诵，移之竹帛，颠倒失据，因讹仍误，逐成今式。①

孙作云先生指出，《大雅》《小雅》的分类其实是根据诗篇的内容，《大雅》是叙述西周盛世的诗，《小雅》是叙述西周衰世的诗。叙述西周盛世或西周衰世，自然属于内容方面，其中又包含时间的因素，这意味着《大雅》《小雅》之别实际上表现为创作的先后。

杨公骥指出：

> 雅分《大雅》、《小雅》。《大雅》用于飨礼，《小雅》用于燕礼，都是西周的乐歌。②

这里注重从用乐的角度来区分《大雅》《小雅》，颇近于朱熹的看法。

聂石樵说：

> 《风》是地方的乐调，《雅》是中原正声，《颂》是宗庙乐歌。

---

① 孙作云：《诗经与周代社会研究》，中华书局，1966 年版，第 392－394 页。
② 杨公骥：《杨公骥文集》，东北师范大学出版社，1998 年版，第 114 页。

《雅》之声乐有简繁之分，节奏简者为《小雅》，节奏繁者为《大雅》。①

这显然是依据音乐来辨析《大雅》《小雅》的差异，是对孔颖达以来传统的继承。

赵逵夫对于以往有关《大雅》《小雅》分类标准的看法均表示不满意，在他看来，"如果说两千多年来学者们关于《小雅》、《大雅》区分原则的探索还有什么意义的话，那就是：它用反证法证明了《小雅》、《大雅》并无本质的不同"。② 对于《大雅》《小雅》的分类，他是这样认为的：

《诗经》是两次编集而成，其编集者可能是召穆公的后代；第一次编集的只有二《南》和《邶风》、《鄘风》、《卫风》、《小雅》，大体皆西周末年、东周初年作品，目的在于显示周、召二公的功绩，时间在公元前 7 世纪末叶，约当春秋前期；其余都是第二次编集时所编，这个最后编定的时间大约在公元前 6 世纪前期，约当春秋中叶；《小雅》、《大雅》为两次所辑，故于先辑成部分加"小"，后辑成部分加"大"，实际上两部分《雅》诗并无实质性区别。在相同篇名前加"小"、"大"以示区别，乃春秋时代之习惯。③

也就是说，《大雅》《小雅》的分类纯粹是编撰的结果，而并无其他深意。对此，他分析说：

《小雅》、《大雅》都是《雅》诗，在首简简背怎么能一下就断定

---

① 聂石樵：《先秦两汉文学史稿》，北京师范大学出版社，1994 年版，第 67 页。
② 赵逵夫：《论〈诗经〉的编集与〈雅〉诗的分为"小"、"大"两部分》，《河北师院学报》，1996 年第 1 期。
③ 赵逵夫：《论〈诗经〉的编集与〈雅〉诗的分为"小"、"大"两部分》，《河北师院学报》，1996 年第 1 期。

哪一卷是前一部分，哪一卷是后一部分呢？于是便加一用来区别先后的字。《慎子》、《庄子》两书中篇幅较长的分为"内"、"外"，《韩非子》中有的分为"上"、"下"，如《说林》，有的是"上"、"下"、"内"、"外"结合使用，特别长的并用"左"、"右"作进一步区分，如《储说》分为《内储说上》、《内储说下》、《外储说左上》、《外储说左下》、《外储说右上》、《外储说右下》。《雅》诗的两部分在前面分别加了"小"、"大"，其作用与《慎子》、《庄子》、《韩非子》中的"内"、"外"、"上"、"下"、"左"、"右"一样。《慎子》、《庄子》、《韩非子》都成书于战国时代，当时区分篇章习用"内外"、"上下"、"左右"，而《诗经》编成于春秋时代，当时语言中习用"小大"。……可能有人会问：既然《小雅》、《大雅》无所区别，为什么不合而为一，直命之曰《雅》，又要分为《小雅》、《大雅》两部分呢？我以为主要一个原因是篇幅太大。仅《小雅》部分74首，2316句，差不多相当于全部《国风》的篇幅（《国风》虽有160首诗，但总共2608句）。《大雅》中篇幅较长的诗更多，共1616句，已可编为一卷。这样，第一次所集为一卷，第二次所集为一卷，均名为《雅》，而前者加"小"，后者加"大"以别之。①

当然，他也注意《大雅》《小雅》的差异：

这两部分《雅》诗是两次收集所编，两部分诗的产生时代、创作环境、内容、风格以及各类作者所占比例，都有很大不同，所以存在着个体差异，这也是事实。季札就大体上的情况和两部分诗中具有代表性作品发表一些看法、感受，并不意味着在形式或内容或音乐或用

---

① 赵逵夫：《论〈诗经〉的编集与〈雅〉诗的分为"小"、"大"两部分》，《河北师院学报》，1996年第1期。

途等方面有什么严格的区分。①

无论如何,从编撰角度讨论《大雅》《小雅》的分类,确实属于一种很新颖的看法。

孙晓晖分析说:

> 以上诸说中我从朱晦翁以音调分别大小雅之说。大雅小雅乃是两种不同的音乐曲体,按一定的曲式演奏和演唱,大雅小雅的风格是不同的。②

孙晓晖在胪列几种有关《大雅》《小雅》分类的标准之后,倾向于认可朱熹以音调分别大小雅的观点。不过,须注意的是,孙晓晖认为《大雅》主要是西周王室贵族的作品,而《小雅》则多数为西周末年和东周初年特别是幽王时代的作品,可见《大雅》《小雅》是不同时代的作品,但不像孙作云那样将这一点视为《大雅》《小雅》分类的依据,而是回到朱熹的传统。

王凤贵指出:

> 我认为二《雅》的区别可以从地域上得到解释。二《雅》为周王畿诗歌,这个结论是肯定的。一般认为周王畿只有一个,即周王直接统治的丰、镐、岐一带,即历史上的"宗周"。实际上,周代的王畿有两个,除了宗周以外,还有成周雒邑。郑玄《王城谱》云:"王城者,周东都王城畿内方六百里之地。其封域在禹贡豫州太华外方之间。……始武王作邑于镐京,谓之宗周,是为西都。周公摄政,五年,成王在丰,欲宅洛邑,使召公先相宅。既成,谓之王城,是为东都,今

---

① 赵逵夫:《论〈诗经〉的编集与〈雅〉诗的分为"小"、"大"两部分》,《河北师院学报》,1996年第1期。
② 孙晓晖:《大小雅乐考》,《交响:西安音乐学院学报》,1996年第2期。

河南是也。周公既相宅，周公往营成周，今洛邑是也。成王居洛邑，迁殷顽民于成周，复原归处西都。"这些历史事实是大家都知道的。正因为周王畿有宗周、成周之分，因而周诗亦有《大雅》、《小雅》之分。也就是说，宗周的诗称为《大雅》，成周的诗称为《小雅》。这样说有没有根据呢？我认为是有的，根据就在于诗歌的表现对象和内容，以及诗歌所反映的一些政治地理特点。①

王凤贵根据郑玄《王城谱》的记载，对《大雅》《小雅》的分类提出新的标准。在他看来，二《雅》均为周王畿诗歌，而周代的王畿有宗周和成周，这样，宗周的诗称为《大雅》，成周的诗称为《小雅》。这可以说是将政治地理作为《大雅》《小雅》的分类标准，这也是一个新的视角。

胡安莲说：

> 我们认为，《小雅》和《大雅》之所别，应该如此：凡是事关诸侯与士大夫的均归于《小雅》；凡是事关周王的则均归于《大雅》。故《鹿鸣》、《宾之初筵》与《凫鹥》、《既醉》同为燕饮之诗，但前两首言诸侯、士大夫之事，而后两首却直言周王之事，故一归《小雅》，一归《大雅》。《四牡》、《皇皇者华》和《公刘》、《绵》同言建国卫邦之艰难，然前两首讲士大夫之事，归于《小雅》；后两首言周之祖先之事，故归于《大雅》。《巧言》、《节南山》与《桑柔》、《荡》，前两篇意在讽刺周王之重臣，故归《小雅》；后两篇直刺周王，且兼刺小人，所以归于《大雅》。诸如此类，不一而足。由此可证明《大雅》、《小雅》之分也是从内容着眼的。②

也就是说，在"雅诗"中，事关诸侯、士大夫的为《小雅》，事关周王的

---

① 王凤贵：《〈大雅〉〈小雅〉辩》，《漳州职业大学学报》，1999年第1期。
② 胡安莲：《〈诗经〉"风""雅""颂"分类》，《南都学坛》，2000年第4期。

为《大雅》。这里虽然是从内容层面出发，但这种内容显然是基于人物的身份，因此，在某种意义上，诗中所涉人物的身份成为衡量《大雅》《小雅》的标尺。

李进立说：

> 从音乐和文学的角度来看，《大雅》与《小雅》都有各自的实用功能。《大雅》用于大飨，是周王举行一些仪式时使用的各种乐歌，同时作为乐教范本，被较多地征引；《小雅》主要是贵族举行仪式时使用的乐歌，不但被广泛地征引，同时也在各种场合被人们赋诵。①

据此叙述，这种基于实用的标准其实源自传统。

邱梦艳分析指出，《诗经》中最早的作品是《颂》，次为《大雅》，次为《小雅》，为《风》，它们在内容和表达上各有特点。《风》表现的是"饮食男女"，感性色彩浓厚；二《雅》表现的主要是政治，理性色彩很浓；《颂》表现的是宗教，信仰处于主导地位。《风》《小雅》《大雅》《颂》的内容特点与它们承担的功能相关，也与它们在典礼中的应用相关，这种分类其实反映了典礼用乐之下的《诗》的思想体系。② 可以看出，邱梦艳对《大雅》《小雅》分类的把握，有来自内容层面的考虑，但更多是来自典礼用乐方面的考量。

冯时指出，《孔子诗论》载孔子分论四诗的核心标准在于德，四诗的划分实际体现四类诗作在《诗》教体系中所具有的道德高下之别，以《颂》具平德，《大雅》为盛德，《小雅》仅小德，《邦风》但言纳物而无德。③

二、"二雅"分类标准讨论的启示

从以上的胪列来看，人们对《大雅》《小雅》分类标准的理解是存在较大

---

① 李进立：《〈诗经〉中〈大雅〉与〈小雅〉功用之比较》，《商丘师范学院学报》，2005年第4期。
② 邱梦艳：《〈诗经〉学中结构诠释法的形成历程》，2015年湖南大学博士学位论文。
③ 冯时："四诗考"，《中国哲学史》，2017年第1期。

>>> 《诗经》补论

差异的,这些差异比较全面地揭示了《大雅》《小雅》分类的标准,可以说,人们对于《大雅》《小雅》分类的标准业已进行多方面的探索。如何看待这些标准呢?马志林说:

> 关于"二雅"之区别,自古以来未有确论。《诗大序》首以政治之大小别之,然而此说为后人所驳,难以令人信服。《孔疏》在羽翼《诗大序》的基础上,又兼顾音乐,以为"二雅"之别亦在于音乐。此说是正确的,但《孔疏》并没有详加阐述。我们参考相关的历史文献资料,可以明确的是:"二雅"的根本区别在于音乐。这一点也为惠周惕所主张。朱熹实以作者、用途、辞气等分别"二雅",其说有理,但并未切中肯綮。而严粲明确提出了以音乐别"二雅"之外的另一种与之相并列的主张,即以诗体别"二雅"。通过分析《风》《雅》(《颂》)的章、句数、重章形式,以及套语的运用情况等,可有力地佐证严氏之说,也可看出"二雅"创作专门化程度的差异性。因此,音乐之别为"二雅"最根本的区别,当礼崩乐坏以后,我们从《诗经》文本的分析入手,亦可探知"二雅"的另一重要区别——诗体之别。同时参考"二雅"的作者、来源、用途等,就不难廓清笼罩在"二雅"上的迷雾。而以为"大小《雅》之分以内容,与音乐及其它无干"的说法,是完全错误的。有学者所谓"认为编《诗》时将《雅》诗分为两部分,分别称作《小雅》《大雅》,是一定有着实质性的区分,因而一千多年来很多人搜索枯肠,劳神瘅思,著文深求,也是上了善于从儒家经书中发现微言大义的经师的当",或许未必全然如此。简单地讲,《小雅》中就没有文王、武王,以及周人先祖后稷、公刘、古公亶父,以及后妃姜嫄、大任、大姜、大姒出现,却集中出现在《大雅》中,可见"二雅"在内容方面也是具有明显的区别的,这与诗体的外在区别相表里。①

---

① 马志林:《〈诗经〉"二雅"研究》,2016年陕西师范大学博士学位论文。

马志林谈及对《大雅》《小雅》分类诸标准的认识，强调应该辩证地去看待这些标准，前面的梳理中也提到一些学者秉持类似的看法。就《大雅》《小雅》的分类而言，这确实是值得肯定的，不过，有些环节仍需要进一步澄清。

第五章 "大雅""小雅"的生成及分类（中）

　　《诗经》之《大雅》《小雅》为何以"雅"命名，厘清这个问题对于理解《大雅》《小雅》的分类是很有帮助的。然而，有关"雅诗"命名的分析，离不开对"雅"之字义的考察，下面结合"雅"之字义来分析"雅诗"命名的缘由。

一、"雅"字义考

　　首先，训雅为正。《毛诗序》说："雅者，正也，言王政之所由废兴也。"①《毛诗序》将"雅"解为"正"，然后从"王政"的角度进一步梳理"雅"字的内涵。可见，《毛诗序》认为"雅诗"与王政有关。对此，孔《疏》分析说："雅者训为正也，由天子以政教齐正天下，故民述天子之政，还以齐正为名。王之齐正天下得其道，则述其美，雅之正经及宣王之美诗是也。若王之齐正天下失其理，则刺其恶，幽、厉小雅是也。诗之所陈，皆是正天下大法，文、武用诗之道则兴，幽、厉不用诗道则废。此雅诗者，言说王政所用废兴，以其废兴，故有美刺也。"②孔《疏》指出，天子通过政教来齐正天下，而齐正天下有得道与失道之分野，得道则述其美，于是有《大雅》；失道则刺其恶，于是有《小雅》。在孔《疏》这里，无论是《小雅》还是《大雅》，均是对王政的记录，

---

① 孔颖达：《毛诗正义》，北京大学出版社，1999年版，第17页。
② 孔颖达：《毛诗正义》，北京大学出版社，1999年版，第17页。

就此而言，是与《毛诗序》一致的。不过，《毛诗序》从大小角度考察王政，而孔《疏》则是从得失角度把握王政，这是有差异的。由于王政存在得道与失道，或者废兴之现象，于是就出现《小雅》与《大雅》的分别。

其次，训雅为南，释为乐舞。《诗经》除了《毛诗序》载有"雅"字之外，《小雅·鼓钟》又有"以雅以南，以籥不僭"的诗句①，《毛传》说："为雅为南也。舞四夷之乐，大德广所及也。东夷之乐曰昧，南夷之乐曰南，西夷之乐曰朱离，北夷之乐曰禁。以为籥舞，若是为和而不僭矣。"② 对于诗句中出现的"雅"，《毛传》并没有解释。《郑笺》指出："雅，万舞也。万也、南也、籥也，三舞不僭，言进退之旅也。周乐尚武，故谓万舞为雅。雅，正也。籥舞，文乐也。"③《毛传》将诗句中的"南"释为南夷之乐，《郑笺》则认为是舞。不仅如此，对于《毛传》没有解释的"雅"，《郑笺》也解释。一方面，《郑笺》认为诗句中的"雅"指万舞；另一方面，《郑笺》又将"雅"释为"正"。《郑笺》将"雅"释为"正"的解释来自《毛诗序》，至于将"雅"又解为万舞，其理由是"周乐尚武，故谓万舞为雅"。在郑玄看来，周乐尚武，而万舞属于武舞，因此，万舞是正，也就是雅。按照这样的理解，郑玄就将"雅"的两个解释"正"和"万舞"联系起来了。其实，对于《毛传》和《郑笺》的有关解释，孔《疏》也明确分析道：

> 以三者舞名，故与上异其文。诗言其志，歌咏其声，舞动其容，故舞在后也。传言"为雅为南"者，明以为此舞。以"籥"属下句，故别言之云"以为籥舞"，明其上皆为矣。若是和者，若，如也，谓此三舞与上琴、瑟、笙、磬节奏齐同，如是乃为和也。此三者虽是舞，包上琴、瑟谓之乐。笺"周乐尚武，故谓万舞为雅"，是以先言雅也。南先籥者，进之以韵句。以上下类之，则知南亦舞也。以四夷之乐，

---

① 孔颖达：《毛诗正义》，北京大学出版社，1999年版，第806页。
② 孔颖达：《毛诗正义》，北京大学出版社，1999年版，第806—807页。
③ 孔颖达：《毛诗正义》，北京大学出版社，1999年版，第807页。

所取者不尽取其乐器，唯取舞耳，故言"舞四夷之乐"。美大王者德广能所及，故舞之也。《白虎通》云："王者制夷狄乐，不制夷狄礼何？"以为均中国也，即为夷礼，恐夷人不宜随中国礼也。四夷之乐，唯为舞以使中国之人，是夷乐唯舞也。……然则言"昧"者，物生根也。"南"者，物怀任也。秋物成而离其根株，冬物藏而禁闭于下，故以为名焉。以"南"训"任"，故或名"任"，此为"南"，其实一也。定本作"朱离"，其义不合。于此言"南"而得总四夷者，以周之德先致南方，故《秋官》立"象胥"之职，以通译四夷，是言"南"可以兼四夷也。然则舞不立"南师"，而立"昧师"者，以象胥曲以示法。昧，四夷之始，故从其常，而先立之也。若然《虞传》云："东岳阳伯之乐舞株离。"注云："株离，舞曲名。言象物生株离也。"彼虽中国之舞，四岳所献，非四夷之舞。要名与此东西反者，以物生与成，皆有离其根株之义，故两有其言也。以为籥舞，谓吹籥而舞也。《简兮》曰："左手执籥，右手秉翟。"以翟，或谓之羽舞也。"若是为和而不僭差"，结上三舞之辞。以干戚而言"万"者，举本用兵人众之大数为舞以象之，故言万舞也。万即武舞，故云"周乐尚武，故谓万舞为雅"，以对籥为文乐也。[①]

孔《疏》不仅解释雅（万）、南、籥既属于舞，也属于乐，也解释"万舞为雅"的原因，这样，孔《疏》就贯通了《毛传》和《郑笺》之间的联系。马瑞辰进一步指出：

《传》以籥舞承上雅、南，为二舞。《笺》以籥舞与上雅、南并列，为三舞，二说不同。《文选注》六引《韩诗传》曰："王者舞六代之乐，舞四夷之乐，大德广之所及。"盖以六代之乐释雅，以四夷之乐释南。又《后汉书注》五十一引薛君曰："南夷之乐曰南。四夷之乐，

[①] 孔颖达：《毛诗正义》，北京大学出版社，1999年版，第808页。

第五章 "大雅""小雅"的生成及分类(中)

惟南可以和于雅者,以其人声音及籥不僭差也。"是《韩诗》说以籥承雅、南言之,与毛《传》同。《正义》释《传》,谓:"以籥属下句,故别言之,云以为籥舞。"是误合《传》、《笺》为一矣。毛《传》不言雅为何乐。《后汉书·陈禅传》陈忠曰:"古者合乐之乐舞于堂,四夷之乐舞于门,故《诗》云'以雅以南,韎任侏离'。"考《周官·大胥》"以六乐之会正舞位",郑《注》:"大同六乐之节奏,正其位,使相应也。言为大合乐习之。"贾《疏》:"六乐者,即六代之乐。"是知《月令》"季春大合乐",与陈忠所云"合乐",皆谓六代之乐,即《诗》所谓雅也。雅者,正也。对四夷乐言之,则六代乐为正,故谓之雅。陈忠说亦本《毛》、《韩诗》。毛《传》既以南为夷乐,则其释雅亦同《韩诗》耳。《笺》以雅为万舞,失之。①

在此,马氏对《毛传》《郑笺》及孔《疏》中"以雅以南"之"雅"的相关解释进行分析,其要点为:其一,《毛传》以籥舞承上雅、南,为二舞;《郑笺》以籥舞与上雅、南并列,为三舞。《韩诗》也认为籥承雅、南言之,同于《毛传》;孔《疏》则误合《传》《笺》为一,没有看到在此问题上《毛传》《郑笺》的不同。其二,马氏根据对相关资料的梳理,认为"雅"是指六代之乐;同时又指出《毛传》尽管没有直接说明雅为何乐,但应该认同"雅"为六代之乐的观点,至于《郑笺》将"雅"释为"万舞",马氏认为是错误的。其三,马氏继承《郑笺》"雅,正也"的说法,但对此进行新的解释,指出"对四夷乐言之,则六代乐为正,故谓之雅"。整体言之,马瑞辰在扬弃《毛传》《郑笺》之基础上提出"雅"为六代之乐的观点。

稍后陈奂在《诗毛氏传疏》卷二十中说:"雅,正乐,舞六代之乐也。"②可见陈奂也认可"雅"为六代之乐的看法,不过,稍微不同的地方在于他直接将"雅"领会为"正乐",而非单纯的"正"。当然,陈奂这一看法也是有渊源

---

① 马瑞辰:《毛诗传笺通释》,中华书局,1989年版,第697—698页。
② 陈奂:《诗毛氏传疏》,凤凰出版社,2018年版,第692页。

的，大约与朱熹的解释有关。朱熹在"小雅"解题中这样说："雅者，正也，正乐之歌也。"①

再者，训雅为乐器。《周礼·春官·大师》记载"教六诗：曰风，曰赋，曰比，曰兴，曰雅，曰颂"，郑《注》谓："雅，正也，言今之正者，以为后世法。"② 将六诗中的"雅"释为"正"。《春官·笙师》载"掌教歈竽、笙、埙、钥、箫、篪、笛、管，舂牍、应、雅，以教祴乐"，郑《注》以为："郑司农云：'雅，状如漆筒而弇口，大二围，长五尺六寸，以羊韦鞔之，有两纽，疏画。'……牍、应、雅教其舂者，谓以筑地。笙师教之，则三器在庭可知矣。"③ 可见"雅"是一种乐器。《春官·籥章》载"凡国祈年于田祖，歈《豳雅》，击土鼓，以乐田畯"，郑《注》谓："《豳雅》，亦《七月》也。《七月》又有于耜举趾，馌彼南亩之事，是亦歌其类。谓之雅者，以其言男女之正。"贾《疏》："云'谓之《雅》者，以其言男女之正'者，先王之业，以农为本，是男女之正，故名雅也。"④ 郑玄将《春官·籥章》中的"《豳雅》"解为《七月》，而《七月》属于《豳风》中的诗篇。《七月》这样的风诗何以称为"雅"，郑玄以为《七月》叙述"于耜举趾，馌彼南亩之事"，贾《疏》补充说，《七月》诗中叙述男女的农事行为符合先王以农为本的观念，因此，《七月》被称为《豳雅》。《礼记·乐记》载"讯疾以雅"，郑《注》指出："雅亦乐器名也，状如漆筒，中有椎。"孔《疏》分析说："雅，谓乐器名。舞者讯疾，奏此雅器以节之，故云'讯疾以雅'。……云'雅亦器名也，状如漆筒，中有椎'者，按《周礼·笙师职》云：'掌舂牍、应、雅。'郑司农云：'雅，状如漆筒，而弇口，大二围，长五尺六寸，以羊韦鞔之，有两纽疏画。'并以汉时制度而知也。"⑤ 对于《礼记·乐记》的这条记载，郑玄、孔颖达认为其中的"雅"同于《春官·笙师》，是一种乐器。

---

① 朱熹：《诗集传》，凤凰出版社，2007年版，第115页。
② 贾公彦：《周礼注疏》，北京大学出版社，1999年版，第610页。
③ 贾公彦：《周礼注疏》，北京大学出版社，1999年版，第626－627页。
④ 贾公彦：《周礼注疏》，北京大学出版社，1999年版，第631页。
⑤ 孔颖达：《礼记正义》，北京大学出版社，1999年版，第1120－1121页。

还有，训雅为鸟名。许慎在《说文解字》中是这样分析的："雅，楚乌也。一名鸒，一名卑居，秦谓之雅。从隹牙声。"段《注》说：

> 楚乌，乌属。其名楚乌，非荆楚之楚也。乌部曰："鸒，卑居也。"即此物也。郦善长曰："按《小尔雅》，纯黑返哺谓之慈乌，小而腹下白；不返哺者谓之雅乌。"《尔雅》曰："鸒斯，卑居也。"孙炎曰："卑居，楚乌。犍为舍人以为壁居，《说文》谓之雅，《庄子》曰雅贾，马融亦曰贾乌。按卑居之为壁居，如《史记》卑耳之山即《齐语》壁耳之山。"卑、壁同十六部。卑俗作鹎，音匹，非也。雅之训亦云素也，正也，皆属假借。①

许慎指出"雅"是一种鸟，即楚乌，又称为鸒或卑居，秦地称为"雅"。段玉裁在注解中对此作了相关梳理。需要注意的是，段玉裁认为"雅"被训为"素""正"，这些义项并非"雅"的本义，而只是假借义；"雅"的本义是楚乌，是一种鸟。倘若按照段玉裁的说法，自《毛诗序》以来有关"雅者，正也"的训释只是就"雅"之假借义立论的。

张西堂曾经总结关于雅的含义，指出：

> 一、雅者正也。《毛诗》序说："雅者，正也，言王政所由废兴也。"郑玄《诗笺》也说："雅者正也，言今之正者，以为后世法"。二、雅为万舞。郑玄《诗鼓钟笺》云："雅，万舞也"。三、雅为乐歌。王质《诗总闻》："雅，乐歌名也"。四、雅者乌鸦之鸦。郑樵《诗辨妄》说。五、雅是一种乐器。章炳麟《大疋小疋说》上："凡乐言疋者有二焉，一曰'大小疋'（雅）；再曰'舂牍应雅'，雅亦正也。郑司农说《笙师》曰：'雅状如漆筒而弇口，大二围，长五尺六寸，以羊韦鞔之，有两纽疏画'。"六、雅者秦声乌乌，章炳麟《大疋小疋

---

① 段玉裁：《说文解字注》，上海古籍出版社，1988年版，第141页。

说》下:"甲曰、《诗谱》云:'迄及商王,不风不雅',然则称雅者放自周。周秦同地。李斯曰:'击瓮叩缶,弹筝搏髀,而呼乌乌快耳者,真秦声也'。杨恽曰:'家本秦也,能为秦声。酒后耳热,仰天击缶,而呼乌乌',《说文》,'雅,楚乌也'。雅乌古同声,若雁与鴈,凫与鹜矣。《大小雅》者,其初秦声乌乌。"七、雅者中原正声。梁启超《释四诗名义》说:"依我看,《小大雅》所合的音乐当时谓之正声,故名曰《雅》。《仪礼·乡饮酒》:'工歌《鹿鸣》,《四牡》,《皇皇者华》,笙《南陔》,《白华》,《华黍》,乃间歌《鱼丽》,笙《由庚》,歌《南有嘉鱼》,笙《崇丘》;歌《南山有台》,笙《由仪》。……工告于乐正曰:'正备乐'。……"《左传》说:'歌《彤弓》之三,歌《鹿鸣》之三,歌《文王》之三'。凡此所歌,皆《大小雅》之篇。说'正乐备'可见公认这是正声了。然则正声为什么叫做雅呢?'雅'与'夏'古字相通。《荀子·荣辱》篇,'越人安越,楚人安楚,君子安雅'。《儒效篇》则云:'居楚而楚,居越而越,居夏而夏'。可见'安雅'之'雅'即'夏'字。荀氏《申鉴》、左氏《三都赋》皆云,'晋有楚夏'说的是音有楚音夏音之别,然则《风》《雅》之'雅',其本字当作'夏'无疑。《说文》:'夏,中国之人也'。雅音即夏音,犹言'中原正声'云尔。"这以上七说,在我们现在看来,也只有以雅为乐器之说为比较正确,我们以本经证本经,《鼓钟篇》说:"以雅以南,以籥不僭"三个"以"字并列叠叙,"南""籥"都是乐器,雅应当也是指乐器而言,这是绝好的证明。这一句说的"雅"不是《二雅》,也并非如《郑笺》之突然拉上一个"万舞"可作解释的。其它"秦声乌乌""中原正声"都不能在《诗经》上获得证明。由《诗》三百篇证《诗》三百篇,《雅》是决然的指乐器而言。[1]

按照张西堂的整理,人们从七个方面对"雅"字义进行解释。这七个方

---

[1] 张西堂:《诗经六论》,商务印书馆,1957年版,第109-110页。

面，第三、六、七立足于音乐层面，大体可视为一类，这样，张西堂所归纳的七个方面就可以整理为"雅正说""万舞说""乐歌说""乌鸦说""乐器说"五类。那么，"二雅"的命名到底与何种"雅"字义相关呢？张西堂认为"乐器说"是可取的。

不过，也有学者提出新的思路。比如孙娟指出，"雅"字是在周朝以后出现的，最早见于《诗经》。殷商甲骨文虽然没有出现"雅"字，但出现了很多"隹"字。甲骨文记载殷代祖先王亥，其亥字的上面有时候会出现"隹"。亥字上的"隹"应该是一种象征性符号，也就是凤凰。凤凰也出自鸟，所以形态上有相似的地方。甲骨文和殷周金文中的鸟字用作一般意义上的鸟并不经常出现，而作为图腾意义上的"隹"字在甲骨文和金文中出现频繁，经常和占卜、祭祀、王命等连用。根据《吕氏春秋》《史记》等文献的记载，周代尊崇凤鸟。殷周金文中许多"隹"字放在句子前面，形似鸟形，它是周代受"天命"的一种标志，是一种旗帜，带有正统的含义。雅字从"隹"，代表正声；牙既表音，又有表义的作用。牙是乐器上的装饰，形状为牙形，殷商时代就已经存在，而且是重要的礼器。因此，"雅"从牙从隹，其中的牙，不但代表声，更有音乐之意。所以牙和隹结合为雅，这个雅就是正统的，就是正统的礼乐与标志。雅在《诗经》中的含义，也就是毛传所说的"雅者，正也"，指的是周代正声，也就是天命的正统。[①] 孙娟通过对"雅"字渊源的追溯，亦即"隹""牙"形义的分析，揭示"雅"作为周代正声的面相。这可以说是从"雅"字本身来探究"二雅"命名之缘由。冯时也沿袭这一思路，不同的是，他没有将"正"理解为"王政"，而是试图从"德"的层面去把握"雅"，他分析说：

《毛诗大序》训"雅"为正，其说甚洽，然孔颖达《正义》以为"由天子以政教齐正天下"，则为牵就之论。事实上，"雅"意为正，恰由放纵之风而化之以成德。其相对于未经教化之逆，则为顺正。此即教化之本义。……《礼记·乐记》："是故先王之制礼乐也，非以极

---

① 孙娟：《〈诗经·大雅〉与礼乐文化研究》，2008年首都师范大学博士学位论文。

口腹耳目之欲也,将以教民平好恶而反人道之正也。""极口腹耳口之欲"是为《风》,"教民平好恶而反人道之正"则为自《风》进德之《雅》,故曰"正"也。《乐记》又云:"是故君子反情以和其志,比类以成其行,奸声乱色不留聪明,淫乐慝礼不接心术,惰慢邪辟之气不设于身体,使耳目鼻口心知百体皆由顺正以行其义。"也在强调使人之身体与思想都以顺正的方向行乎道德。这便是古训以"雅"为正的德化本旨。《大序》以《二南》为王化之基,此"化"意即教化以成德。故《诗》以《邦风》一体写无德之人欲,而经教化以成德者便为《雅》。成德乃在端正人心,端正人心是为正,其皆有以得性情之正,犹使逆人反之则为正人,是正顺人性以为"雅"。古以"雅"训正,深明此义。故"雅"相对于无德纵欲之"风",自具雅正、文雅之意,此有德之象也。而"雅"分小大,意即文德由少渐多,自小及盛,以见修德渐进之旨。古人于此之描述质朴而鲜明。①

这是承继季札观乐以来有关"雅"的解释,这一点前面业已指明。

二、"雅"与"疋""夏"

当然,探究"二雅"命名的路径,还存在其他思路,主要表现为两个层面:一是以"疋"释"雅",二是以"夏"释"雅"。宋代学者王观国对《说文》中的"雅"与"疋"进行过专门的讨论:

> 许慎《说文》"雅"字,乌加切,楚乌也,秦谓之雅。则古人初不以"雅"字为《大雅》《小雅》之字也。古文唯用"疋"字为《大雅》《小雅》之字,故许慎《说文》曰:"疋,所菹切。古文以为《大雅》字。"以此观之,则古文以"疋"为《大雅》《小雅》字,以

---

① 冯时:《四诗考》,《中国哲学史》,2017年第1期。

"雅"为乌鸟而音乌加切，及后世变古文为隶古，又变隶古为今文，遂各用他音字或俗字以易之，而"雅"字遂专为《大雅》《小雅》之"雅"矣。①

王观国分析说，"雅"本为一种名称为楚乌的鸟，《诗经》"二雅"之"雅"字最初是"疋"字。至于原本为鸟名的"雅"成为《诗经》一种诗体的名称，亦即"雅"取代"疋"，则纯粹是隶变等书写的结果。韩团结认为，许慎指出"大雅"之"雅"字最初在先秦古文中是以"疋"来表示，段玉裁认为"疋"和"雅"的古音都在五部，先秦古文中的"疋"字是"雅"字的同音假借字。"疋"和"雅"的上古音都是"疑母鱼部"，声母、韵母完全相同，读音也完全相同，所以段玉裁的说法还是可信的。② 有关"疋"与"雅"的关联，章太炎提出新的看法：

《诗·小序》说："雅者，正也。""雅"何以训作正？历来学者都没有明白说出，不免引起我们的疑惑。据我看来，"雅"在《说文》就是"鸦"，"鸦"和"乌"音本相近，古人读这两字也相同的，所以我们也可以说"雅"即"乌"。《史记·李斯传·谏逐客书》《汉书·杨恽传·报孙会宗书》均有"击缶而歌乌乌"之句，人们又都说"乌乌"秦音也，秦本周地，乌乌为秦声，也可以说乌乌为周声。又商有"颂"无"雅"，可见"雅"始于周。从这两方面看来，"雅"就是"乌乌"的秦声，后人因为他所歌咏的都是庙堂大事，因此说"雅"者正也。《说文》又训"雅"为"疋"，这两字音也相近。"疋"的本义，也无可解，说文训"疋"为"足"，又说："疋，记也。"大概"疋"就是后人的"疏"，后世的"奏疏"，也就是记。《大雅》所以

---

① 王观国：《学林》，上海古籍出版社，2012年版，第22页。
② 韩团结：《〈诗经〉"二雅"新论》，《西安财经学院学报》，2019年第6期。

>>> 《诗经》补论

可说是"疋",也就因为《大雅》是记事之诗。①

章太炎指出,首先,"雅"在《说文解字》就是"鸦",而"鸦"和"乌"音近,所以"雅"即"乌"。据文献记载,乌乌乃秦声,也就是周声,故"雅"始于周。其次,"雅"歌咏的是庙堂大事,故"雅"就具有"正"的释义。再次,《说文解字》以为"疋,记也",而《大雅》是记事之诗,所以《大雅》也可说是"疋"。章太炎在此提出三个要点:一是"雅"的音乐性质,二是"雅"释为"正"的依据,三是"雅"写作"疋"的缘由。这些说法是富有启发意义的。不过也有学者并不满意章氏的看法,比如孙作云就分析说:

> 章太炎说"雅"就是"乌","雅"与"乌"古人发音也相同。——说雅(鸦)即乌,我们毫不否认,因谁都知道"鸦"就是"乌"。但他又说:为什么把西周诗叫作"雅"呢?这是因西周的根据地即后来的秦地,而秦地的唱歌特点是其声"乌乌",因此推想,西周的诗歌也必然其音"乌乌";而"乌"又可以写作"雅",因此就把西周的诗,叫作"雅"。这个解释未免绕弯子太大,有些令人莫名其妙。但是这个说法是不能成立的,首先因它与事实不符。我们从《大小雅》本身上看,一点也看不出它的特征是其声乌乌的。《大小雅》是西周时代周京的诗歌,周京在当时是全中国政治、经济、文化的中心,文化十分发达,高出各国之上。就以诗歌声乐来说,当时"礼乐征伐自天子出",周天子还属强有力的时代,又其时封建领主所特有的"礼乐文化"相当发达,诗歌是"礼乐"的一部分,也随之发展到较高的程度。②

孙作云对章氏之说的批评,可视为仁者见仁智者见智。不过,在"疋"与

---

① 章太炎:《国学概论》,吉林出版集团股份有限公司,2017年版,第55—56页。
② 孙作云:《诗经与周代社会研究》,中华书局,1966年版,第333页。

"雅"的问题上，有人注意到这样的现象，古文用为"雅"的所谓"疋"其实是简省作从"日"从"止"的"夏"字的讹省①，换言之，"疋"其实是"夏"的误写。倘若这一观察是准确的话，那么，所谓以"疋"释"雅"就成为以"夏"释"雅"的问题。

《荀子·荣辱》篇有"君子安雅"之说，王念孙《读书杂志》"君子安雅"条云：

> 譬之"越人安越，楚人安楚，君子安雅"，引之曰："雅读为夏，夏谓中国也，故与楚、越对文。《儒效篇》：'居楚而楚，居越而越，居夏而夏。'是其证。古者夏、雅二字互通，故《左传》齐大夫子雅《韩子·外储说右篇》作'子夏'。杨注云：'正而有美德谓之雅。'"②

王引之认为"夏""雅"二字存在互通的现象。黄侃指出："雅之训正，谊属后起，其实即'夏'之借字。"③黄侃主张"雅"乃"夏"之假借字，并且，"雅"字具有"正"的意义也是后起的。由于"雅"与"夏"之间存在这样的联系，于是有的学者就利用这种关系来探讨《小雅》《大雅》的命名。比如朱东润分析说：

> "《大、小雅》既为西周之诗，何以不称大、小周而称《大、小雅》?"应之曰："《大、小雅》者，大、小夏也，犹言大夏、小夏之诗云尔。《荀子·荣辱篇》：'譬之越人安越，楚人安楚，君子安雅。'王引之曰：'雅读为夏，夏谓中国也，故与楚越对文。《儒效篇》："居楚而楚，居越而越，居夏而夏。"是其证。古者夏、雅二字互通，故《左传》齐大夫子雅，《韩子·外储说右篇》作子夏。'此雅、夏互通

---

① 张富海：《汉人所谓古文之研究》，线装书局，2007年版，第52页。
② 王念孙：《读书杂志》，江苏古籍出版社，2000年版，第647页。
③ 黄侃：《黄侃论学杂著》，武汉大学出版社，2013年版，第362页。

之证也。《墨子·天志下》：'非独子墨子以天之志为法也。于先王之书，《大夏》之道之然："帝谓文王，予怀明德，毋大声以色，毋长夏以革，不识不知，顺帝之则。"此诰文王之以天志为法也，而顺帝之则也。'此大雅称大夏之证也。"难者曰："雅、夏互通，固可知矣，虽然，何以不称大、小周而称大、小夏？"应之曰："周者地名也，而夏则为部族之名。周人之称周，盖起于古公亶父。……自是之后，周人自称，周、夏二字互用；未至周原以前，周人不称周也。"……考之《诗》、《书》，周人自称为夏，其可指证者如此，皆历历有据，不为说臆。难者曰："周人称夏，固可知矣，然则，何以称大、小夏，夏固有大夏、小夏之别乎？"应之曰："是不可知也，请对以臆。称地之名，有以新旧别者……有以南北别者……有以大小别者……度大夏、小夏之名，亦同斯例，聚族岐周，则曰大夏，东迁丰镐，乃号小夏。大夏之诗称《大夏》，小夏之诗称《小夏》，此则《大、小雅》之所由名欤？"①

朱东润是从三个方面来分析《小雅》《大雅》的命名。首先，由于"夏""雅"二字互通，因此，《大雅》《小雅》其实就是《大夏》《小夏》。其次，《大雅》《小雅》被称为《大夏》《小夏》，这又与周人和夏部族之间的密切联系有关。最后，有关《大夏》《小夏》的划分，朱氏分析说，岐周之地称大夏，丰镐之地称小夏，大夏之诗称《大夏》，小夏之诗称《小夏》。

傅斯年指出：

雅之解说不一，《诗序》云，"雅者正也，言王政之所由废兴也。"此真敷衍语。《小雅·鼓钟篇》云，"以雅以南"，南是地域名（详见《诗经讲义》），则雅之一辞当亦有地名性。《读书杂志》：《荀子·荣辱篇》"君子安雅"条云，"雅读为夏，夏谓中国也，故与楚越对文。

---

① 朱东润：《诗三百篇探故》，上海古籍出版社，1981年版，第64-67页。

《儒效篇》：居楚而楚，居越而越，居夏而夏，是其证。古者夏、雅二字互通，故《左传》齐大夫子雅，《韩子·外储说右篇》作子夏，杨注云，正而有美德谓之雅，则与上下二句不对矣。"（阮元亦以雅言之雅为夏）此真确解，可破历来一切传说者之无知妄解。由此看来，《诗经》中一切部类皆是地名，诸国风不待说，雅为夏，颂分周、鲁、商。然则国风之名，四始之论，皆后起之说耳。雅既为夏，而夏辞之大小雅所载，若一一统计其地望，则可见宗周成周文辞较多，而东土之文辞较少。周自以为承夏绪，而夏朝之地望如此，恰与《左传》、《国语》所记之夏地相合。①

傅斯年也赞同王引之"雅""夏"相通之说，指出"雅"原本为地名，"二雅"多为西周之作，且与夏朝地望相合。

此外，孙作云完全赞同以"夏"释"雅"的观点。他分析说，西周诗之所以称雅，是因为西周王畿原来是夏人的故地，而"夏"字可写作"雅"，因此就可以称西周诗为"雅"。西周的诗，从地域角度来看，可以称为"夏诗"。一方面，由于"夏"字与"雅"字古同音，于是就用"雅"字来代替"夏"字；另一方面，为了与三代的"夏"有所区别，于是把"夏诗"称为"雅诗"。总之，西周诗之所以称"雅"，原本于"夏"，即以地为名，就像十五《国风》各以地名作区别一样。②

在此问题上，陈致分析说，"雅"字左旁之"牙"，甲骨文像一对白齿之形，作为"雅"字之声符；而右旁之"隹"，在甲骨文中像鸟之形，故"雅"字之字源很可能是鸟类名，为鸟的一种。现存的殷商甲骨文和西周铜器铭文均无"雅"字之字例，最早的古文字资料中的"雅"字见于睡虎地秦简，简中乃"素"之意，然而"雅"释作"素"应为引申义或转借义。故"雅"之假借为"夏"应始于早期汉字表音化的时期，一般都认为始于安阳时期（约公元前

---

① 欧阳哲生主编：《傅斯年全集（第3卷）》，湖南教育出版社，2000年版，第204—205页。
② 孙作云：《诗经与周代社会研究》，中华书局，1966年版，第336页。

1350—公元前 1049）而完成于西周。考虑到春秋时期"雅"字故义的引申用法，"雅"之借用为"夏"应出现于东西周之交。不过，"夏""雅"二字虽均与宗周有关，但二者之义却有细微的分别。文献资料显示，周人以"夏"来指称他们发源地的关中地区，且"夏"这个地理概念在周的历史之中维持了很长的一段时间，直至春秋后期仍有迹象可寻。季札观周乐，当看到表演秦国音乐时，仍不禁赞叹其为"夏声"，就是因为秦所在的位置是西周时宗周故地。"雅"在春秋文献中更多指宗周文化方面之事物，如音乐、语言、礼仪和习俗等。总括而言，"夏"一般应为与宗周文化有关的地理上和政治上的概念，而"雅"常被用以指宗周的文化和制度的特点，特别是指周代建立后周统治者所重新建立的文化和改变的制度。"雅"既为宗周文化中正平和的代表，则其在周人的观念中，自然代表了各方面的完善，《荀子》中"雅"概念所包含的"中正""正统""改正""高雅"和"典雅"的内涵，与"不和""固""邪""曲""俗"和"荒"截然相对。在音乐领域内，"雅"的概念与"夷""俗"和"邪"相对，而与"正"、典雅和高尚、庄严同义。一方面，周统治者为了突出自己的正统地位，以便在思想上和政治上加强对征服地区的或者将要征服的人民的控制，故借继承夏传统之名以欲达到此目的，而夏传统亦由此得以重新出现。因此，"夏"在西周时期均用来指周文化和宗周之地。另一方面，当周上层人民离开他们的核心地区，他们便有重新振兴周文化之心，而"雅"概念亦因此而产生。当然，"雅"在春秋战国时期的思想家心中大都与宗周文化而非夏文化相关联。①陈致在"雅"与"夏"互通之基础上，注意到二者含义的差异，"夏"为与宗周文化有关的地理上和政治上的概念，而"雅"指宗周的文化和制度的特点，这是需要注意的。

李辉指出，"雅诗"为何称为"雅"？王念孙《读书杂志》中王引之列举《荀子·儒效篇》《韩非子·外储说右编》等文献证明"雅""夏"二字音义相通，正好《墨子》就称《大小雅》为"大夏""小夏"。新出土的《孔子诗论》第二简"《大夏》，盛德也，多言"，其备用残简"《小夏》，亦德之少者也"，

---

① 陈致：《从礼仪化到世俗化——〈诗经〉的形成》，上海古籍出版社，2009 年版，第 110－114 页。

可知雅诗即"夏诗"。周、夏同源，雅诗被称作"夏诗"，自有其历史地理、文化谱系上的渊源。将雅诗兴起与周人对夏族的认同相关联，与其说是基于历史地理、考古出土等史实层面的证据，毋宁说这更是周人自身族群认同、文化归属、历史建构等观念活动在诗乐上的反映，周、夏文化同源正是周人精神建构所汲取的渊远的传统之一。[①] 李辉将雅诗的兴起置于周人族群认同背景下加以讨论，着重分析其与周人对夏族文化认同之间的关联。

马志林探究雅和周的关系，《墨子·天志中》与《天志下》两处所引诗句完全相同，一称《皇矣》，一称《大夏》；上博馆藏战国楚竹书有《大夏》《少夏》，可证《大雅》又称为《大夏》。雅、夏作为地域名也可通用，如《荀子·荣辱篇》及《效儒篇》雅（夏）作为地域名与越、楚并列。夏作为地域名同样见于《左传》襄公二十九年之季札观乐，秦所受周地即是夏地。周、夏并列，也见于《诗经》，如《周颂·时迈》"明昭有周，式序在位。……我求懿德，肆于时夏"，可见周、夏异名而同地。据此，《雅》诗可称《周诗》。雅作为地域名就是夏，也就是周。"二雅"实际上是系以地域，与《国风》《周颂》《鲁颂》《商颂》相并列。《诗大序》以为《雅》诗"言天下之事，形四方之风"，可知"二雅"所言皆是周天子治下的事。既然《雅》诗言周天子治下的事，凡事以宗周为正也就不难理解。先秦典籍将"二雅"称为《周诗》，是因为雅作为地域名就是夏，而周地正是夏地。既然天下归于周，必然以宗周的音乐为正。[②] 马志林根据早期文献称"二雅"为《周诗》的现象，分析"周""夏""雅"三者的关联，解释"二雅"命名的由来。另外，胡远鹏、宫玉海也试图从"雅""夏"的角度来解释"二雅"的命名，不过，他们的看法不太一样，他们认为：

> 然而，我们综观《诗》的分类，可以发现它们的体例都是以地域为依据而划分的，是统一的。十五国风，一般来说，前一字均为地域

[①] 李辉：《〈诗经〉雅诗的兴起——从"雅（夏）"字义说起》，《文史知识》，2013年第6期。
[②] 马志林：《〈诗经〉"二雅"研究》，2016年陕西师范大学博士学位论文。

之名，即：周、召、邶、墉、卫、王、郑、齐、魏、唐、秦、陈、桧、曹、豳。三颂中，周、鲁、商也是源于地域。如果《雅》诗偏偏例外，按其正与不正的标准去分编，其体例则未免混乱了。……我们认为，在上古语言中，"雅"与"夏"确实是相通的。如果互相连读，比如"雅夏"，则正是现在的"亚细亚"一词。我国古代把希腊称为"大夏"，现今的"希腊"一词的音义都源于"大夏"。①

既然"风诗""颂诗"都是以地域命名，那么"雅诗"也不能例外，也应该采取地域的标准来命名。也就是说，"雅诗"之"雅"也表示地名。但他们从地域的角度将"大夏"释为希腊，这与朱、孙等人就大异其趣了。他们分析说，西周曾经是一个从中国西北一直延伸到西亚一带的广阔国度，它不仅承袭轩辕家族固有的范围，而且曾一度把势力范围扩大到北非一带。周穆王会见西王母，当时就处于"流沙之西，赤水之东"，提到的"赤国"即阿卡德，"双山"则为两河流域。周武王前的西周，面对中原，背靠大夏，成为堪称中西合璧的广袤侯国。西周王朝注意"采八方之音"，广泛搜集各地乐章，大夏和小亚细亚一带的音乐，就是《大雅》和《小雅》的历史背景。② 比较而言，朱东润、孙作云等人的观点更具说服力，这从上面的分析中不难看出。

经过上面的梳理，可以看出，对于"二雅"的命名，实际上存在三种思路：一是基于"雅"本身的考察，二是以"疋"释"雅"，三是以"夏"释"雅"。根据学者对"疋"的重新观照，认为它不过是"夏"字的讹省，这样，三种思路也就简化为两种。对于这两种思路，人们措意较多的是以"夏"释"雅"。在"夏"与"雅"的问题上，人们已进行较多的讨论，在此拟补充两点，或两条线索。褟健聪指出：

---

① 胡远鹏、宫玉海：《〈大雅〉、〈小雅〉名称源于"大夏"之"夏"考》，《西南师范大学学报》，1996年第1期。
② 胡远鹏、宫玉海：《〈大雅〉、〈小雅〉名称源于"大夏"之"夏"考》，《西南师范大学学报》，1996年第1期。

《诗》"大雅""小雅"之{雅}楚简通作"**疋**",或讹省作"**昰**",皆即楚系"夏"字。上古以{夏}为汉民族自称……《说文》:"雅,楚乌也。一名鸒,一名卑居,秦谓之雅。""雅"本是"鸦"之古字,出土文献最早见于睡虎地秦简:"甲、乙雅不相知。"(《法律答问》简12)用为雅素之{雅},以"雅"记写{雅}当是秦汉以降的用字习惯,从此与{夏}分化。故以"夏"记写{雅}可能是战国时代各国共同的用字习惯。《荀子·荣辱》:"越人安越,楚人安楚,君子安雅。"王念孙《读书杂志》引王引之曰:"雅读为夏,夏谓中国也,故与楚、越对文。《儒效篇》:'居楚而楚,居越而越,居夏而夏。'是其证。"《诗·小雅·鼓钟》"以雅以南",戡钪镈作"以疋以南"(《近出》94-96),此为"夏""雅"关系之证。《尚书》之《君牙》篇,《礼记·缁衣》引作《君雅》,郑玄注:"雅,《书序》作牙,假借字也。"郭店及上博本《缁衣》均作"君昰",知郑说不确。《说文》"疋"字下云:"古文以为《诗》'大疋'字,亦以为足字;或曰胥字。一曰:疋,记也。"段玉裁注:"此谓古文叚借'疋'为'雅'字。"冀小军先生认为用为{雅}的"疋"是经"**疋**"简省作"**昰**"后进一步讹省而来,可从。"疋"字楚简作 ❧(包山简36),《说文》"夏"字古文下半作 ❧,传世叔尸镈摹本"夏"字作 ❧(《集成》285),新出曾侯与钟江夏之"夏"字作 ❧;又曾侯乙简"疋"字作 ❧(简175)、"楚"字作 ❧(简126),曾侯与钟"楚"字作 ❧,上博六《平王问郑寿》简7"疋"字作 ❧,凡此均可证二者具备互讹的条件。①

这里提到以"夏"记写{雅}是战国时代各国共同的用字习惯,而以"雅"记写{雅}则是秦汉以降的用字习惯,并且从此与{夏}分化,这是很有启发意义的看法。

---

① 禤健聪:《战国楚系简帛用字习惯研究》,科学出版社,2017年版,第367-368页。

>>> 《诗经》补论

在这个问题上，还应特别注意马银琴的看法。她分析说，传世文献中以"雅"形态出现的记载，战国简帛文献却往往写为"夏"。即使被整理者隶定为《小雅》《大雅》的"雅"，出土文献也几乎毫无例外地写作"夏"，如上博简《孔子诗论》中的《大雅》之"雅"写作"🐛"，《缁衣》中的《小雅》之"雅"写作"🐛"。无论是"🐛"还是"🐛"，其字形与"雅"没有关联。以"夏"记写"雅"可能是战国时代各国共同的用字习惯，传世先秦典籍中的"雅"字原本是写作"夏"的。其证据除郭店简、上博简中出现的"大雅"、"小雅"之"雅"均写作"夏"以外，《诗经·小雅·鼓钟》中的"以雅以南"，遂郪镈写作"以䪭以南"，《礼记·缁衣》所引"君雅"之"雅"，郭店简及上博简中均写作"䪭"。这就是说，在有出土文献可资比较的资料范围内，先秦传世文献中的"雅"字均写作"夏"字。此外，《左传》中的"公子雅"，《韩非子·外储说右上》则作"公子夏"。联系秦朝"书同文字"的文化政策，以及汉朝初年以"今文"转写"古文"的文字变革，都可能发生以"夏"为"雅"的"误断"。因此，秦汉时期整理、传抄先秦文献的过程中不但把《诗》之《大夏》《小夏》变成《大雅》《小雅》，而且把与诗乐关联密切的其他"夏"字写成"雅"，如《诗经·鼓钟》"以雅以南"之"雅"。由"夏"到"雅"的用字习惯的转变，是造成《诗经》风雅颂之"雅"何以为"雅"成为难解问题的根本原因。《墨子》中《大夏》与《大雅》并存，很可能是汉人整理不彻底的结果；而《荀子》"君子安雅"与"君子居夏"体现出来的所谓"同音通假"，则是在不该替代的地方以"雅"代"夏"导致的"错误"。由此看来，前辈学者所言"雅""夏"之间的"同音假借关系"，实际上并不是两字相互替换使用的前提，而是对文本传承中出现以"雅"代"夏"这个"误写"结果的解释。可见，出现在战国中期之前先秦传世史籍中的"雅"字，原本就是"夏"字。战国晚期至汉代初年应是"雅"字替代"夏"字，是词义得到扩展与延伸的关键阶段。这个时期内文献中"雅"与"夏"的关系，需要作具体的分析而不可一概而论。与《诗经》相关联的"雅"何以为"雅"的问题，实质上可以回归到"雅"就是"夏"的基础上展开，也就是"夏"何以为"夏"

的问题。① 上述分析表明，《诗经》之"二雅"原本作《大夏》《小夏》，之所以写作《大雅》《小雅》，纯粹出于秦汉以来的用字习惯。

三、"夏"字义与《大夏》《九夏》考

根据这些看法，《诗经》"二雅"既然原本为《大夏》《小夏》，那么，要追问的就是"夏"何以为"夏"的问题。关于"夏"字，有学者注意到，许慎《说文解字·五下·夊部》谓"夓，中国之人也，从夊，从页，从臼。臼两手，夊两足也"，那么，"夏"字是一个正面完整的人形，属于象形字；《尔雅》《方言》则将"夏"释为"大"；但戴侗《六书故》及阮元《揅经室集·释颂》指出"夏"之本义应为人歌舞之形，以后又引申为舞乐。这样，"夏"字就存在三种意义："夏，中国之人也""夏，舞也""夏，大也"。根据对汉魏以前"夏"字形的分析，大致可归纳为四种类型。第一类正面人舞形会意字，主要是墙盘、秦公簋。墙盘铭文说到"上帝司夏"，此"夏"字作"夓"。学界的考释很不一致，有的释为"夓"，有的释"夒"，有的释"稷"，有的释"夏"。根据"夏，舞也"及"夏籥文舞，用羽籥也"的记载，这种舞姿在周代十分明显。《诗经·邶风·简兮》说"左手执籥，右手秉翟"，籥是状如排箫的乐器，翟是野鸡的尾饰，当时文舞手中必拿这两样东西作舞具。墙盘此字恰像正面人文舞之形，人上身披有羽饰的衣服，左下"木"可能为野鸡的尾饰，右下之"乂"可能是排箫。因此，此字与"夏，舞也"之字义完全吻合。该字形体是头上长发高竖，略弯曲；头部虽然朦胧，应为"自"之省形；上身披有羽饰的衣服，下身两边分为"木"和"乂"（翟和籥）。第二类侧身人形形声字，主要是仲夏父鬲、伯夏父鬲。这两个"夏"字都是形声字，左为形符"日"，右为声符"夓"和"夓"，两个声符一为男形，一为女形。它们都是形声字，在铭文中虽是人名，但分析字之结构，其本义应是"夏天"之"夏"。伯夏父鬲已属

---

① 马银琴：《"雅""夏"关系与周代雅乐正统地位的确立》，《北方论丛》，2021 年第 3 期。

西周晚期，此时可能已经有春、夏、秋、冬四季之分。第三类侧身人形形声字之讹变，此类字比较多。蓬祁编钟"夏"作"▨"，此"夏"字已发生变化：头上长发平折，人下身"足"（止）移至"日"下，人身由"▨"变为"▨"。长沙马王堆帛书、战国玺印中的"夏"基本同于蓬祁编钟，不同之处在于：头上仍是长发高竖，下身为"入"形；楚帛书中的"夏"，"日"下为反"止"。齐器叔夷镈中的"夏"作▨、▨，其讹变较大：形符"日"变为"O"与"▨"，人下身之"止"移至"O"下。这与仲夏父之"夏"相去较远，但讹变仍一目了然。鄂君启节中的"夏"作▨，是伯夏父鬲中"夏"字之讹变：侧身人形下部之"女"移至"日"下，而右侧仍保持侧身人形。人形显然是重复了（有男又有女），说明书写者已不明"夏"字结构之原委。以上诸字已非真正的形声字：其左不是形符，其右亦非声符。它们是原来形声字之讹变，即原来声符中的一部分移至形符下，形成新的偏旁。第四类侧身人形形声字之简化。"夏"字到春秋、战国时期已变得复杂，战国后期"夏"字开始简化。楚那客臧嘉量中的"夏"作"▨"，是楚帛书"夏"字的减省：形符"日"没有了，只留下声符；"日"下之"止"也可能省去，也可能是重新移回人形下部。魏三体石经中的"古文"多数为战国文字，其中"夏"作"▨"，应是战国玺印"夏"字简化的结果：保留了左边，去掉了右边。因战国玺印中的"夏"字本身已经讹变，故在此基础上简化的古文"▨"，变得不伦不类：既非原"夏"字中的形符，又非原"夏"字中的声符，是"夏"字衍变过程走入歧途的结果。综观"夏"字的类型及其衍变，"夏"字大体可分为两系：西土（宗周和秦）一系，其"夏"字为会意字；东土六国一系，其"夏"字为形声字；各种"夏"字都是在此基础上发生变化。秦王朝推行"车同轨、书同文"，故东土六国使用的形声字"夏"基本灭绝，但秦国使用的会意字"夏"（后来实际上变为象形字）则一直流传下来，并成为楷书"夏"的前身。东土六国所使用的"夏"字日为形符，侧身人形为声符。这些侧身人形声符中，仲夏父鬲之侧身人形▨为最早，也最完整。这个侧身人形▨的读音当为"夏"，很可能与"夏"人之"夏"的本字有关。这个声符"夏"（▨）是一个完整的侧身人形：头上长发高竖略弯曲，首作❂形，上身手微托，下身微屈，有足。这里最重要的特征是头上长发高竖，可能与夏人的发式有关，而发式往往是区别不同部落和不同民族的根据之一。"夏"字义有两点十分重要：一是"夏，中国之人也"，二是"夏，舞也"。《说文》"夏"字为秦小篆，是宗周和秦文字的延伸。秦小篆"夏"源于墙盘，本义应为"夏，舞也"，《说文》却说"夏，中国之人也"。这个"矛盾"有其内在的原因，从"夏"字的类型及源流可以看到，宗周和秦所使用的"夏"是"夏，舞也"之"夏"，这个"夏"目前在甲骨文中未见踪影；而东土六国使用的形声字"夏"，其声符❂源于甲骨文中的❂，这个"夏"是真正的"夏人"之"夏"，《说文》所云"夏，中国之人也"应该是指这个"夏"，而不是指宗周和秦所使用的会意字"夏"。秦推行"书同文字"，六国所使用的"夏"逐渐灭绝，唯独秦使用的"夏"得以发扬。但秦始皇废除的只是东土六国"夏"字的形体，而不可能废除"夏"之字义，故许慎作《说文》时采用的是秦文字字形，而注释的却是"夏，中国之人也"，这是历史的结合。①以上分析通过对汉魏以前"夏"字形体演变的考察，指出"夏"字字形存在西土（宗周和秦）与东土六国两系；以及许慎《说文》"夏"字形体与意义"错位"现象。这对于理解《诗经》之《大夏》《小夏》无疑提供有益的思路。

"夏"的三重意义，《说文》只是遴选"夏，中国之人也"字义，而忽略"夏，舞也"、"夏，大也"，但就《诗经》"雅诗"而言，"夏"字"夏，舞也"、"夏，大也"两个意义与其关系可能更为直接，同时，《诗经》之《大夏》《小夏》的命名其实也离不开"夏"之"夏，中国之人也"字义。这样，在思考《诗经》之《大夏》《小夏》的命名及分类时，应综合考察"夏"之三重字义。

《诗经》"大雅"原本作《大夏》，不过，对于《大夏》这一称谓而言，还应注意早期文献中的这些记载。《周礼·春官·大司乐》载："以乐舞教国子：舞《云门》、《大卷》、《大咸》、《大磬》、《大夏》、《大濩》、《大武》。"②《庄

---

① 曹定云：《古文"夏"字考——夏朝存在的文字见证》，《中原文物》，1995年第3期。
② 贾公彦：《周礼注疏》，北京大学出版社，1999年版，第575页。

子·天下》篇也说："黄帝有《咸池》，尧有《大章》，舜有《大韶》，禹有《大夏》，汤有《大濩》，文王有《辟雍》之乐，武王、周公作《武》。"① 这里的《大夏》，郑《注》谓："《大夏》，禹乐也。禹治水傅土，言其德能大中国也。"② 贾《疏》指出：

  此大司乐所教是大舞，乐师所教者是小舞。案《内则》云"十三舞《勺》，成童舞《象》"，舞《象》谓戈，皆小舞。又云"二十舞《大夏》"，即此六舞也。特云《大夏》者，郑云："乐之文武中。"其实六舞皆乐也。《保氏》云"教之六乐"，二官共教者，彼教以书，此教以舞，故共其职也。……云"《大夏》禹乐也。禹治水傅土，言其德能大中国也"者，案《禹贡》云"敷土"，敷，布也，布治九州之水土，是敷土之事也。《乐记》云："夏，大也。"注云："禹乐名。禹能大尧舜之德。"大中国，即是大尧舜之德也。《元命包》云："禹能德并三圣。"德并三圣，即是大尧舜之德，亦一也。③

又《左传·襄公二十九年》载：

  见舞《大夏》者，曰："美哉！勤而不德，非禹，其谁能修之？"

杜预《注》说："禹之乐。"孔《疏》解释说：

  《乐记》解此乐名，"夏，大也"。郑玄云："言禹能大尧、舜之德。"又《周礼》注云："禹治水敷土，言其德能大中国也。"季札见此舞，叹禹勤苦为民，而不以为恩德，则郑《周礼》注是也。④

---

① 陈鼓应：《庄子今注今译》，中华书局，1983年版，第863页。
② 贾公彦：《周礼注疏》，北京大学出版社，1999年版，第576页。
③ 贾公彦：《周礼注疏》，北京大学出版社，1999年版，第576—577页。
④ 孔颖达：《春秋左传正义》，北京大学出版社，1999年版，第1107页。

根据这些注解，可知作为"六大舞"之一种，《大夏》是有关大禹的乐舞，是歌颂大禹布治九州水土的德行。《周礼·春官·大司乐》接着说："乃奏蕤宾，歌函钟，舞《大夏》，以祭山川。"① 可见《大夏》也用于祭祀山川。

《礼记·明堂位》：

> 升歌《清庙》，下管《象》，朱干玉戚，冕而舞《大武》。皮弁素积，裼而舞《大夏》。②

郑《注》："《大夏》，夏舞也。"③ 孔《疏》：

> "皮弁素积，裼而舞《大夏》"者，皮弁，三王之服也。裼，见美也。《大夏》，夏禹之乐也。王又服皮弁裼而舞夏后氏之乐也。六冕是周制，故用冕而舞周乐；皮弁是三王服，故用皮弁舞夏乐也。而周乐是《武》，《武》质，故不裼。夏家乐文，文，故裼也。……云"《大夏》，夏舞也"者，以《大夏》是禹乐，故为夏舞。④

在大庙禘祀周公，不仅舞《大武》，而且舞《大夏》。《大武》描述武王灭商及建立周朝相关史实，位列"六大舞"之一，是周王朝最为重要的歌舞。禘祀周公，使用《大武》是可以理解的，毕竟周公是周初最为重要的政治人物之一，对王朝有着重要贡献。禘祀周公还使用《大夏》，这意味着《大夏》对于周朝有着不同一般的意义。《公羊传·昭公二十五年》载：

> 子家驹曰："诸侯僭于天子，大夫僭于诸侯久矣。"昭公曰："吾

---
① 贾公彦：《周礼注疏》，北京大学出版社，1999年版，第582页。
② 孔颖达：《礼记正义》，北京大学出版社，1999年版，第937页。
③ 孔颖达：《礼记正义》，北京大学出版社，1999年版，第938页。
④ 孔颖达：《礼记正义》，北京大学出版社，1999年版，第939-940页。

何僭矣哉？"子家驹曰："设两观，乘大路，朱干，玉戚，以舞《大夏》；八佾以舞《大武》，此皆天子之礼也。"①

何休《注》谓："《大夏》，夏乐也。周所以舞夏乐者，王者始起，未制作之时，取先王之乐与己同者，假以风化天下，天下大同，乃自作乐。取夏乐者，与周俱文也。王者舞六乐于宗庙之中。舞先王之乐，明有法也；舞己之乐，明有制也；舞四夷之乐，大德广及之也。"② 子家驹认为《大夏》《大武》都是天子之乐，根据文意，子家驹的判断显然不是基于"六大舞"的立场，而是依据周王朝当下的实际。也就是说，周代是将《大夏》《大武》作为天子之乐的，诸侯及卿大夫是没有资格使用的。《大夏》作为大禹乐舞，何以在周王朝仍被作为天子之乐，何休给出下述理由。一是周王朝刚刚建立，天下尚未太平，因此取先王之乐。由于夏与周同属文统，故取夏乐。二是在宗庙中使用先王之乐，表明法度所存。其实，《大夏》之所以在重要场合继续被使用，最根本原因在于周人的"尊夏"情结。

作为大禹乐舞的《大夏》，在早期文献中似乎还有别的称谓。《礼记·仲尼燕居》载：

两君相见，揖让而入门，入门而县兴，揖让而升堂，升堂而乐阕。下管《象》、《武》，《夏》籥序兴，陈其荐俎，序其礼乐，备其百官。③

郑《注》："《象》、《武》，武舞也。《夏》籥，文舞也。"④ 孔《疏》谓：

"《夏》籥序兴"者，《夏》籥，谓大夏文舞之乐，以《象》、

---

① 徐彦：《春秋公羊传注疏》，北京大学出版社，1999年版，第523－524页。
② 徐彦：《春秋公羊传注疏》，北京大学出版社，1999年版，第524页。
③ 孔颖达：《礼记正义》，北京大学出版社，1999年版，第1386页。
④ 孔颖达：《礼记正义》，北京大学出版社，1999年版，第1386页。

《武》次序更递而兴,于是陈列荐俎,次序礼乐,备具百官。从"《夏》籥序兴"至此,重赞扬在上之事。①

孔颖达以为《夏籥》指"大夏文舞之乐",似乎尚未明确说明《夏籥》即《大夏》。王国维指出:

> 《毛诗·周颂序》:"《维清》,奏《象》舞也。下管《象》,当谓管《维清》之诗。升歌《清庙》,下管《维清》,皆颂也。"《仲尼燕居》云:"下管《象》。《武》、《夏籥》序兴",郑读"下管《象》《武》"为句,然下云"升歌《清庙》,示德也;下而管《象》,示事也。"则当读"下管《象》"为句,"《武》《夏籥》序兴"为句。《武》,《大武》。《夏籥》,《大夏》也。《吕氏春秋·古乐》篇"禹命皋陶作为《夏籥》九成,以昭其功。"是《夏籥》即《大夏》。夏者,夏翟羽。(郑氏《周礼·天官序官·夏采》注。)《诗·邶风》"左手执籥,右手秉翟",谓此舞也。②

这是明确表示《夏籥》即《大夏》。又《逸周书·世俘解》载:

> 辛亥,荐殷俘殷王鼎。武王乃翼矢珪、矢宪,告天宗上帝。王不革服,格于庙,秉黄钺,语治庶国,籥人九终。王烈祖自太王、太伯、王季、虞公、文王、邑考以列升。维告殷罪,籥人造,王秉黄钺正国伯。壬子,王服衮衣矢琰格庙。籥人造,王秉黄钺正邦君。癸丑,荐殷俘王士百人。籥人造,王矢琰秉黄钺,执戈。王入,奏庸《大享》一终,王拜首稽首。王定,奏庸《大享》三终。甲寅,谒戎殷于牧野、王佩赤、白旂。籥人奏《武》。王入。进《万》、献《明明》三

---

① 孔颖达:《礼记正义》,北京大学出版社,1999年版,第1387页。
② 王国维:《观堂集林》,河北教育出版社,2001年版,第56页。

终。乙卯，籥人奏《崇禹生开》三终，王定。①

韩高年分析说：

> 王国维《释乐次》据《庄子·天下篇》等材料，认为《大夏》亦称"《夏籥》九成"。上引《世俘》篇言辛亥日"用籥于天位"、"籥人九终"，显然即《吕氏春秋》之"《夏籥》九成"，亦《礼记·仲尼燕居》所载"《武》、《夏籥》序兴"之《夏籥》。②

从这些地方来看，《大夏》还存在一个别称即《夏籥》。

那么，《大夏》为什么又称作《夏籥》呢？《礼记·祭统》云：

> 夫大尝禘，升歌《清庙》，下而管《象》，朱干玉戚以舞《大武》，八佾以舞《大夏》，此天子之乐也。③

郑《注》："《大夏》，禹乐，文舞也，执羽籥。"④ 孔《疏》指出：

> 《大夏》，禹乐，文舞也，执羽籥。此天子之乐也。……言"文、武之舞皆八列，互言之耳"者，以经云"八佾以舞《大夏》"，舞《大武》不显佾数，则舞《大武》亦八佾也。《大武》云"朱干玉戚"，其《大夏》则不用朱干玉戚，当用羽籥。而云"互文"者，以《大夏》言舞数，则《大武》亦当有舞数。《大武》言所执舞器，则《大夏》亦有舞器，故云"互"也。⑤

---

① 张闻玉：《逸周书全译》，贵州人民出版社，2000年版，第146-147页。
② 韩高年：《〈大夏〉钩沉》，《文献》，2010年第3期。
③ 孔颖达：《礼记正义》，北京大学出版社，1999年版，第1366页。
④ 孔颖达：《礼记正义》，北京大学出版社，1999年版，第1366页。
⑤ 孔颖达：《礼记正义》，北京大学出版社，1999年版，第1367页。

根据郑《注》与孔《疏》，《大夏》属于文舞，执羽籥以舞。又《礼记·内则》载："二十而冠，始学礼，可以衣裘帛，舞《大夏》，惇行孝弟，博学不教，内而不出。"郑玄《注》谓："《大夏》，乐之文武备者也。"① 黄以周指出："云先必有后，是则文乐亦有武舞，武乐亦有文舞，特分先后而已。"又说：

> 禹以文得，亦先文乐，故《大夏》为文舞。而《大司乐》云"舞《大夏》以祭山川"，《舞师》则云"掌教兵舞，帅而舞山川之祭祀"，是《大夏》亦有武舞矣。《公羊传》亦云"朱干玉戚以舞《大夏》"，是则六乐皆文武舞备也。疏家言万者干舞，籥者羽舞，文本《公羊传》。而《诗·简兮》曰"方将万舞"，又曰"左手执籥，右手秉翟"，明万虽武舞，亦用文舞也。故传云"以干舞为万舞"，笺亦云"万者干羽，文武道备"。是则万者，干舞羽舞之总名也。宣八年《春秋经》"万入去籥"，正以万兼羽籥，故别言之。隐五年《传》"考仲子宫，将万焉，公问羽数于众仲"，尤为万有羽舞之显证。②

可见，《大夏》不仅具有文舞的特质，同时也属于武舞。有学者指出，"大武""大夏"是乐舞的专名，"夏"则是乐舞的通名。"夏"表示乐舞有广狭义之分，广义泛指乐舞，狭义则指武舞。"夏"字的形体像人而突出其手舞足蹈的形象，其造字本义正是乐舞之意。"覍"字是"夏"字的繁文或异构，二者实为一字，它突出手执戚钺的形象，是生动的武舞形象。③ 不过，从文舞的角度来看，《大夏》既然执羽籥以舞，那么，它又被称为《夏籥》也就不难理解了。

当然，对于这个问题，还可以尝试进一步说明。牛汝辰分析说，《括地志》

---

① 孔颖达：《礼记正义》，北京大学出版社，1999 年版，第 869 页。
② 黄以周：《礼书通故》，中华书局，2007 年版，第 1808 页。
③ 詹鄞鑫：《华夏考》，《华东师范大学学报》，2001 年第 5 期。

谓"夏亭故城在汝州郏城县东北五十四里",郏城县东北正是古阳翟境内。《吴越春秋》谓"启遂即天子之位,治国于夏",表明今河南禹县地区至迟在夏启时期成为夏人的活动中心,夏部族以久居于夏地而得名。至于何以称夏,当以此地古时盛产夏翟鸟的缘故。今河南禹县古称阳翟,许慎《说文·羽部》谓翟为"山雉",徐锴《说文系传》云"古谓雉为翟"。翟鸟又称作鸐,即今天所说的山鸡。古代翟鸟多栖息于今河南伊洛河以南东至于江淮间山区,桂馥《说文解字义证》引《本草嘉祐图经》说江淮伊洛间有一种尾长而小者为山鸡。翟鸟又称作夏翟,《尚书·禹贡》"海岱及淮惟徐州……羽畎夏翟",孔颖达以为"夏翟共为雉名",就是说夏翟和翟都是山鸡的名称。据桂馥《说文解字义证》,翟鸟因其羽毛光泽鲜艳而称为夏翟,夏翟又单称为夏。《谷梁传·隐公五年》"舞夏",所谓"舞夏"即以翟鸟羽毛作舞具之意。由此可知翟鸟在古代曾称作夏翟,又单称作夏,夏鸟当即夏翟鸟的初称。① 吴锐指出,《诗经》记载万舞的表演是"左手执籥,右手秉翟",翟即雉鸟的羽毛,因此这种舞蹈又叫羽舞。《春秋·隐公五年》"初六献羽",《谷梁传》"舞夏,天子八佾,诸公六佾,诸侯四佾。初献六羽,始僭乐矣",范宁《集解》谓"夏,大也。谓大雉。大雉,翟雉",可见"舞夏"是舞蹈中用羽毛作为装饰。"夏"字的本义指跳舞的人,舞者经常用夏翟作装饰,这种舞蹈因此得名为"夏"。如果着眼于乐器,这种乐舞可以叫籥舞,即《夏籥》。②

在《大夏》之外,早期文献还提到《九夏》。《周礼·春官·钟师》有云:

> 凡乐事,以钟鼓奏《九夏》:《王夏》、《肆夏》、《昭夏》、《纳夏》、《章夏》、《齐夏》、《族夏》、《祴夏》、《骜夏》。③

《九夏》之名在先秦文献中并不习见,可以说这是唯一一次见于《周礼》

---

① 牛汝辰:《"中国""中华""华夏"的由来及其文化内涵》,《测绘科学》,2019年第6期。
② 吴锐:《论夏舞与夏朝、夏族无关》,《人文杂志》,2015年第12期。
③ 贾公彦:《周礼注疏》,北京大学出版社,1999年版,第624页。

的记载。对于《九夏》,郑《注》指出:

> 夏,大也,乐之大歌有九。故书"纳"作"内",杜子春云:"内当为纳,祴读为陔鼓之陔。王出入奏《王夏》,尸出入奏《肆夏》,牲出入奏《昭夏》,四方宾来奏《纳夏》,臣有功奏《章夏》,夫人祭奏《齐夏》,族人侍奏《族夏》,客醉而出奏《陔夏》,公出入奏《骜夏》。《肆夏》,诗也。《春秋传》曰:'穆叔如晋,晋侯享之,金奏《肆夏》三,不拜;工歌《文王》之三,又不拜;歌《鹿鸣》之三,三拜,曰:《三夏》,天子所以享元侯也,使臣不敢与闻。'《肆夏》与《文王》、《鹿鸣》俱称三,谓其三章也。以此知《肆夏》诗也。《国语》曰:'金奏《肆夏》、《繁遏》、《渠》,天子所以享元侯。'《肆夏》、《繁遏》、《渠》,所谓《三夏》矣。吕叔玉云:《肆夏》、《繁遏》、《渠》皆《周颂》也。《肆夏》,《时迈》也。《繁遏》,《执竞》也。《渠》,《思文》。肆,遂也。夏,大也。言遂于大位,谓王位也,故《时迈》曰'肆于时夏,允王保之'。繁,多也。遏,止也。言福禄止于周之多也,故《执竞》曰'降福穰穰,降福简简,福禄来反'。渠,大也,言以后稷配天,王道之大也。故《思文》曰'思文后稷,克配彼天'。故《国语》谓之曰'皆昭令德以合好也'。"玄谓以《文王》、《鹿鸣》言之,则《九夏》皆诗篇名,颂之族类也。此歌之大者,载在乐章,乐崩亦从而亡,是以颂不能具。[①]

又贾《疏》谓:

> 云"夏大也"者,欲明此《九夏》者皆诗之大者,故云"乐之大歌有九"。杜子春云"祴读为陔鼓之陔"者,汉有陔鼓之法,故《乐师》先郑云"若今时行礼于大学,罢出,以《鼓陔》为节",故读从

---

① 贾公彦:《周礼注疏》,北京大学出版社,1999年版,第624页。

之也。云"王出入奏《王夏》,尸出入奏《肆夏》,牲出入奏《昭夏》"者,皆《大司乐》文。云"四方宾来奏《纳夏》,臣有功奏《章夏》,夫人祭奏《齐夏》,族人侍奏《族夏》"者,此四夏皆无明文,或子春别有所见,故后郑从之。云"宾醉而出奏《陔夏》"者,宾醉将出奏之,恐其失礼,故戒切之,使不失礼,是以《乡饮酒》、《乡射》、《燕礼》、《大射》,宾醉将出之时,皆云奏《陔》。云"公出入奏《骜夏》"者,按《大射》云"公入,奏《骜夏》",是诸侯射于西郊,自外入时奏《骜夏》。不见出时而云出者,见《乐师》云:"行以《肆夏》,趋以《采荠》。"出入礼同,则《骜夏》亦出入礼同,故兼云出也。此《九夏》者,惟《王夏》,惟天子得奏,诸侯已下不得。其《肆夏》,则诸侯亦当用,故燕礼奏《肆夏》;大夫已下者不得,故《郊特牲》云"大夫之奏《肆夏》,由赵文子始",明不合也。其《昭夏》已下,诸侯亦用之。其《骜夏》,天子大射入时无文,故子春取《大射》"公入《骜》",以明天子亦用也。云"《肆夏》,诗也"者,子春之意,《九夏》皆不言诗,是以解者不同,故杜注《春秋》云"《肆夏》为乐曲名"。今云"《肆夏》诗,则《九夏》皆诗",后郑从之。"《春秋传》曰"已下,襄公四年传文。云"俱称三,谓其三章"者,此皆篇而云章者,子春之意,以章名篇耳。引《国语》曰"金奏《肆夏》、《繁遏》、《渠》,天子所以享元侯"者,歌诗尊卑各别,若天子享元侯,升歌《肆夏》颂,合《大雅》。享五等诸侯,升歌《大雅》,合《小雅》。享臣子,歌《小雅》,合乡乐。若两元侯自相享,与天子享己同。五等诸侯自相享,亦与天子享己同。诸侯享臣子,亦与天子享臣子同。燕之用乐与享同,故燕礼燕臣子升歌《鹿鸣》之等三篇。襄四年,晋侯享穆叔,为之歌《鹿鸣》。云"君所以嘉寡君",是享燕同乐也。云"所谓三夏矣"者,即上引《春秋》"肆夏三不拜",三是《三夏》,故云《三夏》。吕叔玉者,是子春引之者,子春之意与叔玉同,三夏并是在《周颂》篇,故以《时迈》、《执竞》、

《思文》三篇当之。后郑不从者,见《文王》、《大明》、《绵》及《鹿鸣》、《四牡》、《皇皇者华》,皆举见在《诗》篇名,及《肆夏》、《繁遏》、《渠》,举篇中义意,故知义非也。"玄谓以《文王》、《鹿鸣》言之,则《九夏》皆《诗》篇名"者,以襄四年,晋侯享穆叔,奏《肆夏》,与《文王》、《鹿鸣》同时而作,以类而言,《文王》、《鹿鸣》等既是《诗》,明《肆夏》之三亦是《诗》也。《肆夏》既是《诗》,则《九夏》皆《诗》篇名也。云"颂之族类也"者,《九夏》并是颂之族类也。云"此歌之大者",以其皆称夏也。云"载在乐章"者,此《九夏》本是颂,以其大而配乐歌之,则为乐章,载在乐章也。云"乐崩亦从而亡,是以颂不能具"者,乐崩在秦始皇之世,随乐而亡,颂内无,故云颂不能具也。①

对于郑《注》、贾《疏》有关《九夏》的注解,这些地方需要注意:其一,《九夏》之"夏"的含义;其二,《九夏》与"诗"及"颂"的关系;其三,《九夏》的功能及流传。

首先,来看《九夏》之"夏"的含义。郑《注》将《九夏》解释为"夏,大也,乐之大歌有九",应该说,郑玄的这个解释不是随意的。《诗经·周颂·时迈》说"我求懿德,肆于时夏,允王保之",毛《传》:"夏,大也。"郑《笺》:"我武王求有美德之士而任用之,故陈其功,于是夏而歌之。乐歌大者称夏。"②毛《传》明确将"夏"释为"大",郑《笺》又补充说"乐歌大者称夏",可见郑玄《周礼注》与此是相通的。对此,孔《疏》分析说:

> 以言陈之于夏,故知夏为乐名。又解名为夏之意,以夏者大也,乐歌之大者称夏也。《思文》笺云:"夏之属有九。"与此意相足。言由《周礼》有九夏,知此夏为乐歌也。《春官·钟师》"凡乐事,以钟

---

① 贾公彦:《周礼注疏》,北京大学出版社,1999年版,第625—626页。
② 孔颖达:《毛诗正义》,北京大学出版社,1999年版,第1306页。

鼓奏九夏：《王夏》、《肆夏》、《昭夏》、《纳夏》、《章夏》、《齐夏》、《族夏》、《陔夏》、《骜夏》"，注云："夏，大也。乐之大歌有九，是九夏之名也。"彼注引吕叔玉云："《肆夏》、《繁遏》、《渠》，皆《周颂》也。《肆夏》，《时迈》也；《繁遏》，《执竞》也；《渠》，《思文》也。"玄谓以《文王》、《鹿鸣》言之，则《九夏》皆诗篇名，颂之族类也。此歌之大者，载在乐章，乐崩亦从而亡，是以颂不能具。然则郑以九夏别有乐歌之篇，非颂也，但以歌之大者皆称夏耳。①

在"夏，大也"问题上，《周颂·思文》"无此疆尔界，陈常于时夏"，郑《笺》："陈其久常之功，于是夏而歌之。夏之属有九。"② 孔《疏》：

此与《时迈》皆周公所作，俱云"时夏"，则以此二者为大功，故于乐为大歌也。夏之属有九，即《钟师》"九夏"是也。③

又《国语·周语上》载：

穆王将征犬戎，祭公谋父谏曰："不可。先王耀德不观兵。夫兵戢而时动，动则威，观则玩，玩则无震。是故周文公之《颂》曰：'载戢干戈，载櫜弓矢。我求懿德，肆于时夏，允王保之。'"④

韦昭《注》谓："夏，大也。言武王常求美德，故陈其功，于是夏而歌之。乐章大者曰夏。"⑤ 又《左传·宣公十二年》载：

---

① 孔颖达：《毛诗正义》，北京大学出版社，1999年版，第1306-1307页。
② 孔颖达：《毛诗正义》，北京大学出版社，1999年版，第1310页。
③ 孔颖达：《毛诗正义》，北京大学出版社，1999年版，第1311-1312页。
④ 上海师范大学古籍整理研究所校点：《国语》，上海古籍出版社，1998年版，第1页。
⑤ 上海师范大学古籍整理研究所校点：《国语》，上海古籍出版社，1998年版，第2页。

· 180 ·

楚子曰："非尔所知也。夫文，止戈为武。武王克商。作《颂》曰：'载戢干戈，载櫜弓矢。我求懿德，肆于时夏，允王保之。'"①

杜《注》："夏，大也。言武王既息兵，又能求美德，故遂大而信王保天下。"② 这些注疏均将"夏"释为"大"。按《左传·襄公二十九年》载季札观乐时说：

为之歌《秦》。曰："此之谓夏声。夫能夏则大，大之至也，其周之旧乎！"③

杜预《注》："秦本在西戎汧、陇之西。秦仲始有车马、礼乐。去戎狄之音而有诸夏之声，故谓之'夏声'。"④ 季札在观赏《秦风》之后，认为《秦风》属于夏声。所谓"夏声"，据杜《注》，也就是诸夏之声，所以称为"大"。由此可见，毛《传》以来的注疏显然继承季札的说法。

其次，杜子春根据《左传》的记载，认为《肆夏》属于诗；吕叔玉根据《国语》的记载，进一步指出《肆夏》是《周颂》，即《时迈》一诗；郑玄吸收他们的观点，强调《九夏》不仅都是诗篇名，而且还属于颂诗；贾公彦《疏》清理杜子春、吕叔玉的说法，肯定了郑玄的观点。《诗经·周颂·时迈》孔《疏》也引述郑玄之说，接受《九夏》诗篇名及颂诗的观点，不过，孔《疏》紧接着说"郑以九夏别有乐歌之篇，非颂也，但以歌之大者皆称夏耳"，这又基本否定此前认可的观点，似乎只认可《九夏》属于诗。孔《疏》前后不一，确实有点匪夷所思，待后文详解。

最后，《九夏》虽然指《王夏》《肆夏》《昭夏》《纳夏》《章夏》《齐夏》《族夏》《祴夏》《骜夏》，不过，除《周礼·春官·钟师》外，文献中还明确

---

① 孔颖达：《春秋左传正义》，北京大学出版社，1999年版，第652页。
② 孔颖达：《春秋左传正义》，北京大学出版社，1999年版，第652页。
③ 孔颖达：《春秋左传正义》，北京大学出版社，1999年版，第1099页。
④ 孔颖达：《春秋左传正义》，北京大学出版社，1999年版，第1099页。

>>> 《诗经》补论

记载的只有《王夏》《肆夏》《昭夏》《械夏》《骜夏》，至于《纳夏》《章夏》《齐夏》《族夏》，正如贾《疏》所言，"此四夏皆无明文"。① 现在对见载于文献的诸夏进行一些梳理，以期了解它们的功能和流传情况。

《周礼·春官·大司乐》载：

> 王出入则令奏《王夏》，尸出入则令奏《肆夏》，牲出入则令奏《昭夏》。……大飨不入牲，其他皆如祭祀。②

郑《注》："三夏，皆乐章名。大飨不入牲，其他皆如祭祀。大飨，飨宾客也。不入牲，牲不入，亦不奏《昭夏》也。其他，谓王出入、宾客出入亦奏《王夏》、《肆夏》。"③ 贾《疏》解释说：

> 云"王出入"者，据前文大祭祀而言。王出入，谓王将祭祀，初入庙门，升祭讫，出庙门，皆令奏《王夏》也。尸出入，谓尸初入庙门，及祭祀讫，出庙门，皆令奏《肆夏》。牲出入者，谓二灌后，王出迎牲，及焰肉与体其大豕，是牲出入，皆令奏《昭夏》。先言王，次言尸，后言牲者，亦祭祀之次也。此三夏即下文九夏，皆是诗。诗与乐为之章，故云乐章名也。④

据此，在祭祀时，王出入、尸出入、牲出入分别奏《王夏》《肆夏》《昭夏》。当然，贾《疏》指出三夏都是诗。

《春官·乐师》载：

---

① 贾公彦：《周礼注疏》，北京大学出版社，1999年版，第625–626页。
② 贾公彦：《周礼注疏》，北京大学出版社，1999年版，第590–591页。
③ 贾公彦：《周礼注疏》，北京大学出版社，1999年版，第590–591页。
④ 贾公彦：《周礼注疏》，北京大学出版社，1999年版，第591页。

教乐仪，行以《肆夏》，趋以《采荠》，车亦如之。①

郑《注》："郑司农云：'《肆夏》、《采荠》皆乐名，或曰皆逸诗。谓人君行步，以《肆夏》为节。趋疾于步，则以《采荠》为节。若今时行礼于大学，罢出，以《鼓陔》为节。'"② 贾《疏》谓：

《礼记·玉藻》云："趋以《采荠》，行以《肆夏》。"先言趋，后言行，据从外向内，是入时也。乐节是同，故郑出入并言也。……云"然则王出既服，至堂而《肆夏》作"者，是行以《肆夏》，出路门而《采荠》作，是趋以《采荠》也。云"其反入至应门路门亦如之"者，反入至应门，即是路门外，当奏《采荠》也，入至路门，即是门内行以《肆夏》也。但王有五门，外仍有皋、库、雉三门，经不言乐节，郑亦不言，故但据路门外内而言。若以义量之，既言趋以《采荠》，即门外谓之趋，可总该五门之外，皆于庭中遥奏《采荠》。云"此谓步迎宾客"者，以其言行与趋，是步迎之法可知也。云"王如有车出之事"者，则经"车亦如之"是也。但车无行趋之法，亦于门外奏《采荠》，门内奏《肆夏》。……云"大师于是奏乐"者，谓王有此出入之时，则大师于时奏此《采荠》、《肆夏》也。③

由此可知，奏《肆夏》的目的在于规范人君行步。《夏官·大驭》说：

凡驭路，行以《肆夏》，趋于《采荠》。④

郑《注》："《肆夏》、《采荠》，乐章也。"贾《疏》："《肆夏》在《钟师》，

---

① 贾公彦：《周礼注疏》，北京大学出版社，1999年版，第597页。
② 贾公彦：《周礼注疏》，北京大学出版社，1999年版，第597页。
③ 贾公彦：《周礼注疏》，北京大学出版社，1999年版，第598页。
④ 贾公彦：《周礼注疏》，北京大学出版社，1999年版，第854页。

与《九夏》同是乐章可知。其《采茨》虽逸诗,既与《肆夏》同歌,明亦乐章也。"① 尽管郑《注》稍异于前引郑众之说,但奏《肆夏》的目的是颇为一致的,不过此处在于规范人君行车或乘车。

《礼记·玉藻》云:

> 古之君子必佩玉,右徵、角,左宫、羽,趋以《采齐》,行以《肆夏》。②

孔《疏》:

> 路寝门内至堂,谓之"行",于行之时则歌《肆夏》之乐。按《尔雅·释宫》云:"室中谓之时,堂上谓之行,堂下谓之步门,外谓之趋,中庭谓之走,大路谓之奔。"此对文耳。若总而言之,门内谓之行,门外谓之趋。郑注《乐师》云:"行,谓于大寝之中。趋,谓于朝廷。"然则王出,既服至堂而《肆夏》作,出路门而《采荠》作。其反,入至于应门、路门亦如之。③

此处言演奏《肆夏》是用来节制君子的步行,但孔《疏》将"君子"理解为"王",这一释义似乎值得斟酌。有学者指出:"《肆夏》是周代礼仪活动中用于控制行礼者行步之节的重要乐章,其所使用的场合,十分复杂,包括王大祭祀、大享、出入大寝及朝廷、诸侯大射及燕享;适用的对象,也极其不同,包括王、诸侯、卿大夫、士各个等级,此外还可用于祭祀时尸的出入,等等。"④ 这个判断是很有道理的。对于《肆夏》来说,应该注意两个环节:一是谁能够使用,二是适用对象的范围。《礼记·效特牲》载:"大夫之奏《肆夏》

---

① 贾公彦:《周礼注疏》,北京大学出版社,1999年版,第855页。
② 孔颖达:《礼记正义》,北京大学出版社,1999年版,第913－914页。
③ 孔颖达:《礼记正义》,北京大学出版社,1999年版,第915页。
④ 许兆昌:《"九夏"考述》,《古代文明》,2008年第4期。

也，由赵文子始也。"① 对此，孔《疏》分析指出：

> 案《大射礼》："公升即席，奏《肆夏》。"《燕礼》云："若以乐纳宾，则宾及庭奏《肆夏》，是诸侯之礼。"今文子亦奏之，故云"僭诸侯"。此谓纳宾乐也。若登歌下管正乐，则天子用三夏以飨元侯；元侯相飨，亦得用之。《周礼》"九夏"，《王夏》者，天子所用，其余八夏，诸侯皆得用之。其《陔夏》，卿大夫亦得用之，故《乡饮酒》客醉而出，奏《陔夏》，但非堂上正乐所用也。②

赵文子演奏《肆夏》，是不符合礼制规定的，按照当时礼制，作为卿大夫的赵文子只能使用《陔夏》，因为《肆夏》是诸侯层级使用的，所以，赵文子僭越了当时的礼制。由此可知，只有诸侯以上的才能使用《肆夏》，周王、诸侯是使用《肆夏》的主体。在这个意义上，孔《疏》的理解未必不对。然而，周王、诸侯使用《肆夏》，很多时候是用来迎宾的，但这些宾客未必全是诸侯，很多时候是卿大夫、士等。就上述《礼记·玉藻》的记载而言，很难得出"君子"作为主体使用《肆夏》的结论，也就是说，此处的"君子"其实也可以指卿大夫、士等群体。

《仪礼·燕礼》云：

> 若以乐纳宾，则宾及庭，奏《肆夏》。宾拜酒，主人答拜，而乐阕。公拜受爵而奏《肆夏》，公卒爵，主人升受爵以下而乐阕。③

郑《注》："《肆夏》，乐章也，今亡。以钟镈播之，鼓磬应之，所谓金奏也。……卿大夫有王事之劳，则奏此乐焉。"④ 贾《疏》：

---

① 孔颖达：《礼记正义》，北京大学出版社，1999年版，第779页。
② 孔颖达：《礼记正义》，北京大学出版社，1999年版，第779—780页。
③ 贾公彦：《仪礼注疏》，北京大学出版社，1999年版，第291页。
④ 贾公彦：《仪礼注疏》，北京大学出版社，1999年版，第291页。

云"《肆夏》,乐章也,今亡"者,郑注《钟师》云:"《九夏》皆《诗》篇名,《颂》之族类也。此歌之大者,载在乐章。乐崩亦从而亡。是以《颂》不能具也。"云"以钟镈播之,鼓磬应之"者,《钟师》云"掌金奏",郑注云:"击金以为奏乐之节。金谓钟及镈。"又云:"凡乐事以钟鼓奏《九夏》。"郑注云:"先击钟,次击鼓。"是奏《肆夏》时有钟、镈、鼓、磬。……此《肆夏》以金奏之,故引《郊特牲》示易以敬,证用《肆夏》之义也。不取宾入大门者,大门非寝门故也。云"卿大夫有王事之劳,则奏此乐焉",知者,以发首陈君与臣子常燕,及聘使之臣燕,次论四方宾燕,今此言宾及庭奏《肆夏》,则非寻常大夫为宾。与宰夫为主人相对者,谓若宾为苟敬四方宾之类,特奏《肆夏》,其事既重,若非有王事之劳,何以致此。故知是臣有王事之劳者,乃奏此乐也。[①]

可见卿大夫在有王事的情况下是可以聆听《肆夏》的。郑《注》、贾《疏》提到奏《肆夏》时有钟、镈、鼓、磬。这里的记载表明,《肆夏》不仅用于迎宾,而且国君拜谢主人而接过酒爵之际也奏《肆夏》。不过《大射仪》篇载:"公拜受爵,乃奏《肆夏》。"郑《注》:"言乃者,其节异于宾。"贾《疏》:"言'异'者,宾及庭奏,此君受爵乃奏,是其节异故也。"[②] 这就意味着,尽管同奏《肆夏》,但由于对象的差异,演奏的节律是有差异的。

又《大射仪》载:

摈者纳宾,宾及庭,公降一等揖宾,宾辟。公升,即席。奏《肆夏》。[③]

[①] 贾公彦:《仪礼注疏》,北京大学出版社,1999年版,第291页。
[②] 贾公彦:《仪礼注疏》,北京大学出版社,1999年版,第311页。
[③] 贾公彦:《仪礼注疏》,北京大学出版社,1999年版,第307页。

此条记载是说，当宾来到庭中时，国君从堂上走下一级迎宾，宾退避。国君上堂入席，此时奏《肆夏》，显然是用来迎宾。对于这条记载，郑《注》："《肆夏》，乐章名，今亡。吕叔玉云：《肆夏》，《时迈》也。《时迈》者，大平巡守，祭山川之乐歌。其《诗》曰：'明昭有周，式序在位。'又曰：'我求懿德，肆于《时夏》。'奏此以延宾，其着宣王德，劝贤与？《周礼》曰：'宾出入，奏《肆夏》。'"① 郑玄在《周礼·春官·钟师》注中并不认同吕叔玉的看法，在这里却引述吕氏，似乎是赞同的，对此，贾公彦《疏》谓：

> 云"《肆夏》乐章名，今亡"者，案《周礼·钟师》云"以钟鼓奏《九夏》"，杜子春引吕叔玉以为"《肆夏》，《时迈》也；《繁遏》、《执竞》也；《渠》，《思文》也"。后郑云："以《文王》、《鹿鸣》言之，则《九夏》皆《诗》篇名，《颂》之族类也。此歌之大者，载在乐章，乐崩亦从而亡，是以《颂》不能具。"郑彼注破吕叔玉。此注亦云"《肆夏》，乐章名，今亡"，与彼注亦同。今此又引"吕叔玉"于下者，以无正文，叔玉或为一义，故郑于此两解之也。②

贾《疏》解释了郑《注》对待吕叔玉看法之差异的缘由。
《礼记·郊特牲》云：

> 宾入大门，而奏《肆夏》，示易以敬也。③

孔《疏》指出：

> 飨礼既亡，无可凭据，今约《大射》及《燕礼》解其奏乐及乐阕

---
① 贾公彦：《仪礼注疏》，北京大学出版社，1999年版，第307页。
② 贾公彦：《仪礼注疏》，北京大学出版社，1999年版，第307页。
③ 孔颖达：《礼记正义》，北京大学出版社，1999年版，第775页。

之节。案《大射礼》:"主人纳宾。"宾是己之臣子,又无王事之劳,故宾入不奏《肆夏》。宾入及庭,公升即席,乃奏《肆夏》,于是主人引宾升,主人酌献宾,宾拜受爵,坐啐酒,拜,告旨,乐阕。宾饮卒爵,酢主人,主人受酢毕。主人盥洗献于公,公拜受爵,乃奏《肆夏》。……《燕礼记》云:"若以乐纳宾,则宾及庭奏《肆夏》。宾拜酒,主人答拜而乐阕,公拜受爵而奏《肆夏》。公卒爵,而乐阕。"郑注云:"卿大夫有王事之劳,则奏此乐。"此是己之臣子,有王事之劳,宾及庭而奏《肆夏》也,其余与《大射礼》同。……"而奏《肆夏》,示易以教也"者,乐主和易,今奏此《肆夏》大乐者,示主人和易严敬于宾也。……案《燕礼记》宾及庭奏《肆夏》,此入大门即奏《肆夏》者,熊氏云:"燕礼,燕己之臣子,此谓朝聘之宾,故入即奏《肆夏》也。"[1]

根据此条记载,《肆夏》用于迎宾,不仅可以表达主人和悦之情,以及向宾客表示敬意,还可以起到活跃、调节宴会气氛的作用。

以上梳理《肆夏》的使用情况,王举行礼事时出入行步或乘车,需要奏《肆夏》等以为行节。王燕享朝聘诸侯时奏《肆夏》以迎宾及送宾,诸侯举行大射礼时奏《肆夏》以迎宾。因此,《肆夏》的使用,并不限于祭祀时控制尸出入的行节。[2] 整体观之,《肆夏》具有控制行步之节及献享、取悦宾客等作用。

需要注意的是,《礼记·礼器》载:"其出也,《肆夏》而送之,盖重礼也。"郑玄指出:"出,谓诸侯之宾也,礼毕而出,作乐以节之。《肆夏》当为《陔夏》。"[3] 对于此处的《肆夏》,郑玄认为它应该作《陔夏》。对此,孔颖达分析说:

---

[1] 孔颖达:《礼记正义》,北京大学出版社,1999年版,第776-778页。
[2] 许兆昌:《"九夏"考述》,《古代文明》,2008年第4期。
[3] 孔颖达:《礼记正义》,北京大学出版社,1999年版,第761页。

"其出也,《肆夏》而送之,盖重礼也"者,《肆夏》当为《陔夏》,其诸侯之宾礼毕而出去,则奏《陔夏》之乐而送之,盖贵重于礼。虽礼毕而出,犹《陔夏》而戒之,使不失礼。……"《肆夏》当为《陔夏》"者,案《大司乐》云:"王出入奏《王夏》,尸出入奏《肆夏》,牲出入奏《昭夏》。"大飨不入牲,其它皆如祭祀。今破为《陔夏》者,以《大司乐》之文,大飨诸侯,则诸侯出入奏《肆夏》。此经是助祭之后,无算爵,礼毕,客醉而出,宜奏《陔夏》,故《燕礼》大射宾出奏《陔夏》,明不失礼也。①

前面已经指出,《肆夏》的一个重要功能是用于送宾。《礼器》的这条记载也是说礼仪活动结束之后,奏《肆夏》送宾,就一般而言,这应该没有什么疑问,郑玄为何却将其改读为《陔夏》呢?《陔夏》与《肆夏》一样,也发挥节制的作用,不过,它还包含《肆夏》所没有的一层意义,即警戒的作用。孔《疏》指出,《礼论·礼器》的此条记载描述无算爵结束之后客醉而出,为了防止宾客酒后失态,故特意演奏《陔夏》以儆戒提醒。正是鉴于这种考虑,故郑玄毅然改《肆夏》为《陔夏》。其实,早期文献也经常提到《陔夏》,特别是《仪礼》,比如《乡饮酒礼》载:

宾出,奏《陔》。主人送于门外,再拜。②

郑《注》:

《陔》,《陔夏》也。陔之言戒也,终日燕饮,酒罢,以《陔》为节,明无失礼也。《周礼·钟师》"以钟鼓奏《九夏》",是奏《陔夏》则有钟鼓矣。钟鼓者,天子诸侯备用之,大夫、士鼓而已。盖建于阼

---

① 孔颖达:《礼记正义》,北京大学出版社,1999年版,第762-763页。
② 贾公彦:《仪礼注疏》,北京大学出版社,1999年版,第161-162页。

阶之西,南鼓。《乡射礼》曰:"宾兴,乐正命奏《陔》,宾降及阶,《陔》作,宾出,众宾皆出。"①

贾《疏》:

云"《陔》,《陔夏》也"者,《周礼·钟师》有《陔夏》,故云《陔夏》也。云"《周礼·钟师》以钟鼓奏九夏"者,案《钟师》云:"凡乐事,以钟鼓奏九夏:《王夏》、《肆夏》、《昭夏》、《纳夏》、《章夏》、《齐夏》、《族夏》、《祴夏》、《骜夏》。"杜子春云:"王出入奏《王夏》,尸出入奏《肆夏》,牲出入奏《昭夏》,四方宾来奏《纳夏》,臣有功奏《章夏》,夫人祭奏《齐夏》,族人侍奏《族夏》,客醉而出奏《陔夏》,公出入奏《骜夏》。"言以钟鼓者,庭中先击钟,却击鼓,而奏此《九夏》,故云是奏《陔夏》则有钟鼓矣。……若用九夏则尊卑不同,天子则九夏俱作,诸侯则不用《王夏》,得奏其《肆夏》以下,大夫以下,据此文用《陔夏》,其余无文。②

《陔夏》之"陔"有"戒"的意义,燕饮酒罢,奏《陔夏》,以防止失礼。奏《陔夏》时使用钟鼓,不过只有天子诸侯才备用之,至于大夫、士只使用鼓。该篇又载:"乐正命奏《陔》,宾出,至于阶,《陔》作。"贾《疏》谓:"《陔》谓《陔夏》,《诗》篇名。命击鼓者,宾降自西阶,恐宾醉失礼,故至阶奏之。"③需注意者,贾《疏》特意提到《陔夏》是《诗》篇名。

《乡射礼》也载:

宾兴,乐正命奏《陔》。宾降及阶,《陔》作。④

---

① 贾公彦:《仪礼注疏》,北京大学出版社,1999年版,第161页。
② 贾公彦:《仪礼注疏》,北京大学出版社,1999年版,第161-162页。
③ 贾公彦:《仪礼注疏》,北京大学出版社,1999年版,第171页。
④ 贾公彦:《仪礼注疏》,北京大学出版社,1999年版,第228-229页。

第五章 "大雅""小雅"的生成及分类（中）

郑《注》："《陔》,《陔夏》,其诗亡。《周礼》宾醉而出,奏《陔夏》。《陔夏》者,天子诸侯以钟鼓,大夫、士鼓而已。"① 郑玄指出《陔夏》诗亡佚的情况,所用乐器分天子诸侯、大夫士两个阶级。

在这个注解中,郑玄指出《陔夏》属于诗篇,不过其诗已经亡佚,其实,郑玄在《周礼·钟师》注中已经提到这个问题。

又《燕礼》载：

宾醉,北面坐取其荐脯以降。奏《陔》。宾所执脯,以赐钟人于门内霤,遂出。②

郑《注》："《陔》,《陔夏》,乐章也。宾出奏《陔夏》,以为行节也。凡《夏》,以钟鼓奏之。必赐钟人,钟人掌以钟鼓奏《九夏》。今奏《陔》以节己,用赐脯以报之,明虽醉不忘礼。"贾《疏》说：

案《钟师》"九夏"之中有《陔夏》,《九夏》皆是《诗》。《诗》为乐章,故知乐章也。云"宾出奏《陔夏》,以为行节也"者,此及《乡饮酒》皆于宾出奏《陔夏》,明此为行节戒之,使不失礼。云"凡《夏》,以钟鼓奏之"者,案《周礼·钟师》云："以钟鼓奏《九夏》。"郑注云："先奏钟次击鼓。"是凡《夏》皆以钟鼓奏之。③

郑玄在这里指出《陔夏》是乐章,为用钟鼓奏之,贾公彦补充说,《陔夏》既然是《诗》,而《诗》又是乐章,那么《陔夏》自然也就是乐章。

又《大射仪》载：

---

① 贾公彦：《仪礼注疏》,北京大学出版社,1999年版,第228页。
② 贾公彦：《仪礼注疏》,北京大学出版社,1999年版,第287页。
③ 贾公彦：《仪礼注疏》,北京大学出版社,1999年版,第287页。

> 宾醉，北面坐取其荐脯以降。奏《陔》。宾所执脯，以赐钟人于门内霤，遂出。①

此条记载与《燕礼》同，不过郑玄在此指出："《陔夏》，乐章也，其歌《颂》类也。以钟鼓奏之，其篇今亡。"② 即认为《陔夏》在性质上属于颂诗。

郑玄这里的注解不过是重复自己在《周礼·钟师注》的观点而已。

对于《陔夏》，许兆昌分析说："《陔夏》的使用场合包括大射、燕、乡射及乡饮酒，与《肆夏》的使用场合有重复。其适用对象包括诸侯之卿大夫，也与《肆夏》有重复之处。两者应该说都是周代礼事活动中节制宾客步伐的重要乐曲。不过，与《肆夏》相比，《陔夏》在控制行礼者的步伐方面，主要用于防止宾客酒醉后失礼，在使用的功能上与《肆夏》存在着互补的关系。即《肆夏》主要用于在正常情况下控制宾客出、入的行步之节，而一旦出现宾客酒醉的现象，就会以《陔夏》取代《肆夏》。这时就会出现迎宾用《肆夏》，而送宾用《陔夏》的现象。《仪礼》所记诸侯举行大射礼及燕礼，迎宾时都会在客行至庭之时奏《肆夏》，但在礼仪结束，宾出大门之时，因为之前宾、主均行爵无算，酒醉在所难免，所以送宾出门时就皆奏《陔夏》。"③ 从上面引述的相关记载来看，这一分析是很有道理的。这个分析比较清楚地说明《陔夏》《肆夏》二者在功能方面的联系和差异。

当然，对于《陔夏》，还需要补充一个说明。《周礼·春官·笙师》载：

> 掌教龡竽、笙、埙、籥、箫、篪、笛、管，舂牍、应、雅，以教祴乐。④

对于文中的"祴乐"，郑《注》谓："《祴夏》之乐。牍、应、雅教其春

---
① 贾公彦：《仪礼注疏》，北京大学出版社，1999 年版，第 355 页。
② 贾公彦：《仪礼注疏》，北京大学出版社，1999 年版，第 355 页。
③ 许兆昌：《"九夏"考述》，《古代文明》，2008 年第 4 期。
④ 贾公彦：《周礼注疏》，北京大学出版社，1999 年版，第 626 – 627 页。

者，谓以筑地。笙师教之，则三器在庭可知矣。宾醉而出，奏《祴夏》，以此三器筑地，为之行节，明不失礼。"① 贾《疏》指出：

> 玄谓"祴乐，《祴夏》之乐"者，以其《钟师》有《祴夏》，此祴乐与之同，故知此所教祴乐，是钟师所作《祴夏》者也。云"笙师教之，则三器在庭可知矣"者，以其笙管在堂下，近堂，则三者亦在堂下，远堂，在庭可知。云"宾醉而出，奏《祴夏》"者，此则《乡饮酒》及《乡射》之等，宾出奏《陔》是也。云"以此三器筑地，为之行节，明不失礼"者，三器言舂，舂是向下之称，是其筑地，与《祴乐》连文，明与《祴乐》为节可知也。②

郑玄将"祴乐"释为"《祴夏》"，据贾《疏》，这是因为郑玄认为此处的"祴乐"与《周礼·钟师》中的"《祴夏》"相同。对于郑玄乃至贾公彦的这些说法，金鹗并不同意，他分析说：

> 《国语》论乐云"革木以节之"，牍应雅皆木音，柷敔之类，皆所以节乐者也。郑谓以为行节者，《礼》云"趋以《肆夏》"，是金奏《肆夏》以为行节，牍应雅以节乐，即以节行也。但宾出奏《陔夏》，惟《乡饮酒》、《燕礼》用之；若两君相见及天子大享诸侯，宾出入皆奏《肆夏》。礼所谓"趋以《肆夏》"者，兼出入言也。笙师所掌，又天子之乐也。然则祴乐非止《陔夏》，疑《九夏》通名为祴乐，犹言缦乐、燕乐也。王出入奏《王夏》，亦奏之以为行节，诸夏皆当类此。③

---

① 贾公彦：《周礼注疏》，北京大学出版社，1999年版，第627页。
② 贾公彦：《周礼注疏》，北京大学出版社，1999年版，第627－628页。
③ 孙诒让：《周礼正义》，中华书局，1987年版，第1899页。

>>> 《诗经》补论

金鹗认为胙、应、雅这些乐器都用来节制行步的，这也就意味着"祴乐"并非单单指"《祴夏》"，而应是《九夏》的通称。孙诒让赞同金鹗的说法：

> 陔之言戒，《毛诗义》曰："《南陔》，孝子相戒以养也。"郑称杜说而不易经文者，经文祴字固从"戒"，无容改字也。《说文·示部》曰："宗庙奏《祴乐》，从示戒声。"《阜部》曰："陔，阶次也，从阜亥声。"是知《周礼》为正字，《仪礼》为假借字，许君亦从故书作祴矣。①

孙氏首先分析"陔"与"祴"之间的关联，认为"祴"是正字，而"陔"是假借字。尽管"陔"与"祴"有这种联系，但是，在孙氏看来：

> "祴乐"与金奏同用《九夏》，但金奏在正乐之前，唯天子诸侯乐有此节，《国语·鲁语》所谓先乐金奏是也。其奏《九夏》以节出入者，则通于卿大夫士，盖不在正乐之数。若宾出奏《陔》，或于礼终奏之，故不得为先乐，而别谓之祴乐。祴之言戒，或亦兼取出入之道为名，《匠人》注所谓令辟祴是也。②

孙诒让明确指出"祴乐"与金奏同用《九夏》，也就是说，"祴乐"即是《九夏》。对于这种分歧，许兆昌分析说：

> 不论"祴乐"、《祴夏》，或《陔夏》，都有一个比较特殊的"戒"的意义。"戒"当然也有"节"义，但其警示的意义更多，所以郑玄《仪礼·乡饮酒礼》注云："陔之言戒也。终日燕饮酒罢，以《陔》为节，明无失礼也"。而"节"字的含义则更为中性一些。因此，若以

---

① 孙诒让：《周礼正义》，中华书局，1987年版，第 1888 页。
② 孙诒让：《周礼正义》，中华书局，1987年版，第 1899 页。

"祴乐"为"九夏"之通称,则是说它们都有"戒"义,显然也并不完全符合"九夏"演奏的所有场合。《礼记·郊特牲》:"宾入大门而奏《肆夏》,示易以敬也。"孙希旦《集解》:"易,和悦也。"《仲尼燕居》:"入门而金作,示情也。"孙希旦《集解》:"示情者,取金声之和,以示其情之和也。"可见纳宾时金奏《肆夏》,节制宾客步伐的同时,还要表达和悦之情。这与强调"戒"的"祴乐",意趣大不相同。因此,郑玄以《陔夏》解"祴乐",强调其中在"节"的基础上的"戒"的意义,显然应更为妥当。①

"祴乐"不仅有节制的意义,同时还有警戒的意味,这是《九夏》所不完全具备的。这样,无论是金鹗还是孙诒让,将"祴乐"等同于《九夏》,与实际不符。

对于《九夏》来说,还有一个问题需要澄清。《左传·襄公四年》载:

穆叔如晋,报知武子之聘也。晋侯享之,金奏《肆夏》之三,不拜。工歌《文王》之三,又不拜。歌《鹿鸣》之三,三拜。韩献子使行人子员问之,曰:"子以君命,辱于敝邑,先君之礼,藉之以乐,以辱吾子。吾子舍其大,而重拜其细,敢问何礼也?"对曰:"三《夏》,天子所以享元侯也。使臣弗敢与闻。"②

叔孙穆子到晋国聘问,晋悼公设宴招待。宴会上演奏《肆夏》三章,叔孙穆子没有答拜,因为他知道三《夏》是天子用来招待诸侯的,自己是没有资格听的。这里出现"《肆夏》之三"与"三《夏》"的说法,就上述行文而言,二者应是同一的。那么,它们具体又是指什么呢?杜预《注》:"《肆夏》,乐曲名。《周礼》以钟鼓奏九夏,其二曰《肆夏》,一名《樊》;三曰《韶夏》,一

---

① 许兆昌:《"九夏"考述》,《古代文明》,2008年第4期。
② 孔颖达:《春秋左传正义》,北京大学出版社,1999年版,第828—831页。

名《遏》；四曰《纳夏》，一名《渠》。盖击钟而奏此三《夏》曲。"① 杜预根据《周礼》"九夏"的说法，认为此处的"《肆夏》之三"或"三《夏》"是指《肆夏》《韶夏》《纳夏》，同时指出《肆夏》又名《樊》，《韶夏》又名《遏》，《纳夏》又名《渠》。

杜预后一说法与《国语》的记载有关。《国语·鲁语下》载：

（叔孙穆子）对曰："寡君使豹来继先君之好，君以诸侯之故，贶使臣以大礼。夫先乐金奏《肆夏樊》、《遏》、《渠》，天子所以飨元侯也；夫歌《文王》、《大明》、《绵》，则两君相见之乐也。皆昭令德以合好也，皆非使臣之所敢闻也。臣以为肄业及之，故不敢拜。今伶箫咏歌及《鹿鸣》之三，君之所以贶使臣，臣敢不拜贶。夫《鹿鸣》，君之所以嘉先君之好也，敢不拜嘉。《四牡》，君之所以章使臣之勤也，敢不拜章。《皇皇者华》，君教使臣曰'每怀靡及'，诹、谋、度、询，必咨于周。敢不拜教。臣闻之曰：'怀和为每怀，咨才为诹，咨事为谋，咨义为度，咨亲为询，忠信为周。'君贶使臣以大礼，重之以六德敢不重拜。"②

对比《左传·襄公四年》的记载，二者都是对叔孙穆子聘晋事件的载录，它们对这一事件的记载有同有异。《左传》说"《肆夏》之三"或"三《夏》"，《国语》则说"《肆夏樊》《遏》《渠》"，对比两处记载，"《肆夏》之三"（或"三《夏》"）与"《肆夏樊》《遏》《渠》"应该是相通的。因此，韦昭《注》谓：

金奏，以钟奏乐也。《肆夏》一名《樊》，《韶夏》一名《遏》，《纳夏》一名《渠》，此三《夏》曲也。礼有《九夏》。《周礼》："钟

---

① 孔颖达：《春秋左传正义》，北京大学出版社，1999年版，第829页。
② 上海师范大学古籍整理研究所校点：《国语》，上海古籍出版社，1998年版，第186页。

师掌以钟鼓奏《九夏》。"元侯，牧伯也。郑后司农云："《九夏》皆篇名，颂之类也，载在乐章，乐崩亦从而亡，是以颂不能具也。"①

韦昭指出《肆夏》一名《樊》，《韶夏》一名《遏》，《纳夏》一名《渠》，显然与杜预说法是高度一致的。不过，孔《疏》指出在此问题上"先儒所说，义多不同"，如吕叔玉以为《肆夏》即《时迈》，《繁》《遏》即《执竞》，《渠》即《思文》；刘炫指出杜预的解释大致是可以接受的，不过分字配篇不甚恰当，所谓"《肆夏》之三"，《肆夏》是其一，《樊》《遏》《渠》是其二，在他看来，倘若以《樊》为《肆夏》之别名，即《樊》为《肆夏》，又何必重复列举它们呢？对于这些纠葛，孙诒让指出：

> 案：刘氏所规，盖兼取吕说，然谓杜解允三夏之名，则仍依韦、杜以《昭夏》、《纳夏》配《肆夏》为三之说，与吕又异。徐养原云："窃疑《九夏》皆总名，每夏不止一曲。《樊》、《遏》、《渠》三者皆《肆夏》之曲名。犹《鹿鸣》之三属《小雅》，《文王》之三属《大雅》也。《内传》云三夏，谓《肆夏》之三曲，非谓《九夏》中之三夏也。《九夏》各有所用，恐无连奏三夏之礼。"案：《九夏》非歌《诗》，吕说固误；而《肆夏》不可与《昭夏》、《纳夏》同奏，韦、杜、刘之说亦不可通。寻文究义，徐说殆近之矣。②

孙诒让对吕、韦、杜、刘诸家之说进行评论，均表示不满意，而是认可徐养原的分析，即认为《樊》《遏》《渠》三者为《肆夏》之曲名，也就是说，《肆夏》由三首曲子组成。至于《左传》所谓"三夏"，其实是指《肆夏》之三曲，而并非《九夏》中之三夏。这样，在吕、韦（杜）、刘三家说之外，又别立一家。于是在这个问题上，大致存在四种看法。

---

① 上海师范大学古籍整理研究所校点：《国语》，上海古籍出版社，1998年版，第186页。
② 孙诒让：《周礼正义》，中华书局，1987年版，第1890－1891页。

要分析这个矛盾，首先还得回到《左传》《国语》的相关记载。《左传·襄公四年》明确提到"《肆夏》之三""《文王》之三""《鹿鸣》之三"，接着又说"三《夏》""《文王》""《鹿鸣》""《四牡》""《皇皇者华》"，后者显然是对前者的说明，这样，"《鹿鸣》之三"是指《鹿鸣》《四牡》《皇皇者华》，《国语·鲁语下》的记载也可确认这一点。《左传》虽然只提到"《文王》之三"和"《文王》"，但"《文王》之三"当包括《文王》《大明》《绵》，这不仅可以据"《鹿鸣》之三"及《诗经》加以推论，《国语·鲁语下》也明确提到《文王》《大明》《绵》。对此，上述诸家也是接受的，并无异议。剩下的问题就是"《肆夏》之三"的具体所指。据《左传》的记载，"《肆夏》之三"与"三《夏》"是可以直接建立联系的。无论是"《肆夏》"还是"三《夏》"的称谓，这些提示最容易让人直接产生的想法莫过于《周礼·钟师》"九夏"的记载，所以，韦昭、杜预在注解时毫不意外地利用"九夏"的说法。然而，《鲁语下》这一文本尽管也是记载与《左传·襄公四年》同一事件，不过仅明确提到"《鹿鸣》之三"，没有出现"《肆夏》之三""《文王》之三"的说法，相反，在这个文本中，却是出现"金奏肆夏樊遏渠"与"歌《文王》、《大明》、《绵》"的表述。不难看出，《文王》《大明》《绵》对应《左传》的"《文王》之三"。既然《左传》《国语》叙述的是同一事件，那么有理由相信，"金奏肆夏樊遏渠"与"《肆夏》之三"也存在对应关系。按照"《文王》之三""《鹿鸣》之三""三《夏》"的记载，韦昭、杜预一致认为《肆夏》一名《樊》、《韶夏》一名《遏》、《纳夏》一名《渠》，这个推演也并非没有道理，可以说是一种合理的阐释。不过，韦昭、杜预的注解存在一个障碍，这个障碍就是刘炫的疑问。其实，刘炫的疑问，对于吕叔玉、徐养原、孙诒让来说同样都是绕不开的。这个障碍的直接表现是"肆夏樊遏渠"该如何标识。吕叔玉将其断为"《肆夏》《繁遏》《渠》"，这虽然表面上避免刘炫的质疑，但为何是"繁遏"组合在一起，而"渠"单列呢？就郑《注》的引述而言，吕叔玉对此并没有特别的说明，这就让人难以完全信服或接受其看法。韦昭、杜预、徐养原将其断为"《肆夏》《樊》《遏》《渠》"，却无法回答刘炫提出的质疑。在这个问题上，孔颖达为杜预做了这样的辩护：

> 此文云"《肆夏》之三"，是自《肆夏》以下有三，故为《韶夏》、《纳夏》，凡为三《夏》。但此三《夏》，各有别名。故《国语》谓之《繁》、《遏》、《渠》，是一字以当一《夏》。若《国语》直云"金奏《繁》、《遏》、《渠》"，则三《夏》之名，没而不显。故于繁字之上，特以《肆夏》冠之，云"肆夏繁"。《樊》既是《肆夏》，明《遏》是《韶夏》，《渠》是《纳夏》也。《国语》举其难明，以会左氏三《夏》之义。刘不晓杜之深意，遂欲妄从先儒。先儒二说，何所冯准？先儒以樊、遏二字，共为《执竞》，以渠之一字，独为《思文》。分字既无定限，文句多少任意，则杜以樊共《肆夏》为句，何为不可？刘君乃与夺恣情，不顾曲直，妄规杜过，于义深非也。[①]

孔颖达指出，倘若"直云'金奏《繁》、《遏》、《渠》'，则三《夏》之名，没而不显。故于繁字之上，特以《肆夏》冠之"，这个理由还说得通，至于说"先儒以樊、遏二字，共为《执竞》，以渠之一字，独为《思文》。分字既无定限，文句多少任意，则杜以樊共《肆夏》为句，何为不可"，这就难免有点强词夺理。不过，按照孔颖达的分析，"金奏肆夏樊遏渠"标识为"金奏《肆夏樊》《遏》《渠》"，这样勉强从断句上分为三，照应了"《肆夏》之三"。至于徐养原的看法，尽管受到孙诒让的肯定，但这一看法是没有多少道理的。首先，"《肆夏》《樊》《遏》《渠》"的标识与"《肆夏》之三"的表述难以照应，存在如上所言之弊端；其次，说"《樊》、《遏》、《渠》三者皆《肆夏》之曲名"，单独看来，似乎有道理，但是将"《肆夏》之三"与"《文王》之三""《鹿鸣》之三"结合起来看，显然不能说《大明》《绵》是《文王》的曲名，《四牡》《皇皇者华》是《鹿鸣》的曲名。不过徐养原接着又说"犹《鹿鸣》之三属《小雅》，《文王》之三属《大雅》也"，这单独看来似乎也有道理，但整体看

---

① 孔颖达：《春秋左传正义》，北京大学出版社，1999年版，第829—830页。

来，也是说不通的。徐养原将"肆夏樊遏渠"标识为"《肆夏》《樊》《遏》《渠》"，在此基础上说"《樊》、《遏》、《渠》三者皆《肆夏》之曲名"。倘若将"《文王》之三""《鹿鸣》之三"也做如此解读，那么，就不能使用"《文王》之三""《鹿鸣》之三"这样的格式，而只能采取"《大雅》《文王》《大明》《绵》""《小雅》《鹿鸣》《四牡》《皇皇者华》"的表述。但问题是《左传》《国语》使用的是"《文王》之三""《鹿鸣》之三"的说法，而"《文王》之三""《鹿鸣》之三"只能理解为"《文王》《大明》《绵》"为一单元，"《鹿鸣》《四牡》《皇皇者华》"为一单元。所以，徐养原的理解看起来很精致，但其实没有多少道理可言。因此，统观这些看法，似乎只有韦昭、杜预的注解，以及孔颖达对"肆夏樊遏渠"的标识最符合《左传》《国语》文本。事实上，上海师范大学古籍整理研究所也正是将"肆夏樊遏渠"标为"《肆夏樊》、《遏》、《渠》"。

以上就《左传》《国语》有关"《肆夏》之三"的记载作了一些梳理，尽管在此问题上因为资料有限而还未能得到完满的解决，但是，这些记载无疑丰富了"九夏"的理解。一方面，从《国语》"肆夏樊遏渠"的记载来看，"九夏"很可能存在异称；另一方面，"三夏"还成为天子享元侯之乐，可见"九夏"也并非限于节行，同时还存在其他的功能。

另外，在《陔夏》《肆夏》之外，《仪礼》还记载《骜夏》，这是早期文献为数不多具体讨论《九夏》单篇乐章的。其《大射》篇提到"公入，《骜》"，郑玄《注》谓："《骜夏》，亦乐章也。以钟鼓奏之，其诗今亡。此公出而言入者，射宫在郊，以将还为入。燕不《骜》者，于路寝，无出入也。"① 郑玄指出《大射》篇所谓"《骜》"即《骜夏》，贾《疏》说：

> 云"《骜夏》，亦乐章也"者，案《周礼·钟师》有《九夏》，皆乐章，其中有《骜夏》，如《陔夏》，故云亦乐章也。云"以钟鼓奏之"者，案《钟师》"以钟鼓奏《九夏》"，郑云："先击钟，次击

---

① 贾公彦：《仪礼注疏》，北京大学出版社，1999年版，第355页。

鼓。"故云以钟鼓奏之。云"其诗今亡"者，郑注《钟师》云："《九夏》皆诗篇名，《颂》之族类也。此歌之大者，载在乐章，乐崩亦从而亡，是以《颂》不能具。"是其今亡。①

可见《骜夏》与其他《九夏》一样，作为乐章，其诗篇已经亡佚。

以上讨论《大夏》与《九夏》，对于这样两个重要的乐章，还有一个问题需要说明。《吕氏春秋·古乐》载：

禹立，勤劳天下，日夜不懈，通大川，决壅塞，凿龙门，降通漻水以导河，疏三江五湖，注之东海，以利黔首。于是命皋陶作为《夏籥》九成，以昭其功。②

陈奇猷说："《吕氏》此文所谓'《夏籥》九成'者，犹《夏籥》九终也。终亦章也。"③ 前面已经指出，《夏籥》就是《大夏》。《吕氏春秋》说"《夏籥》九成"，这就表示《大夏》有"九成"。《吕氏春秋》的这条记载，使人们很自然地将《大夏》与《九夏》联系起来。韩高年指出，《大夏》就是《九夏》，二者异名同实，其实是歌颂大禹功绩的颂诗。它由九段组成，称"九变""九成""九终"等。他认为《九夏》是《大夏》的别名，这是因为：其一，《周礼》郑《注》明确说"先击钟，次击鼓以奏《九夏》。夏，大也，乐之大歌以钟鼓者，有九"，可见《九夏》以乐以歌称，均有九段。《吕氏春秋·古乐》篇说"《夏籥》九成"，"九成"即"九变""九终""九章"。《楚辞·离骚》载"启《九辩》与《九歌》"，王逸《注》谓"《九辩》《九歌》，禹乐也。言禹平治水土，以有天下，启能承先志，绩叙其业"。又《天问》谓"启棘宾商，《九辩》《九歌》"，是说启所修禹之《大夏》又称《九辩》《九歌》。《大夏》与

---

① 贾公彦：《仪礼注疏》，北京大学出版社，1999年版，第355页。
② 陈奇猷：《吕氏春秋校释》，学林出版社，1984年版，第286页。
③ 陈奇猷：《吕氏春秋校释》，学林出版社，1984年版，第305页。

《九夏》的乐曲结构均以"九"称，故《大夏》即是《九夏》。其二，《周礼·大司乐》郑《注》说"《大夏》，禹乐也。禹治水傅土，言其德能大中国也"，《九夏》与《大夏》内容应相同，均为颂扬大禹治水敷土之功的诗歌。其三，《周礼·大司乐》载"《九德》之歌，《九磬》之舞，于宗庙中奏之，若乐九变，则人鬼可得而礼矣"，贾公彦《疏》以为"'《九磬》'当读为'大韶'"，又说"九，依字，九音大，诸书所引皆依字"，阮元《十三经校刊记》引《汉读考》也说"此谓'九'为'大'之字误。既然"九""大"在先秦时音近义通，那么《九夏》与《大夏》可以互称。其四，《古本竹书纪年》载启"九年，舞《九韶》"，而《九夏》中的《昭夏》，《左传》襄公四年引作"韶夏"，那么《九夏》的内容上与《韶》有关。《大韶》又称《九韶》，故《大夏》亦可称《九夏》。①

当然，也有学者认为《大夏》并不是《九夏》。王子初指出，早期文献往往在《大夏》或《九夏》之前冠以行乐动词"舞"或"奏"，这意味着《大夏》与《九夏》有着极为严格的区别。在先秦人心目中，《大夏》与《九夏》这两个概念泾渭分明，丝毫不可混同。《大夏》用"舞"，可知《大夏》是一部乐舞；《九夏》使用"奏"，又表明它绝非乐舞。《礼记》关于《大夏》舞容的具体描写，所谓"八佾以舞《大夏》"，八人为"一佾"，"八佾"为六十四人，这表明天子用《大夏》乐时的规模。另外《礼记·明堂位》还记载《大夏》舞的打扮：头戴皮帽，身穿白裙，光着上半身。不仅如此，《大夏》的社会地位与功用也不同于《九夏》。《大夏》为历朝经典乐曲，属于"六代乐舞"之一，列为贵族子弟接受教育的必修科目。据《周礼》与《礼记》，《大夏》不仅用于祭祀山川，也用于祭祀宗庙。相比之下，《九夏》用途琐细，用于"王出入""牲出入"等场合。② 王子初从"舞"或"奏"的不同表述，以及社会地位与功能层面，认为《大夏》与《九夏》存在极为严格的区别。金荣权强调《大夏》《九夏》不仅名称不同，内容也有质的区别。他对于韩高年的相关说法，

---

① 韩高年：《〈大夏〉钩沉》，《文献》，2010年第3期。
② 王子初：《先秦〈大夏〉〈九夏〉乐辩》，《音乐研究》，1986年第1期。

提出不同的认识：

> 韩先生的第一条证据主要是从形式上认定二者完全相同。文献记载"《夏籥》九成"，所以说明《大夏》也有九篇。实际上，所谓"九成"，这只能说明《大夏》是一个复杂的大型乐曲，由多个部分组成，但最终却以一个整体存在，其在用于表演时也应是一个整体。而从周代文献记载来看，《九夏》却是相对独立的乐曲，它们分别用于不同场合、不同仪式。正如《楚辞》中屈原的《九歌》和宋玉的《九辩》虽然都以"九"命名，但却有实质的区别：《九歌》是一组诗歌，而《九辩》则只是一首诗歌。所以尽管《大夏》和《九夏》都与"九"有关，却并非同一种乐曲。韩先生的第二个证据说《大夏》是颂大禹之德者，所以"《九夏》与《大夏》内容应相同"，这纯属推测，并且失之武断。因为《九夏》可以用于祭祀、朝聘、燕享乃至乡射等很多礼仪场合，由此可见《九夏》在内容上绝非和颂扬大禹之德的《大夏》相同。韩先生的第三、第四两条证据可以归为一条，即"九"与"大"在先秦时代音近而义通，所以"九"即可为"大"，那么《九夏》当然即为《大夏》。这种汉字的通假现象确实存在，然而它却不具有普遍性，尤其很多与专有名词相关的"九"与"大"是不可以通用的。如"大雅"不能说成"九雅"，汤乐《大濩》而不称《九濩》；"九州"不能说成"大州"，"九歌"、"九辩"也不能说成是"大歌"、"大辩"。正因如此，"《九夏》是《大夏》的别名"之说没有直接的文献证据，是不可信的。①

在他看来，《大夏》《九夏》是两种完全不同的乐曲，其一，《大夏》主要内容是颂禹之功德，而《九夏》则属于综合性的乐歌。根据《吕氏春秋·古乐》篇的记载，《大夏》的主要内容是歌颂大禹之功德，具有史诗性质。同时，

---

① 金荣权：《夏乐〈大夏〉与〈九夏〉论考》，《浙江艺术职业学院学报》，2011年第4期。

>>> 《诗经》补论

通过《左传·襄公二十九年》季札观乐的记载,可知周人的《大夏》主题基本保持夏代的原貌,仍是歌颂大禹之德;并且《大夏》以颂扬大禹治水、平治天下之功德为核心,其乐舞内容相对单一。《九夏》不仅由多个各自独立的乐歌组成,同时也用于不同的场合。《九夏》具有两个显著的特征:一是《九夏》中的九首乐歌不是一套乐歌的九个部分,而是各自独立的,可以在不同礼事活动、不同场合中分别演奏;二是《九夏》的乐歌不仅用于节制人们的礼仪行为,同时也用于祭礼、庆功、朝聘、燕享等,从它的用途、名称来看,多与歌功颂德无关。其二,《大夏》主体为乐舞,而《九夏》为乐歌。先秦典籍提到《大夏》时一般和舞联系,然而提到《九夏》的相关乐歌时大都只言"奏",王子初的观点是正确的。当然,《大夏》也有可能需要音乐,甚至有歌,而《九夏》也可能会用舞蹈,但它们的主体形式和主要用途却有质的区别。其三,周代文献中《大夏》与《九夏》并出。《周礼》大司乐以乐舞教国子,其中包括《大夏》,而接下来又提到在不同礼事场合演奏《王夏》《肆夏》《昭夏》等乐歌。可见《周礼》将《大夏》与《九夏》各篇分得十分清楚,不可混淆。①

《大夏》与《九夏》之间是否存在关系,或者说存在怎样的关系,从上面的争论来看,主张《大夏》不是《九夏》的观点可能比将《大夏》等同于《九夏》要合理一些,毕竟早期文献对二者的区分还是比较清楚的。这里再提供一个旁证,《太平御览·乐部·雅乐下》引《五经通义》曰:"受命而王者,六乐焉。以太一乐天,以《咸池》乐地,以《肆夏》乐人,以《大夏》乐四时,以《大护》乐五行神明,以《大武》乐六律,各象其性而为之制,以乐其先祖。"② 此处《肆夏》与《大夏》并提,至少在刘向看来,包含《肆夏》的《九夏》与《大夏》是不同的。

依据上面有关《九夏》《大夏》的分析,郑玄等人主张《九夏》是诗篇名,属于颂诗,是乐歌;《大夏》是禹乐,是夏舞。金荣权推测说,《大夏》是歌颂大禹功德的大型乐舞,《九夏》是周人挑选夏人遗留下来的乐歌而重新编定、

---

① 金荣权:《夏乐〈大夏〉与〈九夏〉论考》,《浙江艺术职业学院学报》,2011年第4期。
② 李昉:《太平御览(第五卷)》,河北教育出版社,1994年版,第457页。

命名的一组综合性乐歌。《大夏》《九夏》原本都是诗、乐、舞三位一体的，它们产生的基础是诗歌，然后加以配乐、编舞。《大夏》仍然是周人最重要的乐舞，其歌诗内容不详；《九夏》还用于周人的各种礼事活动当中，其歌诗渐渐退至幕后，大部分乐歌成了用于节制步伐的礼乐。①

据上所述，《大夏》是关于颂扬大禹功业的乐舞，至于《九夏》是不是舞目前学界还存在争议，但可以肯定，《九夏》属于诗乐是没有疑问的。这样，"夏"就与诗、乐、舞紧密联系在一起。"夏"字的这一特性，不仅使《大夏》《小夏》指称《大雅》《小雅》成为可能，而且对于理解《大雅》《小雅》的区分也提供了线索。

---

① 金荣权：《夏乐〈大夏〉与〈九夏〉论考》，《浙江艺术职业学院学报》，2011年第4期。

第六章 "大雅""小雅"的生成及分类（下）

上面两章主要从"二雅"分类标准的讨论、"雅"字义的分析、"雅"与"疋""夏"之关系，以及《大夏》《九夏》诸方面进行了分析，本章将从"二雅"诗篇生成的角度进一步探讨此问题。

一、《诗经》"雅诗"生成的思考

对于"二雅"诗篇的生成，回顾历来的研究，大致有这样几种思路：

其一，通过明确作者或作者身份的方式来揭示诗篇的生成。《诗经》"二雅"中有几首诗明确提到作者，如《节南山》"家父作诵"、《巷伯》"寺人孟子"、《崧高》"吉甫作诵"、《烝民》"吉甫作诵"。至于《四月》"君子作歌"，这里只是表明作者的身份，具体是谁则不得而知。这些是为数不多的"二雅"文本载录下来的其作者明确可考的诗篇。此后《诗序》又提出一些"二雅"诗篇的作者，如《公刘》《泂酌》《卷阿》为召康公戒成王；《云汉》为仍叔美宣王，《崧高》《烝民》《韩奕》《江汉》为尹吉甫美宣王，《常武》为召穆公美宣王，《白驹》为大夫刺宣王；《节南山》为家父刺幽王，《瞻卬》《召旻》为凡伯刺幽王大坏，《正月》《十月之交》《雨无正》《小旻》《小宛》《四月》《北山》《车舝》《青蝇》《瓠叶》为大夫刺幽王，《頍弁》为诸公刺幽王，《角弓》为父兄刺幽王，《渐渐之石》《何草不黄》为下国刺幽王；《民劳》为召穆公刺厉王，《板》为凡伯刺厉王，《抑》为卫武公刺厉王，《桑柔》为芮伯刺厉王；

《何人斯》为苏公刺暴公，《宾之初筵》为卫武公刺时，《都人士》为周人刺衣服无常，《白华》为周人刺幽后，《绵蛮》为微臣刺乱，《苕之华》为大夫闵时，《荡》为召穆公伤周室大坏。这些诗篇，《诗序》有的提出具体作者，有的虽未确定作者的姓名，但比较清晰地说明作者的身份。《郑笺》又补充《棠棣》出自召公之手，这样，据《诗序》《郑笺》确定"二雅"中39首诗的作者或身份。范处义认为《文王》是周公所作，《大明》到《卷阿》，除《公刘》《泂酌》《卷阿》为召公所作，其余为周公所作。《民劳》《荡》《常武》为召穆公作，《板》《瞻卬》《召旻》为凡伯作，《抑》为卫武公作，《桑柔》为芮伯作，《云汉》为仍叔作。《崧高》《烝民》《韩奕》《江汉》为尹吉甫作。[①] 朱熹在《诗集传序》中说："若夫《雅》、《颂》之篇，则皆成周之世，朝廷郊庙乐歌之词，其语和而庄，其义宽而密，其作者往往圣人之徒，固所以为万世法程而不可易者也。至于《雅》之变者，亦皆一时贤人君子，闵时病俗之所为。而圣人取之，其忠厚恻怛之心，陈善闭邪之意，犹非后世能言之士所能及之。"[②]《诗传序》认为正雅是圣人之徒所作，变雅是贤人君子所为，显然，这主要是从诗人身份的层面分析雅诗的作者。马志林认为"二雅"每一篇的作者很难确知，但可以笼统地探究"二雅"的作者，从阶层的角度来分析"二雅"的作者，具体言之：

> "二雅"的作者来自不同阶层。如《节南山》的作者家父，《毛传》以为"家父，大夫也。"《郑笺》曰："大夫家父作此诗而为王诵也，以穷极主之政所以致多讼之本意。""二雅"讽刺诗中有不少诗篇是大夫所作，《诗序》所指大夫刺幽王的诗有《雨无正》《小旻》《小宛》等。可见"二雅"中不乏周王朝贤大夫们的作品。吉甫、芮良夫，当与家父一类，同属周王朝贤大夫的行列。参考《国语》和《吕氏春秋》的记载可知，"二雅"中还有一类诗当是周公这样的宗室成

---

① 范处义：《诗补传》，《文渊阁四库全书》本。
② 朱熹：《诗集传》，凤凰出版社，2007年版，第2页。

员所作，尤其是《大雅》中追美先祖先王的诗。如朱熹以为《文王》这首诗是"周公追述文王之德，明周家所以受命而代商者，皆由于此，以戒成王"，又指出《生民》是"周公制礼，尊后稷以配天，故作此诗"。朱熹言之有理。又如《民劳》曰"王欲玉女，是用大谏"，《板》曰"犹之未远，是用大谏"，《诗序》以前诗为召穆公刺厉王，以后诗为召穆公伤周室大坏。召穆公当与周公同列。"二雅"的作者中还有一类人，他们既非周王朝之贤大夫，亦非宗室成员，而是一些小臣、征夫之流。如《巷伯》的作者寺人孟子。《郑笺》曰："寺人，王之正内五人。"《周礼·天官冢宰·寺人》曰："寺人，掌王之内人及女宫之戒令，相道其出入之事而纠之。"可见寺人正是一种地位较低的内侍人员。这类人往往有机会参与或见证朝廷的重大活动，以其见闻而作诗。"二雅"燕飨诗中应该有不少诗篇当是这类人所作。如《南有嘉鱼》曰："君子有酒，嘉宾式燕以乐。"《诗序》以为此诗言"太平君子至诚，乐与贤者共之也"。《郑笺》曰："君子，斥时在位者也。式，用也。用酒与贤者燕饮而乐也。"此诗既言主人，又言嘉宾，说明作诗者是某一见证者。因为主人不可能称自己为君子，宾客也不可能称自己为嘉宾。他们也以自己的切身感受作诗。如《小雅·祈父》曰："祈父，予王之爪牙。胡转予于恤，靡所止居。"言祈父、言王、言予，正是从役者发出的哀叹。要而言之，"《雅》诗主要是我国最早的一批由王廷贵族创作的文人诗歌"，寺人、征夫之流所作应该较少。①

所谓作者阶层的说法，在很大程度上其实也就意指作者的身份。

其二，从时世的角度来思考"二雅"诗篇的生成。诚如学者所言，要具体揭示"二雅"每一篇的作者确实是非常困难的，但这种困难并不妨碍人们对"二雅"诗篇进行断代。也就是说，可以从时世层面来分析"二雅"诗篇的生

---

① 马志林：《〈诗经〉"二雅"研究》，2016年陕西师范大学博士学位论文。

成问题。郑玄在《小大雅谱》中断言"二雅"是"周室居西都丰、镐之时诗",对此,孔颖达指出:"以此二雅,正有文、武、成,变有厉、宣、幽,六王皆居在镐、丰之地,故曰'丰、镐之时诗也'。"① 郑玄为何提出这样的观点,以及孔颖达为何作出如此疏解,《小大雅谱》本身提供了这方面的依据,其写道:

盛德之隆,大雅之初,起自《文王》,至于《文王有声》,据盛隆而推原天命,上述祖考之美。小雅自《鹿鸣》至于《鱼丽》,先其文所以治内,后其武所以治外。……又大雅《生民》下及《卷阿》,小雅《南有嘉鱼》下及《菁菁者莪》,周公、成王之时诗也。……大雅《民劳》、小雅《六月》之后,皆谓之变雅,美恶各以其时,亦显善惩过,正之次也。②

在此,郑玄从正、变层面具体分析"二雅"生成的时世分布情况,这也构成孔颖达"正有文、武、成,变有厉、宣、幽"说法的背景,他具体分析道:

自《文王》至《文王有声》凡十篇。《文王》、《大明》、《绵》、《棫朴》、《思齐》、《皇矣》、《灵台》七篇,序皆云文王,《旱麓》一篇居中,从可知凡八篇,文王大雅也。《下武》、《文王有声》二篇,序皆言武王,则武王大雅也。……《采薇》云"文王之时,西有昆夷之患,北有玁狁之难,以天子之命命将率,歌《采薇》以遣之,《出车》以劳还,《杕杜》以勤归",则《采薇》等篇皆文王之诗。《天保》以上,自然是文王诗也。《鱼丽序》文、武并言,则《鱼丽》武王诗也。《鹿鸣》至《天保》六篇,言燕劳群臣朋友,是文事也。《采薇》三篇,言命将出征,皆是武事。……知大雅自《生民》者,以《生民序》云:"文、武之功,起于后稷,故推以配天焉。"明是文、

---

① 孔颖达:《毛诗正义》,北京大学出版社,1999年版,第539页。
② 孔颖达:《毛诗正义》,北京大学出版社,1999年版,第540—548页。

武，后人见文、武功之所起，故推以配天也。文、武后人，唯周公、成王耳。《孝经》云："昔者，周公郊祀后稷以配天。"故知《生民》为周公、成王之诗。《生民》既然，至《卷阿》皆是可知。知小雅自《南有嘉鱼》者，以《六月序》广陈小雅之废，自《华黍》以上皆言缺，《由庚》以下不言缺，明其诗异主也。《鱼丽》之序云文、武，《华黍》言与上同，明以上武王诗，《由庚》以下周公、成王诗也。《南有嘉鱼》云"太平"，《蓼萧》云"泽及四海"，语其时事，为周公、成王明矣。序者盖亦以其事著明，故不言其号谥焉。《由庚》既为周公、成王之诗，则《南有嘉鱼》至《菁菁者莪》从可知也，故云"下及《菁菁者莪》皆周公、成王之时诗也"。……《民劳》、《六月》之后，其诗皆王道衰乃作，非制礼所用，故谓之变雅也。其诗兼有美刺，皆当其时，善者美之，恶者刺之，故云"美恶各以其时"也。又以正诗录善事，所以垂法后代。变既美恶不纯，亦兼采之者，为善则显之，令自强不息；为恶则刺之，使惩恶而不为，亦足以劝戒，是正经之次，故录之也。大雅言《民劳》，小雅言《六月》之后，则大雅尽《召旻》，小雅尽《何草不黄》，皆为变也。其中则有厉、宣、幽三王之诗，皆当王，号谥自显；唯厉王，小雅谥号不明，故郑于下别论之。如是，则大雅《民劳》至《桑柔》五篇，序皆云厉王。通小雅《十月之交》、《雨无正》、《小旻》、《小宛》四篇，皆厉王时诗也。又大雅《云汉》至《常武》六篇，小雅自《六月》尽《无羊》十四篇，序皆言宣王，则宣王诗也。又大雅《瞻卬》、《召旻》二篇，序言幽王；小雅自《节南山》下尽《何草不黄》，去《十月之交》等四篇，余四十篇，唯《何人斯》、《大东》、《无将大车》、《小明》、《都人士》、《绵蛮》六篇不言幽王，在幽王诗中，皆幽王诗也。[1]

这就比较清晰地揭示"二雅"诗篇与文、武、成、厉、宣、幽诸周王之间

---

[1] 孔颖达：《毛诗正义》，北京大学出版社，1999年版，第540-549页。

的对应关系。在这个问题上,陆德明《释文》提供了更为明晰的说明:

> 从《鹿鸣》至《菁菁者莪》,凡二十二篇,皆正小雅。六篇亡,今唯十六篇。从此至《鱼丽》十篇,是文、武之小雅。先其文王以治内,后其武王以治外,宴劳嘉宾,亲睦九族,事非隆重,故为小雅。皆圣人之迹,故谓之"正"。①
>
> 自此(《南有嘉鱼》)至《菁菁者莪》六篇,并亡篇三,是成王、周公之小雅。成王有雅名,公有雅德,二人协佐,以致太平,故亦并为正也。②
>
> 从此(《六月》)至《无羊》十四篇,是宣王之变小雅。③
>
> 从此(《节南山》)至《何草不黄》,凡四十四篇,前儒申毛,皆以为幽王之变小雅。郑以《十月之交》以下四篇,是厉王之变小雅。汉兴之初,师移其篇次,毛为《诂训》,因改其第焉。④
>
> 自此(《文王》)以下,至《卷阿》十八篇,是文王、武王、成王、周公之《正大雅》,据盛隆之时而推序天命,上述祖考之美,皆国之大事,故为《正大雅》焉。《文王》至《灵台》八篇,是文王之《大雅》,《下武》至《文王有声》二篇,是武王之《大雅》。⑤
>
> 从此(《民劳》)至《桑柔》五篇,是厉王变大雅。⑥
>
> 自此(《云汉》)至《常武》六篇,宣王之《变大雅》。⑦
>
> 此(《瞻卬》)及《召旻》二篇,幽王之《变大雅》也。⑧

---

① 孔颖达:《毛诗正义》,北京大学出版社,1999 年版,第 539 页。
② 孔颖达:《毛诗正义》,北京大学出版社,1999 年版,第 611 页。
③ 孔颖达:《毛诗正义》,北京大学出版社,1999 年版,第 631 页。
④ 孔颖达:《毛诗正义》,北京大学出版社,1999 年版,第 696 页。
⑤ 孔颖达:《毛诗正义》,北京大学出版社,1999 年版,第 951 页。
⑥ 孔颖达:《毛诗正义》,北京大学出版社,1999 年版,第 1138 页。
⑦ 孔颖达:《毛诗正义》,北京大学出版社,1999 年版,第 1193 页。
⑧ 孔颖达:《毛诗正义》,北京大学出版社,1999 年版,第 1156 页。

需注意的是，郑玄在《小大雅谱》还补充说明两个问题：一是《棠棣》何以列于文王之诗，二是"小雅之臣何以独无刺厉王"。对于前者，郑玄指出："闵其失兄弟相承顺之道，至于被诛。若在成王、周公之诗，则是彰其罪，非闵之，故为隐。推而上之，因文王有亲兄弟之义。"① 对于这一点，孔颖达补充指出："周公虽内伤管、蔡之不睦，而作亲兄弟之诗，外若自然须亲，不欲显管、蔡之有罪。缘周公此志，有隐忍之情，若在成王诗中，则学者之知由管、蔡而作，是彰明其罪，非为闵之。由此故为隐，推进而上之文王之诗，因以见文王有亲兄弟之义也。"② 这就是说，《棠棣》尽管为周公所作，但为了避免彰显管、蔡之罪，因而将其列于文王之诗。至于第二个问题，郑玄指出，《小雅》中的《十月之交》《雨无正》《小旻》《小宛》这些诗篇其实就是讽刺厉王的，只不过"汉兴之初，师移其第耳。乱甚焉。既移文，改其目，义顺上下，刺幽王亦过矣"。孔颖达解释说：

　　知汉兴始移者，若孔子所移，当显而示义，不应改厉为幽。此既厉王之诗，录而序焉，而处不依次，明为序之后乃移之，故云"汉兴之初"也。《十月之交》笺云："《诂训传》时移其篇第，因改之耳。"则所云师者，即毛公也。自孔子以至汉兴，传《诗》者众矣。独言毛公移之者，以其毛公之前，未有篇句诂训，无缘辄得移改也。毛既作《诂训》，刊定先后，事必由之，故独云毛公也。师所以然者，《六月》之诗自说多陈小雅正经废缺之事，而下句言"小雅尽废，则四夷交侵，中国微矣"，则谓《六月》者，"宣王北伐"之诗，当承《菁菁者莪》后，故下此四篇，使次《正月》之诗也。言乱甚者，谓《正月》幽王之时，祸乱甚极，其四篇诗亦厉王乱恶，故次《正月》之下，以恶相从也。言刺幽王亦过矣者，谓寄四篇于幽王诗中，又改厉为幽，有言幽王亦有厉王过恶故也。《六月》之序所以多陈正经废缺者，以圣贤

---

① 孔颖达：《毛诗正义》，北京大学出版社，1999年版，第552页。
② 孔颖达：《毛诗正义》，北京大学出版社，1999年版，第552页。

垂法，因事寄意，厉王暴虐，倾覆宗周，废先王之典刑，致四夷之侵削。今宣王起衰乱，讨四夷，序者意其然，所以详其事。若云厉王废小雅之道，以致交侵；宣王修小雅之道，以兴中国，见用舍存于政，兴废存于人也。若然，序者示法，其意深矣。毛公必移之者，以宣王征伐四夷，兴复小雅，而不继小雅正经之后，颇为不次，故移之，见小雅废而更兴，中国衰而复盛，亦大儒所以示法也。①

根据郑玄、孔颖达的意见，周厉王时代是存在变小雅的，只是汉初毛公传诗时将这些诗篇寄寓于幽王诗中。毛公这样做的目的，在于揭明"厉王废小雅之道，以致交侵；宣王修小雅之道，以兴中国，见用舍存于政，兴废存于人"。

应该说，有关"二雅"诗篇的时世，郑玄《小大雅谱》的论断，以及陆德明、孔颖达的相关说法，是非常有代表性的观点。刘东影在《"变风变雅"考论》中正是根据他们的观点，指出《毛诗》系统将《小雅》中自《鹿鸣》至《菁菁者莪》（计16篇）、《大雅》中自《文王》至《卷阿》（计18篇）划为"正雅"，这些作品均产生于西周盛世——文王、武王、成王以及康王时期；"变雅"的范畴则为《小雅》之《六月》以下的篇章，计58篇，《大雅》之《民劳》以下的篇章，计13篇，这些作品主要产生于懿王、夷王时期。② 马志林也分析说：

> 从《大明》《文王有声》等诗并言文王、武王的情况来看，《大雅》最早也当是在周公、成王时期。"二雅"中除了文王、武王之外，并没有出现其他周天子如成王、宣王，或周公的谥号，这说明颂美先祖的诗，自周公、成王以后，很可能就没有了，不然为什么不会出现这些明王贤公的谥号呢？而颂美、劝诫、讽刺时王的诗就一直存在着。所以当到了周道衰微的时候，也就是"赫赫宗周，褒姒灭之"、"日蹙

---

① 孔颖达：《毛诗正义》，北京大学出版社，1999年版，第552－553页。
② 刘东影：《"变风变雅"考论》，2003年东北师范大学博士学位论文。

国百里"的周幽王时期,"二雅"寖声。周平王东迁后,周室衰微,政由方伯。周平王四十九年鲁隐公即位,《春秋》记事自隐公元年起。这也正好印证了《孟子》"王者之迹熄而《诗》亡,《诗》亡,然后《春秋》作"的说法。也正因为如此,郑玄《小大雅谱》以为"二雅"是"周室居西都丰、镐之时诗"。其说有理。①

马志林显然也是认可郑玄等人观点的。当然,在这个问题上,也还存在其他一些认识。比如聂石樵认为《大雅》前十八篇与《小雅》前十六篇产生于王季、文王、武王周室经营缔构时期,成王、康王极盛时期无雅诗产生,在昭王、穆王极盛而衰时期有部分"变雅"之作,而大部分怨刺题材的"变雅"诗篇产生于懿、夷、厉、宣、幽诸王衰落时期。② 马银琴认为《绵》是武王时代的仪式乐歌,周公成王时代有《文王》《大明》《思齐》,《下武》为康王时代的祈农乐歌;穆王时代颂功之歌有《棫朴》《文王有声》《灵台》《皇矣》《生民》,燕享乐歌有《行苇》《既醉》《凫鹥》;厉王时代的变大雅有《民劳》《板》《荡》《抑》《桑柔》,宣王时代有《崧高》《烝民》《江汉》《韩奕》《卷阿》《假乐》《公刘》《云汉》《常武》,幽王平王之际有《瞻卬》《召旻》。③ 孙作云认为"二雅"几乎全部是西周晚期之诗,即厉王、宣王、幽王(附东迁初诗数首)三朝的诗。"在《大小雅》中,绝对没有西周初年的诗,更没有西周以前的诗,也没有西周中期——即周穆王至周夷王(厉王父)期间的诗。不特此也,我还认为:前人及近人所认为是西周初年的诗,即《大雅》之前十七篇及《小雅》之前十六篇,实际上是周宣王朝(公元前827—前782)的诗;《大雅》中的第十八篇《卷阿》,前人以为是召康公戒成王的诗,实际上是毫无根据的。又《小雅》中有一部分被前人认为是周幽王朝的诗,我以为它不是'刺幽王',而是美宣王,换言之,它也是周宣王朝的诗。如此说来,《大小雅》中有一半

---

① 马志林:《〈诗经〉"二雅"研究》,2016年陕西师范大学博士学位论文。
② 聂石樵:《先秦两汉文学史稿》,北京师范大学出版社,1994年版。
③ 马银琴:《西周诗史》,2000年扬州大学博士学位论文。

以上的诗，是周宣王朝的诗。在《大雅》三十一篇中，约有二十几篇是周宣王朝的诗；在《小雅》七十四篇中，有四十几篇是周宣王朝的诗。在《大小雅》一百零五篇中，有百分之六十以上是周宣王朝的诗。"①

其三，从成诗方式来思考"二雅"诗篇的生成。孙作云认为"二雅"中有"颂""风"及新体诗。对于雅诗中"颂"和新体诗，孙作云指出，《大雅》中前十七篇是周宣王即位以后不久的祀祖歌，《小雅》的祀祖歌、农事祭祀歌也是这时期的作品。他分析说，周宣王在农奴大起义之后，取消力役地租，改征实物地租，这种进步的新办法使生产关系适应生产力的发展，因此，国家富强，诸侯宾服。在这种情形下，出现许多诸侯朝见天子、天子诸侯互相颂美之歌。②"二雅"还有一部分新体诗，具体表现为以个人为主体的，发挥个人思想感情的讽刺诗。西周晚期阶级斗争尖锐，爆发了厉王末年的农奴大起义。幽王时期，由于社会变革及幽王的残暴，再加上天灾、人祸、外患，大量贵族丧失土地。他们怨天尤人、抚今思昔，许多讽刺诗、悲愤诗便由此而来，如《大雅》中的《瞻卬》《召旻》及《小雅》中的《节南山之什》。③ 对于《大雅》赞美祖先的诗歌，孙作云还特别注意到，《大雅》中的《文王》《皇矣》《灵台》是祭祀文王的歌，相对应的是《周颂》中的《清庙》《维天之命》《维清》《我将》。《大雅》中的《灵台》是祭祀文王的"前奏曲"，与《周颂》的《有瞽》十分相似。《大雅》中的《大明》是祭祀武王的歌，对应的是《周颂》的《访落》。《大明》赞美武王伐纣，其内容与《大武乐章》五歌赞美武王伐纣一样。《大雅》中的《绵》是祭祀大王的歌，对应于《周颂》之《天作》。《大雅》中的《下武》是祭祀成王的歌，与《周颂》中的《执竞》祭祀成王、康王相当。《大雅》中的《生民》，祭祀后稷的歌，对应的是《周颂》中的《思文》。"由此可见，这十首赞美祖先的歌是祀祖歌，与《周颂》中的祀祖歌同，绝对不是什么劝善规过歌。把它看成周公、召公戒成王之歌，是绝对错误的。更有趣的

---

① 孙作云：《诗经与周代社会研究》，中华书局，1966年版，第344—345页。
② 孙作云：《诗经与周代社会研究》，中华书局，1966年版，第344—346页。
③ 孙作云：《诗经与周代社会研究》，中华书局，1966年版，第398—399页。

是，这十首祀祖歌，与《周颂》中的祀祖歌相比，不但篇章相当，而且连篇次也相当：都是先祭祀文王、其次是武王、其后是大王、最后是后稷。这反映周人的祀祖，以文王为主，武王次之，然后再往上推，推及大王（王季）、最后是始祖后稷；若往下推，大概就推到成王、康王止。"① 孙作云注意到《大雅》部分诗篇与《周颂》相应诗篇的关系，这确实是一个十分有意思的现象。对此，孙作云分析说，《鲁颂》《商颂》是鲁僖公、宋襄公时期所作的祭祀歌，它们的时代背景是在伐楚胜利之后，这与宣王中兴作祀祖歌以祭祖完全相同。形式上《鲁颂》《商颂》中的长篇祀祖歌与《大雅》10篇祀祖歌相类，作法上也是一致的。因此，可以说，《鲁颂》《商颂》其实是模仿《大雅》10篇祀祖歌。由此可以看出西周、春秋时代"颂"体诗的发展：《周颂》（西周初期祭歌）→《大小雅》中之"颂"（西周晚期祭祀歌）→《鲁颂》《商颂》（春秋初期祭祀歌）。② 通观孙氏的上述分析，主要涉及三个方面的内容：一是"二雅"包含"颂""风"及新体诗三种类型；二是《大雅》中若干赞美祖先的诗歌与《周颂》存在对应关系；三是西周、春秋时代的"颂"体经历由《周颂》到《大小雅》中之"颂"再到《鲁颂》《商颂》的发展。应该说，孙氏的这些看法是很有启发意义的。

但人们并不完全认同孙作云的这些看法，比如颂体的发展问题，陈致认为，《诗经》中最早的一部分《周颂》中的诗篇是周代王室和宗庙演奏的礼乐作品，但同时也是周人最早从商人那里学来的音乐作品。在商、周易代的文化冲突之后，周朝统治者承继了殷人的乐器、乐式和乐制。"颂"本原于"庸"，本身最初就是商人的创制，但入周以后又被重新包装、改造和定名，《诗经》中的"鲁颂"和"商颂"也是殷人这种音乐文化在殷商遗民聚居地区和邦国在周代的延续。③ 很清楚，无论是《周颂》还是"鲁颂"，均是采用商代风格的乐器和音乐体式，而"商颂"即使不是商代的音乐作品，也是根据商代的祭祀乐歌加

---

① 孙作云：《诗经与周代社会研究》，中华书局，1966年版，第353页。
② 孙作云：《诗经与周代社会研究》，中华书局，1966年版，第355-358页。
③ 陈致：《从礼仪化到世俗化——〈诗经〉的形成》，上海古籍出版社，2009年版，第6-7页。

以改造的。① 所以，陈致认为"颂"是一种源自商代"庸"式音乐文化的音乐体式，是一种奉献给祖先的音乐。② 至于"雅诗"，陈致主张是周人所创，且别有渊源。所以，在陈致这里，"雅"与"颂"是两种有区别的音乐文化，"反映出了商周之际的政权嬗变是如何促使商、周两民族的在文化上交织、融合、发展的复杂过程"。③

至于《大雅》中若干赞美祖先的诗歌与《周颂》的关系，则更是吸引不少学者的注意。李山根据对《大雅》中《大明》《思齐》《绵》《皇矣》《生民》《公刘》等诗篇中特定的画面感、人物特定的称谓方式以及表述地理名谓时所显出的方位意识诸方面的分析，推测这些诗篇是周王大祭祖先时对宗庙壁图上祖先人物及其业绩的述赞之辞。④ 他分析说：

>宗庙中赞图歌诗，当然是祭祀活动才有的情况。而述赞壁图的目的，在于以祖先功德教育后代，这也是显而易见的。图赞的诗篇，是唱给活人听的。然而问题是，祭祀活动，不可能没有献给祖灵的乐歌。这不禁使人去想：现存《诗经》中有没有同时献给神灵的诗篇呢？这是发现"对应"的思路。沿着这思路，我们在《周颂》里居然找到了与《大雅》相应的篇章。如《大雅》有《生民》一篇，是选述周人始祖后稷的，而《周颂》中竟有《思文》诗，也是颂美后稷盛德的。《周颂》中有《天作》篇颂美太王、文王两代先王迁岐定居的壮举，而《大雅》中恰好有《绵》、《皇矣》两首诗篇，分别述赞太王和文王（及其父亲）是如何徙岐安居的。至此可以说，"对应"的确切含义是：有些内容一致的雅颂诗篇，在创制的当初，本系同一祭祖大典的乐歌，只是由于其间存在着"神听"与"人听"的分别，才一归于

---

① 陈致：《从礼仪化到世俗化——〈诗经〉的形成》，上海古籍出版社，2009年版，第67页。
② 陈致：《从礼仪化到世俗化——〈诗经〉的形成》，上海古籍出版社，2009年版，第90页。
③ 陈致：《从礼仪化到世俗化——〈诗经〉的形成》，上海古籍出版社，2009年版，第4页。
④ 李山：《〈诗·大雅〉若干诗篇图赞说及由此发现的〈雅〉〈颂〉间部分对应》，《文学遗产》，2000年第4期。

颂，一归于雅。雅颂之别，是后人的科判。①

孙作云发现《大雅》若干诗篇与《周颂》之间的关联，不仅从"颂"的角度分析其生成，而且将它们列入"颂"的范畴，李山也将《大雅》这些诗篇与《周颂》相应诗篇视为"同一祭祖大典的乐歌"，这似乎意味着它们的性质是相同的，它们之所以分属雅颂，乃是后人所为。不过，在《大雅》若干诗篇生成问题上，李山提出图赞说，指出它们生成于宗庙祭祀活动中的赞图歌诗行为，这确实是富有启发意义的看法。李瑾华也将《大雅》若干诗篇与祭祀活动联系起来，指出宗教祭祀仪式中面向神灵颂唱的乐歌包括祈求福祥的仪式祝祷语与赞美神灵、诵念圣典的仪式颂赞歌。《周颂》中《大武》组诗、《维天之命》、《烈文》等没有对奉献牺牲和仪式的过程等进行陈述，其主旨是祈福祥，求永贞，大体上对应于祭礼仪式中的祝祷语。《大雅》中赞美祖先的乐歌属于仪式颂赞歌，《生民》赞美周始祖后稷，《公刘》赞美周先祖公刘迁豳，《绵》赞美大王迁岐，《文王》赞美文王图商，《皇矣》赞美文王伐密、伐崇，《大明》赞美武王伐纣。《周颂》中的《清庙》《维天之命》《维清》是告祭文王的，与此对应的《大雅》有《文王》《皇矣》；《大武乐章》与《大雅》中赞美武王伐纣的《大明》相对应，《天作》与《大雅》中的《绵》都是祭祀大王的歌，《执竞》与《大雅》中的《下武》是祀成康的。这些祀祖歌在排序上都是先祭祀文王、其次武王、其后是大王、最后是后稷。不难看出，雅、颂对应，颂为仪式祝祷语，雅为仪式颂赞歌。李瑾华还特别提到，《大雅》中的这些仪式颂赞歌是乐语仪式"道古"的主要内容，"从祭祀仪式看，颂诗是在仪式进行过程中，与对应的仪节相配合而表达的祝祷或赞礼的话语，而大雅诗则是在仪式结束行合语之礼时，对仪式的义理或场景进行阐发或描述时的乐语。雅诗的这种与祭祀相关的特征在正大雅中体现得比较明显。在祭祀不同的祖先时，既有向这位祖先行祷告的祝祷语，也有相应的赞美这位祖先的颂赞歌，这种对应是固定的，

---

① 李山：《〈诗·大雅〉若干诗篇图赞说及由此发现的〈雅〉〈颂〉间部分对应》，《文学遗产》，2000年第4期。

但所用的祝祷语或者颂赞歌未必是固定的,按道理,《周颂》中有祭祀文王、武王时用的祝祷语,也应有对应的歌颂文王武王生平事迹的'史诗',但于雅诗中并没有直接对应的颂赞诗,而雅诗中的《文王》可能是某一次祭祀文王合语时所留下的歌诗。"① 这就表明,不同于图赞说,李瑾华认为《大雅》的一些诗篇是"乐语"的产物。

此后一些学者相继结合"乐语"来讨论《大雅》诗篇的形成。李辉分析说,西周中期出现从历史中获得当代启示的思潮,如西周中期兴起的策命礼不忘在策命辞中追溯祖先的德行、官职,以展现家族和祖先的历史对现世荣禄的重要意义。正是在高涨的历史意识下,雅诗应运而生,而述赞祖先功德也成为雅诗最先歌唱的内容。《生民》《公刘》《绵》《皇矣》《大明》等赞颂了后稷播百谷、公刘迁豳、太王迁岐、文王受命、武王伐商等周王朝发展史上具有里程碑意义的大事。与周初颂诗相比,雅诗颂祖歌唱不仅在篇幅上有很大扩容,而且祖先也还原为历史中平实而富有生命力的创业英雄。这种嬗变还在于诗乐功能的深刻变化:颂诗是献给神灵的祭歌,而雅诗则是祭祖仪式上唱给生人听的,更具现实的指导意义。在"道古"的历史歌唱中,周人获得时代所需的精神力量,为当代王朝政治的发展指引方向。② 祝秀权指出,《雅》《颂》存在部分对应,如《文王》与《清庙》,《生民》与《思文》,《绵》与《天作》的对应等,这种对应是由周代乐语决定的。《礼记·文王世子》所载"既歌而语"仪节中的"语",其对象是"登歌《清庙》"。作为颂诗的《清庙》描述文王之德,赞美文王祭祀典礼的庄严肃穆,但《清庙》的内容简单、概括、抽象,并无具体可感的事迹和情节。"语"就是通过对"登歌"所美之义加以阐发、铺陈,使人知晓合乐之所美的具体事迹、具体人物和情节,以此成就登歌所美之意。《礼记·乐记》载君子在雅器的伴奏下"于是语,于是道古",这种在雅器伴奏下的"语"和"道古"之辞即为《雅》诗。《大雅》中道古的"史诗"如《大

---

① 李瑾华:《〈诗经·周颂〉考论——周代的祭祀仪式与歌诗关系研究》,2005年首都师范大学博士学位论文。
② 李辉:《〈诗经〉雅诗的兴起——从"雅(夏)"字义说起》,《文史知识》,2013年第6期。

明》《绵》《皇矣》《公刘》《生民》，由古而颂"今"的诗如《文王》《下武》《既醉》，这些诗篇的创作与乐语之教密不可分，是乐教仪式的产物。《周颂》《大雅》中相对应的诗篇具有很多相同的因素，如所记述的事件相同，所颂美的对象相同，所用的文辞相同或相近，叙述方式、抒情结构的相似，但《雅》诗的记事和颂美都比对应的《颂》诗更详细、更具体。这是因为，《大雅》部分诗篇是对《周颂》诗义的解说，解说其本事、本义，对其诗义加以演绎、发挥。可以说，乐语之教以乐歌为背景的"语说""道古"仪式，直接导致《大雅》部分诗篇的创作。① 当然，乐语对于"二雅"的影响并不限于上述诗篇，这是需要注意的。

二、《诗经》"雅诗"的生成方式

以上从作者、时世及成诗方式层面来考察"二雅"的生成，按照通常的看法，应该可以比较好地解决"二雅"的生成问题，然而，正如上述所言，有关"二雅"的生成事实上还存在诸多疑义。这种局面的形成，其原因自然是多方面的，其中最关键的是无论是就《诗经》诗篇的作者，还是就时世、成诗方式而言，存留下来以资考据的材料不多。《诗经》305 篇明确提及作者的只有寥寥几篇，绝大多数是未知的，这就为分析诗篇的时世及成诗方式带来很大的困难。

与此同时，人们分析诗篇的时世，大多是建立在《诗经》固有编排之基础上，这一点不难从郑玄、陆德明等的论述中体会到的。这一出发点所引发的问题在于，《诗经》在编集时其篇目的编排是否严格遵循时代先后顺序，这一答案显然是未知的。然而，郑玄、陆德明等人却搁置这一疑问，将《诗经》篇目的编排视为严格遵循了时代先后之顺序。于是就出现这样的情形，比如《棠棣》，《国语》以为周公之诗，《左传》以为召公之诗，郑《笺》也说："周公

---

① 祝秀权：《周礼乐语之教与〈大雅〉部分诗篇的创作及其与〈周颂〉的对应关系》，《中华文化论坛》，2018 年第 1 期。

吊二叔之不咸，而使兄弟之恩疏。召公为作此诗，而歌之以亲之。"① 可见郑玄在此综合《国语》《左传》之说，然而郑玄在《小大雅谱》中却将其列为文王之诗。对此，孔颖达分析说：

> 如此《谱》说，则郑定以《棠棣》之作，在武王既崩，为周公、成王时作。……《郑志》之说则异于此者，答赵商云："于文、武时，兄弟失道，有不和协之意，故作诗以感切之。至成王之时，二叔流言作乱，罪乃当诛，悔将何及，未可定此篇为成王时作。"赵商据《鱼丽》之序而发问，则于时郑未为《谱》，故说不定也。言未可定此篇为成王时，则意欲从之而未决。后为此《谱》，则决定其说为成王时也。②

可见，郑玄在《小大雅谱》中遵循的是《郑志》而非郑《笺》的看法。郑玄《小大雅谱》为何要这样做，孔《疏》道明其中的缘故：

> 知小雅自《南有嘉鱼》者，以《六月序》广陈小雅之废，自《华黍》以上皆言缺，《由庚》以下不言缺，明其诗异主也。《鱼丽》之序云文、武，《华黍》言与上同，明以上武王诗，《由庚》以下周公、成王诗也。《南有嘉鱼》云"太平"，《蓼萧》云"泽及四海"，语其时事，为周公、成王明矣。序者盖亦以其事著明，故不言其号谥焉。《由庚》既为周公、成王之诗，则《南有嘉鱼》至《菁菁者莪》从可知也，故云"下及《菁菁者莪》皆周公、成王之时诗也"。以周公摄王事，政统于成王，故并举之也。《由庚》在《嘉鱼》前矣，不云自《由庚》者，据见在而言之。郑所以不数亡者，以毛公下《由庚》以就《崇丘》。若言自《由庚》，则不包《南有嘉鱼》，故不得言也。既

---

① 孔颖达：《毛诗正义》，北京大学出版社，1999年版，第568页。
② 孔颖达：《毛诗正义》，北京大学出版社，1999年版，第552页。

不得以《由庚》为成王诗首，则《华黍》不得为武王诗末，故上说文、武之诗，不言至《华黍》也。①

由此可知，郑玄在《小大雅谱》中对"二雅"诗篇有关时世的认识，其主要依据在于《诗经》"二雅"诗篇现有的编排顺序，这就出现如《棠棣》这样的现象，因此也就难以避免有关"二雅"时世方面认识的讹误。前面已经提到，《诗经》篇目的编排是否严格遵循时代先后之顺序，这是一个难以作出肯定或否定回答的问题。即使《诗经》的篇目在编排之际严格遵循时代先后之顺序，但也会存在这样的现象，即在流传过程中《诗经》篇目的顺序发生改变。这一点郑玄是知道的，他在《小大雅谱》中针对"小雅之臣何以独无刺厉王"的疑问，就明确指出《小雅》中的《十月之交》《雨无正》《小旻》《小宛》就是刺厉王的，只不过"汉兴之初，师移其第耳"。如果不局限于现有《诗经》编排顺序，充分利用《诗序》等文献，对"二雅"时世进行考定还是可能的。

当然，对于"二雅"生成的分析，还存在另一种路径，这就是对"二雅"诗篇叙事及结构的分析。姚小鸥指出，《雅》诗的叙事大致可分为三类。第一类是《生民》《公刘》等史诗，还带有原始诗歌的遗迹，是中国叙事诗第一阶段的作品。第二类是《常武》《采薇》等叙事诗，不但能清楚完整地叙述整个事件，而且还掌握多种艺术手段，有较高的叙事技巧。如《常武》叙述周王朝与徐夷的一次重要战争，从命将出师到告成武功，不到两百字，将事件记述得清清楚楚。第三类包括《车攻》《宾之初筵》和《庭燎》等，标志着中国叙事诗转向描写更广泛的社会生活，不仅题材多样化，而且各种风格的叙事争奇斗艳，叙事手法也更加多样。由此大致可以窥见《雅》诗叙事的发展线索：题材上由宗教政治作品转向更广阔的人生，体裁上由单纯记事发展到叙事、状物、写人。早中期的政治抒情诗多是长篇巨制，带有浓厚的说理和议论成分，反映的问题多与国家大政有关；中后期以抒发个人感慨为主，篇幅较短，渐渐脱去

---

① 孔颖达：《毛诗正义》，北京大学出版社，1999年版，第542–543页。

说理的成分。① 这就是说，《雅》诗的叙事特征在一定程度上昭示了其诗篇的成诗时代，人们可以利用这一点去推断雅诗的形成。同样，《雅》诗结构有其自身特点，不仅与《国风》不同，而且《小雅》《大雅》内部也存在差异，这不仅能起到区分风、雅的作用，同时在一定程度上也显示了《雅》诗不同诗篇的制作时代。李炳海在《〈雅〉诗的文本形态和结构模式》一文中分析说，雅诗标准文本形态是偶数句成章、偶数章成篇，同一作品各章句数相同，这类作品有40篇。变雅不仅思想内容有异于正雅，而且文本形态和结构与正雅也存在差别，变雅文本形态呈现杂乱无序的状态，这种倾向表明，它不仅思想内容较正雅有重大改变，而且文本形态和结构方式也出现新变。宣王时期雅诗创作严格遵循上述准则，《小雅》的《采薇》《出车》《六月》《采芑》与《大雅》的《云汉》《崧高》《烝民》《韩奕》《江汉》《常武》都是偶数句成章，偶数章成篇，各章句数相等，这表明宣王时期雅诗的基本规则已经形成，而此前产生的雅诗往往出现奇数句成章、奇数章成篇，以及不同句数章次的无序排列；之后产生的变雅则往往是对已有规则结构的颠覆。② 马志林也分析说，倘若不考虑《鲁颂》《商颂》，《国风》160篇，共482章，2608句，平均每篇3章，章5句；《小雅》74篇，共367章，2323句，平均每篇5章，章6句；《大雅》31篇，共223章，1616句，平均每篇7章，章7句；《周颂》不分章，平均每篇11句。《国风》《小雅》《大雅》平均章数各递增两章，句数各递增一句；《周颂》的平均章数最少，但句数陡增。这说明从《国风》到《周颂》，《诗经》的平均容量在不断扩大。并且，《诗经》篇名相同者多出自《国风》，《小雅》也有相重者，甚至与《国风》相重。《国风》有14篇篇名相同，与《小雅》相重4篇：《邶风·谷风》《小雅·谷风》，《齐风·甫田》《小雅·甫田》，《唐风·杕杜》《唐风·有杕之杜》《小雅·杕杜》；《小雅》相同者二：《小雅·白华》《小雅·白华》。然而《大雅》之篇名各不相同，与《国风》《小雅》不相重。

---

① 姚小鸥：《〈诗经〉大小〈雅〉与先秦诗歌的历史发展》，《周口师范高等专科学校学报》，2001年第6期。
② 李炳海：《〈雅〉诗的文本形态和结构模式》，《甘肃社会科学》，2009年第2期。

这说明从《国风》到《小雅》再到《大雅》，其创作的专门性增强。① 根据这些观察，人们不难发现，风诗、雅诗乃至颂诗各自拥有不同的文本结构形态，就雅诗而言，在很大程度上可以根据文本结构的不同特征来把握雅诗不同诗篇的生成。

上面分析了雅诗的生成方式和文本结构，同时也分析了"雅"字的意义及雅诗的命名，那么"大雅""小雅"是如何分类的，或者说，二者分类的标准是什么？人们曾经就"大雅""小雅"的分类标准展开了长期而激烈的争论，可将这些看法作一个简单的归纳。

其一，基于思想内容层面。这又分为几种情况：（1）季札从"德"的层面指出《小雅》描述"周德之衰"，而《大雅》描述"文王之德"，冯时也主张《大雅》《小雅》是按照德的标准分类的；（2）荀子从"圣人思想"的角度揭示《小雅》是用圣人的思想润饰的缘故，而《大雅》是用圣人的思想去发扬光大的缘故；（3）《毛诗序》从政事的大小来区分《小雅》《大雅》；（4）苏辙认为《小雅》言政事之得失，而《大雅》言道德之存亡，李光地则认为《小雅》叙述世俗社会上下亲疏的情状，而《大雅》则主要叙述祖宗的德行，赵良澍指出《大雅》《小雅》都涉及政与德，不过《小雅》述政为主述德为辅，《大雅》则述德为主述政为辅；（5）孙作云认为《大雅》是叙述西周盛世的诗，《小雅》是叙述西周衰世的诗；（6）司马迁、韦昭、文颖等人认为《大雅》描述的对象是王公大人，而《小雅》描述的是地位较低之人；（7）牟应震认为《小雅》是畿内民诗，以及国小臣、外诸侯之诗，《大雅》为公孤卿士之诗；（8）胡安莲认为事关诸侯、士大夫的为《小雅》，事关周王的为《大雅》。

其二，基于音乐的层面。郑玄指出《小雅》是诸侯之乐，《大雅》是天子之乐；朱熹说正小雅为燕飨之乐，而正大雅为会朝之乐、受釐陈戒之辞；戴埴认为《小雅》《大雅》是按照声之正变划分的，《小雅》用于小燕享，《大雅》用于大燕享；陆深主张《大雅》《小雅》以声音为类，即大乐、小乐；惠周惕认为《大雅》《小雅》当以音乐别之；顾镇也认为《小雅》音声飘摇和动，

---

① 马志林：《〈诗经〉"二雅"研究》，2016年陕西师范大学博士学位论文。

《大雅》音声典则庄严；张西堂、聂石樵也认为应依据音乐来辨析《大雅》《小雅》的差异。

其三，基于文体的层面。章如愚认为《小雅》没有丧失风诗的体制，语言还有重复，《大雅》则不同；《小雅》典正但尚未浑厚大醇，《大雅》则浑厚大醇。严粲认为《大雅》采取明白正大、直言其事的表达方式，《小雅》还存在风诗的特征。杨慎认为《正小雅》大都属于短篇，多寄兴，而《正大雅》则为舂容大篇，辞旨正大。

其四，基于政治地理的层面。王凤贵认为宗周的诗称为《大雅》，成周的诗称为《小雅》。

其五，基于综合的层面。这又分为几种情况。（1）孔颖达将政事、诗体、音体、用乐四个方面作为划分《大雅》《小雅》的标准；魏源主张将政、理、声、辞相结合来解决《大雅》《小雅》的分类；方玉润认为应该综合气体轻重、魄力厚薄、词意浅深、音节丰杀四方面来辨析《大雅》《小雅》的分类；傅斯年坚持运用音乐、功用、内容多重标准来划分《小雅》《大雅》。（2）章潢从政事道德与文体角度出发，指出雅诗较风诗为整肃显明，较颂诗为昌大畅达，并且《小雅》主要叙述彝伦政事，而《大雅》则叙述性命道德；戴震也主张从内容、体制两方面分辨《大雅》《小雅》。（3）朱东润从内容、地域两个层面辨析《小雅》《大雅》之别，《小雅》多言人事，《大雅》多言祖宗；《大雅》为岐周之诗，《小雅》为京周之诗。

另外，《礼记·乐记》和《史记·乐书》从人的品性差异来标示《小雅》《大雅》的不同，指出何种性情的人可以演唱《小雅》，何种性情的人可以演唱《大雅》。赵逵夫则认为《大雅》《小雅》的分类纯粹是编撰的结果。

人们对"二雅"分类标准的讨论，在很大程度上揭示了《大雅》与《小雅》之间多方面的差异，但是，这些差异能否说它们都是划分《大雅》与《小雅》的标准呢？也就是说，人们在编撰《诗经》时将雅诗分为《大雅》与《小雅》是完全参照这些差异进行的吗？要弄明白这个问题，应该考虑《诗经》的用途和雅诗的形成。《诗经》是如何编撰的，这固然是一个颇有争议的问题，不过学界普遍认为《诗经》的编订出自乐官之手。乐官编撰《诗经》的重要目的，则在于为各种仪式提供固定文本，这可以从《国语》《左传》等文献的记载中得到确证。既然《诗经》作为音乐文本而存在，那么，它的组成部分《大雅》与《小雅》自然也具备这种特性。由此，人们应充分考虑乐官从音乐角度划分《大雅》与《小雅》这一点。人们也注意到，《大雅》包含"颂诗"的因素，《小雅》则包含"风诗"的因素。《大雅》与"颂诗"的联系，可以从"乐语"背景下若干雅诗生成得到说明。当然，这些雅诗主要是一些具有史诗性质的诗篇。其实，"乐语"对于雅诗生成所发挥的作用似乎并不限于这个方面。《崧高》《烝民》中提到吉甫作诗赠申伯、仲山甫，此类具有颂扬性质的诗篇，尽管与雅诗史诗有所区别，但它们的生成也与"乐语"有关。

宋代出现一种"乐语"，这种"乐语"是公私宴会上的祝颂之辞，通常由优伶念诵出来。联系宋代的这种"乐语"文本，可以推测《崧高》《烝民》此类雅诗的生成也有相近的语境。在"二雅"中，有些诗篇与"献诗""采诗"传统有关。《大雅·桑柔》据说是芮良夫讽谏周厉王的诗篇，诗的结尾明确提到"虽曰匪予，既作尔歌"，意思是说，尽管你会咒骂我，终究还是给你写这首诗。联系前面对"献诗"的分析，《桑柔》应该是芮良夫献给周厉王的。《大雅·民劳》据说也是献给周厉王的，诗中也用到"王欲玉女，是用大谏"这样的句子。《小雅》也有这方面的诗篇，《节南山》据说是讽刺太师尹氏的，不过此诗与周王有些关联，诗中说"家父作诵，以究王讻。式讹尔心，以畜万邦"，明确交代家父作诗之目的，就是希望周王能够改变此前的做法。《何人斯》据说是苏公献给暴公的，诗中说"作此好歌，以极反侧"，也具有明显的规谏意味。至于《小雅》中类近"风诗"的诗篇，当源于"采诗"，这一点在分析"采诗"时已经涉及。这样看来，"二雅"诗篇的生成不仅与"乐语"相关，也与"献诗""采诗"传统有关，其中"乐语"主要与《大雅》相关，"采诗"与《小雅》有关。至于"献诗"，则与"二雅"均有联系。无论是《大雅》还是《小雅》，其所献诗篇在内容方面均属于变雅范畴，不过，从对象身份角度来看，《大雅》针对的是周王，而《小雅》针对的是诸侯臣僚。依据这一点，可以说变大雅、变小雅划分的标准似乎符合《毛诗序》所谓"大政""小政"之说。也就是说,《毛诗序》从政事大小角度来区分《大雅》《小雅》是有一定道理的。

根据前面的分析,《大雅》《小雅》在结构上也存在客观差异,这种不同,从根本上来说,应该导源于《大雅》《小雅》音乐表现形式的差异。所以,综合观之,音乐、政事才是《大雅》《小雅》区分的核心元素,至于其他诸种说法,应该是从音乐、政事二者生发而来的,是次要的标准。

第七章　豳诗考

　　《诗经》十五国风中有《豳风》，郑玄在《豳谱》中说："豳者，后稷之曾孙曰公刘者，自邰而出，所徙戎狄之地名……成王之时，周公避流言之难，出居东都二年。后成王迎而反之，摄政，致太平。其出入也，一德不回，纯似于公刘、太王之所为。大师大述其志，主意于豳公之事，故别其诗以为豳国变风焉。"[①] 此后陆德明指出："周公遭流言之难，居东都，思公刘、大王为豳公，忧劳民事，以比叙己志而作《七月》、《鸱鸮》之诗。成王悟而迎之，以致太平，故大师述其诗为豳国之风焉。"[②] 郑玄在《豳谱》中虽然谈及周公与《豳风》间的联系，但对于这种联系的说明还是比较隐晦的，陆德明则明确说《七月》《鸱鸮》出自周公之手。对于这个问题，孔颖达分析说："《金縢》云：'惟朕小子其新逆。'是成王迎而反之，代成王治国政而致太平。其出居东都也，其入摄王政也，常守专一之德，不有回邪，纯似公刘、大王之所为也。周公作诗之时，有自比二人之意。及其终得摄王政，其事又纯似之。此诗用于乐官，当立题目，太师于是大述周公之志，以此《七月》诗主意于豳公之事，故别其诗，不合在周之风、雅，而以为豳国之变风焉。此乃远论豳公为诸侯之政，周公陈之，欲以比序己志，不美王业之本，不得入周、召之正风也。又非刺美成王，不得入成王之正雅。周公，王朝卿士，不得专名一国。进退既无所系，因其上陈豳公，故为豳之变风。若所陈本非豳事，无由得系于豳。周公事若不似，于理亦不可系。此诗追述豳公，事又相似，故系之为宜也。《春官·籥章》

[①] 孔颖达：《毛诗正义》，北京大学出版社，1999年版，第482–484页。
[②] 孔颖达：《毛诗正义》，北京大学出版社，1999年版，第482页。

云：'吹籥以歌《豳诗》。'则周制之前，已系豳矣。谓之变者，以其变风、变雅各述时之善恶，《七月》陈豳公之政，《东山》以下主述周公之德，正是变诗美者，故亦谓之变风。《公刘》亦陈豳事，不系豳者，召康公陈公刘以戒成王，犹召穆公陈文王以伤大坏，主者意为雅，不得列为风也。《鸱鸮》以下，不陈豳事，亦系豳者，以《七月》是周公之事，既为《豳风》，《鸱鸮》以下亦是周公之事，尊周公使专一国，故并为《豳风》。故《郑志》张逸问：'《豳·七月》专咏周公之德，宜在雅，今在风，何？'答曰：'以周公专为一国，上冠先公之业，亦为优矣，所以在风下，次于雅前，在于雅分，周公不得专之。'逸言'咏周公之德'者，据《鸱鸮》以下发问也。郑言'上冠先公之业'，谓以《七月》冠诸篇也。以先公之业冠周公之诗，故周公之德系先公之业，于是周公为优矣。次之风后、雅前者，言周公德高于诸侯，事同于王政，处诸国之后，不与诸国为伦。次之小雅之前，言其近堪为雅，使周公专有此善也。此《豳诗》七篇，《七月》、《鸱鸮》是出居时作，其余多在入摄政后。"① 这就比较清晰地解释了《豳风》的由来，以及周公与《豳风》之关系。然而，须注意的是，孔颖达在分析过程中提到《周礼》所记载的《豳诗》，那么，《豳诗》与《豳风》乃至《诗经》之间有着怎样的关联，孔氏对此并没有进一步说明，这是很可惜的。就实际而言，这无疑是一个颇为重要的问题，《豳诗》在一定程度上涉及《诗经》诗篇的分布，因此，它对于理解《诗经》的生成是颇有助益的。

一、从《周礼·春官·籥章》说起

《周礼·春官·籥章》篇载录《豳诗》《豳雅》与《豳颂》，其文云：

> 籥章掌土鼓豳籥。中春昼击土鼓，龡《豳诗》以逆暑。中秋夜迎寒，亦如之。凡国祈年于田祖，龡《豳雅》，击土鼓，以乐田畯。国

---

① 孔颖达：《毛诗正义》，北京大学出版社，1999年版，第484－485页。

祭蜡,则龡《豳颂》,击土鼓,以息老物。①

按照《籥章》篇的记载,中春、中秋龡《豳诗》逆暑、迎寒,祈年龡《豳雅》,祭蜡龡《豳颂》。

所谓"豳诗",郑玄《注》谓:"《豳诗》,《豳风·七月》也。吹之者,以籥为之声。《七月》言寒暑之事,迎气歌其类也。此《风》也,而言《诗》,《诗》总名也。"②郑玄认为《豳诗》就是指《豳风·七月》。对此,贾公彦《疏》分析说:

> 郑知吹之者,以籥为之声者,以发首云"掌土鼓豳籥",故知《诗》与《雅》、《颂》,皆用籥吹之也。云"《七月》言寒暑之事"者,《七月》云"一之日觱发,二之日栗烈",七月流火之诗,是寒暑之事。云"迎气歌其类也"者,解经吹《豳诗》逆暑,及下迎寒,皆当歌此寒暑之诗也。云"此《风》也,而言《诗》,《诗》总名也"者,对下有《雅》、有《颂》,即此是《风》而言《诗》,《诗》总名,含《豳风》矣,故云"诗"不言"风"也。③

贾公彦具体分析《七月》一诗中所描绘的寒暑之事,不仅以此印证《籥章》篇"龡《豳诗》以逆暑、迎寒",而且也表明《豳诗》即是指《七月》。

所谓"豳雅",郑玄《注》云:"祈年,祈丰年也。田祖,始耕田者,谓神农也。《豳雅》,亦《七月》也。《七月》又有于耜举趾,馌彼南亩之事,是亦歌其类。谓之雅者,以其言男女之正。"④贾《疏》指出:

> 此祈年于田祖,并上迎暑迎寒,并不言有祀事,既告神当有祀事

---

① 贾公彦:《周礼注疏》,北京大学出版社,1999年版,第630-632页。
② 贾公彦:《周礼注疏》,北京大学出版社,1999年版,第631页。
③ 贾公彦:《周礼注疏》,北京大学出版社,1999年版,第631页。
④ 贾公彦:《周礼注疏》,北京大学出版社,1999年版,第631页。

可知。但以告祭非常，故不言之耳。若有礼物，不过如《祭法》埋少牢之类耳。此田祖与田畯，所祈当同日，但位别礼殊，乐则同，故连言之也。"祈年，祈丰年也"者，义取《小祝》求丰年，俱是求甘雨，使年丰，故引彼解此也。云"田祖，始耕田者，谓神农也"者，此即《郊特牲》云"先啬"，一也，故《甫田》诗云："琴瑟击鼓，以御田祖，以祈甘雨，以介我稷黍。"毛云："田祖，先啬者也。""《七月》又有于耜举趾，馌彼南亩之事，亦是歌其类"者，按彼《七月》云："三之日于耜，四之日举趾，同我妇子，馌彼南亩，田畯至喜。"并次在寒暑之下，彼为《风》，此为《雅》者也。云"谓之《雅》者，以其言男女之正"者，先王之业，以农为本，是男女之正，故名雅也。①

郑玄以为《七月》也是《豳雅》，因为《七月》中记载"于耜举趾、馌彼南亩"这些事件，它们恰好是"先王之业""以农为本"的体现，在这个意义上，《七月》也可称为"雅"。贾公彦在《疏》中对郑玄的说法进行分析说明，单纯就这一点而言，说《七月》是《豳雅》似乎也可以。不过，《籥章》篇明确说"祈年歈《豳雅》"，那么，《七月》即是《豳雅》，它与祈年之间又有什么关联呢？倘若说《七月》诗中寒暑之事与"歈《豳诗》以逆暑、迎寒"还有联系的话，那么《七月》诗中的"于耜举趾、馌彼南亩"与祈年之间的关系，无论是郑玄还是贾公彦，都没有对此进行说明。

所谓"豳颂"，郑《注》谓："《豳颂》，亦《七月》也。《七月》又有'获稻作酒，跻彼公堂，称彼兕觥，万寿无疆'之事，是亦歌其类也。谓之颂者，以其言岁终人功之成。"② 郑玄认为《豳颂》也是《七月》。在他看来，《七月》一诗提到"获稻作酒，跻彼公堂，称彼兕觥，万寿无疆"，这些诗句显然是颂诗本质的呈现。贾公彦也赞同郑玄的看法，他在《疏》中指出："云'《豳颂》，亦《七月》也。《七月》又有获稻作酒等至之事，是亦歌其类也'者，其类，

---

① 贾公彦：《周礼注疏》，北京大学出版社，1999年版，第631页。
② 贾公彦：《周礼注疏》，北京大学出版社，1999年版，第632页。

谓'获稻'已下是也。云'谓之类者，以其言岁终人功之成'者，凡言颂者，颂美成功之事，故于《七月》风诗之中亦有《雅》、《颂》也。"① 与讨论"豳雅"一样，他们在此也没有分析《豳颂》与蜡祭之间的关系。

对于《周礼·春官·籥章》篇中的《豳诗》《豳雅》《豳颂》，郑玄认为它们都指《七月》。其实，郑玄在笺释《七月》时也坚持这一说法。《七月》"春日迟迟，采蘩祁祁。女心伤悲，殆及公子同归"句，郑《笺》云："春女感阳气而思男，秋士感阴气而思女，是其物化，所以悲也。悲则始有与公子同归之志，欲嫁焉。女感事苦而生此志，是谓《豳风》。"② 又"六月食郁及薁，七月亨葵及菽，八月剥枣。十月获稻，为此春酒，以介眉寿"句郑《笺》说："既以郁下及枣助男功，又获稻而酿酒以助其养老之具，是谓豳雅。"③ 又"跻彼公堂，称彼兕觥，万寿无疆"句郑《笺》谓："于飨而正齿位，故因时而誓焉。饮酒既乐，欲大寿无竟，是谓豳颂。"④ 郑玄的这些认识与其在《周礼·春官·籥章》注中的看法是比较一致的。对于郑玄在《七月》中有关《豳诗》《豳雅》《豳颂》的讨论，孔颖达《疏》分析说：

> 此章所言，是谓豳国之风诗也。此言"是'豳风'"，六章云"是谓'豳雅'"，卒章云"是谓'豳颂'"者，《春官·籥章》云："仲春，昼击土鼓，吹'豳诗'，以迎暑。仲秋，夜迎寒气亦如之。凡国祈年于田祖，吹'豳雅'，击土鼓，以乐田畯。国祭蜡，则吹'豳颂'，以息老物。"以《周礼》用为乐章，诗中必有其事。此诗题曰《豳风》，明此篇之中，当具有风、雅、颂也。别言豳雅、豳颂，则'豳诗'者是《豳风》可知。故《籥章》注云："此风也，而言诗，诗，总名也。"是有《豳风》也。且《七月》为国风之诗，自然豳诗是风矣。既知此篇兼有雅、颂，则当以类辨之。风者，诸侯之政教，

---

① 贾公彦：《周礼注疏》，北京大学出版社，1999年版，第632页。
② 孔颖达：《毛诗正义》，北京大学出版社，1999年版，第494页。
③ 孔颖达：《毛诗正义》，北京大学出版社，1999年版，第503页。
④ 孔颖达：《毛诗正义》，北京大学出版社，1999年版，第507页。

凡系水土之风气，故谓之风。此章女心伤悲，乃是民之风俗，故知是谓豳风也。雅者，正也，王者设教以正民，作酒养老，是人君之美政，故知获稻为酒，是豳雅也。颂者，美盛德之形，容成功之事，男女之功俱毕，无复饥寒之忧，置酒称庆，是功成之事，故知"朋酒斯飨，万寿无疆"，是谓豳颂也。《籥章》之注，与此小殊。彼注云："豳诗，谓《七月》也。《七月》言寒暑之事，迎气歌之，歌其类。"言寒暑之事，则首章流火、觱发之类是也。又云："豳雅者，亦《七月》也。《七月》又有于耜、举趾、馌彼南亩之事，是亦歌其类也。"则亦以首章为豳雅也。又云："豳颂者，亦《七月》也。《七月》又有获稻、酿酒、跻彼公堂、称彼兕觥、万寿无疆之事，是亦歌其类也。"兼以获稻、酿酒，亦为豳颂。皆与此异者，彼又观《籥章》之文而为说也。以其歌豳诗以迎寒迎暑，故取寒暑之事以当之。吹豳雅以乐田畯，故取耕田之事以当之。吹豳颂以息老物，故取养老之事以当之。就彼为说，故作两解也。诸诗未有一篇之内备有风、雅、颂，而此篇独有三体者，《周》《召》陈王化之基，未有雅、颂成功，故为风也。《鹿鸣》陈燕劳戌士之事，《文王》陈祖考天命之美，虽是天子之政，未得功成道洽，故为雅。天下太平，成功告神，然后谓之为颂。然则始为风，中为雅，成为颂，言其自始至成，别故为三体。周公陈豳公之教，亦自始至成。述其政教之始则为豳风，述其政教之中则为豳雅，述其政教之成则为豳颂，故今一篇之内备有风、雅、颂也。言此豳公之教，能使王业成功故也。①

在这段疏文中，孔颖达主要讨论了三个问题。其一，针对郑玄在《七月》诗中第二章、第六章及最后一章相关语句下提出《豳诗》《豳雅》《豳颂》之说，孔颖达结合诗句内容，并借助《毛诗序》有关风、雅、颂的定义进行分析。其二，比较郑玄《籥章》注与《七月》注的异同表现为两点：一是《籥

---

① 孔颖达：《毛诗正义》，北京大学出版社，1999年版，第495－496页。

章》注将首章视为《豳诗》《豳雅》,这与《七月》注将第二章视为《豳诗》、第六章视为《豳雅》不同;二是《籥章》注将"获稻、酿酒、跻彼公堂、称彼兕觥、万寿无疆"视为《豳颂》,而《七月》注"获稻、酿酒"视为《豳雅》、"跻彼公堂、称彼兕觥、万寿无疆"视为《豳颂》。对于这种差异,孔颖达认为主要是郑玄依据《籥章》文本而造成的。其三,孔颖达不仅注意到《七月》"一篇之内备有风、雅、颂"的现象,并对此作了分析。整体言之,孔颖达尽管看到郑玄在《籥章》注与《七月》注中的差异,但还是维持郑玄的这些看法,并且还进行回护。至于郑玄在这些注解中所体现出来的矛盾,以及郑玄割裂《籥章》文本的做法,孔颖达对此似乎没有措意。

在这个问题上,孙诒让的看法值得关注,他在《周礼正义》引述了郑玄、孔颖达之言后再引前人观点说:

宋翔凤云:"《七月》一篇之诗,而《籥章》言《豳诗》、《豳雅》、《豳颂》,以其事各有宜,迎寒暑则宜风,故谓之《豳诗》;祈年则宜雅,故谓之《豳雅》;息老物则宜颂,故谓之《豳颂》。郑君于诗中各取其类以明之,非分某章为雅,某章为颂,故说各不同。"胡承珙云:"细绎注意,盖籥章于每祭皆歙《七月》全诗,而其取义各异。"案:宋、胡说是也。王质、饶鲁并谓《豳诗》、《豳雅》、《豳颂》即《七月》一诗,而声节不同,宋、胡略本彼说。综校此注及《诗笺》之意,亦本谓通指七月全篇,举其本则曰诗,取其言男女之正则曰雅,取其言岁终人功之成则曰颂。其吹之则声均虽有殊别,要皆总举全诗,必不断章取义。吹雅者不必遗跻堂之章,吹颂者无害涉伤春之句。是以《诗笺》缀《豳雅》于六章,而《礼注》则援首章于耜举趾诸文,以傅乐田畯之义。然则郑意并不谓分章别体明矣。孔氏盖误会郑旨意,其以《七月》一篇,析为三体,首章及二章为《豳诗》,三章至六章为《豳雅》,七章及卒章为《豳颂》,故疑此注与《诗笺》小殊,非也。但《诗》之风雅颂,在《大师》六诗,与赋比兴并举者,以体异也。而以入乐，则以声异。……由是推之，则此经云吹《豳诗》者，谓以豳之土音为声，即其本声也。吹《豳雅》者，谓以王畿之正音为声；吹《豳颂》者，谓以宫庙大乐之音为声。其声虽殊，而为《七月》之诗则一也。①

孙诒让赞同宋、胡二人认为《籥章》篇所谓《豳诗》《豳雅》《豳颂》均指《七月》整首诗的理解，指出郑玄本人其实也并不分章别体。至于孔颖达怀疑郑玄《籥章》注与《七月》注之间存在差异，孙诒让认为这是孔颖达误会了郑玄的意思。就郑玄《籥章》注与《七月》注而言，孙诒让认为孔颖达误解了郑玄的推测未必一定是对的。而且，孙诒让说用豳之土音吹《豳诗》，王畿之正音吹《豳雅》，宫庙大乐之音吹《豳颂》者，显然是偏离了《籥章》文本。并且，孙诒让同样未能从祈年、蜡祭角度去把握《豳雅》《豳颂》。

对于《豳诗》《豳雅》《豳颂》，朱熹在《诗集传》中提出了不同于郑玄等人的看法：

> 籥章龡豳诗以逆暑迎寒，已见于七月之篇矣。又曰：祈年于田祖，则龡豳雅以乐田畯；祭蜡，则龡豳颂以息老物。则考之于诗，未见其篇章之所在，故郑氏三分《七月》之诗以当之，其道情思者为风，正礼节者为雅，乐成功者为颂。然一篇之诗，首尾相应，乃剟取其一节而偏用之，恐无此理，故王氏不取，而但谓本有是诗而亡之，其说近是。或者又疑但以《七月》全篇，随事而变其音节，或以为风，或以为雅，或以为颂，则于理为通而事亦可行。如又不然，则雅颂之中，凡为农事而作者，皆可冠以豳号。其说具于《大田》、《良耜》诸篇，读者择焉可也。②

---

① 孙诒让：《周礼正义》，中华书局，1987年版，第1908–1909页。
② 朱熹：《诗集传》，凤凰出版社，2007年版，第113–114页。

朱熹在此提出三种看法：一是郑玄"三分《七月》之诗以当之"，朱熹基本否定此说；二是《七月》全篇"随事而变其音节"，或为风、为雅、为颂，即后来孙诒让所倡之观点，朱熹也认可此说；三是朱熹还提出一种新的看法，即《诗经》雅诗、颂诗中"凡为农事而作者，皆可冠以豳号"。在朱熹看来，"前篇有击鼓以御田祖之文，故或疑此《楚茨》、《信南山》、《甫田》、《大田》四篇，即为《豳雅》。"又说："或疑《思文》、《臣工》、《噫嘻》、《丰年》、《载芟》、《良耜》等篇，即所谓《豳颂》者。"① 朱熹认为《楚茨》《信南山》《甫田》《大田》为《豳雅》，而《思文》《臣工》《噫嘻》《丰年》《载芟》《良耜》为《豳颂》。尽管朱熹对此并没有展开具体论证，而更多地是一种推测，但这种推测是很有启发意义的。正是基于这种启发，根据《籥章》有关祈年与《豳雅》、蜡祭与《豳颂》的记载，笔者窃以为，《思文》《臣工》《噫嘻》《丰年》《载芟》《良耜》为《豳雅》，而《楚茨》《信南山》《甫田》《大田》为《豳颂》。

二、藉礼仪式与《豳雅》

《周礼》说"凡国祈年于田祖，龡《豳雅》"，祈年通常以藉礼（文献中常有将藉写成籍，本书非文献引用处，统一为藉）来体现。周代社会有一种重农传统，李山指出："周人是一个农业人群，也是一个极其重农的人群，《诗经》中的农事诗篇，不仅记载着这个人群注重农事的诸多精神表现，也呈示这个人群建构在农耕经验基础之上的对人与自然关系的独特认证。"又说，"周人是一个以农德自重的人群。在先秦典籍中，有一个普遍的现象，人们在追述周族发达的历史时，总是郑重其事地强调，周人祖先天才的农耕秉赋，是其最终崛起为一个主宰人群的天赐根基。"②

藉礼是一种农业祭祀仪式，据杨向奎等学者研究，藉礼产生于原始农耕时

---

① 朱熹：《诗集传》，凤凰出版社，2007年版，第184、274页。
② 李山：《诗经的文化精神》，东方出版社，1997年版，第32-33页。

代，祭祀对象为农神，目的是祈求农业丰收。原始时代的藉礼如何，现在已无法详知。然而，丁山根据殷商时期甲骨文"丙子卜，□□藉受年""庚子卜，王其蓳藉"等有关"藉"的记载，认为商代存在藉田的典礼，其操作方式大概是王率小臣督率民众，亲耕二十单的附郭之田（藉田）；并进一步推测公侯大夫也该督率子弟率领奴仆亲耕居邑附近的采地。① 《国语·周语上》"宣王不藉千亩"是迄今探讨藉礼与藉田制等最为重要的史料，其文云：

> 宣王即位，不籍千亩。虢文公谏曰："不可。夫民之大事在农，上帝之粢盛于是乎出，民之蕃庶于是乎生，事之供给于是乎在，和协辑睦于是乎兴，财用蕃殖于是乎始，敦庞纯固于是乎成，是故稷为大官。古者，太史顺时觋土，阳瘅愤盈，土气震发，农祥晨正，日月底于天庙，土乃脉发。先时九日，太史告稷曰：'自今至于初吉，阳气俱蒸，土膏其动。弗震弗渝，脉其满眚，谷乃不殖。'稷以告王曰：'史帅阳官以命我司事曰："距今九日，土其俱动，王其祗祓，监农不易。"'王乃使司徒咸戒公卿、百吏、庶民，司空除坛于籍，命农大夫咸戒农用。先时五日，瞽告有协风至，王即斋宫，百官御事，各即其斋三日。王乃淳濯飨醴，及期，郁人荐鬯，牺人荐醴，王裸鬯，飨醴乃行，百吏、庶民毕从。及籍，后稷监之，膳夫、农正陈籍礼，太史赞王，王敬从之。王耕一墢，班三之，庶民终于千亩。其后稷省功，太史监之；司徒省民，太师监之，毕，宰夫陈飨，膳宰监之。膳夫赞王，王歆大牢，班尝之，庶人终食。是日也，瞽帅、音官以风土。廪于籍东南，锺而藏之，而时布之于农。稷则遍诫百姓，纪农协功，曰：'阴阳分布，震雷出滞。'土不备垦，辟在司寇。乃命其旅曰：'徇，农师一之，农正再之，后稷三之，司空四之，司徒五之，太保六之，太师七之，太史八之，宗伯九之，王则大徇，耨获亦如之。'民用莫不震动，恪恭于农，修其疆畔，日服其镈，不解于时，财用不乏，民用和同。

---

① 丁山：《甲骨文所见氏族及其制度》，中华书局，1988年版，第17页。

是时也，王事唯农是务，无有求利于其官，以干农功，三时务农而一时讲武，故征则有威，守则有财。若是，乃能媚于神而和于民矣，则享祀时至而布施优裕也。今天子欲修先王之绪而弃其大功，匮神乏祀而困民之财，将何以求福用民？"①

我们主要依据此条记载来探讨周代藉礼仪式，即藉礼的过程。在具体论述藉礼仪式过程之前，先对两周"藉田"的方位略作考释，这有助于对藉礼仪式本身的理解。

关于"帝藉"的地望，大致有两说，一是东郊说。《白虎通·耕桑篇》云："耕于东郊何？东方少阳，农事始起。……故《曾子问》曰：'天子耕东田而三反之'。"② 又《公羊传·桓公十四年》何休《注》曰："天子亲耕，东田千亩，诸侯百亩。后夫人亲西郊采桑，以共粢盛祭服。"③

二是南郊说。《礼记·祭统》云："是故天子亲耕于南郊，以供齐盛。王后蚕于北郊，以供纯服。诸侯耕于东郊，亦以供齐盛。夫人蚕于北郊，以供冕服。"④

有学者想调和二说，如陈立认为：

> 桓十四年："御廪灾。"《公羊传》注："天子亲耕东田千亩，诸侯百亩。后夫人亲西郊，采桑。"《疏》以为《祭义》文，盖逸《礼》也。《礼·祭统》云："天子亲耕于南郊，以供粢盛，王后蚕于北郊，以供纯服。诸侯耕于东郊，亦以供粢盛，夫人蚕于北郊，以供冕服。"与此不同者，《祭统》所云，当是《周礼》。故《周礼·天官·内宰》职以王后蚕于北郊，与藉田对方，则天子当耕于南郊。《周礼》天子

---

① 上海师范大学古籍整理研究所校点：《国语》，上海古籍出版社，1998年版，第15-22页。
② 陈立：《白虎通疏证》，中华书局，1994年版，第276-277页。
③ 徐彦：《春秋公羊传注疏》，北京大学出版社，1999年版，第103页。
④ 孔颖达：《礼记正义》，北京大学出版社，1999年版，第1347页。

诸侯不同制，则诸侯宜降为东郊，南方太阳，东方少阳也。①

但是大多数学者持南郊说，本书也以为"帝藉"当处南郊。然而郊有远近之分，《周礼·地官·司徒》郑玄《注》引杜子春云："五十里为近郊，百里为远郊。"② 郑玄认为"帝藉"当在远郊，"王藉田在远郊，故甸师氏掌之。"③ 但这种看法值得商榷。《诗经·小雅·祈父》孔疏引孔晁《国语注》说："宣王不耕籍田，神怒民困，为戎所伐，战于近郊。"④ 即认为"帝藉"当在近郊。孙诒让赞同此说："窃谓《国语》说耕藉之礼云：王即斋宫，王乃淳濯飨醴；及期，王裸鬯，飨醴乃行；及藉毕，宰夫陈飨，王歆大牢。然则由国以至藉田之地，必道涂不远，故崇朝往返，可以逮事。孔晁谓在近郊，揆之事理，实为允惬。若在远郊，则至近亦必在五十里之外，甸则又在百里之外，古者吉行，日五十里，必竟日而后至其地，于事徒劳，义又无取，必不然也。"⑤ 丁山认为藉田即"附郭之田"，他说："（六年王周生簋）铭的'仆佣土田'，就字面解释，就是后人所谓'附郭之田'。附郭之田，自来认为上上，在封建时代，应为王侯的私有土地，所谓'藉田'也。"⑥ 据顾炎武《日知录》卷十说："以近郭为上地，远之为中地、下地。"⑦ 以此推论，丁山的说法有其合理性。更为重要的是，《吕氏春秋·孟春纪》也记载藉田礼的仪式：

> 是月也，以立春。先立春三日，太史谒之天子曰："某日立春，盛德在木。"天子乃斋。立春之日，天子亲率三公九卿诸侯大夫以迎春于东郊。还，乃赏公卿诸侯大夫于朝。命相布德和令，行庆施惠，下及兆民。庆赐遂行，无有不当。乃命太史，守典奉法，司天日月星辰之

---

① 陈立：《白虎通疏证》，中华书局，1994年版，第276－277页。
② 孙诒让：《周礼正义》，中华书局，1987年版，第938页。
③ 孔颖达：《礼记正义》，北京大学出版社，1999年版，第1348页。
④ 孔颖达：《毛诗正义》，北京大学出版社，1999年版，第672页。
⑤ 孙诒让：《周礼正义》，中华书局，1987年版，第29页。
⑥ 丁山：《甲骨文所见氏族及其制度》，中华书局，1988年版，第12页。
⑦ 黄汝成：《日知录集释》，上海古籍出版社，1985年版，第354页。

行，宿离不忒，无失经纪，以初为常。是月也，天子乃以元日祈谷于上帝。乃择元辰，天子亲载耒耜，措之参于保介之御间，率三公九卿诸侯大夫，躬耕帝籍田。天子三推，三公五推，卿、诸侯、大夫九推。反，执爵于太寝，三公、九卿、诸侯、大夫皆御，命曰"劳酒"。是月也，天气下降，地气上腾，天地和同，草木繁动。王布农事：命田舍东郊，皆修封疆，审端径术，善相丘陵阪险原隰，土地所宜，五谷所殖，以教道民，必躬亲之。田事既饬，先定准直，农乃不惑。①

这段记载亦见于《礼记·月令》，与《周语》有些差异，或许是文献来源不同的缘故。孔《疏》说：

> 按《国语》耕后"宰夫陈飨"，"膳夫赞王，王歆大牢"。是耕后设飨。而此云"既耕而燕饮"者，飨礼在庙，燕礼在寝。此云"执爵于大寝"，故知燕也。《国语》云飨者，盖用飨之馔具而行燕礼，以劳群臣。按上迎春而反，赏公卿大夫于路寝门外正朝。此耕藉而反，劳群臣在于路寝。不同者，爵赏公事，与众共之，故在正朝；燕劳私礼，主于欢心，故在路寝。②

这里在叙述藉田礼之后说"反，执爵于太寝"，于理推之，藉田距国都不应太远。因此，综合考辨《礼记》郑注、孔疏及孙诒让之《周礼正义》，本书认为，"帝藉"当在国都南面近郊之地也。

在讨论天子藉田地望之后，我们再来看藉礼本身的仪式过程，据《周语》的记载，藉礼可分为五个步骤。③

一是准备过程。

这个过程包括两个方面：其一，太史通过观气（土气）观星（农祥），察

---

① 陈奇猷：《吕氏春秋校释》，学林出版社，1984年版，第1—2页。
② 孔颖达：《礼记正义》，北京大学出版社，1999年版，第463页。
③ "藉礼"仪式分五个步骤，是采取杨宽先生的分法，具体请参看《"藉礼"新探》。

知"土乃脉发",在立春前九天把情况报告给大农官后稷,后稷以此禀告天子,"王乃使司徒咸戒公卿、百吏、庶民,司空除坛于籍,命农大夫咸戒农用"①。其二,在耕前五天,瞽史向王报告和风已至,于是,天子"即斋宫","淳濯飨醴",百官处理公务后,"各即其斋三日"。②

二是举行飨礼。

行藉礼的那天,出发之前,要举行飨礼仪式,其过程是:"及期,郁人荐鬯,牺人荐醴,王裸鬯,飨醴乃行。"此处的"裸",韦昭解释为"灌也"。③王国维说:"灌地之意,始见于《郊特牲》,曰:'周人尚臭,灌用鬯臭,郁合鬯,臭阴达于渊泉。'郑注始以灌地为说。然灌地之事不过裸中之一节,凡以酒醴献者,亦无不然。"又说,"裸字形、声、义三者皆不必与灌同,则不必释为灌地降神之祭。"因此,"《周语》'王耕籍田,裸鬯飨醴乃行'。此非祀事,则裸鬯非灌地降神之谓也"。④ 这种看法值得商榷。《礼记·月令》云:"是月也,天子乃以元日,祈谷于上帝。乃择元辰,天子亲载耒耜,措之于参保介之御间,帅三公、九卿、诸侯、大夫躬耕帝藉。"郑注:"谓以上辛郊祭天也。《春秋传》曰:'夫郊祀后稷,以祈农事。是故启蛰而郊,郊而后耕。'"⑤ 据此,"祈谷"自然非有祭祀仪式不可。《大戴礼记·夏小正》云:"初岁祭耒,始用畼也。畼也者,终岁之用祭也。"王聘珍《大戴礼记解诂》说:"祭读曰察。《尚书大传》云:'祭之为言察也。'耒,田器。初岁察耒者,省视田器。《周礼》曰'正岁简稼器'是也。《说文》云:'畼,不生也。'始用畼,谓用耒耕,反其萌芽,使草不生也。"⑥ 金履祥认为:"祭始为耒耜之人也。古者先立春王将耕籍,则郁人荐鬯。鬯之为言畅也,祭耒而用鬯也。"⑦ 孔广森也说:"畅,郁鬯也。《国语》说藉田之礼:'郁人荐鬯,牺人荐醴,王裸鬯,飨醴乃行。'裸鬯者,盖以

---

① 上海师范大学古籍整理研究所校点:《国语》,上海古籍出版社,1998年版,第17页。
② 上海师范大学古籍整理研究所校点:《国语》,上海古籍出版社,1998年版,第18页。
③ 上海师范大学古籍整理研究所校点:《国语》,上海古籍出版社,1998年版,第18—19页。
④ 王国维:《观堂集林》,河北教育出版社,2003年版,第24—25页。
⑤ 孔颖达:《礼记正义》,北京大学出版社,1999年版,第461页。
⑥ 王聘珍:《大戴礼记解诂》,中华书局,1983年版,第26页。
⑦ 黄怀信:《大戴礼记汇校集注》,三秦出版社,2005年版,第162页。

鬯灌地而祭未欤。"① 可见释"祭"为"察"，未必切合文意。其实这里的裸鬯应理解为祭末仪式。

三是王亲耕之礼。

飨礼毕后，天子率领百官庶民来到藉田，正式行亲耕之礼。此仪式可分为两个层次。

其一，"陈藉礼"。由后稷监察，"膳夫、农正陈藉礼，太史赞王，王敬从之。"韦昭《国语解》云："膳夫，掌王之饮食膳羞之馈食。农正，主敷陈藉礼而祭其神，为农祈也。"② 据《周礼·甸师》郑注，此神为"藉田之神"。③《礼记·郊特牲》云："蜡之祭也，主先啬而祭司啬也。"郑《注》："先啬，若神农者。司啬，后稷是也。"④ 这里的后稷以"司啬"的身份参与祭祀。《周礼·春官·籥章》云："籥章掌土鼓豳籥。中春昼击土鼓，龡《豳诗》以逆暑。中秋夜迎寒，亦如之。凡国祈年于田祖，龡《豳雅》，击土鼓，以乐田畯。"⑤ 郑《注》："田祖，始耕田者，谓神农也。"又引郑司农曰："田畯，古之先教田者。"⑥ 孙诒让指出："田祖即先啬，毛、郑说自不可易……凡诸经所云田畯，有指田神者，此经是也。有指当时司田之官者，《诗·七月》及《甫田》、《大田》之田畯是也。田畯之神亦谓之司啬，《郊特牲》云'蜡之祭也，主先啬而祭司啬也'。注云'先啬，若神农者；司啬，后稷是也'。又云'飨农及邮表畷禽兽'，注云'农，田畯也。'据彼经注义，则田神有三，一、先啬为神农，二、司啬为后稷，三、农及田畯。"⑦ 按《鲁语上》载："昔烈山氏之有天下也，其子曰柱，能殖百谷百蔬；夏之兴也，周弃继之，故祀以为稷。"韦昭《注》说："夏之兴，谓禹也。弃能继柱之功，自商以来祀也。"⑧ 据此，"藉田之神"

---

① 黄怀信：《大戴礼记汇校集注》，三秦出版社，2005年版，第162页。
② 上海师范大学古籍整理研究所校点：《国语》，上海古籍出版社，1998年版，第18-19页。
③ 孙诒让：《周礼正义》，中华书局，1987年版，第294页。
④ 孔颖达：《礼记正义》，北京大学出版社，1999年版，第802页。
⑤ 孙诒让：《周礼正义》，中华书局，1987年版，第1905-1911页。
⑥ 孙诒让：《周礼正义》，中华书局，1987年版，第1911页。
⑦ 孙诒让：《周礼正义》，中华书局，1987年版，第1913-1914页。
⑧ 上海师范大学古籍整理研究所校点：《国语》，上海古籍出版社，1998年版，第166-167页。

似即周人始祖后稷。

其二，行亲耕之礼，其操作过程为：王耕一垡，公三垡，卿九垡，大夫二十七垡，然后庶民耕完千亩藉田。其他典籍载"亲耕之礼"，有与此不同者。《吕氏春秋·孟春纪》云："天子三推，三公五推，卿、诸侯、大夫九推。"① 董增龄《国语正义》解释说："虢文公言周之制，吕氏言秦制。"② 似乎秦时举行"藉礼"，其仪式稍有变更。《文选》李善《注》引应劭《汉官仪》云："天子东耕之日，天子升坛，上空无祭，天子耕于坛，举耒三推而已。"③ 由此，汉时"亲耕仪式"进一步"形式化"了。潘岳《藉田赋》云："于是我皇乃降灵坛，抚御耦，抵场染履，洪縻在手。三推而舍，庶人终亩，贵贱以班，或五或九。"④ 李善说："然《国语》与《礼记》不同，而潘杂用之。"⑤ 实际上表明后世之"藉礼"仪式已脱离周制，远离了原始"亲耕"的实际性而更加"礼饰"化。

四是礼毕的宴会。

庶民耕完藉田后，后稷检查藉田的翻土完成情况，太史监察；大司徒清点参加藉礼的人数，太师监察。然后，"宰夫陈飧，膳宰监之。膳夫赞王，王欲太牢，班尝之，庶人终食。"⑥ 由此可推知宴会在藉田举行。

五是告诫所有的人必须努力农事，并布置监督农作、生产任务。

《国语·周语上》云：

> 稷则遍诫百姓，纪农协功，曰："阴阳分布，震雷出滞。"土不备垦，辟在司寇。乃命其旅曰："徇，农师一之，农正再之，后稷三之，司空四之，司徒五之，太保六之，太师七之，太史八之，宗伯九之，

---

① 陈奇猷：《吕氏春秋校释》，学林出版社，1984年版，第2页。
② 董增龄：《国语正义》，巴蜀书社，1985年版，第73页。
③ 李善：《文选》，上海古籍出版社，1986年版，第340－341页。
④ 李善：《文选》，上海古籍出版社，1986年版，第340－341页。
⑤ 李善：《文选》，上海古籍出版社，1986年版，第341页。
⑥ 上海师范大学古籍整理研究所校点：《国语》，上海古籍出版社，1998年版，第18页。

王则大徇,耰获亦如之。"①

在描述了藉礼仪式后,我们可以看出藉礼主要包括两个大的步骤,即准备过程和"藉礼"仪式过程。其中,"藉礼"仪式是一个连续的过程,按照宗周的祭祀飨宴用乐舞来看,藉礼仪式中应该有乐舞的成分。这种藉礼之乐舞的具体操作如何,鉴于史料阙如,无法征考。然而,作为其文本形式却可以在《诗经》中寻求。笔者以为以下几首诗同藉礼仪式过程相关,即《良耜》《思文》《载芟》《噫嘻》《丰年》《臣工》六篇。现结合相关材料,略作考释如下。

《良耜》,毛序云:"秋报社稷也。"孔颖达《正义》说:"《良耜》诗者,秋报社稷之乐歌也。谓周公、成王太平之时,年谷丰稔,以为由社稷之所祐,故于秋物既成,王者乃祭社稷之神。以报生长之功。诗人述其事而作此歌焉。"②按此诗与《载芟》的用语、内容具有很大的相似性(见表7-1)。

表7-1 《良耜》《载芟》内容比较

《良耜》	《载芟》
畟畟良耜,俶载南亩。播厥百谷,实函斯活	有略其耜,俶载南亩。播厥百谷,实函斯活
或来瞻女,载筐及筥。其饟伊黍,其笠伊纠	有嗿其馌,思媚其妇,有依其士
其镈斯赵,以薅荼蓼	载芟载柞,其耕泽泽
荼蓼朽止,黍稷茂止	驿驿其达,有厌其杰。厌厌其苗,绵绵其麃
获之挃挃,积之栗栗。其崇如墉,其比如栉,以开百室	载获济济,有实其积,万亿及秭
百室盈止,妇子宁止	有飶其香,邦家之光。有椒其馨,胡考之宁
杀时犉牡,有捄其角	为酒为醴,烝畀祖妣,以洽百礼
以似以续,续古之人	匪且有且,匪今斯今,振古如兹

两诗如此相似,毛序云:"《载芟》,春藉田而祈社稷也。"③沈守正说:"《小序》曰:'《载芟》,春藉田而祈社稷也。《良耜》秋报社稷也。'……但言

---

① 上海师范大学古籍整理研究所校点:《国语》,上海古籍出版社,1998年版,第20页。
② 孔颖达:《毛诗正义》,北京大学出版社,1999年版,第1361页。
③ 孔颖达:《毛诗正义》,北京大学出版社,1999年版,第1353页。

· 244 ·

祈，则章中耕耘、收获、祭祀、尊贤、养老诸事，皆预言之，冀望之；言报则直述其已然，以昭神贶耳。"① 沈氏虽然对两诗旨意作了分析，可惜仍未能从藉礼仪式的角度对二者进行审查。其实，就《良耜》本文来看，用语、内容、结构多同于《载芟》，既然《载芟》为"春藉田而祈社稷"之乐歌，而《良耜》前部分由赞美农具"耜"开端，多言春天耕耘之事，因此本书以为《良耜》一诗用为"祭耒"仪式，即构成飨礼仪式的有机部分。诗的开头点明"畟畟良耜"，通过赞美耜的锋利，暗示这样的事实：对它的祭祀，由此展开对耕耘、收获的冀望，对将来祭祀的诺言等。

值得说明的是"耒"与"耜"的关系。徐中舒先生说："耒与耜为两种不同的农具。耒下歧头，耜下一刃，耒为仿效树枝式的农具，耜为仿效木棒式的农具。"② 但是，古人往往"耒耜"连言，《孟子·滕文公上》云："陈良之徒陈相，与其弟辛，负耒耜而自宋之滕。"③ 尽管如此，"耒耜"除形制差异外，亦有使用地区之别。徐中舒先生说："耒为殷人习用的农具，殷亡以后，即为东方诸国所承用。耜为西土习用的农具，东迁以后，仍行于泾渭之间。"④ 职是之故，《诗经·周颂》中使用"耜"字，而《礼记·月令》云："乃择元辰，天子亲载耒耜，措之于参保介之御间，帅三公、九卿、诸侯、大夫躬耕帝藉。"⑤ "耒耜"连言，乃合东西方而言之，据《周语》"王耕一墢"，韦昭注云："一墢，一耜之墢也。"⑥ 可见周王所用农具为耜，"祭耒"仪式实即"祭耜"仪式。因此，《良耜》即为"祭耜"仪式之乐歌部分，自当无疑义。

《思文》和《载芟》用于"陈藉礼"的仪式中的情况。

《思文》，毛序云："后稷配天也。"孔颖达《正义》发挥《毛序》说："周公既已制礼，推后稷以配所感之帝，祭于南郊。既已祀之，因述后稷之德可以

---

① 方玉润：《诗经原始》，中华书局，1986年版，第586页。
② 徐中舒：《耒耜考》，《历史语言研究所集刊》二本一分，中华书局，1987年。
③ 焦循：《孟子正义》，上海书店，1986年版，第215页。
④ 徐中舒：《耒耜考》，《历史语言研究所集刊》二本一分，中华书局，1987年。
⑤ 孔颖达：《礼记正义》，北京大学出版社，1999年版，第461页。
⑥ 上海师范大学古籍整理研究所校点：《国语》，上海古籍出版社，1998年版，第19页。

配天之意，而为此歌焉。"① 毛序、孔疏均以《思文》为后稷配天之乐歌，可是《左传》襄公七年载孟献子说："吾乃今而后知有卜、筮。夫郊祀后稷，以祈农事也。是故启蛰而郊，郊而后耕。今既耕而卜郊，宜其不从也。"② 这则记载表明"郊稷"可用于祈农事。后来的学者们多从毛、孔之说，否定"郊稷"祈谷的作用，陈奂《诗毛氏传疏》卷二十六说："祈后稷谓配天也，祈农事谓祈谷也。合报、祈为一祭，鲁礼非周礼也。"③ 周礼与鲁礼之异同，暂且不论。首先，单就后稷来说，他为周族之始祖。《通典》卷四十二引《大传》说："礼，不王不禘，王者禘其祖之所自出，以其祖配之。"④《国语·鲁语上》云："周人禘喾而郊稷，祖文王而宗武王。"⑤《礼记·祭法》同。所以，周人郊稷以配天，此为第一义。其次，后稷善于从事农业，其事《诗经·大雅·生民》中叙述甚详，因此，周人奉后稷为农神。《国语·鲁语上》云："昔烈山氏之有天下也，其子曰柱，能殖百谷百蔬；夏之兴也，周弃继之，故祀以为稷。"⑥《通典》卷四十五云："颛顼祀共工氏子勾龙为社，烈山氏子柱为稷。高辛氏、唐、虞、夏皆因之。殷汤以旱迁柱，而以周弃代之。欲迁勾龙，无可继者，故止。"⑦ 由此两则记载看，所述虽略有出入，然周弃代柱为农神，固为事实。职是故，周人"祈农事"自当"祭稷"，此为第二义。再者，孔《疏》所谓"后稷之德"，除后稷为周民族始祖外，还应包括"勤百谷"。《礼记·祭义》云："郊之祭，大报天，而主日。"孔颖达《正义》解释说："'大报天'者，谓于此郊时大报天之众神，虽是春祈天，生养之功大，故称大报天。"⑧ 亦即是说，"祈农事"的过程中含有"报"的意思。因此，周人"郊稷"之举应当包括"报、祈"两种含意，陈奂只强调"报"的一面，失之偏颇。

---

① 孔颖达：《毛诗正义》，北京大学出版社，1999年版，第1309页。
② 杨伯峻：《春秋左传注》，中华书局，1990年版，第950页。
③ 陈奂：《诗毛氏传疏》，凤凰出版社，2018年版。
④ 杜佑：《通典》，岳麓书社，1995年版，第599页。
⑤ 上海师范大学古籍整理研究所校点：《国语》，上海古籍出版社，1998年版，第166页。
⑥ 上海师范大学古籍整理研究所校点：《国语》，上海古籍出版社，1998年版，第166页。
⑦ 杜佑：《通典》，岳麓书社，1995年版，第654页。
⑧ 孔颖达：《礼记正义》，北京大学出版社，1999年版，第1322页。

《史记·封禅书》云:"周公既相成王,郊祀后稷以配天,宗祀文王于明堂以配上帝。自禹兴而修社祀,后稷稼穑,故有稷祠,郊社所从来尚矣。"① 司马迁明确指出郊祀后稷以配天,这与《毛诗》序中对《思文》的认识是一致的,所在藉礼中使用《思文》于文理上是可以理解的。

《载芟》,毛序云"春藉田而祈社稷也"②,孔颖达《正义》说:"《载芟》诗者,春籍田而祈社稷之乐歌也。谓周公、成王太平之时,王者于春时亲耕籍田,以劝农业,又祈求社稷,使获其年丰岁稔。诗人述其丰熟之事,而为此歌焉。"③ 孔疏的这个说法是很准确的。前文所引韦注"陈藉礼而祭其神,为农祈也",其中所祭之神为后稷,《思文》为其乐歌;"为农祈"者,《载芟》为其乐歌。因此,《思文》、《载芟》为天子在"王社"陈藉礼时之乐歌。

《噫嘻》,毛序云:"春夏祈谷于上帝也。"④ 《诗毛氏传疏》卷二十七说:"《噫嘻》,春夏祈谷之乐歌也。《礼记·月令》:'孟春,天子乃以元日祈谷于上帝。'此春祈谷也。……《月令》:'仲夏……百辟卿士有益于民者以祈谷。'此夏祈谷也。"姚际恒认为春则祈谷,夏则雩祭;方玉润则认为雩、祈谷两者相同,可以合并。⑤ 黄山说:"经传有春祈无夏祈。""盖春夏祈谷,实一祈而非两祈,其曰'春夏祈谷于上帝者',《谷梁》论郊所谓'夏之始可以承春也。'"⑥ 实际上,此诗非用于祈谷仪式,而是用于耕田仪式,即王亲耕仪式中所唱的乐歌。朱熹认为此诗"戒农官之辞",甚得其旨,他说:"盖成王始置田官,而尝戒命之也:'尔当率是农夫播其百谷,使之大发其私田,皆服其耕事。万人为耦而并耕也。'"⑦ 该诗中的"成王",《毛传》云:"成王,成是王事也。"⑧ 《诗毛氏传疏》卷二十七云:"国之大事在农,农事即王事。"甚确,而朱熹以"成

---

① 司马迁:《史记》,中华书局,1999年版,第1163页。
② 孔颖达:《毛诗正义》,北京大学出版社,1999年版,第1353页。
③ 孔颖达:《毛诗正义》,北京大学出版社,1999年版,第1354页。
④ 孔颖达:《毛诗正义》,北京大学出版社,1999年版,第1317页。
⑤ 方玉润:《诗经原始》,中华书局,1986年版,第546页。
⑥ 王先谦:《诗三家义集疏》,中华书局,1987年版,第1021-1022页。
⑦ 朱熹:《诗集传》,凤凰出版社,2007年版,第266页。
⑧ 孔颖达:《毛诗正义》,北京大学出版社,1999年版,第1318页。

王"为"周成王"①，不妥。"噫嘻成王"即《郑笺》所谓"噫嘻乎能成周王之功"②之意。"私"，《诗集传》卷八云："私田也。"③ 郭沫若认为"骏发尔私"的"私"是指各人所有的家私农具，而且可能也就是"耟"字的错误④，可供参考。"终三十里"，《郑笺》云："使民疾耕，发其私田，意三十里者，一部一吏主之，于是民大事耕其私田，万耦同时举也。"⑤ 按丁山先生认为《周颂·噫嘻》中的"三十里"就是天子私有的附郭之田，亦即藉田。⑥《周语上》云："王耕一墢，班三之，庶人终于千亩。"⑦ 显然，《噫嘻》所咏乃"王耕藉田"之事，亦即《噫嘻》为周天子行亲耕礼时之乐歌。

《丰年》，毛序云："秋冬报也。"《传》云："报者，谓尝也，烝也。"⑧ 若据《毛传》，《丰年》则为尝、烝两祭所歌。王安石认为此诗为祭上帝，吕祖谦认为祈谷、大飨均歌此诗，曹粹中谓"秋冬大飨，及祭四方大蜡，天地百神，无所不报，均歌是诗"。⑨ 陈乔枞则认为此诗之"尝烝"，"非四时宗庙之祭也"，"秋冬之祭谓之'尝'者，取物尝新之义；谓之'烝'者，取品物备时之义"。⑩ 按《礼记·月令》载季秋之月云："大飨帝。尝牺牲，告备于天子。"郑《注》："尝者，谓尝群神也。"⑪《月令》篇又载孟冬之月云："是月也，大饮烝。天子乃祈来年于天宗，大割祠于公社及门闾，腊先祖五祀，劳农以休息之。"郑《注》："此周礼，所谓蜡祭也。"孔疏解释说："'祈来年于天宗'者，谓祭日月星辰也。'大割祠于公社'者，谓大割牲以祠公社，以上公配祭，故云'公社'。'及门闾'者，非但祭社，又祭门闾，但先祭社，后祭门闾，故云

---

① 朱熹：《诗集传》，凤凰出版社，2007年版，第266页。
② 孔颖达：《毛诗正义》，北京大学出版社，1999年版，第1318页。
③ 朱熹：《诗集传》，凤凰出版社，2007年版，第266页。
④ 郭沫若：《中国古代社会研究》（外二种），河北教育出版社，2004年版，第390页。
⑤ 孔颖达：《毛诗正义》，北京大学出版社，1999年版，第1319－1320页。
⑥ 丁山：《甲骨文所见氏族及其制度》，中华书局，1988年版，第46页。
⑦ 上海师范大学古籍整理研究所校点：《国语》，上海古籍出版社，1998年版，第18页。
⑧ 孔颖达：《毛诗正义》，北京大学出版社，1999年版，第1325页。
⑨ 方玉润：《诗经原始》，中华书局，1986年版，第552页。
⑩ 王先谦：《诗三家义集疏》，中华书局，1987年版，第1024－1025页。
⑪ 孔颖达：《礼记正义》，北京大学出版社，1999年版，第534－535页。

及。'腊先祖五祀'者，腊，猎也。谓猎取禽兽，以祭先祖五祀也。此等之祭，总谓之蜡。若细别言之，天宗、公社、门闾谓之蜡，其祭则皮弁素服，葛带榛杖。其腊先祖五祀，谓之息民之祭，其服则黄衣黄冠。"①《通典》卷四十四云："蜡之义，自伊耆之代，而有其礼。古之君子，使之必报之，是报田之祭也。"②如此，蜡祭可以理解为报田之祭。因此，我们以为吕祖谦之说最为可取，亦即《丰年》一诗，不但用于"秋冬报"，也用于藉礼仪式。考之《丰年》文本，"辞句多与《载芟》相同"。③《周语上》载："毕，宰夫陈飨，膳宰监之。膳夫赞王，王歆大牢，班尝之，庶人终食。"④千亩"帝藉"垦完后，周天子又在"王社"举行祭祀仪式，并且举行宴会，在此过程中，必伴随着乐歌，而《丰年》一诗正暗示人们在耕毕藉田后对于丰收的期望。

《臣工》，毛序云："诸侯助祭遣于庙也。"⑤ 学者们对这种看法颇持怀疑态度。姚际恒说："《小序》谓'诸侯助祭于庙'，甚迂。诗既无祭事，天子诸侯何下敢斥言之，而呼臣工，车右，如以卑告尊不敢斥言之例乎？"⑥朱熹《诗集传》卷八以为"此戒农官之诗"⑦，现当代学者多持类似朱子的看法，郭沫若说："诗中的王亲自来催耕，和卜辞中的王亲去'观黍'和'受禾'的情形相同。"⑧ 确实，《臣工》为告诫农官之辞，它是藉礼仪式中最后一个阶段所唱的乐歌，是周王告诫所有的人必须努力农事。全诗大约分三个层次：前四句，戒"臣工"，中八句戒"保介"，尾三句戒"众人"，此诗若同《国语·周语上》相参证，内容非常相似，《毛诗》云：

嗟嗟臣工，敬尔在公。王厘尔成，来咨来茹。嗟嗟保介，维莫之

---

① 孔颖达：《礼记正义》，北京大学出版社，1999年版，第549－551页。
② 杜佑：《通典》，岳麓书社，1995年版，第642页。
③ 郭沫若：《中国古代社会研究》（外二种），河北教育出版社，2004年版，第392页。
④ 上海师范大学古籍整理研究所校点：《国语》，上海古籍出版社，1998年版，第18页。
⑤ 孔颖达：《毛诗正义》，北京大学出版社，1999年版，第1312页。
⑥ 方玉润：《诗经原始》，中华书局，1986年版，第543页。
⑦ 朱熹：《诗集传》，凤凰出版社，2007年版，第265页。
⑧ 郭沫若：《中国古代社会研究》（外二种），河北教育出版社，2004年版，第391页。

春，亦又何求？如何新畬。于皇来牟，将受厥明。明昭上帝，迄用康年。命我众人，庤乃钱镈，奄观铚艾。①

《国语·周语上》云：

> 王乃使司徒咸戒公卿、百吏、庶民，司空除坛于籍，命农大夫咸戒农用。先时五日，瞽告有协风至，王即斋宫，百官御事，各即其斋三日。王乃淳濯飨醴，及期，郁人荐鬯，牺人荐醴，王祼鬯，飨醴乃行，百吏、庶民毕从。及籍，后稷监之，膳夫、农正陈籍礼，太史赞王，王敬从之。王耕一墢，班三之，庶民终于千亩。其后稷省功，太史监之；司徒省民，太师监之，毕，宰夫陈飨，膳宰监之。膳夫赞王，王歆大牢，班尝之，庶人终食。是日也，瞽帅、音官以风土。廪于籍东南，锺而藏之，而时布之于农。稷则遍诚百姓，纪农协功，曰："阴阳分布，震雷出滞。"土不备垦，辟在司寇。乃命其旅："徇，农师一之，农正再之，后稷三之，司空四之，司徒五之，太保六之，太师七之，太史八之，宗伯九之，王则大徇，耨获亦如之。"民用莫不震动，恪恭于农，修其疆畔，日服其镈，不解于时，财用不乏，民用和同。②

以上对《周颂》中的《良耜》《思文》《载芟》《噫嘻》《丰年》《臣工》与藉礼仪式的关系作了考释，虽然作为藉礼仪式的乐舞随着藉礼的废弃而无法征考（后世行藉礼，远非其朔，且与《诗经》此六诗无关），此六诗也因之失去依附之本，导致后人的解说纷纭，然而，我们用《周语上》所载藉礼祀典与中此六诗互相参证，大致可以窥见二者内在的关系。

---

① 孔颖达：《毛诗正义》，北京大学出版社，1999年版，第1312－1316页。
② 上海师范大学古籍整理研究所校点：《国语》，上海古籍出版社，1998年版，第17－20页。

三、蜡祭与《豳颂》

前文所论，所谓《豳颂》者，《楚茨》《信南山》《甫田》《大田》四诗，它们用于"蜡祭"，今结合相关材料，对此略作考释。

《周礼·春官·籥章》云："籥章掌土鼓豳籥。中春昼击土鼓，龡《豳诗》以逆暑。中秋夜迎寒，亦如之。凡国祈年于田祖，龡《豳雅》，击土鼓，以乐田畯。国祭蜡，则龡《豳颂》，击土鼓，以息老物。"① 对此记载，有两点须注意者，其一为土鼓；其二为蜡之内涵。

先释第一点，从《周礼·春官·籥章》来说，无论龡《豳诗》《豳雅》或《豳颂》，均须"击土鼓"，由此可知，土鼓实为豳乐之特征。何谓"土鼓"，郑玄《注》引杜子春云："土鼓，以瓦为匡，以革为两面，可击也。"② 又《周礼·秋官·壶涿氏》云："掌除水虫，以炮土之鼓驱之。"郑《注》："炮土之鼓，瓦鼓也。"③ 若此，土鼓即瓦鼓。徐中舒进一步释土鼓为瓦缶④，而击缶本为秦乐之特征。《史记·廉颇蔺相如列传》载蔺相如请秦王击缶，李斯《谏逐客书》说："夫击叩缶。……真秦之声也。"故豳乐之有土鼓，必为雍州之旧乐。⑤《礼记·明堂位》云："土鼓，蒉桴，苇籥，伊耆氏之乐也。"⑥ 伊耆氏即神农，而神农为农业之创始者，即所谓"先啬"。由此可知"击土鼓，以乐田畯"之由来。

次释"蜡"，欲明《豳颂》，须先明"蜡祭"。所谓"蜡"，《礼记·郊特牲》云："天子大蜡八，伊耆氏始为蜡。蜡也者，索也，岁十二月，合聚万物而索飨之也。蜡之祭也，主先啬而祭司啬也。祭百种，以报啬也。"⑦ 据此，所

---

① 贾公彦：《周礼注疏》，北京大学出版社，1999年版，第630－632页。
② 贾公彦：《周礼注疏》，北京大学出版社，1999年版，第630页。
③ 贾公彦：《周礼注疏》，北京大学出版社，1999年版，第988页。
④ 徐中舒：《豳风说》，《历史语言研究所集刊》第六本第四分册。
⑤ 徐中舒：《豳风说》，《历史语言研究所集刊》第六本第四分册。
⑥ 孔颖达：《礼记正义》，北京大学出版社，1999年版，第946页。
⑦ 孔颖达：《礼记正义》，北京大学出版社，1999年版，第802页。

谓"蜡祭",实为对先啬、司啬的报祭。又《礼记·月令》云:"是月也,大饮烝。天子乃祈来年于天宗,大割祠于公社及门闾,腊先祖五祀,劳农以休息之。"郑《注》云:"此《周礼》,所谓蜡祭也。天宗,谓日月星辰也。大割,大杀群牲割之也。腊,谓以田猎所得禽祭也。"孔《疏》对此作进一步解说:"'祈来年于天宗'者,谓祭日月星辰也。'大割祠于公社'者,谓大割牲以祠公社,以上公配祭,故云'公社'。'及门闾'者,非但祭社,又祭门闾,但先祭社,后祭门闾,故云及。'腊先祖五祀'者,腊,猎也。谓猎取禽兽,以祭先祖五祀也。此等之祭,总谓之蜡。若细别言之,天宗、公社、门闾谓之蜡……腊先祖五祀,谓之息民之祭。"又云:"按《籥章》云'国祭蜡,吹《豳颂》,以息老物',蜡而后息老。此经亦先祭众神,乃后劳农休息,文与《籥章》相当,故经广祭众神,是《周礼·籥章》所谓蜡祭也。"①

综合《周礼·籥章》《礼记·郊特牲》《月令》的相关记载及郑《注》、孔《疏》之解说,可推知"蜡祭"包括以下内容:

(1)蜡祭所祭对象有先啬、司啬,日月星辰,先祖五祀等;

(2)蜡祭包含"报、祈"两种性能,"报"主要指对"先啬""司啬"之报祭,而"祈"包括"祈年""祈福"及"祈寿"等;

(3)蜡祭包括天宗公社门闾之祭(狭义的蜡)和腊先祖五祀(息民之祭)两种形式,蜡祭时须大割,并伴有盛大的飨宴;

(4)蜡祭之地点,《郊特牲》《月令》诸文及郑《注》、孔《疏》未明确指出,但《甫田》《大田》诸诗有"南亩"一词,又《信南山》有"南东其亩"句,陈奂据程瑶田《阡陌考》立说云:"河东之川南流,豳、岐、丰、镐在大河之西,其川与河东之川同是南流,其亩必南陈,故《七月》《甫田》《大田》《载芟》《良耜》等篇皆云'南亩'。"②陈氏解"南亩"颇为有理,但笔者以为,以上诸诗之"南亩",实有其具体含义,即指帝籍。《小雅·甫田》"曾孙来止,以其妇子,馌彼南亩",朱熹云:"曾孙之来,适见农夫之妇子来馌耘

---

① 孔颖达:《礼记正义》,北京大学出版社,1999年版,第549-551页。
② 陈奂:《诗毛氏传疏》,凤凰出版社,2018年版,第704页。

者，于是与之偕至其所。"① 这个说法似乎不妥。按，"其"应指"曾孙"，非指"农夫"。所谓"曾孙"，郑《笺》云："曾孙，谓成王也。"②《诗集传》指出："曾孙，主祭者之称。"③ 于省吾认为曾孙乃孙之通称，是对先祖而言。故此曾孙指周王。④ 周王馌彼南亩，就《甫田》而言，指周王到南亩举行蜡礼。又《毛传》："甫田，谓天下田也。"⑤ 黄山指出："甫田为天下民田，则大田当为籍田。"⑥ 又《甫田》诗"倬彼甫田"与"今适南亩"对举，南亩当与甫田同义，应指帝藉。帝藉之方位，据前文所考，当在国都南面近郊之地，并且据《礼记·祭法》"王自为立社，曰王社"。杜佑《通典》卷四十五曰："王自为立社曰王社，于藉田立之。"所以蜡祭应在帝藉王社举行。

在阐明"蜡祭"内涵的基础上，质之《楚茨》四诗内容，实与蜡祭有关。就整体而言，《楚茨》《信南山》为一组，偏重于祭公社门闾；《甫田》《大田》一组，偏重于息民之祭，现具体言之。

《楚茨》，《毛序》说："刺幽王也。政烦赋重，田莱多荒，饥馑降丧，民卒流亡，祭祀不飨，故君子思古焉。"⑦ 朱熹在《诗序辩说》中说："自此篇至《车舝》凡十篇，似出于一手。词气和平，称述详雅，无讽刺之意，《序》以其在《变雅》中，故皆以为伤今思古之作，诗固有如此者。然不应十篇相属，而绝无一言以见其为衰世之意也。窃恐《正雅》之篇有错脱在此者耳。《序》皆失之。"故他以为："此诗述公卿有田禄者，力于农事，以奉其守庙之祭。"⑧ 方玉润说："自此篇（引者按：指《楚茨》）至《大田》四诗，辞气典重，礼仪明备，非盛世明王不足以语此。故《序》无辞以说之，不得不创为'伤今思古'之论。然诗实无一语伤今，顾安得谓之思古耶？朱晦翁辩之既详，且疑为

---

① 朱熹：《诗集传》，凤凰出版社，2007年版，第183页。
② 孔颖达：《毛诗正义》，北京大学出版社，1999年版，第842页。
③ 朱熹：《诗集传》，凤凰出版社，2007年版，第183页。
④ 于省吾：《双剑誃诗经新证》，上海书店出版社，1999年版，第162页。
⑤ 孔颖达：《毛诗正义》，北京大学出版社，1999年版，第832页。
⑥ 王先谦：《诗三家义集疏》，中华书局，1987年版，第768页。
⑦ 孔颖达：《毛诗正义》，北京大学出版社，1999年版，第809页。
⑧ 朱熹：《诗集传》，凤凰出版社，2007年版，第178页。

正雅之篇有错脱在此者,而又指为'公卿'之诗也,何哉?此诗之非为公卿作也。"① 又说:

> 姚氏云:"首章从'南山''禹甸'言起,从疆理南东之制属之曾孙,此岂为公卿咏者耶?谬矣!"愚谓不宁唯是,诗中灌酒迎牲,谓为天子诸侯之礼。且曰"献之皇祖",则更非诸侯之所宜言矣。姚氏又云:"此篇言曾孙与上篇言曾孙别:上篇曾孙指主祭者,此言'我疆我理',则指成王也。盖'我疆'二句,此初制为彻法也。"然则此诗乃正《雅》之错脱在此,非幽王时诗,诚有如晦翁之疑矣。而何氏楷亦云:"《楚茨》、《信南山》同为一时之作。……则二曾孙均指成王也。"②

朱熹《诗序辨说》辨《楚茨》等诗无衰世之意,诚为有识,但以《楚茨》为公卿有田禄者奉宗庙之祭,则不免有失,故姚氏驳之。此诗实为"蜡祭"之乐歌,即《豳颂》之一篇。该诗分六章:首章叙祭祀之由起,二、三章叙初祭,四、五章为既祭,六章叙祭毕,现分述如下。

首章云:

> 楚楚者茨,言抽其棘。自昔何为?我艺黍稷。我黍与与,我稷翼翼。我仓既盈,我庾维亿。以为酒食,以享以祀。以妥以侑,以介景福。③

前八句叙力于农事,故黍稷既盛,仓庾既实。所可注意者,诗以"楚楚者茨"四句开篇,言自古之人除去茨棘,辟为良田,我树黍稷于上,已启报"先

---

① 方玉润撰,李先耕点校:《诗经原始》,中华书局,1986年版,第431页。
② 方玉润撰,李先耕点校:《诗经原始》,中华书局,1986年版,第434-435页。
③ 孔颖达:《毛诗正义》,北京大学出版社,1999年版,第810页。

啬"之意。又《信南山》开篇云："信彼南山，维禹甸之。畇畇原隰，曾孙田之。"① 按《尚书·益稷篇》云："予决九川，距四海，浚畎浍距川。暨稷播，奏庶艰食鲜食。"② 此言禹与后稷教民播种之事，可与《信南山》相发明。且《楚茨》言"先啬"（神农），此言"司啬"（后稷），相互补充，与《礼祀·郊特牲》之文相照应。吕祖谦《读诗记》引王安石之说云："今棘茨之所生，乃自昔'我艺黍稷'之地。"实为误解。后四句，郑《笺》云："以黍稷为酒食，献之以祀先祖。既又迎尸，使处神坐而食之。为其嫌不饱，祝以主人辞劝之，所以助孝子受大福也。"③ 此章述祭祀之由。

二章云：

> 济济跄跄，洁尔牛羊，以往烝尝。或剥或亨，或肆或将。祝祭于祊，祀事孔明。先祖是皇，神保是飨。孝孙有庆，报以介福，万寿无疆！

前五句，郑《笺》云："祭祀之礼，各有其事。有解剥其皮者，有煮熟之者，有肆其骨体于俎者，或奉持而进之者。"④ 按：由前可知，蜡祭须大割，此五句即述此。中四句，郑《笺》云："孝子不知神之所在，故使祝博求之平生门内之旁，待宾客之处，祀礼于是甚明。"又云："先祖以孝子祀礼甚明之故，精气归往之，其鬼神又安而飨其祭祀。"⑤ 按：祊，《毛传》云："门内也。"⑥ 此四句言门间之祭。后三句，即所谓嘏辞。《礼记·礼运》云："祝以孝告，嘏以慈告。"孙希旦《礼记集解》云："祝，谓享神之祝辞也，嘏，谓尸嘏古人之辞也。祭初亨神，祝辞以主人之孝告于鬼神；至主人本酳尸，而主人事尸之事

---

① 孔颖达：《毛诗正义》，北京大学出版社，1999年版，第824页。
② 孔颖达：《尚书正义》，北京大学出版社，1999年版，第113页。
③ 孔颖达：《毛诗正义》，北京大学出版社，1999年版，第810页。
④ 孔颖达：《毛诗正义》，北京大学出版社，1999年版，第812-813页。
⑤ 孔颖达：《毛诗正义》，北京大学出版社，1999年版，第813页。
⑥ 孔颖达：《毛诗正义》，北京大学出版社，1999年版，第813页。

毕，则祝传神意以嘏主人，言'承致多福无疆于女孝孙'，而致其慈爱之意也。"① 祝嘏析言有别，祝为主人致辞于神，嘏为尸命祝致福于主人；统言则指祝福之辞也。"孝孙有庆"三句当为神保（尸）命祝致福于主人之嘏辞。据徐中舒研究，金文言"万年无疆""眉寿无疆""三年眉寿无疆""眉寿万年无疆"，而《诗经》中称引最多之"万寿无疆"，在西周或东周的金文中均不见。"万寿"连用者，如1974年山西省闻喜县上郭村出土的西周时代的荀侯匜，腹内底铸3行14字："荀侯稽作宝匜，其万寿子孙永宝用。""万寿"即万年眉寿之省称，如《遣盉》"匄万年寿"。故徐先生认为《诗经》中"万寿无疆"如不是省称，就为误读。② 按：《豳风·七月》"万寿无疆"，《礼记·月令》郑注引作"受福无疆"，但《周礼·春官·籥章》郑注又作"万寿无疆"。金文中有"受大福无疆"者，如《曾伯陭壶》"子孙用受大福无疆"；又有"受福无疆"者，如《虢姜簋》"虢姜其万年眉寿，受福无疆。"要之，《诗经》中之"万寿无疆"或当为"受福无疆"，或为"万年眉寿无疆"之省称，虽不能确定何者为是，但为嘏辞当无疑义。

三章云：

执爨踖踖，为俎孔硕，或燔或炙。君妇莫莫，为豆孔庶，为宾为客。献酬交错，礼仪卒度，笑语卒获。神保是格，报以介福，万寿攸酢！③

此与前章同旨，言蜡祭时周王及助祭者酢尸，尸复以嘏辞报之。

四章云：

我孔熯矣，式礼莫愆。工祝致告："徂赉孝孙。苾芬孝祀，神嗜饮

---

① 孙希旦：《礼记集解》，中华书局，1989年版，第594页。
② 徐中舒：《金文嘏辞释例》，《历史语言研究所集刊》第六本第一分册。
③ 孔颖达：《毛诗正义》，北京大学出版社，1999年版，第815页。

食。卜尔百福，如几如式。既齐既稷，既匡既敕。永锡尔极，时万时亿。"①

前四句，郑《笺》："孝孙甚敬矣，于礼法无过者。祝以此故致神意告主人使受嘏。既而以嘏之物往予主人。"② 以下八句即为尸命工祝嘏于主人之辞。

五章云：

礼仪既备，钟鼓既戒。孝孙徂位，工祝致告。神具醉止，皇尸载起。鼓钟送尸，神保聿归。诸宰君妇，废彻不迟。诸父兄弟，备言燕私。③

此章言神醉尸起，送尸归神，与四章一起构成既祭。

六章云：

乐具入奏，以绥后禄。尔殽既将，莫怨具庆。既醉既饱，小大稽首。"神嗜饮食，使君寿考。孔惠孔时，维其尽之。子子孙孙，勿替引之。"④

此章言祭毕燕族之情形，以诸父兄弟相互祝愿结束。其祝语近乎嘏辞，《仪礼·少牢馈食礼》："皇尸命工祝，承致多福无疆于女孝孙。来女孝孙，使女受禄于天，宜稼于田，眉寿万年，勿替引之。"⑤

次释《信南山》，其诗云：

---

① 孔颖达：《毛诗正义》，北京大学出版社，1999年版，第818页。
② 孔颖达：《毛诗正义》，北京大学出版社，1999年版，第818页。
③ 孔颖达：《毛诗正义》，北京大学出版社，1999年版，第821-822页。
④ 孔颖达：《毛诗正义》，北京大学出版社，1999年版，第823页。
⑤ 贾公彦：《仪礼注疏》，北京大学出版社，1999年版，第924页。

>>> 《诗经》补论

　　信彼南山，维禹甸之。畇畇原隰，曾孙田之。我疆我理，南东其亩。

　　上天同云，雨雪雰雰。益之以霡霂，既优既渥，既霑既足，生我百谷。

　　疆埸翼翼，黍稷彧彧。曾孙之穑，以为酒食。畀我尸宾，寿考万年。

　　中田有庐，疆埸有瓜。是剥是菹，献之皇祖。曾孙寿考，受天之祜。

　　祭以清酒，从以骍牡，享于祖考。执其鸾刀，以启其毛，取其血膋。

　　是烝是享，苾苾芬芬，祀事孔明。先祖是皇，报以介福，万寿无疆。①

　　此诗亦六章，解诗者多以《楚茨》《信南山》并提，以为二者略同。朱熹说："此诗大指与《楚茨》略同。"② 何楷云："《楚茨》、《信南山》同为一时之作。《楚茨》详于后而略于前；自祭祊以前，但以'祀事孔明'一语该之。《信南山》详于前而略于后；自荐熟以后，但以'祀事孔明'一语该之。"③ 何氏以《楚茨》《信南山》为一时之作，诚为有识，且其分析亦颇为精审，问题在于，两诗结构为何会如此，惜其未深考。前文已提到，《楚茨》与《信南山》同为"祭公社门闾"之乐歌，《楚茨》叙初祭、既祭及祭毕甚详，故《信南山》简省之；而《楚茨》叙祭祀由起则略，故《信南山》详之。二诗结构具互补性，《大田》《甫田》二诗也可作如是观。《信南山》虽有六章，从其结构上来看，却只有两层，前四章叙祭祀之由，与《楚茨》意同而较详。所可注意者，其一，《信南山》虽亦有六章，每章却只六句，而《楚茨》则章十二句，故《信

---

① 孔颖达：《毛诗正义》，北京大学出版社，1999年版，第824-831页。
② 朱熹：《诗集传》，凤凰出版社，2007年版，第180页。
③ 方玉润撰，李先耕点较：《诗经原始》，中华书局，1986年版，第434-435页。

南山》之一、三章合于《楚茨》首章，文章一律，故不论。其二，二、四两章则为新增之内容，二章，郑《笺》云："成王之时，阴阳和，风雨时，冬有积雪，春而益之以小雨，润泽则饶洽。"① 据此，本章实为对天宗之赞美。四章言献瓜菹于先祖，实亦补足《楚茨》文意。五、六两章言祭事，第六章与《楚茨》文意同，兹略。第五章"祭以清酒"三句，"骍"，《诗集传》云："骍，赤色，周所尚也。"② 由此可知周时蜡祭带有周民族之特色。又郑《笺》云："清，谓玄酒也。酒，郁鬯五齐三酒也。祭之礼，先以郁鬯降神，然后迎牲。"③ 按：《国语·周语上》云："王乃淳濯飨醴，及期，郁人荐鬯，牺人荐醴，王祼鬯，飨醴乃行，百吏、庶民毕从。"④ 此论藉礼之飨礼仪式，据郑《笺》，蜡礼或许具类似之仪式。"执其鸾刀"三句，毛《传》："言割中节也。"郑《笺》："血以告杀，膋以升臭，合之黍稷，实之为萧，合馨香也。"⑤ 按《礼记·月令》谓"大割祠于公社及门闾"，准此，此三句言大割牲于公社。此章可补《楚茨》之不足。

次释《甫田》。此诗四章，分四个层次，其祭祀过程同于《楚茨》篇，首章言祭祀之由，二章言主祭，三章言从祭，四章言祭毕情形。具体论之，首章泛论农政，可与《大田》前三章参证。二章言祭事，其诗云："以我齐明，与我牺羊，以社以方。我田既臧，农夫之庆。琴瑟击鼓，以御田祖，以祈甘雨，以介我稷黍，以谷我士女。"郑《笺》云："以洁齐丰盛，与我纯色之羊，秋祭社与四方。为五谷成熟，报其功也。"又云："我田事已善，则庆赐农夫。谓大蜡之时，劳农以休息之也。"又云："设乐以迎祭先啬，谓郊后始耕也。以求甘雨，佑助我禾稼，我当以养士女也。"⑥ 郑《笺》对此章的解读存在一些问题。谨按：《大雅·云汉》云"祈年孔夙，方社不莫"⑦，祈年与方社并连，可证此

---

① 孔颖达：《毛诗正义》，北京大学出版社，1999年版，第827页。
② 朱熹：《诗集传》，凤凰出版社，2007年版，第181页。
③ 孔颖达：《毛诗正义》，北京大学出版社，1999年版，第829页。
④ 上海师范大学古籍整理研究所校点：《国语》，上海古籍出版社，1998年版，第18页。
⑤ 孔颖达：《毛诗正义》，北京大学出版社，1999年版，第829页。
⑥ 孔颖达：《毛诗正义》，北京大学出版社，1999年版，第838页。
⑦ 孔颖达：《毛诗正义》，北京大学出版社，1999年版，第1201页。

"以社以方"亦当为祈年。据《礼记·月令》文,祈年有"孟春祈谷于上帝"和"孟冬祈来年于天宗"之分。据"我田既臧,农夫之庆"语(考《豳风·七月》,知"农夫之庆"当在"九月肃霜,十月涤场"之后),应以后者为是,即蜡祭中之"祈来年"。郑《笺》释"我田既臧"二句甚确。"琴瑟击鼓"两句,解诗者多据《周礼·春官·籥章》立说,似为有据,但"击土鼓,以乐田畯",不仅指始耕之时设乐以迎祭先啬,亦可用于"蜡祭",据《礼记·郊特牲》《月令》及《周礼·春官·籥章》,"蜡祭"亦须"击土鼓",当然有"以乐田畯"之意,且"蜡祭"有"报"与"祈"两种性能,"祈"之内容宽泛,如"介福""寿考",见《楚茨》《信南山》,本诗及《大田》亦有。故本章"以祈甘雨"三句为蜡祭时之"祈语",只不过其指向在来年,与孟春祈谷在本年异。综上所述,本章所言为"蜡祭"。

三章诗云:

曾孙来止,以其妇子,馌彼南亩。田畯至喜,攘其左右,尝其旨否。禾易长亩,终善且有。曾孙不怒,农夫克敏。①

此章解说颇有分歧,观郑《笺》、朱子《诗集传》、王先谦《诗三家义集疏》可知,不烦举例。按此章与二章结构类似,亦为蜡祭。"曾孙来止"三句,前文"蜡祭方位"条已辨,言周王与后、世子到帝藉举行馌礼(蜡礼)。"田畯至喜"三句,"田畯"指后稷。"田畯"有时与"田祖"同义,如《周礼·春官·籥章》:"凡国祈年于田社,龡《豳雅》,击土鼓,以乐田畯。"有时有别,如本诗,二章"以御田祖",《毛传》云:"田祖,先啬也。"② 本章"田畯至喜",郑《笺》:"田畯,司啬,今之啬夫也。"③ 按《礼记·郊特牲》云:"蜡之祭也,主先啬而祭司啬也。"郑《注》谓:"先啬,若神农者。司啬,后稷是

---

① 孔颖达:《毛诗正义》,北京大学出版社,1999年版,第842-843页。
② 孔颖达:《毛诗正义》,北京大学出版社,1999年版,第838页。
③ 孔颖达:《毛诗正义》,北京大学出版社,1999年版,第842页。

也。"① 故本章"田祖"指神农，而"田畯"指后稷。由此可知，本诗二章主祭先啬（神农），三章从祭司啬（后稷）。喜，郑《笺》云："喜读为饎。饎，酒食也。"攘，郑《笺》云："读当为馕。"② 陈奂云："《说文》：'馈，饷田也。'周人谓饷曰馕。饷，馈也。馈，饷也。'馈'、'饷'、'馕'、'馈'四字同义。"③ 故"田畯至喜"三句言司啬（后稷）享祀情形。"禾易长亩"两句，《毛传》："长亩，竟亩也。"④ 陈奂说："'易'有'荡平'之义，故传诂'易'为'治'。治者，谓除草离本也。《生民》传：'方，极亩也。''竟亩'与'极亩'同义。终犹既也。有，读'岁其有'之有。"⑤ 据此，"禾易"两句言"庄稼生长满亩，既好且年成大有"，实为"祈来年"之祝语。"曾孙不怒"两句，解诗者或把"禾易长亩"四句连在一起解释，比如郑《笺》指出："禾治而竟亩，成王则无所责怒，谓此农夫能且敏也。"⑥ 或把整章联系起来解之，黄山说："言王来田间，见妇子馈馕，却左右而试尝其食之旨否，亦示亲昵尔，故曰'曾孙不怒'，谓不怒妇子之无知，正喜农夫之克敏也。"⑦ 谨按：就《甫田》全诗来看，如"烝我髦士""农夫之庆""琴瑟击鼓""报以介福，万寿无疆"等，充满的是欢快积极的情调，不应插入"曾孙不怒"（此处指郑玄释"怒"为责备）这种中性而略带消极的语调，以致与全诗不谐，因此，"曾孙不怒"应有别解。笔者以为，"怒"应解为"努"。《说文》"怒"条段注："按古无努字，只用怒。"⑧ 努，《方言》云："勉也。"故"曾孙不怒"即"曾孙不努"之意。又，"不"当解为"丕"，段玉裁说："丕与不音同，故古多用不为丕。"《说文》："丕，大也。"⑨ 据此，"曾孙不怒"意为"曾孙很勤勉"，同"农夫很能干"一律。所以，就此章而言，先叙祭祀，次叙享祀，次叙祝语，结以曾孙、

---

① 孔颖达：《礼记正义》，北京大学出版社，1999年版，第802页。
② 孔颖达：《毛诗正义》，北京大学出版社，1999年版，第842页。
③ 陈奂：《诗毛氏传疏》，凤凰出版社，2018年版，第440页。
④ 孔颖达：《毛诗正义》，北京大学出版社，1999年版，第842页。
⑤ 陈奂：《诗毛氏传疏》，凤凰出版社，2018年版，第714页。
⑥ 孔颖达：《毛诗正义》，北京大学出版社，1999年版，第843页。
⑦ 王先谦：《诗三家义集疏》，中华书局，1987年版，第764页。
⑧ 段玉裁：《说文解字注》，上海古籍出版社，1988年版，第511页。
⑨ 段玉裁：《说文解字注》，上海古籍出版社，1988年版，第1页。

农夫祭毕进取心态，语意一贯。

第四章，叙祭毕，其诗云：

> 曾孙之稼，如茨如梁。曾孙之庾，如坻如京。乃求千斯仓，乃求万斯箱。黍稷稻粱，农夫之庆。报以介福，万寿无疆！①

郑《笺》云："年丰则劳赐，农夫益厚，既有黍稷，加以稻粱。报者为之求福，助于八蜡之神，万寿无疆竟也。"② 甚是。

又《大田》四章，可分两个层次，前三章叙祭祀之由，言春时耕种，夏时耘草除虫，秋时丰收，此实赖之"兴雨祁祁""田祖有神"，可补足《甫田》首章之意，第四章言祭祀祈福，与《甫田》二、三章相当。

准此，《诗经》中《楚茨》《信南山》《甫田》《大田》即为《豳颂》，为蜡祭之乐歌。

以上从藉礼、蜡祭层面分析《豳雅》《豳颂》的诗篇构成，得出与朱熹不同的看法，即认为《思文》《臣工》《噫嘻》《丰年》《载芟》《良耜》属于《豳雅》，而《楚茨》《信南山》《甫田》《大田》属于《豳颂》。在今本《诗经》中，《思文》《臣工》《噫嘻》《丰年》《载芟》《良耜》属于颂诗，《楚茨》《信南山》《甫田》《大田》则属于雅诗。为何会出现这种情况，这里试作补充说明。

顾炎武《日知录》卷三"豳"条云：

> 自周南至豳，统谓之国风。此先儒之误，程泰之辩之详矣。豳诗不属于国风，周世之国无豳。此非大师所采，周公追王业之始，作为《七月》之诗，兼雅颂之声，而用之祈报之事。《周礼·籥章》："逆暑迎寒，则龡豳诗；祈年于田祖，则龡豳雅；祭蜡则龡豳颂。"雪山王氏

---

① 孔颖达：《毛诗正义》，北京大学出版社，1999年版，第844－845页。
② 孔颖达：《毛诗正义》，北京大学出版社，1999年版，第845页。

曰："此一诗而三用也。"（原注：谓《籥章》之豳诗，以鼓、钟、琴、瑟四器之声合籥也。《笙师》：歈竽、笙、埙、籥、箫、篪、笛、管、舂牍、应、雅，凡十二器，以雅器之声合籥也。《眂瞭》：播鼗、击颂磬、笙磬，凡四器，以颂器之声合籥也。凡为乐器，以十有二律为之数度，以十有二声为之齐量，凡和乐亦如之。此用《七月》一诗，特以其器和声有不同尔。）《鸱鸮》以下或周公之作，或为周公而作，则皆附于豳焉。虽不以合乐，然与二南同为有周盛时之诗，非东周以后列国之风也，故他无可附。①

此处有关《七月》的看法，可结合上面的论述进行辨析。须注意者，顾炎武在此提出"豳诗不属于国风"之说，此观点与其对"豳诗"的特定认识有关。同书卷三"四诗"条谓：

> 周南、召南，南也，非风也。豳谓之豳诗，亦谓之雅，亦谓之颂，（原注：据《周礼·籥章》。）而非风也。南、豳、雅、颂为四诗，而列国之风附焉，此诗之本序也。（原注：宋程大昌《诗论》谓无国风之目，然《礼记·王制》言"命太师陈诗，以观民风"，即谓自邶至曹十二国为风无害。）②

顾炎武指出，原本《诗经》并非是风、雅、颂三诗，而是南、豳、雅、颂为四诗。也就是说，原本《诗经》是没有风诗的，这样，豳诗自然也就可以说不是国风。至于《诗经》中有风诗，十五国风中有豳风，那是以后才发生的事情。很清楚，顾炎武南、豳、雅、颂四诗说的提出，一个重要的依据就是《周礼·春官·籥章》的记载。显然，在顾炎武看来，《周礼·春官·籥章》所记载的《豳诗》《豳雅》《豳颂》很可能代表早期《诗经》的文本形态。对于顾

---

① 黄汝成：《日知录集释》，岳麓书社，1996年版，第91页。
② 黄汝成：《日知录集释》，岳麓书社，1996年版，第81页。

炎武提出的《诗经》的这种早期文本形态，姚苏杰指出：

> 周民族在先周时期就拥有丰富的诗乐，不过尚未形成稳定的文本与文献，姑且可称其为"先周诗乐群"。这一诗乐群可能采用了"诗""雅""颂"的大致分类，这也是"豳诗""豳雅""豳颂"的来源。而据《周礼》记载，豳诗用于迎寒暑祭祀，豳雅用于祭祀田祖、田畯，而豳颂用于蜡祭，其礼乐功用与今本风、雅、颂明显不同，应该不属于同一体系。如果说《诗经》早期形态中保有"豳"的位置，应是周人对民族传统文化的一种继承或追忆。①

姚苏杰顺承顾炎武的说法，揭示《周礼·春官·龠章》"诗、雅、颂"分类的渊源，并进一步分析说，西周初年为配合礼乐制度而产生的"诗经"，当由南、豳、雅、颂四部分组成。它们分别代表了构成新的周文化的四种子文化：体现周民族传统文化的"豳"，体现周母族有莘氏文化的"南"，体现周人所建构的夏文化的"雅"，体现周人所继承的殷商文化的"颂"。周初礼乐制度建设，就是为了调和这几种文化或政治势力，于是吸纳这四种诗乐文化，建立并维持一种新的社会秩序。②当然，随着周代礼制的变化，为适应新的礼乐需求，《诗经》也随之发生扩充、调整或删汰，并最终形成风雅颂三诗格局。

在这一转化过程中，《龠章》"诗、雅、颂"的格局自然也受到影响。在《龠章》中，"诗、雅、颂"序列反映的主要是豳地农事仪式的先后顺序，由逆暑（迎寒）而祈年而蜡祭。"诗、雅、颂"对应这一序列，可见《龠章》中"诗、雅、颂"的含义与后来是有所区别的。西周社会建立之后，逆暑（迎寒）、祈年、蜡祭这些仪式仍然延续，不过它们的地位却发生一些改变，其中藉礼（祈年）仪式由于当时的重农风尚而得到空前重视，而逆暑（迎寒）与蜡祭则沦为一般性仪式。这种改变也影响到人们对匹配其仪式的相应诗篇性质的看

---

① 姚苏杰：《〈诗经〉的早期形态与"四诗"》，《智慧中国》，2020年第12期，第63页。
② 姚苏杰：《〈诗经〉的早期形态与"四诗"》，《智慧中国》，2020年第12期，第64页。

法。于是，随着风雅颂三诗格局的形成，与藉礼对应的相关诗篇，在《籥章》中属于《豳雅》，但后来则隶属于颂诗；与蜡祭对应的相关诗篇，原本属于《豳颂》，但后来则隶属于雅诗。当然，造成这种情况，还与藉礼、蜡祭仪式的废弃有关。比如，《豳颂》四诗何以归于《诗经》之"小雅"类，这与周王不举行蜡礼有关。《毛序》认为《楚茨》四诗均刺幽王，就四诗内容而言，《毛序》的观点显然不能成立，但是，不可否认，《毛序》指出一个重要事实，即幽王时存在"祭祀不飨"之现象。事实上，这种现象在厉王时就已存在。《国语·周语》云："宣王即位，不籍千亩。"韦昭《注》云："自厉王之流，籍田礼废，宣王即位，不复遵古。"[①] 指出藉礼废于厉王时，那么，据《毛序》，蜡礼或许废于幽王时。要之，随着蜡礼的废弃，其乐舞亦散佚，久之，只剩《楚茨》四诗，后人整理《诗经》时，把它归于"小雅"类，四诗因之而失其本真。周代蜡祭的废弃及其乐舞的散佚，尽管给考证《豳颂》带来一定的难度，但由于《周礼·春官·籥章》关于"蜡祭与豳颂"之关系的记载、《礼记·郊特牲》与《月令》关于"蜡祭"之论述，以及《诗经》对于有关农业祭祀之诗的收录，又给我们提供考证《豳颂》的契机和可能。同理，《豳雅》诗篇归于《诗经》颂诗，也与藉礼的盛衰有着关联。

---

① 上海师范大学古籍整理研究所校点：《国语》，上海古籍出版社，1998年版，第15页。

结　语

　　《诗经》作为一部先秦时期流传下来的文献，它是如何生成的，就现在能看到的遗留下来的相关记载，有很多并不是出自《诗经》编纂者之手，而是来自人们的探究和推测。因此，围绕《诗经》的生成，仍有不少环节需要继续探讨和澄清。

　　先秦时期的"诗言志"包含"作诗言志""献诗言志"，它们涉及《诗经》诗篇的来源问题。《诗经》的一些篇目不仅明确提到作诗者的意图，有的甚至还记载有作者身份信息。所以，《诗经》时代出现"作诗言志"现象是无可怀疑的，而这也可以解释《诗经》若干诗篇的来源。但在这个问题上，更应该关注文献记载的"采诗""献诗"行为。由于"采诗"行为的存在，《国风》中的诗篇才最终得以收集，从而为十五《国风》的编纂奠定基础。"献诗"行为与"献诗言志"相关联。"二雅"诗篇中有些就来自"献诗"，有些则与"采诗"行为相关，当然，"二雅"诗篇的来源比较复杂，其中部分诗篇还出自乐语传统。

　　就《诗经》的编排，普遍认为，《诗经》由风、雅、颂构成，但这三分法是建立在什么标准之上的，至今还仍有争议。在这些争议中，尤以"二雅"为甚，人们对"二雅"的划分进行长期的讨论，提出了很多观点。其实，风、雅、颂的划分最终还是取决于或者说服务于《诗经》的编纂意图，考察风、雅、颂的划分必须要与它联系起来，也就是说，必须在《诗经》的编纂意图之下讨论三分问题。当然，风、雅、颂三分还与它们各自的生成有内在联系。本书通过对"二雅"的分析，在一定程度上揭示风、雅、颂构成的原因。而对于豳诗的讨论，不仅补充说明了《诗经》诗篇的来源，而且完善了风、雅、颂三分的分析。

《诗经》的生成，还与其流传问题相联系。一般认为，先秦时期的《诗经》文本并不是一次性完成的，雅、颂文本要早于风诗文本的定型。这一看法大抵是符合实际的。据《左传》的记载，季札观乐时的《诗经》文本与今本基本一致，说明至少在那个时期《诗经》已经完成编纂工作。但是，已完成雏形的《诗经》在流传过程中其文本因为外在的原因而发生变化，一个明显的事实是当时很可能存在多种《诗经》文本，而这些《诗经》文本与季札时代的《诗经》是有差异的。在这种情形下，孔子对《诗经》重新进行整理，并基本恢复季札时代的《诗经》文本状态。司马迁在《史记》中将孔子的这种行为称为"删诗"，"删诗"说并不意味着《诗经》是孔子编纂的，而是表明《诗经》经过孔子的重新编订。因此，"删诗"说的本质在于孔子在力图复原季札时代《诗经》文本的过程中重建《诗经》文本，这也可以说是《诗经》文本的再次生成。当然，倘若从更长远的角度来看，经过孔子重新编订的《诗经》为以后《诗经》文本的经典化奠定了坚实的基础，这又可以说"删诗"在很大程度上导致了《诗经》文本的经典化生成。

由于相关资料的匮乏，使揭示《诗经》的编纂成为一个复杂的事件，人们对它的认识由此也变得非常模糊，我们围绕编纂、流传的问题，遴选了五方面的内容来讨论《诗经》的生成，期望在这个问题上能够取得一些进展。然而，面对如此繁复的问题，这里的研究只针对部分环节展开，仍有大量未解的问题待来日再作研究。

主要参考文献

一、著作类

B

[1] 班固. 汉书 [M]. 北京：中华书局，1962.

[2] 北京大学中国语言文学系中国古典文学教研室，编. 中国文学史纲要 [M]. 北京：北京大学出版社，1983.

[3] 白冶钢. 孔丛子译注 [M]. 上海：上海三联书店，2014.

C

[4] 陈鼓应. 庄子今注今译 [M]. 北京：中华书局，1983.

[5] 陈奇猷. 吕氏春秋校释 [M]. 上海：学林出版社，1984.

[6] 程树德. 论语集释 [M]. 北京：中华书局，1990.

[7] 蔡沈. 书经集传 [M]. 北京：中国书店，1994.

[8] 陈立. 白虎通疏证 [M]. 北京：中华书局，1994.

[9] 陈梦家. 尚书通论 [M]. 石家庄：河北教育出版社，2000.

[10] 陈来. 古代思想文化的世界 [M]. 北京：生活·读书·新知三联书

店，2002.

[11] 陈桐生. 《孔子诗论》研究［M］. 北京：中华书局，2004.

[12] 陈致. 从礼仪化到世俗化——《诗经》的形成［M］. 上海：上海古籍出版社，2009.

[13] 崔述，撰著，顾颉刚，编订. 崔东壁遗书［M］. 上海：上海古籍出版社，2013.

[14] 陈奂. 诗毛氏传疏［M］. 北京：凤凰出版社，2018.

D

[15] 戴震. 经考［M］//续修四库全书.

[16] 董增龄. 国语正义［M］. 成都：巴蜀书社，1985.

[17] 戴望. 管子校正［M］. 上海：上海书店，1986.

[18] 段玉裁. 说文解字注［M］. 上海：上海古籍出版社，1988.

[19] 丁山. 甲骨文所见氏族及其制度［M］. 北京：中华书局，1988.

[20] 杜佑. 通典［M］. 长沙：岳麓书社，1995.

F

[21] 范处义. 诗补传［M］//文渊阁四库全书.

[22] 范晔. 后汉书［M］. 北京：中华书局，1965.

[23] 方玉润. 诗经原始［M］. 李先耕，点校. 北京：中华书局，1986.

[24] 傅杰，编校. 章太炎学术史论集［M］. 北京：中国社会科学出版社，1997.

[25] 冯浩菲. 历代诗经论说述评［M］. 北京：中华书局，2003.

G

[26] 顾颉刚. 史林杂识初编 [M]. 北京：中华书局，1963.

[27] 郭庆藩. 庄子集释 [M]. 上海：上海书店，1986.

[28] 郭沫若. 中国古代社会研究（外二种）[M]. 石家庄：河北教育出版社，2004.

[29] 顾颉刚. 古史辨（第一册）[M]. 海口：海南出版社，2005.

[30] 顾颉刚. 古史辨（第三册）[M]. 海口：海南出版社，2005.

[31] 顾颉刚. 汉代学术史略 [M]. 北京：东方出版社，2005.

H

[32] 胡念贻. 先秦文学论集 [M]. 北京：中国社会科学出版社，1981.

[33] 王聘珍. 大戴礼记解诂 [M]. 北京：中华书局，1983.

[34] 惠周惕. 诗说 [M]. 北京：中华书局，1985.

[35] 黄汝成. 日知录集释 [M]. 长沙：岳麓书社，1996.

[36] 洪湛侯. 诗经学史 [M]. 北京：中华书局，2002.

[37] 黄怀信. 大戴礼记汇校集注 [M]. 西安：三秦出版社，2005.

[38] 黄以周. 礼书通故 [M]. 北京：中华书局，2007.

[39] 黄侃. 黄侃论学杂著 [M]. 武汉：武汉大学出版社，2013.

J

[40] 蒋伯潜. 十三经概论 [M]. 上海：上海古籍出版社，1983.

[41] 焦循. 孟子正义 [M]. 上海：上海书店，1986.

[42] 贾公彦. 周礼注疏 [M]. 北京：北京大学出版社，1999.

[43] 贾公彦. 仪礼注疏 [M]. 北京：北京大学出版社，1999.

K

[44] 孔颖达. 尚书正义 [M]. 北京：北京大学出版社，1999.

[45] 孔颖达. 毛诗正义 [M]. 北京：北京大学出版社，1999.

[46] 孔颖达. 礼记正义 [M]. 北京：北京大学出版社，1999.

[47] 孔颖达. 春秋左传正义 [M]. 北京：北京大学出版社，1999.

L

[48] 李黄. 毛诗集解 [M] //文渊阁四库全书.

[49] 李善. 文选 [M]. 上海：上海古籍出版社，1986.

[50] 黎靖德. 朱子语类 [M]. 北京：中华书局，1986.

[51] 陆深. 俨山外集 [M]. 上海：上海古籍出版社，1987.

[52] 李昉. 太平御览（第五卷）[M]. 石家庄：河北教育出版社，1994.

[53] 李山. 诗经的文化精神 [M]. 北京：东方出版社，1997.

[54] 李泽厚，刘纲纪. 中国美学史 [M]. 合肥：安徽文艺出版社，1999.

[55] 刘士林. 中国诗性文化 [M]. 南京：江苏人民出版社，1999.

[56] 刘钊. 郭店楚简校释 [M]. 福州：福建人民出版社，2003.

[57] 李山. 诗经析读 [M]. 北京：中华书局，2018.

M

[58] 马瑞辰. 毛诗传笺通释 [M]. 北京：中华书局，1989.

[59] 马银琴. 周秦时代诗的传播史 [M]. 北京：社会科学文献出版社，2011.

N

[60] 聂石樵. 先秦两汉文学史稿［M］. 北京：北京师范大学出版社，1994.

O

[61] 欧阳哲生，主编. 傅斯年全集（第2卷）［M］. 长沙：湖南教育出版社，2000.

Q

[62] 祁海文. 儒家乐教论［M］. 郑州：河南人民出版社，2004.

R

[63] 饶宗颐. 文化的馈赠·哲学卷［M］. 北京：北京大学出版社，2000.

S

[64] 苏辙. 诗经集传［M］//文渊阁四库全书.

[65] 孙作云. 诗经与周代社会研究［M］. 北京：中华书局，1966.

[66] 司马迁. 史记［M］. 北京：中华书局，1982.

[67] 孙诒让. 周礼正义［M］. 北京：中华书局，1987.

[68] 孙希旦. 礼记集解［M］. 北京：中华书局，1989.

[69] 上海师范大学古籍整理研究所，校点. 国语［M］. 上海：上海古籍出版社，1998.

W

[70] 王襄. 簠室殷契类纂 [M]. 天津：天津博物院石印本，1920.

[71] 吴承仕. 经典释文序录疏证 [M]. 北京：中华书局，1984.

[72] 王充. 论衡 [M]. 上海：上海书店，1986.

[73] 王先谦. 诗三家义集疏 [M]. 北京：中华书局，1987.

[74] 王瑛，王天海. 说苑全译 [M]. 贵阳：贵州人民出版社，1992.

[75] 王国维. 古史新证 [M]. 北京：清华大学出版社，1994.

[76] 王昆吾. 中国早期艺术与宗教 [M]. 北京：东方出版中心，1998.

[77] 吴庆峰，点校. 吴越春秋（二十五别史本）[M]. 济南：齐鲁书社，1999.

[78] 王念孙. 读书杂志 [M]. 南京：江苏古籍出版社，2000.

[79] 王国维. 观堂集林 [M]. 石家庄：河北教育出版社，2001.

[80] 闻一多. 神话与诗 [M]. 上海：上海人民出版社，2005.

[81] 王观国. 学林 [M]. 上海：上海古籍出版社，2012.

X

[82] 徐彦. 春秋公羊传注疏 [M]. 北京：北京大学出版社，1999.

[83] 禤健聪. 战国楚系简帛用字习惯研究 [M]. 北京：科学出版社，2017.

Y

[84] 严可均. 全上古三代秦汉三国六朝文 [M]. 北京：中华书局，1958.

[85] 杨伯峻. 论语译注 [M]. 北京：中华书局，1980.

[86] 杨荫浏. 中国古代音乐史稿 [M]. 北京：人民音乐出版社，1981.

[87] 严粲. 诗缉 [M]. 上海：上海古籍出版社，1987.

[88] 杨伯峻. 春秋左传注 [M]. 北京：中华书局，1990.

[89] 杨公骥. 杨公骥文集 [M]. 长春：东北师范大学出版社，1998.

[90] 于省吾. 双剑誃诗经新证 [M]. 上海：上海书店出版社，1999.

[91] 俞正燮. 癸巳存稿 [M]. 沈阳：辽宁教育出版社，2003.

[92] 叶舒宪. 诗经的文化阐释 [M]. 西安：陕西人民出版社，2005.

[93] 杨树达. 积微居小学金石论丛 [M]. 上海：上海古籍出版社，2013.

Z

[94] 郑樵. 六经奥论 [M] //文渊阁四库全书.

[95] 张西堂. 诗经六论 [M]. 北京：商务印书馆，1957.

[96] 朱东润. 诗三百篇探故 [M]. 上海：上海古籍出版社，1981.

[97] 赵沛霖. 兴的源起 [M]. 北京：中国社会科学出版社，1987.

[98] 朱自清. 诗言志辨 [M]. 上海：华东师范大学出版社，1996.

[99] 张闻玉. 逸周书全译 [M]. 贵阳：贵州人民出版社，2000.

[100] 朱熹. 诗集传 [M]. 南京：凤凰出版社，2007.

[101] 张富海. 汉人所谓古文之研究 [M]. 北京：线装书局，2007.

[102] 张觉. 荀子译注 [M]. 上海：上海古籍出版社，2012.

[103] 章太炎. 国学概论 [M]. 长春：吉林出版集团股份有限公司，2017.

[104] 朱自清. 经典常谈·论雅俗共赏 [M]. 长春：吉林出版集团股份有限公司，2018.

二、论文类

C

[105] 曹定云. 古文"夏"字考——夏朝存在的文字见证 [J]. 中原文物, 1995 (3).

[106] 陈四海. 古谣《弹歌》又一说 [J]. 乐府新声, 1999 (3).

[107] 陈伯海. 释"诗言志"——兼论中国诗学"开山的纲领 [J]. 文学遗产, 2005 (3).

[108] 陈桐生. 从出土竹书看"诗言志"命题在先秦两汉的发展 [J]. 文艺理论研究, 2007 (5).

[109] 晁福林. 先秦儒家"诗言志"理论的再探讨 [J]. 江汉论坛, 2008 (1).

D

[110] 戴伟华. 论五言诗的起源——从"诗言志"、"诗缘情"的差异说起 [J]. 中国社会科学, 2005 (6).

F

[111] 冯时. 四诗考 [J]. 中国哲学史, 2017 (1).

G

[112] 顾颉刚. 《尧典》著作时代考 [J]. 文史, 第24辑.

[113] 古凤. 从"诗言志"的经典化过程看古代文论经典的形成 [J]. 复旦学报, 2006 (6).

[114] 高华平. 诗言志续辨——结合新近出土楚简的探讨 [J]. 文学评论, 2008 (1).

[115] 顾浙秦. 从《弹歌》到射礼 [J]. 西藏民族学院学报, 2012 (6).

H

[116] 胡远鹏, 宫玉海.《大雅》、《小雅》名称源于"大夏"之"夏"考 [J]. 西南师范大学学报, 1996 (1).

[117] 胡安莲.《诗经》"风""雅""颂"分类 [J]. 南都学坛, 2000 (4).

[118] 韩国良. 论"诗言志"观念产生于西周之初 [J]. 湖南行政学院学报, 2006 (5).

[119] 韩高年.《大夏》钩沉 [J]. 文献, 2010 (3).

[120] 韩宏韬."孔子删诗"公案发生考 [J]. 社会科学论坛, 2011 (11).

[121] 韩国良. 对"孔子删《诗》"之争的再检讨 [J]. 辽东学院学报, 2015 (2).

[122] 韩国良. 从《左传》《国语》所载逸诗的属性看"孔子删《诗》" [J]. 安康学院学报, 2015 (3).

[123] 韩团结.《诗经》"二雅"新论 [J]. 西安财经学院学报, 2019 (6).

J

[124] 金德建.《尧典》述作小议 [J]. 史学史研究, 1982 (4).

[125] 金景芳, 吕绍纲.《尧典》新解（节选）[J]. 孔子研究, 1992 (4).

[126] 纪准.《尧典》与"诗言志"的关系：从一个侧面探索上古辨伪的新思路 [J]. 太原师范学院学报, 2006 (5).

[127] 蒋成德. 从《左传》录诗看孔子是否删诗 [J]. 徐州工程学院学报,

2008（5）.

[128] 金荣权. 夏乐《大夏》与《九夏》论考［J］. 浙江艺术职业学院学报，2011（4）.

L

[129] 刘操南. 孔子删《诗》初探［J］. 杭州大学学报，1987（1）.

[130] 李山.《诗·大雅》若干诗篇图赞说及由此发现的《雅》《颂》间部分对应［J］. 文学遗产，2000（4）.

[131] 刘宗迪. 华夏名义考［J］. 民族研究，2000（5）.

[132] 廖群. 周代"采风"说的文物新证［J］. 民俗研究，2002（4）.

[133] 刘东影."变风变雅"考论［D］. 长春：东北师范大学博士学位论文，2003.

[134] 吕绍纲，蔡先金. 楚竹书《孔子诗论》"类序"辨析［J］. 孔子研究，2004（2）.

[135] 刘正国.《弹歌》本为"孝歌"考［J］. 音乐研究，2004（3）.

[136] 李进立.《诗经》中《大雅》与《小雅》功用之比较［J］. 商丘师范学院学报，2005（4）.

[137] 刘毓庆，郭万金.《诗经》结集历程之研究［J］. 文艺研究，2005（5）.

[138] 李瑾华.《诗经·周颂》考论——周代的祭祀仪式与歌诗关系研究［D］. 北京：首都师范大学博士学位论文，2005.

[139] 李炳海.《雅》诗的文本形态和结构模式［J］. 甘肃社会科学，2009（2）.

[140] 李壮鹰.《尚书·尧典》论乐辨证［J］. 安徽大学学报，2010（4）.

[141] 李玉洁. 葛天氏之乐反映的古代风俗［J］. 商丘师范学院学报，2011（4）.

[142] 李学勤. 论清华简《周公之琴舞》的结构［J］. 深圳大学学报，2013（1）.

[143] 李辉.《诗经》雅诗的兴起——从"雅（夏）"字义说起［J］. 文史知识，2013（6）.

[144] 李山.《尧典》的写制年代[J]. 文学遗产, 2014 (4).
[145] 刘丽文. 清华简《周公之琴舞》与孔子删《诗》说[J]. 文学遗产, 2014 (5).
[146] 李山. 礼乐大权旁落与"采诗观风"的高涨[J]. 社会科学家, 2014 (12).
[147] 李颖, 姚小鸥. 二重证据视野下的孔子删诗问题[J]. 北方论丛, 2016 (4).
[148] 李凯. 孔子"正乐"问题新证[J]. 古籍整理研究学刊, 2019 (2).

M

[149] 马银琴. 西周诗史[D]. 扬州: 扬州大学博士学位论文, 2000.
[150] 马志林.《诗经》"二雅"研究[D]. 西安: 陕西师范大学博士学位论文, 2016.
[151] 马银琴. "雅""夏"关系与周代雅乐正统地位的确立[J]. 北方论丛, 2021 (3).

N

[152] 聂冰. 周代的采风观政[J]. 兰州教育学院学报, 1991 (2).
[153] 牛汝辰. "中国""中华""华夏"的由来及其文化内涵[J]. 测绘科学, 2019 (6).

Q

[154] 钱志熙. 从群体诗学到个体诗学[J]. 文学遗产, 2005 (2).
[155] 邱梦艳.《诗经》学中结构诠释法的形成历程[D]. 长沙: 湖南大学博士学位论文, 2015.
[156] 钱志熙. 先秦"诗言志"说的绵延及其不同层面的含义[J]. 文艺理论研究, 2017 (5).

S

[157] 孙晓晖. 大小雅乐考 [J]. 交响：西安音乐学院学报, 1996 (2).

[158] 孙文辉. 古乐《葛天氏之乐》的文化阐释 [J]. 文艺研究, 1997 (2).

[159] 孙娟.《诗经·大雅》与礼乐文化研究 [D]. 北京：首都师范大学博士学位论文, 2008.

T

[160] 涂光社. "诗言志"系统理论的发展和递进层次 [J]. 楚雄师专学报, 1999 (1).

W

[161] 王树芳. "诗言志"说探踪 [J]. 湖州师专学报, 1989 (4).

[162] 王增文. 孔子删诗说考辨 [J]. 河北师范大学学报, 1996 (4).

[163] 王凤贵.《大雅》《小雅》辨 [J]. 漳州职业大学学报, 1999 (1).

[164] 王妍, 胡春玲. "诗言志"简论 [J]. 学术交流, 2002 (3).

[165] 王筑民. "诗言志"与"诗缘情"——古文论笔札之三 [J]. 贵阳金筑大学学报, 2003 (3).

[166] 王秀臣. "礼义"的发现与《孔子诗论》的理论来源 [J]. 江海学刊, 2006 (6).

[167] 王小盾. 论汉文化的"诗言志, 歌永言"传统 [J]. 文学评论, 2009 (2).

[168] 邬国平. 朱自清与《诗言志辨》(下) [J]. 古典文学知识, 2009 (2).

[169] 王齐洲. "诗言志"：中国古代文学观念发生的一个标本 [J]. 清华大学学报, 2010 (1).

[170] 王文生. "诗言志"文学思想纲领产生的时代考 [J]. 文艺理论研究, 2010 (2).

[171] 王少良. 说"思无邪"与"诗言志" [J]. 社会科学论坛, 2010 (3).

[172] 吴锐. 论夏舞与夏朝、夏族无关 [J]. 人文杂志, 2015 (12).

X

[173] 徐中舒. 耒耜考 [J]. 历史语言研究所集刊, 第二本第一分册.

[174] 徐中舒. 金文嘏辞释例 [J]. 历史语言研究所集刊, 第六本第一分册.

[175] 徐中舒. 豳风说 [J]. 历史语言研究所集刊, 第六本第四分册.

[176] 许廷桂. 《诗经》结集平王初年考 [J]. 西南师范大学学报, 1979 (4).

[177] 许廷桂. "孔子删《诗》说"之再清算 [J]. 重庆师院学报, 1995 (4).

[178] 夏传才. 诗经学四大公案的现代进展 [J]. 河北学刊, 1998 (1).

[179] 夏传才. 《诗经》难题与公案研究的新进展 [J]. 淮阴师范学院学报, 1999 (5).

[180] 徐正英. "诗言志"复议 [J]. 中州学刊, 1999 (6).

[181] 许兆昌. "九夏"考述 [J]. 古代文明, 2008 (4).

[182] 徐正英. 清华简《周公之琴舞》与孔子删《诗》相关问题 [J]. 文学遗产, 2014 (5).

[183] 徐建委. 《诗》的编次与《毛诗》的形成 [J]. 复旦学报, 2017 (2).

Y

[184] 姚小鸥. 《诗经》大小《雅》与先秦诗歌的历史发展 [J]. 周口师范高等专科学校学报, 2001 (6).

[185] 耶磊. "季札观乐"等非删诗说经典论据之辨析 [J]. 商洛学院学报, 2009 (3).

[186] 尹荣方. 《尚书·尧典》"诗言志"与"诗歌（乐舞）演绎天道"考论 [J]. 中原文化研究, 2017 (1).

[187] 姚苏杰. 《诗经》的早期形态与"四诗" [J]. 智慧中国, 2020 (12).

Z

[188] 赵沛霖. 关于葛天氏八阕乐歌的时代性问题 [J]. 松辽学刊, 1985 (4).

[189] 翟相君. 孔子删诗说 [J]. 河北学刊, 1985 (6).

[190] 张汉东. 从《左传》看孔子的删《诗》痕迹 [J]. 山东师大学报, 1985 (6).

[191] 王子初. 先秦《大夏》《九夏》乐辩 [J]. 音乐研究, 1986 (1).

[192] 赵逵夫. 论《诗经》的编集与《雅》诗的分为"小"、"大"两部分 [J]. 河北师院学报, 1996 (1).

[193] 詹鄞鑫. 华夏考 [J]. 华东师范大学学报, 2001 (5).

[194] 周朔. 诗言志在先秦两汉的演变 [J]. 求索, 2008 (1).

[195] 张中宇. 《国语》、《左传》的引"诗"和《诗》的编订 [J]. 文学评论, 2008 (4).

[196] 张玖青, 曹建国. 从出土楚简看"诗言志"命题在先秦的发展 [J]. 文化与诗学, 2010 (1).

[197] 诸雨辰. 《诗经》"采诗观风"制度说 [J]. 中华文化论坛, 2010 (1).

[198] 祝秀权. "主文谲谏"的周代献诗 [J]. 山西师大学报, 2016 (1).

[199] 周泉根. 从新出楚简逸诗重诂"删诗说" [J]. 新东方, 2016 (3).

[200] 祝秀权. 周礼乐语之教与《大雅》部分诗篇的创作及其与《周颂》的对应关系 [J]. 中华文化论坛, 2018 (1).

[201] 赵茂林. 孔子"删诗"说的来源与产生背景 [J]. 孔子研究, 2018 (5).